QUE SONNE L'HEURE

DU MÊME AUTEUR

Les enquêtes de Roy Grace disponibles chez Pocket

Comme une tombe, Pocket, 2007
La mort leur va si bien, Pocket, 2008
Mort... ou presque, Pocket, 2009
Tu ne m'oublieras jamais, Pocket, 2011
La mort n'attend pas, Pocket, 2012
À deux pas de la mort, Pocket, 2013
Aux prises avec la mort, Pocket, 2014
Des enfants trop parfaits, Pocket, 2015
Que ta chute soit lente, Pocket, 2015

PETER JAMES

QUE SONNE L'HEURE

Traduit de l'anglais (Grande-Bretagne)
par Raphaëlle Dedourge

fleuvenoir

Titre original :
Dead man's time

MIXTE
Papier issu de sources responsables
FSC™ C003309

Fleuve Éditions, une marque d'Univers Poche,
est un éditeur qui s'engage pour
la préservation de son environnement
et qui utilise du papier fabriqué à partir
de bois provenant de forêts gérées
de manière responsable.

ISBN : 978-2-265-09891-6

À Pat Lanigan
Ce livre n'aurait jamais vu le jour
si tu n'avais pas eu la générosité
de me raconter l'histoire de ta famille.

1

Brooklyn, février 1922

Le père embrassa son fils pour la dernière fois de sa vie – sauf qu'ils ne le savaient ni l'un ni l'autre.

Le gamin ne s'endormait jamais avant que son père ne vienne lui dire bonne nuit. Chaque soir, longtemps après s'être couché, il attendait, allongé dans le noir, que la porte de sa chambre s'ouvre, que filtre la lumière du palier et que la silhouette de son père apparaisse, accompagnée d'un pas lourd, foulant le parquet.

— Hé, mon petit, tu es réveillé ? disait-il de sa voix puissante et grave.

— Ouais, mon grand ! Je peux voir ta montre ?

Le père sortait la montre de sa poche et la tenait au bout de la chaîne. C'était une grosse montre de poche ronde, brillante, avec un remontoir au sommet et un anneau auquel la chaîne était attachée. Dans la moitié supérieure du cadran, une section montrait les phases de la Lune. Le ciel était d'un bleu profond et les étoiles dorées. Parfois, la lune était à peine visible. À d'autres moments, elle était pleine, de couleur ocre.

Chaque soir, le gosse demandait à son père de lui raconter l'histoire de *L'Homme sur la Lune*. Son père ne rechignait jamais. Ensuite, il ébouriffait d'une main les cheveux de son fils, l'embrassait sur le front et lui demandait :

— Tu as récité tes prières ?

Le garçon hochait la tête.

— Alors dors, maintenant.

Son père sortait de la chambre de son même pas lourd et fermait la porte.

C'est ainsi que les choses se passèrent la toute dernière fois.

2

Quatre hommes titubèrent jusqu'à la maison de celui qu'ils étaient venus tuer. Trois d'entre eux tanguaient parce qu'ils avaient trop bu, le quatrième parce qu'il avait trop bu et avait une jambe de bois.

Ils s'étaient saoulés pour se calmer les nerfs et se donner du courage. Histoire de se rassurer, ils avaient trinqué à la bière et au whisky, dans un bar bondé – le Vinegar Hill. Le gars à la jambe de bois n'était pas sûr que ce soit une bonne idée, mais il suivait le mouvement, car il en va ainsi quand on fait partie d'un gang. Soit on suit, soit on se fait descendre.

Il était presque minuit, la rue était sombre et déserte ; les pavés luisaient sous une pluie battante. Ils portaient un revolver chacun ; deux d'entre eux avaient dissimulé une batte de base-ball dans leur manteau. La nuit était froide. Froide comme la mort. Tous avaient enfilé des mitaines.

— On y est, dit le leader en regardant le numéro de la maison.

De la buée s'échappait de sa bouche et de ses narines.

C'était le numéro 21.

— On est sûrs que c'est ici ?

— C’est ici.

— Où est Johnny ?

— Il ne va pas tarder. Il est en haut de la rue.

Plongée dans l’obscurité, la maison semblait en piteux état, comme toutes les autres, dans ce quartier des docks de Brooklyn. Il y avait une fenêtre au rideau tiré à droite de la porte. Tout était sombre à l’intérieur. Ils sortirent leurs cagoules et les enfilèrent sur leurs cheveux humides. Le leader brandit sa batte de base-ball, et avança.

3

Allongé dans l'obscurité, en pyjama, sous de lourdes couvertures, le gosse écoutait le tic-tac de la grosse horloge ronde de sa chambre et les bruits familiers de la nuit : un bateau qui glissait sur les eaux noires de l'East River, non loin ; le cliquetis du métro aérien, au-dessus de sa tête ; les ressorts du lit de ses parents, de l'autre côté de la fine cloison, leurs gémissements, les cris de sa mère, les mugissements de son père ; la pluie qui tombait sur le toit... La nuit avait ses propres sons, sa propre musique.

Les bris de verre n'en faisaient pas partie.

Il s'immobilisa. Ça venait d'en bas, juste en dessous de lui. Le chat avait-il fait tomber la bouteille de whisky et le verre que son père laissait, vides, chaque soir ? Il entendit des pas dans l'escalier. Ce n'étaient pas ceux de son père. Il était déjà à l'étage, dans son lit.

Plusieurs personnes montaient l'escalier.

Du fond de son lit, il sentit la peur l'envahir. La porte de sa chambre s'ouvrit. Un faisceau lumineux l'éblouit, et il ferma les yeux. Les pas se mirent à résonner dans sa chambre. Il tremblait de peur. Il sentit des odeurs de tabac, d'alcool, de vêtements mouillés et de transpiration. Sa gorge se serra. Il n'arrivait plus à respirer. Son cœur battait la chamade. Il ouvrit les yeux, mais ne put rien distinguer à cause de la lampe. Il les referma. Les pas s'approchèrent de son lit.

Une main lui tapota la tête, puis lui caressa la joue droite. Il sentit de la laine rugueuse contre sa peau.

Puis une voix rauque, mais douce, avec un accent irlandais, s'éleva au-dessus de lui. L'homme était essoufflé.

— Je viens juste voir si tout va bien, petit.

— Vous… vous allez réveiller maman et papa, asséna-t-il à l'étranger, trouvant soudain la force de parler et d'ouvrir de nouveau les yeux, mais toujours aveuglé.

— Où est-ce qu'on pourrait les trouver ?

Il tendit l'index en clignant des yeux.

— Là-bas.

Puis il mit un doigt devant la bouche.

— Ils dorment. Ne faites pas de bruit. Vous allez les réveiller, et ma sœur aussi.

Peut-être que maintenant qu'il leur avait dit ça, ils partiraient.

Le faisceau se détourna de son visage, des points de lumière rose se mirent à danser devant ses yeux. Il entendit les hommes s'éloigner sur la pointe des pieds. Le parquet craqua. Puis la porte se referma.

Peut-être étaient-ils rentrés chez eux. Il y avait toujours des gens, dans cette maison, à toute heure du jour et de la nuit. Des gens qui venaient boire, fumer, crier, rire, se disputer. Les disputes étaient fréquentes, parfois des bagarres éclataient aussi. Quand des gens se battaient, son père les mettait à la porte. Il était grand et costaud. Personne ne cherchait des noises à son père.

Le gamin se cacha sous les couvertures pour qu'ils ne le voient pas, au cas où ils reviendraient. Quelques instants plus tard, il entendit son père beugler. Puis un bruit sourd, et un second. Sa mère hurla. Un hurlement horrible. Elle cria :

— Laissez-le, laissez-le ! Ne faites pas ça ! Par pitié, laissez-le !

Puis il entendit l'un des étrangers ordonner :

— Habille-toi !

Et la voix tremblante de sa mère :

— Où est-ce que vous l'emmenez ? Dites-le-moi ! Où est-ce que vous l'emmenez ?

Une minute passa. Le petit garçon était pétrifié.

Sa mère hurla de nouveau :

— Non, vous ne pouvez pas faire ça ! Vous ne pouvez pas l'emmener ! Je ne le laisserai pas partir !

Cinq coups secs retentirent, comme une porte que l'on claque plusieurs fois.

— Maman ! Papa ! hurla-t-il, terrorisé à l'idée qu'il leur soit arrivé quelque chose. Des pas martelèrent les marches de l'escalier, beaucoup plus fort, comme si les intrus se moquaient d'être entendus. La porte d'entrée s'ouvrit, un moteur démarra, des pneus crissèrent, mais la porte ne se referma pas.

Dans sa tête résonnaient les terribles hurlements de sa mère.

Et le silence qui s'ensuivit. Un silence assourdissant.

4

Il resta allongé, aux aguets, sous les couvertures. Tout était calme. Son pouls battait dans ses oreilles et il avait le souffle court. Peut-être n'était-ce qu'un cauchemar ? Il tremblait de tout son corps.

Enfin il se décida à sortir du lit, en pyjama, dans l'obscurité et le froid. Il traversa rapidement la chambre et chercha la poignée de la porte. Arrivé dans le couloir, il sentit un courant d'air glacial, comme si la porte d'entrée était ouverte, et respira une faible odeur de gaz d'échappement. Ainsi que d'autres odeurs, qui ne lui étaient pas familières.

Des relents d'essence et de poudre, comme après le feu d'artifice du 4-Juillet. Un effluve cuivré, métallique. Il chercha l'interrupteur et alluma la lumière. Et le regretta dans l'instant. Il aurait préféré rester dans le noir, ne jamais rien voir.

Ne jamais voir sa mère gisant par terre, à côté du lit ; le sang qui coulait de son épaule ; sa chemise de nuit sur laquelle grandissait une tache écarlate. Il y avait du sang partout : sur les murs, les draps, les oreillers, au plafond. Elle était allongée sur le dos. Ses cheveux étaient gluants. Un morceau de son crâne avait été défoncé, exposant une matière humide, texturée, brun-gris.

Sa mère était en proie à des convulsions. Soudain, comme si quelqu'un avait appuyé sur un bouton, elle s'immobilisa.

Il s'élança vers elle en criant :

— Maman, maman !

Pas de réponse.

— Maman, réveille-toi !

Il la secoua.

— Maman, où est papa ? Maman !

Elle ne bougea pas. Il tomba à genoux, se pencha vers elle et l'embrassa.

— Maman, réveille-toi !

Il la prit dans ses bras et la secoua.

— Réveille-toi, maman ! Où est papa ?

Toujours aucune réaction.

— Maman !

Il se mit à pleurer. Il était perdu.

— Maman ! Maman !

Il y avait quelque chose de collant sur ses bras et son visage.

— Maman, réveille-toi, maman, réveille-toi !

— Qu'est-ce qui se passe, Gavin ? Qu'est-ce qui se passe ?

C'était la voix de sa sœur.

Il recula, avança, puis recula de nouveau, incertain. Il battit en retraite jusqu'à la porte et se cogna à sa sœur, Aileen, qui avait trois ans de plus que lui. En chemise de nuit, elle mâchonnait le bout de sa tresse, comme chaque fois qu'elle avait peur.

— Qu'est-ce qui se passe ? J'ai entendu des bruits. Qu'est-ce qui se passe ?

— Où est papa ? dit-il. Où est papa ? Papa est parti !

Des larmes se mirent à couler sur son visage.

— Il est pas dans le lit ?

Il secoua la tête.

— Il est parti avec les méchants.

— Quels méchants ? demanda-t-elle.

— Où est papa ? Il faut qu'il réveille maman. Elle ne veut pas se réveiller.

— Quels méchants ? répéta-t-elle avec insistance.

Il y avait du sang sur le palier. Des gouttes dans l'escalier.

Il le dévala en appelant son père, et passa la porte d'entrée ouverte.

La rue était déserte.

Il sentit la pluie tomber sur son visage et respira les parfums iodés de l'East River. Un métro aérien passa, noyant ses cris et ses pleurs.

5

Brighton, le 28 juin 2012

De loin, il avait belle allure. Il semblait plus élégant que la plupart des gens qui arpentaient le bord de mer en sandales, tongs ou Crocs. Blazer bleu à boutons argentés, pantalon à pinces, chemise ouverte et écharpe cravate soignée, il arborait un air supérieur. De près, plusieurs défauts apparaissaient : le col de sa chemise était froissé, il y avait plusieurs trous de mite dans son blazer et ses cheveux, coiffés en arrière, étaient clairsemés, d'un gris gingembre douteux, du fait d'une coloration ratée. Son visage aussi était froissé, d'une pâleur difficile à masquer, résultat de longues années de prison. Il avait un air mauvais et, malgré sa petite taille – 1,60 m avec ses bottines à talons cubains –, il paradait comme si la promenade de Brighton lui appartenait.

Derrière ses lunettes de soleil, Amis Smallbone faisait sa balade matinale, la haine au fond des yeux. Tout lui déplaisait. La douce chaleur de cette matinée de fin juin. Les cyclistes qui klaxonnaient quand il avait le malheur de s'aventurer sur la piste cyclable. Ces imbéciles de vacanciers bedonnants qui s'empiffraient de cochonneries, la peau brûlée par le soleil.

Les jeunes couples amoureux, main dans la main, qui avaient toute la vie devant eux.

Ce qui n'était pas son cas.

Il avait détesté la prison. Détesté les codétenus encore plus que les gardiens. Autrefois, il était respecté. Tout s'était effondré quand il avait été mis à l'ombre. Il n'avait même pas réussi à contrôler le lucratif trafic de drogue, à l'intérieur.

Il était à présent en liberté conditionnelle. Et détestait ça.

Autrefois, il avait tout : une grosse baraque, des voitures de luxe, un hors-bord et une villa à Marbella, sur la Costa del Sol. Aujourd'hui, il n'avait presque plus rien. Quelques milliers de livres, deux montres et des bijoux anciens volés, stockés dans un coffre-fort que la police n'avait pas saisi.

Un homme était responsable de tous ses malheurs. Le commissaire Roy Grace.

Smallbone traversa les quatre voies de King's Road sans attendre que les feux passent au rouge. Les automobilistes freinèrent en klaxonnant, l'insultèrent en brandissant le poing, mais il n'en avait rien à faire. Dans le temps, sa famille régnait sur la pègre. Vingt ans plus tôt, personne n'aurait jamais osé klaxonner un Smallbone. Il les ignora superbement.

Un peu plus loin, sur le trottoir, il s'arrêta à un kiosque à journaux et fut surpris de découvrir, sur un exemplaire de l'*Argus*, le visage sérieux, cabossé, du flic qui avait causé sa perte. Cheveux courts, yeux bleus, nez tordu, son portrait se trouvait en une.

REPRISE DU PROCÈS DU MONSTRE DE BRIGHTON

Il acheta le journal, et un paquet de cigarettes comme chaque jour, et remplit un billet de loto, sans se faire d'illusions.

*

Un peu plus tard, de retour dans son appartement en sous-sol, affalé dans un fauteuil en cuir usé aux ressorts déchaussés, un verre de Chivas Regal sur la table à côté de lui, une cigarette déjà bien consumée aux lèvres, Amis Smallbone lisait avec intérêt le récit du procès. Venner était jugé pour meurtre, kidnapping et trafic de vidéos illégales. L'année précédente, l'un des officiers du commissaire Grace avait été blessé par balles au cours de l'arrestation. Smallbone regrettait que Grace n'ait pas été abattu.

Ç'aurait été bien, non ?

Mais pas aussi bien que ce qu'il avait en tête. Le commissaire Grace méritait pire que la mort. Smallbone voulait le faire souffrir éternellement. Une douleur indélébile ! Voilà qui lui plaisait.

Il tira sur sa cigarette, puis l'écrasa dans le cendrier et termina son verre. Il avait 50 ans, quand il était allé en taule. Il était relativement jeune, à l'époque. Aujourd'hui, à 62 ans, c'était un vieillard. Le commissaire Grace lui avait tout pris, et surtout le plus précieux : douze années de sa vie.

Bien sûr, Grace n'était pas commissaire à l'époque. Il venait tout juste d'être promu commandant. Mais il l'avait repéré, s'était acharné, l'avait piégé et avait vicié les preuves, d'une façon extrêmement perverse. C'était à cause de lui qu'il avait été condamné. À cause de lui qu'il vivait dans cet appartement crasseux, avec des panneaux INTERDICTION DE FUMER aux murs. À cause de lui qu'il devait régulièrement faire des courbettes à son conseiller pénitentiaire d'insertion et de probation.

Il posa le journal et se releva, chancelant. Il se rendit dans la kitchenette qui sentait le moisi, sortit des glaçons du freezer et les fit tomber dans son verre. Il était un peu plus de midi. Il réfléchissait. Pensait au plaisir de faire souffrir Roy Grace. C'était l'une des seules choses qui l'animaient, ces jours-ci. L'Angleterre vibrait pour les Jeux olympiques, qui commenceraient dans un mois. Lui n'en avait rien à secouer.

Tout ce qui l'intéressait, c'était se venger de Roy Grace.

Il ne pensait qu'à ça.

Il prendrait les mesures qui s'imposaient. Il retroussa les lèvres. Il devait trouver la bonne personne. Il connaissait des gens, avant la prison, et avait noué quelques relations à l'intérieur. Mais tous ceux qu'il pourrait contacter prendraient cher, et il n'avait pas d'argent.

Son téléphone sonna. Numéro inconnu.

— Oui ? demanda-t-il, suspicieux.

— Amis Smallbone ?

Il ne connaissait pas la voix. L'accent était de Brighton.

— Qui êtes-vous ? demanda-t-il d'un ton sec.

— On s'est rencontrés il y a très longtemps, vous ne vous souvenez plus de moi. J'ai besoin d'aide. Vous avez des contacts dans le milieu des antiquaires, non ? Vous connaissez des gens à l'étranger ? Pour du haut de gamme.

— Peut-être bien…

— On m'a dit que vous aviez besoin d'argent.

— Et personne ne vous a dit de ne pas m'appeler sur mon portable ?

— Si.

— Alors, pourquoi vous le faites ?

— Il y a plusieurs millions à la clé.

L'intérêt de Smallbone fut piqué.

— Je vous écoute.

Son interlocuteur raccrocha.

6

Ils avaient raison, songea Roy Grace, tous ceux qui lui avaient dit qu'un bébé, ça change la vie. Il bâilla, épuisé par une interminable série de nuits entrecoupées par les réveils de Noah, Cleo se levant pour le nourrir ou le changer. L'un de ses collègues, Nick Nicholl, venait d'avoir son premier ; il lui avait avoué qu'il faisait désormais chambre à part, afin de ne pas être dérangé par le bébé. Mais Roy était déterminé à résister à cette solution de facilité. Ils avaient décidé ensemble d'avoir un enfant, il jouerait son rôle. Mais, bon sang, qu'est-ce qu'il était fatigué ! Et d'humeur exécrable. En cette journée d'août, l'air était lourd, chaud et humide, malgré les fenêtres ouvertes.

Il regardait, en différé, la cérémonie de clôture des Jeux olympiques, enregistrée deux semaines plus tôt – Cleo et lui s'étaient endormis devant le direct. Roy n'avait jamais été aussi exténué de sa vie et cela affectait sa concentration au travail. Lui aussi souffrait d'épuisement postnatal.

Ray Davis, des Kinks, l'un de ses groupes préférés, chantait « Waterloo Sunset ». Roy monta le son pour l'écouter, mais Cleo ne leva pas les yeux de son livre.

Grace avait récemment passé le cap des 40 ans. Pendant deux ans, il avait redouté cet anniversaire. Le jour J, Cleo et lui étaient trop exténués pour le fêter. Ils avaient ouvert une bouteille de champagne et s'étaient endormis avant d'en avoir bu la moitié.

Une autre célébration approchait. À la fin de la semaine, Sandy serait légalement considérée comme morte, les formalités de divorce closes, et il serait enfin libre d'épouser Cleo.

Sandy avait disparu le jour de son trentième anniversaire, il y avait donc dix ans de cela. Roy ne savait pas ce qui s'était passé, si elle était vivante, comme il le pensait parfois, ou décédée, comme sa famille et ses amis le lui disaient – ce qui était probablement la réalité. Pour la première fois, il était soulagé, car en mesure de tourner la page. D'autant plus qu'une personne souhaitait acheter la maison qu'il avait partagée avec Sandy.

Il dévisageait avec amour, et une immense fierté, son fils de sept semaines. Cette minuscule créature angélique, aux lèvres en bouton de rose, aux petits bras et petits doigts potelés, qui ressemblait à une poupée. Vêtu d'un body blanc sans manches, Noah Jack Grace dormait dans les bras de son père. Ses fines mèches de cheveux blonds, rabattues en avant, couvraient à peine son crâne rosé. Roy trouvait qu'il leur ressemblait, à Cleo et à lui. Une moue amusée lui rappelait feu son père qui était, comme lui, policier. Il était prêt à tout pour Noah. Prêt à mourir pour lui, sans l'ombre d'une hésitation.

Assise à côté de lui dans le canapé, Cleo, en débardeur noir, cheveux blonds attachés, un peu plus courts que d'habitude, lisait *Cinquante nuances de Grey*. Dans l'air flottaient des parfums de lait, de talc et de linge propre. Plusieurs peluches, dont un nounours et Thomas Le Petit Train, gisaient sur le tapis d'éveil, sous un mobile composé d'animaux et d'oiseaux colorés.

Humphrey, leur chiot noir, mi-labrador, mi-border collie, mordillait un os dans son panier à l'autre bout de la pièce, boudeur. Il avait jeté quelques regards dédaigneux à Noah quand celui-ci était arrivé à la maison, puis s'était éloigné, la queue entre les pattes, conscient de ne plus être le chouchou. Son attitude était restée inchangée depuis.

Roy Grace claqua des doigts pour attirer l'attention du chien.

— Hé, Humphrey, viens ici ! Viens faire ami-ami avec Noah !

Le chiot lui jeta un regard noir.

En ce mardi midi, Roy Grace s'était éclipsé quelques heures avant une réunion prévue en fin de journée avec le procureur, dans le cadre du procès de cette ordure de Venner, qui se tenait à Londres. L'année précédente, Grace avait arrêté le cerveau d'un réseau de *snuff movies*. Le procès avait été ajourné pendant plusieurs semaines, l'accusé prétextant des douleurs au thorax. Les médecins l'ayant enfin déclaré apte à comparaître, la procédure avait repris la veille.

Roy Grace n'avait jamais été aussi heureux de sa vie, mais il ressentait le poids écrasant de ses nouvelles responsabilités. Quel avenir attendait cet être minuscule et fragile ? À quoi ressemblerait le monde dans vingt ans, quand Noah serait adulte, quand lui aurait 60 ans ? Que pouvait-il faire pour l'améliorer ? Pour qu'il soit plus sûr ? Pour protéger son fils des dangers et des pervers – Venner n'étant malheureusement pas le seul dégénéré de la planète ? Que pouvait-il faire pour aider son fils à faire face à tout ce que la vie lui réservait ? Il l'aimait tant. Il voulait être le meilleur père du monde. Pour cela, il devait passer du temps avec lui. Mais la carrière qu'il avait choisie ne lui en accorderait que peu, il en était conscient.

Depuis que Noah était né, Grace ne le voyait pas autant que prévu à cause de son travail. Mais, avec un peu de chance, si aucun crime n'était commis d'ici là, il serait assez libre ce week-end. Sa semaine d'astreinte se terminerait à 6 heures, lundi matin. En général, ses collègues n'avaient rien contre une belle enquête pour homicide, histoire d'attirer l'attention des médias nationaux, de tirer leur épingle du jeu et de se faire remarquer par leurs supérieurs. Mais, à ce moment précis, Grace priait pour que le téléphone ne sonne pas.

Ses vœux ne furent pas exaucés.

7

On cogna à la porte pour la troisième fois.

— J'arrive ! cria-t-elle. Doux Jésus, j'arrive !

La vieille dame retira du feu sa casserole de haricots verts, attrapa son déambulateur à roulettes et se dirigea vers l'entrée.

C'est alors que le téléphone se mit à sonner. Elle hésita. Son frère l'appelait tous les jours à 19 heures pile, qu'il soit en Angleterre ou en France, pour voir si tout allait bien. Il était 19 heures. Elle décrocha le téléphone aux touches surdimensionnées et cria, pour couvrir le générique du *soap opera* qui passait à la télévision :

— Je suis à vous dans une minute !

Mais ce n'était pas son frère. C'était un jeune homme à la voix de velours :

— Je ne vous retiendrai pas longtemps, dit-il.

— Faites vite, je dois ouvrir la porte ! cria-t-elle en cherchant la télécommande pour baisser le son.

Puis elle couvrit le micro de sa main. Malgré son grand âge, elle avait toujours une voix forte. C'était d'ailleurs la seule chose encore forte, chez elle.

— Vous allez devoir attendre, je suis au téléphone, cria-t-elle en direction de la porte d'entrée.

Elle retira sa main.

— Je vous écoute, mais faites vite, dit-elle de son léger accent irlandais.

— Bonjour, je vous appelle de la part d'un de vos amis.

— Allons bon, qui ça ?

— Gerard Scott.

— Gerard Scott ?

— Il vous passe le bonjour !

— Je ne connais pas de Gerard Scott.

— Grâce à nous, il économise 2 500 livres par an sur sa facture de chauffage.

— Par quel miracle ? demanda-t-elle, impatiente, en jetant un coup d'œil à la porte, tout en pensant à ses haricots.

— L'un de nos techniciens sera dans votre quartier la semaine prochaine. Pourrions-nous prendre rendez-vous à l'heure qui vous conviendrait le mieux ?

— Un technicien dans quel domaine, exactement ?

— L'isolation des combles.

— L'isolation des combles ? Pourquoi aurais-je besoin d'isoler mes combles ?

— Nous sommes leaders sur le marché anglais. Notre système est tellement efficace qu'il s'amortit en neuf ans seulement.

— Neuf ans ?

— Exactement, madame.

— Allons bon… J'ai 98 ans. Quand j'aurai 107 ans, ma facture de chauffage sera le cadet de mes soucis, mais merci quand même.

Elle raccrocha et se dirigea vers la porte d'entrée.

— J'arrive, j'arrive !

Son frère essayait depuis longtemps de la convaincre de vendre et d'entrer en maison de retraite, mais pourquoi ferait-elle cela ? Elle habitait ici depuis plus de cinquante ans. Elle y avait coulé des jours heureux avec son mari, Gordon, décédé quinze ans plus tôt, y avait élevé leurs quatre enfants, tous décédés, et avait créé un jardin autrefois magnifique, qu'elle continuait à entretenir. Tous ses souvenirs appartenaient à cette maison, où se trouvaient aussi les tableaux de maître et les antiquités qu'elle et son mari avaient amassés au fil des ans, sous l'œil expérimenté de son frère. Elle avait été déracinée une fois dans sa vie, elle ne le serait pas deux. Si, un jour, elle devait quitter cet endroit qu'elle aimait tant, ce serait les pieds devant.

La seule chose qu'elle avait concédée à son frère, pour le rassurer, c'était l'alarme qu'elle portait autour du cou et la gouvernante qui venait deux fois par semaine.

Elle regarda par le judas. Dans la lumière de cette soirée estivale, elle vit deux hommes entre deux âges, en uniforme marron, un badge autour du cou.

Elle retira la chaînette de sécurité et ouvrit la porte. Ils sourirent poliment.

— Désolés de vous déranger, madame, dit celui de droite. Nous travaillons pour la Centrale des eaux.

Il leva son badge pour lui permettre de déchiffrer son identité.

Elle n'avait pas ses lunettes, mais elle aimait bien son accent irlandais. La photo était un peu floue, mais ce devait être lui.

Il s'appelait Richard Carroll – du moins, c'est ce qu'elle lut.

— Que puis-je faire pour vous, messieurs ?

— On nous a signalé une fuite. Avez-vous remarqué une baisse de pression ces dernières vingt-quatre heures ?

— Non, dit-elle, je ne pense pas.

Mais elle savait que beaucoup de choses lui échappaient. Cela l'énervait d'être de plus en plus dépendante. Ce qui ne l'empêchait pas de garder le contrôle.

— Cela ne vous dérange pas si l'on vérifie la pression aux robinets ? Ce serait dommage que vous payiez des mètres cubes que vous n'utilisez pas.

— Très dommage, en effet, dit-elle avec malice, de son doux accent dublinois.

Elle n'était pas du genre à se laisser arnaquer. Elle épluchait systématiquement les factures de téléphone, d'électricité, de gaz et d'eau.

— Je me disais que mes factures étaient un peu élevées ces derniers temps…

— Ceci indique qu'il y a sans doute un problème, dit Richard Carroll.

— Entrez, je vous prie.

Prenant appui sur son déambulateur, elle recula d'un pas pour leur céder la place et referma la porte derrière eux.

Elle remarqua tout de suite leur intérêt pour le mobilier – les toiles de maître, la table Louis XIV dans l'entrée, la grande commode georgienne, le buffet georgien, les deux fauteuils Chippendale, acquis à bon prix grâce à son frère, expert en antiquités.

— Où souhaitez-vous commencer vos recherches, messieurs ?

L'homme lui envoya un coup de poing dans le ventre. Elle eut à peine le temps de le voir venir. Elle se plia en deux. De sa main frêle, elle chercha l'alarme.

Mais celle-ci avait déjà été arrachée de son cou.

8

« C'est une vérité universellement reconnue qu'un célibataire pourvu d'une belle fortune doit être en quête d'une épouse », songea le lieutenant Susi Holiday. 28 ans, solidement bâtie, cheveux bruns bouclés et visage souriant, elle pensait à cette vérité universelle depuis qu'elle s'était levée. La veille, son jour de congé, elle avait regardé les six épisodes d'*Orgueil et Préjugés,* une adaptation de la BBC, en avalant des cochonneries, et avait fumé un paquet entier de cigarettes. Aussi étonnant que cela puisse paraître, surtout aux yeux de son mari James, elle était comme ça, capable de se nourrir sainement pendant une semaine, sans fumer, séances de sport à la clé, et de se vautrer dans un canapé pendant toute une journée.

À présent, elle découvrait une autre vérité universelle : personne n'est à son avantage assis sur des toilettes, pantalon aux chevilles.

Surtout mort.

Note à soi-même : ne jamais mourir sur le trône.

Une crise cardiaque étant parfois précédée d'une envie pressante, c'était pourtant souvent le cas.

Elle observa le vieil homme grassouillet qu'ils avaient sous les yeux, dans un petit WC à la propreté douteuse, au beau milieu d'une HLM sordide aux murs bleu pâle. Il y avait des chaussettes et des chemises sales dans toutes les pièces. L'odeur était rance : un mélange de pourriture et de corps humain en décomposition – la pire de toute. Le bail était au nom de Ralph Meeks, et ce devait être lui qu'elle contemplait à présent, entre répulsion et tristesse. Comme souvent quand on faisait appel à eux, il était mort depuis plus de deux jours et ressemblait davantage à une statue de cire qu'à un être humain. Elle trouvait la rigidité cadavérique à la fois effrayante et fascinante.

Le gars, costaud, était coincé entre deux murs. Il avait des taches brunes sur les mains et des taches écarlates et vertes sur le visage et les autres parties de son corps, ce qui indiquait un état avancé de décomposition. Des nuées de mouches à viande se posaient sur lui.

Les bourrelets de son ventre cachaient ses parties intimes. Il était chauve, avec quelques touffes de cheveux de part et d'autre. Il avait un appareil auditif dans l'oreille droite. Sa bouche et son regard sans vie exprimaient la surprise, comme si mourir ne faisait pas partie de ses projets ce jour-là – certainement pas d'une façon aussi peu digne.

Dans le salon peu meublé, la télévision était allumée. Ironie du sort, le débat portait sur la situation difficile des personnes âgées aujourd'hui.

Susi regarda autour d'elle, à la recherche d'objets personnels, mais il n'y avait ni photo ni tableau au mur. Elle vit un cendrier plein, un briquet et un paquet de cigarettes, ainsi qu'une canette de bière et un verre à moitié plein. Une petite pile de vieux magazines sur le jardinage se trouvait par terre, à côté d'un tas de *Daily Mirror*.

Ralph Meeks était de toute évidence mort depuis un moment. C'était une histoire triste, mais récurrente dans les grandes villes. Son appartement se trouvait au premier étage. Aucun ami, ou voisin, n'était venu vérifier si tout allait bien. Personne n'avait trouvé étrange que les lettres s'accumulent dans sa boîte. Jusqu'à ce que son corps se décompose et qu'une odeur nauséabonde filtre dans le couloir.

Et encore… Le couloir, ce n'était rien par rapport à l'intérieur de l'appartement. Ici, c'était cent fois pire. La puanteur et les mouches. Susi Holiday avait la nausée et son collègue, le lieutenant Dave Roberts, tenait sa main gantée devant son nez.

Leur première tâche serait d'appeler leur capitaine pour qu'il les aide à déterminer s'il s'agissait d'une mort naturelle ou si les circonstances étaient suspectes, auquel cas ils feraient appel à la PJ, qui mettrait l'appartement sous scellés. Leur deuxième mission consisterait à téléphoner à un médecin pour qu'il confirme la mort. Dans le cas présent, ce n'était bien sûr qu'une simple formalité. Ensuite, ils joindraient le bureau du coroner pour qu'il décide si une autopsie était nécessaire, sur place ou pas. Si ce n'était pas le cas, ils demanderaient à la morgue de Brighton et Hove de rapatrier le corps.

Les morts subites, également appelées G5, du nom du formulaire, n'étaient en général pas la tasse de thé des policiers. Mais Susi Holiday aimait bien. Elle trouvait même ça intéressant. C'était sa quinzième en trois ans. Elle se tourna vers son collègue, qui avait dix-huit ans de plus qu'elle, et dit :

— Il y a quelque chose de suspect, ici ?

Il secoua la tête, le cœur au bord des lèvres.

— Non. Sauf que ce pourrait être moi, un jour.

Susi sourit.

— Le mieux, c'est d'essayer de ne pas vieillir. La vieillesse finira par tous nous tuer.

— Je préférerais mourir jeune. Et avec mon pantalon.

Elle esquissa un sourire malicieux.

— Sauf si tu es en bonne compagnie.

9

Chaque fois qu'il sortait de chez lui, Roy Grace était sur ses gardes. Déformation professionnelle : il était flic depuis plus de vingt ans. Sandy, son ex-épouse, ne supportait pas ça. Une fois, alors qu'il était jeune lieutenant, il avait vu un homme dérober un sac à main accroché au dossier d'une chaise, dans un pub bondé, et l'avait coursé sur plus d'un kilomètre, à travers Brighton, avant de le plaquer et de l'arrêter. Sa soirée romantique avait tourné court, vu qu'il avait ensuite fait mettre le voleur en garde à vue et rempli la paperasse inhérente, procédure qui avait duré quatre heures.

Souvent, quand Sandy et lui allaient au restaurant, et qu'elle remarquait qu'il regardait autour de lui, elle lui envoyait un coup de pied sous la table en sifflant : « Grace, arrête ! »

Mais il ne pouvait pas s'en empêcher. Dans tous les lieux publics, il ne retrouvait sa sérénité qu'après avoir vérifié qu'il n'y avait rien ni personne de louche à l'horizon. Sandy en plaisantait parfois. D'ordinaire, une femme devait surveiller son mari pour qu'il ne reluque pas les autres femmes. Sandy, elle devait empêcher le sien de reluquer les malfrats de Brighton.

Mais il y avait quelque chose qu'il ne lui avait jamais dit, pour ne pas l'inquiéter : comme tous ses collègues, il n'était pas à l'abri d'une vengeance. La plupart des criminels acceptaient leur arrestation. Certains considéraient que cela faisait partie du jeu, d'autres se résignaient dès qu'ils avaient les menottes aux poignets, mais quelques rares phénomènes lui en voulaient toute leur vie.

C'était l'une des raisons pour lesquelles les juges britanniques portaient une perruque – pour ne pas être reconnus par ceux qu'ils avaient fait condamner. La police n'avait jamais bénéficié de ce genre de subterfuge. De toute façon, les plus déterminés trouvaient d'autres moyens de les traquer.

*

C'était le cas de l'homme assis dans sa voiture, garée devant le magasin d'un antiquaire spécialisé dans les cheminées, face au portail d'un élégant lotissement du centre de Brighton.

Il nourrissait une haine féroce à l'encontre du commissaire Roy Grace.

Le bébé du flic se trouvait ici, dans la troisième maison à gauche. Au cadastre, il avait obtenu les plans de ce lotissement composé de sept maisons de ville, issu de la reconversion d'anciens entrepôts quinze ans plus tôt.

Le bébé devait dormir dans la petite chambre, avec fenêtre sur cour.

Un agent immobilier avait planté un panneau à droite du portail en fer forgé, signalant qu'une des maisons était à louer.

Ce serait marrant d'être le voisin de Grace. Et pratique, non ? Il pourrait le surveiller jour et nuit. Tapi dans l'ombre. La grande vie, quoi !

10

Deux heures après leur passage chez Ralph Meeks, Susi Holiday et Dave Roberts patrouillaient de nouveau dans les rues de Brighton. Susi était au volant. Elle adorait son boulot. Et « partir en chasse », comme elle disait des moments où ils n'avaient pas de mission particulière.

À 46 ans, Dave était l'un des plus âgés de cette unité spéciale. Les interventions de type police secours étaient considérées comme un travail pour les plus jeunes, car elles pouvaient se révéler extrêmement physiques – lorsqu'il fallait s'interposer lors d'un violent différend conjugal ou dans une rixe à la sortie d'un pub, ou pourchasser des voleurs et des cambrioleurs... Mais il faisait ce métier depuis vingt ans et n'avait aucune envie d'être promu pour se retrouver derrière un bureau, ni de changer de spécialité.

Quand quelqu'un lui demandait ce qu'il préférait dans son travail, il répondait que c'était ne jamais savoir ce qui se passerait dans cinq minutes. Et traverser la ville pied au plancher, gyrophare et sirène allumés – ce qu'avouaient en général tous ses collègues habilités à la conduite de véhicules rapides.

Ils se trouvaient actuellement sur North Street, en direction de la Tour de l'horloge, l'une des plus hautes de la ville. Ils dévisageaient les piétons, sur les deux trottoirs, reconnaissant quelques délinquants dans la foule. Ils écoutaient les conversations de leurs collègues, radio fixée à l'épaule, en attendant le prochain appel de l'état-major.

Il était bientôt midi, en ce jeudi de fin août. Ils avaient commencé leur service à 7 heures du matin et termineraient à 16 heures. Le temps était au beau fixe. Ils s'étaient rendus près de l'hippodrome de Brighton, où des coups de feu avaient été entendus – un homme chassait des lapins. Ensuite, il y avait eu un accrochage en ville entre un scooter et un camion poubelle qui, heureusement, s'était avéré sans gravité. Puis des gens avaient appelé, pensant avoir entendu une femme crier à l'aide. C'était en fait un bébé en colère. Enfin, ils avaient eu un G5 : Ralph Meeks.

Depuis trente minutes, tout était calme. Ils envisagèrent de retourner au commissariat de John Street pour déjeuner, se reposer un peu et remplir les documents relatifs au décès.

— Quels sont tes projets pour le week-end ? demanda Dave à Susi.

Ils faisaient souvent équipe ensemble et s'entendaient bien.

— Je vais voir un match de foot des Albion avec James, et toi ?

— On fête les 15 ans de Maxim samedi. Avec Marilyn, on les emmène, lui et ses amis, manger des *fish and chips* à Palm Court, sur la jetée. C'est le meilleur endroit à Brighton.

— Tiffany vous accompagne ?

Tiffany était la fille, adolescente, de Dave Roberts.

Il allait répondre quand ils entendirent :

— Charlie Roméo Zéro Trois ?

— Oui oui, Charlie Roméo Zéro Trois, répondit Dave.

— Charlie Roméo Zéro Trois, nous venons de recevoir un appel d'un individu inquiet. Habituellement, il discute avec sa sœur tous les jours. Elle est âgée. Injoignable depuis deux jours. Lui se trouve à l'étranger, sinon il se serait déplacé. Elle s'appelle Aileen McWhirter. Adresse : 146, Withdean Road, à Brighton. Merci d'aller vérifier, il s'agit d'une urgence de niveau 2.

Tous les appels de l'état-major étaient classés. Niveau 1 imposait une réaction immédiate, avec obligation d'être sur place en moins de quinze minutes. Niveau 2 nécessitait une réaction rapide, avec obligation d'être sur place dans l'heure. Niveau 3 une prise de rendez-vous, pouvant avoir lieu quelques jours plus tard. Niveau 4 n'exigeait pas de présence policière – un simple coup de téléphone suffisait.

— Charlie Roméo Zéro Trois, on se met en route. On y sera dans quinze minutes environ, précisa Dave Roberts.

Les officiers échangèrent un regard. Jusqu'à ce matin, ils n'avaient pas eu de G5 depuis plusieurs semaines. L'un de leurs collègues disait souvent, pour plaisanter, que c'était comme les bus. Aucun pendant des plombes, et puis deux de suite.

11

Installée dans le fauteuil inclinable de la clinique, Sarah Courteney était nerveuse. Mais ce n'était pas l'aiguille, ni même la douleur, qui l'angoissaient. Il y avait autre chose. Le fait qu'elle allait avoir 40 ans dans deux semaines, par exemple. Elle n'était pas pressée de découvrir les inconvénients liés à cet âge, comme l'accentuation des rides et la multiplication des cheveux blancs. En tant que journaliste télé sur une chaîne régionale, elle était constamment concurrencée par des minois plus jeunes et plus frais.

Mais ce qui lui faisait le plus peur, c'était son mari, Lucas. Et chaque jour sa peur grandissait. Il perdait de plus en plus souvent le contrôle de lui-même et l'accusait à tort et à travers, qu'il s'agisse de ses propres dettes de jeu, de son impuissance en bonne partie liée aux quantités d'alcool qu'il ingurgitait, ou de ses accès de rage.

Il lui en voulait aussi de ne pas avoir réussi à mener une grossesse à terme, après huit ans d'essais infructueux, dont quatre fécondations *in vitro* très douloureuses. Avec son précédent mari, elle avait eu un fils qui ne s'entendait ni avec son beau-père, ni avec elle. Du matin au soir, il y avait de l'électricité dans l'air.

Debout dans son petit cabinet immaculé, Royce Revson observait entre autres appareils électroniques, un moniteur couvert de symboles turquoise. Il aurait bientôt 56 ans, mais en faisait à peine 45. Bien bâti, énergique, cheveux noirs coupés court, il avait un charme fou avec sa chemisette violette, sa cravate rayée, son pantalon noir, ses gants chirurgicaux bleus et ses loupes binoculaires à infrarouges posées sur son front. Il quitta l'écran des yeux et se tourna, rayonnant, vers sa patiente, avec un irrésistible sourire de vainqueur, l'enthousiasme et la confiance d'un homme chargé d'une mission.

Car il avait en effet une mission : aider les femmes, et souvent les hommes aussi, à lutter contre les effets de l'âge, grâce à la chirurgie esthétique. Aider les femmes comme celle qui, sublime, se trouvait dans son siège inclinable bleu. Cheveux de jais, elle portait une tunique noire, un legging noir et des sandales en daim noir à larges boucles. Elle avait confié à Revson – et elle n'était pas la seule à lui faire des confidences – que son mari, une brute épaisse, la battait souvent. Ce célèbre antiquaire de Brighton, qui ne se gênait pas pour draguer les femmes des autres, avait un sale caractère. L'effondrement du marché, en partie à cause de la crise, en partie parce que les gens voulaient désormais vivre dans des intérieurs modernes, n'améliorait pas son humeur.

Royce Revson ne comprenait pas pourquoi Sarah ne le quittait pas. Il avait d'ailleurs remarqué que de nombreuses femmes refusaient de partir dans ce genre de situation. Tout ce qu'il pouvait faire, c'était s'arranger pour qu'elle reste jeune et jolie et, le jour où elle se déciderait à divorcer, puisse attirer un autre homme, plus gentil, peut-être. Lui ? Il refoula cette pensée. Il ne pouvait pas convoiter ses patientes. Même si c'était tentant. Car Sarah Courteney était, de fait, très tentante.

Contrairement à certaines femmes qu'il recevait – des garces ultrariches, gâtées pourries – Sarah était une bonne personne. Cela faisait deux ans qu'elle venait le voir. Il faisait du beau travail. Grâce au Botox, au collagène et au laser, elle avait toujours l'air jeune.

Pour inspirer confiance, il procédait, bien sûr, à quelques retouches sur sa propre personne. Mais il ne mentionnait pas les interventions chirurgicales – effacement des rides du cou, rehaussement des paupières. Fervent pourfendeur de ce qu'il appelait « la tyrannie de l'âge », il avait consacré la majeure partie de sa vie à lutter contre ses pires ravages, à défaut de pouvoir arrêter le temps.

— Vous êtes très bronzée, Sarah, dit-il.

— Je rentre tout juste de Dubaï.

— Vacances ?

Elle confirma.

— Avec votre mari ?

— Non, avec une amie. On y va chaque année. J'adore Dubaï. Je fais tout mon shopping là-bas.

Revson fut soulagé d'apprendre qu'elle avait passé quelques jours loin du monstre. Il remarqua une magnifique montre Cartier à son poignet.

— C'est nouveau ?

Elle sourit.

— Oui, je l'ai achetée là-bas. Il y a quelques années, j'ai trouvé un petit bijoutier qui fait d'excellentes copies. Rien à voir avec les contrefaçons habituelles. C'est un véritable orfèvre, il peut répliquer n'importe quel bijou en quelques jours.

— Ma femme en voudrait un de ce genre, dit-il en fronçant les sourcils. Ça s'appelle un « bracelet tennis », non ? Ça coûte une fortune.

— Il pourrait vous en fabriquer un. Votre femme ne verrait pas la différence.

— Est-ce légal ?

Elle haussa les épaules.

— Je peux vous donner son mail. Vous lui envoyez une photo de ce que vous voulez, il vous envoie un devis.

— Merci, j'y réfléchirai.

Il posa ses loupes sur ses yeux, prit la seringue que lui tendait l'une de ses deux assistantes vêtues, à l'identique, d'une tunique bleu marine, et s'avança.

— Bon, vous êtes prête ?

Sarah acquiesça. Elle allait souffrir, elle le savait, mais c'était le prix à payer.

Il faut souffrir pour être belle était l'un de ses dictons préférés. Elle se le répéta.

Royce piqua la lèvre supérieure. Elle grimaça.

— Ça va ? demanda-t-il.

Elle acquiesça en baissant les yeux.

Il faut souffrir pour être belle, il faut souffrir pour être belle, il faut souffrir pour être belle. Elle répétait son mantra en silence.

Il enchaîna avec la lèvre inférieure.

— Pendant deux jours, la réaction pourra sembler allergique, puis tout rentrera dans l'ordre.

— On ne me verra pas à la télévision avant mardi, dit-elle.

— Alors pas de souci.

— Vous en êtes sûr ?

— Tout se passe bien d'habitude, non ?

— Oui.

Il sourit. Certes, ses clients faisaient sa fortune, mais l'appât du gain ne l'avait jamais motivé. En revanche, quand une superbe femme comme Sarah Courteney quittait son cabinet le sourire aux lèvres, il avait envie de crier victoire et de faire un bras d'honneur aux cruels et sadiques dieux de l'âge, quel que soit leur nom.

12

Withdean Road était l'une des artères les plus chics de Brighton. Serpentant entre de grands arbres, elle abritait des villas protégées par de hauts murs et des haies. Susi Holiday roulait lentement pour laisser à Dave Roberts le temps d'épeler les numéros. Les pairs se trouvaient à droite.

— C'est ici ! s'exclama-t-il.

Elle passa un vieux portail en bois décrépit et descendit une allée en forte pente, tout en virages et nids-de-poule, ornée de rhododendrons à droite. Sur la gauche, au-delà du jardin de rocaille et de la pelouse, s'élevait une imposante demeure en crépi, de style édouardien avec quelques éléments de faux Tudor, vitraux et hauts pignons. Un boîtier rouge indiquait la présence d'une alarme.

Au bout de l'allée, à l'arrière du manoir, se trouvaient une cour et deux garages mal entretenus. Susi s'arrêta ; ils descendirent de véhicule. Sur leur droite, de grands arbres séparaient la maison de la propriété voisine. Ils n'avaient pas été taillés depuis une éternité, mais les pelouses en terrasse avaient été tondues récemment – ça sentait bon l'herbe coupée et la rose. Le terrain disposait de jolies vues sur la vallée. La ligne Londres-Brighton passait en contrebas. Un peu plus loin se trouvaient Withdean et Patcham, ainsi que le stade de la Varndean School.

De plus près, ils remarquèrent que la maison était en piteux état. La façade avait besoin d'être ravalée : des morceaux entiers de plâtre s'étaient détachés. La peinture des fenêtres s'écaillait. Tout cela indiquait souvent que l'occupant était âgé. Une grive faisait sa toilette dans une petite fontaine en pierre posée au milieu d'une pelouse rectangulaire bordée de rosiers.

— Dommage que l'endroit ne soit pas mieux entretenu, regretta Dave Roberts.

Susi Holiday acquiesça en regardant autour d'elle. Son chien adorerait... Elle se demanda combien de millions cette maison pouvait coûter, même en l'état.

Ils firent le tour de la propriété pour accéder à l'entrée, et jetèrent des coups d'œil à chaque fenêtre pour voir s'il y avait des signes de vie. Ils passèrent à côté d'un jardin de roses plus ou moins livré à lui-même, puis arrivèrent sous un porche carrelé. Des exemplaires du *Daily Telegraph* et de l'*Argus*, roulés, avaient été enfoncés dans la boîte aux lettres. D'autres journaux et courriers avaient été glissés sous la porte. Ce n'était pas bon signe.

Susi Holiday s'agenouilla et regarda les dates.

— Hier – mercredi – et aujourd'hui, annonça-t-elle.

Dave Roberts sonna à la porte. Ils attendirent. Pas de réponse. Il frappa. Il avait mis au point une façon de toquer qui, selon lui, réveillerait un mort.

Toujours rien.

Il glissa la main dans la boîte et en sortit des lettres et des publicités. Une enveloppe Kraft envoyée par les impôts était adressée à Mme Aileen McWhirter – ils ne s'étaient pas trompés d'adresse.

Il approcha son nez de la fente et inspira profondément, à la recherche de cette immanquable odeur rance, ferrugineuse et tenace – l'odeur de la mort. Il ne la détecta pas, ce qui ne voulait pas dire que Mme McWhirter était toujours vivante. Même en été, les corps ne commençaient à sentir qu'à partir d'une semaine.

Il frappa une nouvelle fois, puis composa le numéro que l'état-major leur avait communiqué. Il entendit le téléphone sonner à l'intérieur, mais personne ne décrocha. Il fut basculé sur boîte vocale.

Ils refirent le tour de la maison. La télévision était allumée dans la cuisine. Un exemplaire du magazine *Sussex Life* se trouvait sur la table, à côté d'une assiette, d'une fourchette et d'un couteau. Une casserole avait été posée à côté de la gazinière.

— Qu'est-ce que tu en penses ? demanda le lieutenant Holiday.

En guise de réponse, son collègue sortit une paire de gants, prit sa matraque et cassa la vitre à côté de la porte d'entrée. Il glissa sa main en évitant les tessons, saisit la poignée et ouvrit.

Ils se retrouvèrent dans un vaste hall lambrissé, au sol recouvert de tapis persans de belle facture, quoique usés. Ils remarquèrent tout de suite des rectangles clairs aux murs, comme si on avait retiré des tableaux.

Dans toutes les pièces du bas, les murs de cette demeure magnifique étaient étrangement nus.

Laissant sa collègue, Dave Roberts emprunta l'escalier richement décoré. Quelques instants plus tard, il s'écriait :

— Susi, viens vite, monte !

13

Roy Grace n'aurait pas à témoigner au procès avant la semaine suivante, au plus tôt. Un week-end de trois jours se profilait. Avec un peu de chance, il le passerait avec Cleo et Noah. Il avait pris de quoi travailler à la maison pour relayer un peu sa compagne auprès de leur bébé. Pour le moment, tout allait bien, mais il redoutait le lendemain, vendredi, jour où il rivalisait souvent de malchance. Chaque fois qu'il passait une semaine d'astreinte calme, le vendredi était catastrophique. Il priait pour que celui-ci soit l'exception qui confirme la règle. Il avait de grands projets pour le week-end.

Samedi après-midi, un collègue l'avait invité à l'un des premiers matchs de foot de la saison, dans le nouveau stade de Brighton, le magnifique Amex Stadium, où il n'était allé qu'une seule fois. Il espérait pouvoir y assister. Le soir, Cleo et lui avaient prévu de dîner à l'extérieur pour la première fois depuis la naissance de Noah.

C'était le milieu de l'après-midi. Il avait changé la couche de son fils, qui dormait dans son berceau, une sucette blanche dans la bouche. Cleo faisait la sieste. Humphrey boudait dans son panier, un os en caoutchouc devant son museau, toujours jaloux du nouveau-né, alors même que son maître l'avait emmené courir six kilomètres en bord de mer en début de matinée.

Roy Grace sortit un document d'une grande enveloppe. Après plusieurs mois de recherche, l'agence immobilière avait enfin trouvé un acquéreur pour sa maison. Une femme, avec un enfant, qui vivait actuellement en Allemagne. Roy ne l'avait pas rencontrée, mais elle semblait sérieuse et une date avait été fixée pour la signature. Le document était un questionnaire détaillé, rédigé par le notaire de l'acquéreur, sur tous les aspects de la propriété.

La maison de Cleo où ils habitaient était elle aussi sur le marché. Ils avaient l'intention de réinvestir le total des deux ventes dans une belle propriété à la campagne, pas trop loin de Brighton. Humphrey pourrait ainsi bénéficier d'un grand jardin, voire d'un champ, pour se défouler.

La seule personne qui n'était pas emballée était son collègue et meilleur ami Glenn Branson, qui logeait chez lui depuis qu'il était séparé de sa femme. Le pauvre Glenn allait devoir trouver une autre solution. Il était temps pour lui de passer à autre chose, d'avoir son propre appartement et de se prendre en main.

Alors que Roy se concentrait sur le premier paragraphe, son téléphone fixe sonna.

Il décrocha immédiatement, afin de ne pas réveiller Noah.

— Oui allô ? dit-il à voix basse, en espérant que ce ne soit pas le commissariat.

Il ressentit à la fois du soulagement et de l'agacement en entendant une voix de velours qu'il ne connaissait pas.

— Bonjour, je vous appelle de la part d'un de vos amis.

— Ah bon, qui ça ?

— Gerard Scott.

— Désolé, mais je ne connais personne de ce nom.

— Il vous passe le bonjour.

— Je pense que vous vous êtes trompé de numéro.

— Grâce à nous, il économise 2 500 livres par an sur sa facture de chauffage.

— Ah bon ?

Grace n'aimait pas les téléconseillers, mais il ne pouvait pas s'empêcher d'éprouver un minimum d'empathie pour ceux qui devaient gagner leur vie ainsi.

— Et comment faites-vous cela ?

— L'un de nos techniciens sera dans votre quartier la semaine prochaine. Peut-être pourrions-nous prendre rendez-vous à l'heure qui vous conviendrait le mieux.

— Un technicien en quoi, exactement ?

— Isolation des combles.

— Isolation des combles ?

— Nous sommes leaders sur le marché anglais. Notre système est tellement efficace qu'il s'amortit en neuf ans.

Ayant l'intention de déménager, Cleo ne voulait pas dépenser d'argent pour cette maison, à moins que ce ne soit indispensable.

— Savez-vous que vous venez d'appeler le responsable d'une scène de crime ? demanda Grace avec malice.

— Une scène de crime ?

— Il me faudrait votre nom, adresse, date de naissance et votre lien avec la victime. Accepteriez-vous de venir témoigner au commissariat de Brighton ?

S'ensuivit un long silence, puis un clic. La ligne fut coupée.

Victoire !

Grace sourit, satisfait. Il regarda son fils qui dormait.

Quelques instants plus tard, son téléphone portable sonna. C'était le commandant qui remplaçait Jason Tingley, récemment promu. Quand il l'appelait, ce n'était jamais pour lui annoncer une bonne nouvelle.

— Désolé de vous déranger, chef. Il y a eu un cambriolage avec violence sur Withdean Road. Une vieille dame de 98 ans a été torturée. Elle se trouve en soins intensifs à l'Hôpital royal du Sussex. Il semblerait que des antiquités et des tableaux aient été dérobés.

Grace s'éloigna de Noah pour demander :

— Est-ce qu'elle va survivre ?

— Eh bien, elle alterne phases conscientes et inconscientes, chef.

— Quels sont les détails ? demanda-t-il.

— On n'a rien pour le moment. Elle a été victime d'une agression particulièrement abjecte. Je me suis rendu sur place. À mon avis, c'est pour la Crim. Les objets volés avaient une grande valeur et je pense que la victime ne va pas s'en tirer.

Roy Grace détestait les sadiques qui s'en prenaient aux personnes âgées.

— OK, dit-il en dissimulant son manque d'enthousiasme. Donne-moi l'adresse.

Il nota les coordonnées dans son carnet. Quand il eut terminé, il appela Glenn Branson, son adjoint sur l'enquête précédente – deux mois plus tôt, un fan avait tenté d'assassiner une star sur un tournage.

— Tu fais quelque chose d'important, Glenn ?

— À part gérer le dossier de divorce de l'autre connasse ?

— Parfait. On se retrouve devant le 146, Withdean Road dans trente minutes.

— Super chic, comme quartier.

— Exactement. Je compte sur toi pour te tenir à carreau.

14

Assis dans une vieille Jaguar S-Type qu'on lui avait prêtée, il surveillait de nouveau l'entrée du lotissement où Roy Grace vivait désormais avec sa chère Cleo Morey et Noah – Noah Jack Grace –, leur bébé de deux mois.

La Jaguar disposait de vitres (illégalement) teintées. Personne ne pouvait le voir, ni lui ni le masque de haine qu'il portait sur le visage.

Noah Jack.

Il avait obtenu tous les détails à l'état civil de la mairie de Brighton.

Noah Jack Grace.

Laisse-le tranquille, passe à autre chose, lui disaient ses amis. Hors de question. Impossible d'oublier l'homme qui avait foutu sa vie en l'air. Des sanctions s'imposaient.

Il voulait remettre les compteurs à zéro. La nuit précédente, à l'aide de jumelles à vision nocturne, il avait vu l'un des résidants composer le code du portail. Un peu plus tard, il s'était glissé dans la cour en vérifiant que personne ne l'observait et qu'il n'y avait pas de caméra de vidéosurveillance. Dans l'obscurité, il s'était approché de la maison de Grace. Entre les lames des stores, il avait vu le commissaire et sa pute lovés l'un contre l'autre sur le canapé, devant la télévision, un babyphone à portée de main.

Quelle scène adorable…

Il aimait à imaginer Cleo Morey, thanatopractrice en chef à la morgue de Brighton et Hove, lorsqu'elle récupérerait dans une poubelle un bébé étouffé dans un sac en plastique, et découvrirait que c'était le sien.

Ne serait-ce pas symbolique, tout ça ? Tel père, tel fils. Une vraie famille d'ordures. Il aimait beaucoup cette idée. Mais il aimait également à imaginer Grace rentrer chez lui et retrouver sa pute défigurée à l'acide. Cela lui apprendrait à fraterniser avec les flics.

Il avait plusieurs options. Il aimait ça. En prison, il n'avait pas beaucoup d'options. La liberté était synonyme d'options.

Il écrasa la cigarette dans le cendrier. Le portail s'ouvrait. Quelqu'un sortait du lotissement.

Le commissaire Grace, tiré à quatre épingles. Il avait l'air un peu fatigué.

En cet après-midi ensoleillé, il le regarda remonter la rue jusqu'à une Alfa Romeo Giulietta noire, garée sur une place de parking réservée aux résidants.

Les feux de frein s'allumèrent et la voiture démarra. Il songea à la douleur que ressentirait le commissaire.

Mmm… Le goût sucré de la revanche.

La vengeance est un plat qui se mange froid.

Froid comme le bébé étouffé.

Il aimait beaucoup cette idée.

La maison à louer était la numéro quatre. Elle se trouvait juste à côté de celle de Grace. Quelques formalités et il s'y installerait dans une semaine environ. Il pourrait alors surveiller Grace. Et non l'inverse. Quelle merveilleuse perspective !

15

New York, 1922

Un vent glacial soufflait, de la neige fondue tombait. Le petit garçon se trouvait avec sa sœur et sa tante, le visage sévère, au milieu d'une foule immense, sur le quai 54. Il portait un long manteau, des gants en laine et une casquette en tweed. Il semblait abandonné. Ses quelques affaires personnelles étaient fourrées dans la petite valise en cuir posée par terre, à côté de lui. Il avait le sentiment d'être minuscule, dans cette foule.

Il avait 5 ans. Il se sentait complètement perdu et il en voulait à sa tante. Elle les emmenait, lui et sa sœur, loin de son papa et de sa maman. Sa maman était au cimetière, elle ne reviendrait jamais. Ça, il l'avait compris. Elle était partie pour toujours. Elle était ailleurs, au paradis.

Mais son papa était susceptible de rentrer à la maison à n'importe quel moment. Il voulait l'attendre, mais sa tante n'était pas d'accord. Elle lui avait dit que son papa ne reviendrait jamais. Sa sœur la croyait, mais lui non. Il ne voulait pas admettre que ce grand type avec un petit lapin en argent autour du cou, qui le portait sur ses épaules, jouait à la balle avec lui, l'emmenait à la fête foraine à Coney Island ou nager dans la mer, lui piquait les joues en l'embrassant, sentait la bière et le tabac, qui lui lisait *L'Homme sur la Lune* et qui l'accompagnait au zoo en jurant à sa femme qu'ils allaient à la messe... Il ne voulait pas croire que cet homme-là ne rentrerait pas à la maison.

Il rentrerait. Il en était sûr.

— Je ne veux pas partir, dit-il, déterminé. Je veux rentrer chez moi attendre papa. Je te déteste !

Il tapa du pied par terre.

— Ça va te plaire, l'Irlande, dit-elle. C'est moins dangereux, il y a moins de problèmes, là-bas.

— Peut-être que papa est là-bas.

Sa tante garda le silence.

— Peut-être, non ? Tu ne penses pas ? répéta-t-il, plein d'espoir.

Elle ne dit toujours rien. Il y avait des relents iodés, des odeurs âcres de charbon, de la fumée de cigarette et de pipe. Autour d'eux, des machines grinçaient, des hommes criaient, des mouettes tournoyaient. Une caisse se balançait au bout de cordes ; des poulies se cognaient au-dessus des têtes. La silhouette impressionnante du paquebot se dressait devant lui, telle une montagne. Le petit garçon regardait autour de lui. Son papa travaillait sur les docks. Peut-être était-il ici aujourd'hui. Il scruta chaque visage.

Il était convaincu qu'il avait tort de partir. Il voulait retrouver son papa. Pas partir à des milliers de kilomètres de là, loin de lui. Il ne comprenait toujours pas.

Il regarda les grandes personnes. Les grues, les mâts de charge, le *Mauretania*, ses quatre cheminées et ses nombreux ponts. Une corde reliée à un cabestan se trouvait à côté de lui. Il entrevit les eaux de l'Hudson, d'un vert profond, entre le bateau et le quai, entendit le clapotis de l'eau graisseuse, couverte de mousse et de détritus. Ils étaient sur le point d'embarquer. Le bateau les emmènerait à un endroit qui s'appelait Dublin, en Irlande. Sa maman était au paradis. Son papa avait disparu, emmené par des méchants. Sa tante Oonagh disait qu'ils l'avaient tué, mais il ne la croyait pas. Et, maintenant, alors qu'il la connaissait à peine et qu'il ne l'aimait pas, elle l'emmenait vers une nouvelle vie, disait-elle. Dans un endroit où il serait en sécurité. Dans une ferme à la campagne, avec des poules, des vaches, des cochons et des moutons.

Il ne voulait pas voir des poules, des vaches, des cochons et des moutons. Il voulait son papa.

Il ne voulait pas partir. Il pleurait. Toutes les cinq minutes, sa tante lui épongeait les yeux avec un mouchoir. Sa sœur serrait sous son bras son petit nounours élimé, M. Stuffykins. Sans rien dire. Tous trois attendaient qu'une procession interminable de gens embarque. Des personnes âgées, mais surtout des familles avec bébés et enfants, qui transportaient des valises, des malles, des boîtes en bois et en carton, parfois des chiens et des chats dans des paniers. Certains emportaient même des meubles. Un homme ployait sous le poids d'une grande pendule à balancier en bois.

Personne ne vit le gamin, dissimulé sous une casquette qui mangeait la moitié de son visage, se frayer un chemin jusqu'à eux.

En entendant son nom, le petit garçon se retourna.

— Oui ?

Le gosse lui remit un sac en papier Kraft.

— On m'a dit de te donner ça, à toi et à ta sœur, et de te dire de bien regarder les chiffres.

— Attends une minute ! s'écria la tante.

Mais le gamin s'éloignait déjà.

— Attends un peu ! Qui t'envoie, jeune homme ?

— Un ami ! cria-t-il.

Quelques secondes plus tard, comme une pierre coule au fond de l'eau, il fut avalé par la foule.

— Tante Oonagh, qui était ce garçon ? demanda la sœur, emmitouflée dans un duffle-coat trop grand pour elle, un bonnet enfoncé sur la tête.

— Montre-moi ça, dit-elle en prenant le sac des mains du garçon.

Elle fut surprise par le poids. Elle regarda à l'intérieur et fronça les sourcils. Il y avait un petit revolver noir, une montre de poche cassée et une page de papier journal pliée. Elle sortit le journal et l'ouvrit délicatement. C'était une ancienne édition du *Daily News*. Le gros titre portait sur le meurtre de la femme de Brendan Daly et la disparition de ce dernier, prétendant au titre de chef du gang de la Main blanche – leurs parents.

Il y avait une photo du père. C'était un bel homme de grande taille, au regard noir. Il avait des cheveux bruns gominés et portait un costume trois-pièces, une montre à chaînette, une chemise blanche mal repassée et une cravate unie, sous un très beau manteau.

Griffonnés dans la marge, à l'encre bleue, se trouvaient quatre noms et douze chiffres.

— Ça dit quoi ? demanda la sœur.

Sa tante lui montra. Le petit garçon regarda aussi. Il ne savait pas encore lire, mais essaya de déchiffrer les noms et identifia lentement, à haute voix, les douze chiffres : 9 5 3 7 0 4 0 4 2 4 0 4.

— Ils veulent dire quoi ? demanda-t-il.

— C'est à toi de me le dire, répondit la tante en lui tendant la page. C'est à toi qu'il l'a donnée.

Il savait que c'était important. Mais il ne comprenait pas en quoi.

— Ce sont les noms des méchants qui ont emmené papa ? demanda la sœur.

La tante ne répondit pas.

Le petit garçon plia le journal et le rangea dans sa poche intérieure. Puis il regarda le revolver que sa tante tenait nerveusement, comme s'il pouvait la piquer ou la mordre.

— Je devrais me débarrasser de ça, dit-elle. Ce n'est pas bien d'avoir une arme sur soi.

Elle se détourna et s'approcha du bord du quai. Elle était sur le point de le jeter quand le garçon attrapa son bras.

— Non ! cria-t-il. C'est peut-être le revolver de papa ! Il voudra le récupérer ! Peut-être qu'il va revenir le chercher !

Il éclata en sanglots.

Elle le regarda, attendrie.

— Bon, on va le garder pendant la traversée, au cas où ton papa nous attendrait de l'autre côté.

Il hocha la tête avec vigueur, chassant ses larmes d'un revers de la main.

La tante rangea le revolver dans son sac à main, puis observa la montre. C'était une montre d'homme en or avec les phases de la Lune, au bout d'une chaîne. Le verre était ébréché et le remontoir légèrement tordu. L'aiguille s'était arrêtée à 4 h 05. Il la lui prit des mains et la fixa :

— C'est la montre de papa ! s'écria-t-il. C'est celle de papa !

Ils entendirent le long coup de sirène du paquebot. Pour le petit garçon, cette corne de brume, les cinq coups de feu et les cris de sa mère resteraient, pour toujours, associés à New York.

Et le souvenir de la montre.

16

2012

Dans l'unité surchauffée des soins intensifs de l'Hôpital royal du Sussex, fatigué par un vol depuis le sud de la France, le vieil homme se trouvait à côté de sa sœur, qui semblait inconsciente. Il tenait sa main frêle, veinée, tachée. Non loin d'eux, quelqu'un tira un rideau.

— Aileen, je suis là, tu m'entends ?

Elle serra imperceptiblement sa main. Ses cheveux argentés, d'habitude si bien coiffés, étaient emmêlés et collés. Son visage, entre les bandages, était tuméfié, couvert d'hématomes noirs et orange. Dans le cou, la vieille dame avait été brûlée à de nombreux endroits avec une cigarette. Ailleurs, sa peau était d'un blanc cadavérique.

Gavin était hors de lui. Il pensait à la longue vie qu'ils avaient vécue. Finir comme ça… Lui qui ne pleurait pas souvent écrasait des larmes entre ses cils.

Elle souffrait de multiples fractures du crâne. Une lésion de la moelle épinière au niveau des cervicales – quelqu'un avait dû la piétiner – la laisserait sans doute paraplégique. Si elle survivait. Elle avait aussi la clavicule droite et le bassin fracturés – des détails, au regard de ses autres blessures.

Son état avait empiré toute la journée. Ses espoirs étaient irrationnels. Il commençait à comprendre que la fin était inéluctable.

Des appareils de monitoring bipaient régulièrement. Dans la salle flottaient des odeurs de produits chimiques, d'eau de Cologne, et celle, singulière, du matériel électrique en chauffe.

Aileen était allongée, avec des bandages, des câblages et des tubes enfoncés dans la bouche et les narines. Un capteur mesurait sa tension intracrânienne, un autre avait été placé à l'extrémité d'un doigt, des drains et des perfusions étaient plantés dans ses bras et son abdomen. Les yeux fermés, elle gisait au milieu d'une forêt d'appareils qui contrôlaient ses différents réflexes et la maintenaient en vie. Deux écrans à droite, ainsi qu'un ordinateur portable, au pied de son lit, reprenaient toutes les données.

— Aileen, je suis ici, avec toi, c'est Gavin. Je suis là.

Il vit ses lèvres bouger, mais aucun son ne sortit de sa bouche. Il se pencha, en vain. Il la regarda.

Elle articula :

— Qu'est-ce qu'ils ont pris ?

— Je ne sais pas, pas encore, mais ce n'est pas important. Tout ce qui importe, c'est toi.

Elle murmura de nouveau :

— Est-ce qu'ils ont volé la montre ? C'est tout ce que nous avions de lui. Tu te souviens du message du gamin : *Regarde bien les chiffres.* Tu te souviens ?

Soudain, il fut ramené quatre-vingt-dix ans en arrière, sur le quai d'Ellis Island, avant leur embarquement sur le *Mauretania*. Le gosse à la casquette avec le sac en papier Kraft. Il se rappela les mots.

— À ton avis, qu'est-ce qu'il voulait dire, Aileen ?

Il n'y eut pas de réaction.

17

La vieille limousine Mercedes bleue, vitres teintées à l'arrière, se frayait un passage entre les nombreux nids-de-poule. La musique était forte. C'était l'*Hymne à la joie* interprété par l'Orchestre Philharmonique. C'était le choix de son patron. Son patron aimait ce genre de trucs.

La grande bâtisse de style édouardien était nichée derrière des haies d'arbustes, une pelouse en pente et un jardin de rocaille. L'allée menait jusqu'à l'arrière de la demeure. Entre la maison et les deux garages décrépits se trouvait une multitude de véhicules. Deux voitures de police, deux autres banalisées, une camionnette blanche estampillée POLICE SCIENTIFIQUE. Une rubalise blanc et bleu bloquait l'accès à la propriété. Une femme flic montait la garde avec un registre.

Le chauffeur sortit. Il fêterait ses 70 ans dans une semaine. Maigre comme un clou et voûté, il portait une casquette de fonction deux fois trop grande, dont jaillissaient quelques mèches de cheveux blancs.

— Désolé pour les secousses, patron, dit-il en ouvrant la portière arrière.

Gavin Daly abandonna le sudoku qu'il était en train de faire, sortit et se stabilisa grâce à sa canne noire dont le pommeau en argent représentait un aigle au regard perçant. Il ignora la main que lui tendait son chauffeur et se redressa seul.

Bronzé, droit comme un piquet, une dentition refaite, d'un blanc éclatant, Daly faisait vingt ans de moins que son âge. Son nez aquilin n'était pas sans évoquer le profil de l'oiseau de proie sur le pommeau. Il avait des cheveux blancs jusqu'aux épaules et un regard bleu électrique, d'ordinaire charmeur et chaleureux. Aujourd'hui, ses yeux brûlaient de rage, derrière les montures en écaille de ses lunettes. Il portait un costume en lin beige, une chemise bleue et un foulard à motif cachemire, des mocassins à glands marron, de chez Ferragamo, et tenait à la main un cigarillo éteint, à moitié fumé. Seuls son cou ridé, les taches sur son visage et ses mains, et sa démarche au ralenti trahissaient son âge véritable.

Masquant sa fureur, il s'approcha de la policière et se présenta d'un ton calme, mais ferme :

— Je suis Gavin Daly. C'est la résidence de ma sœur. Le commissaire Grace m'attend.

Sa voix était soyeuse, avec un très léger accent irlandais. Quand les circonstances s'y prêtaient, il recourait à ses incroyables dons d'éloquence. Il aurait pu vendre de la neige à un Esquimau, du sable à un Bédouin ou un maillot de bain à un poisson. Il avait d'abord réussi dans la vie en refourguant des voitures d'occasion, puis avait fait une seconde carrière, bien plus brillante, dans les antiquités de luxe, et était spécialisé dans les montres et les horloges.

Elle vérifia dans son registre, puis transmit le message par radio.

Quelques instants plus tard, un grand Black en combinaison blanche et surchaussures s'approcha de lui.

— Monsieur Daly, je suis le commandant Branson, adjoint sur cette enquête. Merci d'être venu jusqu'ici. Je suis désolé que ce soit dans ces circonstances.

— Pas aussi désolé que moi, dit Daly en esquissant un sourire désabusé.

— Bien sûr, monsieur, je comprends.

— Vous comprenez quoi, exactement ? Vous savez ce que c'est de retrouver sa sœur de 98 ans en soins intensifs et d'apprendre les atrocités qu'elle a subies ?

— Nous ferons notre possible pour arrêter les coupables, monsieur.

Daly soutint son regard en silence. Son fils aussi ferait tout pour les localiser. Et si cette brute les trouvait avant la police, ce qui était le but, personne ne les reverrait. Jamais.

Un homme large d'épaules, tiré à quatre épingles, en tenue de protection et bottes, se présenta :

— Je suis David Green, le responsable de la scène de crime. Pourriez-vous enfiler cette tenue, s'il vous plaît ?

Glenn Branson aida le vieil homme à s'habiller.

— Si j'ai bien compris, vous êtes arrivé de France aujourd'hui et vous avez pu voir votre sœur, c'est bien ça ?

— Tout à fait.

— Comment va-t-elle ?

— Mal, répliqua-t-il. Vous vous attendiez à quoi ? À ce qu'elle danse sur son lit d'hôpital ?

Branson était soulagé de savoir Roy Grace sur les lieux. Cet homme ne serait pas facile à gérer. On l'avait d'ailleurs prévenu.

David Green tendit à Daly une paire de gants, puis tous trois se dirigèrent vers l'entrée de la maison. Ils marchèrent sur les plaques métalliques mises en place par la police scientifique. Dans le hall, un homme prenait des photos et une femme, à genoux, relevait des empreintes à l'aide d'un ruban adhésif.

Gavin Daly observa les rectangles plus clairs aux murs. La dernière fois qu'il était venu, quinze jours plus tôt, la maison était remplie de tableaux et de magnifiques antiquités. Aujourd'hui, c'était comme si des déménageurs étaient passés.

— Votre sœur vit seule, monsieur Daly ?

— Elle a une gouvernante à temps partiel, qui est en vacances en ce moment, et un jardinier qui vient une fois par semaine.

— Les considérez-vous comme dignes de confiance ?

— La gouvernante a près de 75 ans, elle travaille pour ma sœur depuis plus de trente ans, et le jardinier depuis au moins dix ans. Ils sont dignes de confiance, absolument.

— Il faudra tout de même qu'on les interroge, pour les éliminer de la liste des suspects. Pourrez-vous nous communiquer leurs coordonnées, s'il vous plaît ?

Daly hocha la tête.

— Ce serait bien que vous nous indiquiez ce qui a été volé. Vous connaissiez bien la maison, n'est-ce pas, monsieur ? lui demanda Glenn Branson.

— Je les ai conseillés pour quasiment tout, ma sœur et feu son mari. Il ne reste plus rien d'important dans le hall. Ils savaient ce qu'ils faisaient, les salauds. Je peux vous lister tout ce qui se trouvait ici et il devrait y avoir un album photo répertoriant tous les objets de valeur, quelque part.

— Cela nous serait très utile.

Daly garda le silence, puis dit :

— Utile à qui ?

— Utile à l'enquête, monsieur.

Daly lui jeta un regard suspicieux.

— Vous le pensez vraiment ?

— Si vous pouviez identifier tout ce qui a été volé...

— D'après moi, ce serait plus rapide de répertorier ce qui ne l'a pas été.

Branson le dévisagea, mal à l'aise.

— Il semblerait que ce soient des professionnels.

Daly garda le silence. Il entra dans le salon. Au-dessus de la cheminée se trouvait jadis l'un des tableaux les plus cotés de sa sœur, un paysage de Landseer, qui valait au moins un demi-million de livres. Gavin avait essayé de la convaincre de l'exposer ailleurs, loin du feu. À présent, c'était le cadet de ses soucis. Sur le mur d'en face était accrochée une horloge Whitehurst dorée, à dix-huit engrenages, fabriquée à la main en 1791. Avec ses mécanismes apparents, elle indiquait l'heure partout dans le monde. Aujourd'hui, elle partirait à plus de 300 000 livres, lors d'une vente aux enchères.

Il observa les autres traces au mur, les vitrines vides, le secrétaire en noyer. Tous les objets de valeur avaient disparu. Donc presque tout. Redoutant le pire, il entra dans le bureau de sa sœur. Comme il s'y attendait, le coffre-fort encastré était ouvert. Il regarda l'intérieur. Le second compartiment, au fond, était lui aussi ouvert.

Ses espoirs s'effondrèrent. Son sang ne fit qu'un tour.

— Les enculés, dit-il calmement.

Il secoua la tête et vérifia.

— Les enculés.

Il retourna dans le hall, suivi par l'enquêteur. Une pile de courrier se trouvait sur la table de style victorien, qu'il n'avait jamais portée dans son cœur. Ignorant la mise en garde de Branson, qui lui demandait de ne rien toucher sans gants, il passa en revue les enveloppes. Au milieu de la pile se trouvait une feuille A4, à l'en-tête de R.C. MOORE, domicilié à Kemp Town.

La lettre disait :

Madame, Monsieur,

Cela fait plusieurs années que je fréquente votre quartier et que je tire satisfaction du plaisir qu'ont les gens à réaliser des gains à partir d'objets souvent oubliés, superflus.

Des sommes que vous pouvez réinvestir. Des objets que je peux revendre.

Je suis toujours intéressé par :

— les vieilles valises en cuir ou en crocodile

— les livres pour enfants

— les bijoux anciens

— l'argenterie et les objets en or dépareillés.

— On dirait le tract d'un brocanteur véreux, dit Glenn Branson en le mettant sous scellés, pour effectuer un relevé des empreintes digitales.

À Brighton, les brocanteurs véreux sévissaient depuis l'après-guerre, avec les chiffonniers. Depuis des décennies, ils abusaient des personnes âgées. Ils utilisaient des prospectus comme celui-ci pour entrer chez les plus vulnérables et les plumer, ou renseigner des cambrioleurs professionnels.

Daly hocha la tête. Il savait. Il avait exercé cette sinistre profession, il y avait des années de cela. Soudain son téléphone sonna. Il s'excusa et regarda l'écran. Il n'y avait pas de nom affiché.

— Gavin Daly, j'écoute.

— C'est l'infirmière Wilson, monsieur Daly. Votre sœur est de plus en plus faible. Vous devriez venir rapidement.

18

En tenue de protection, comme toutes les personnes présentes chez Aileen McWhirter, Roy Grace se trouvait dans le bureau de la vieille dame, au rez-de-chaussée, à l'arrière de la propriété. Il était pendu au téléphone, avec une carte de la région sous les yeux. Entre deux appels aux membres de l'équipe qu'il était en train de constituer, il envoya un SMS à Cleo pour la prévenir qu'il rentrerait très tard.

La seule information qu'Aileen McWhirter avait été en mesure de leur donner était que deux des hommes qui l'avaient attaquée portaient un uniforme marron et s'étaient fait passer pour des employés de la Centrale des eaux. Grace devait définir une zone et organiser une enquête en porte-à-porte auprès des voisins, afin de savoir si l'un d'eux avait reçu une visite similaire. Le tout sans les effrayer, tout en prodiguant quelques conseils de prévention.

Il allait devoir vérifier s'il y avait des caméras dans le quartier. Withdean Road et ses environs n'étaient malheureusement pas sous surveillance policière, mais la plupart des manoirs disposaient de leur propre système. Il fallait qu'il voie si des crimes similaires avaient été commis à Brighton ou dans le comté. Il voulait aussi faire afficher des avis sur la route, afin de déterminer si quelqu'un avait vu un véhicule suspect la nuit de l'attaque, ou le mardi précédent.

Grace savait qu'en général les cambrioleurs faisaient du repérage une semaine avant, jour pour jour, pour connaître les allées et venues de chacun. Il y avait un truc qui clochait, dans cette agression abominable, mais il n'arrivait pas à dire quoi. Ce genre de cambriolage avec violence n'était, hélas, pas rare. Mais son instinct lui disait qu'il y avait autre chose, cette fois. La bibliothèque de la vieille dame avait retenu son attention. Un mouvement, à l'extérieur, le détourna de ses pensées. Derrière le vitrail, il vit un moineau faire sa toilette dans une petite fontaine. L'oiseau ignorait tout des horreurs qui s'étaient déroulées ici.

Grace n'avait jamais été très attiré par la poésie, mais un poème lui vint à l'esprit – il l'avait appris par cœur à l'école. C'était du W. H. Auden. Les deux premiers vers lui semblèrent soudain appropriés.

Heureux le lièvre qui, au matin, ne peut deviner
Les pensées du chasseur qui s'éveille…

Il regarda le moineau qui se baignait, les pelouses en terrasse et la vue sur la vallée. À cette époque de l'année, la vue vers l'est de la ville était obstruée par la végétation, mais il devinait le grand rectangle de la Varndean School, qu'il avait fréquentée avant de s'engager dans la police.

Sur le bureau en noyer de la victime se trouvait un grand agenda en cuir, ainsi que des photos d'enfants et d'adultes, toutes décolorées par le temps, un carnet d'adresses démodé en cuir rouge, un stylo Parker sur un sous-main, du papier à lettres à en-tête bleu, une carte d'anniversaire et une enveloppe vierges, qu'elle avait prévu d'envoyer à quelqu'un. *Un indice se trouve peut-être dans l'agenda*, se dit-il en le feuilletant de ses doigts gantés. Mais les pages étaient blanches, à part un rendez-vous fixé pour dans trois jours, noté à l'encre, d'une écriture fine : *Dr Parish. 11 h 30.*

Au-dessus du bureau, une marque plus claire au mur indiquait l'absence d'un tableau. Un coffre-fort à combinaison se trouvait là, porte ouverte. Il regarda à l'intérieur. Il était vide. Au fond, il y avait une seconde porte, ainsi qu'un compartiment secret, ouvert, lui aussi.

Il se tourna vers la bibliothèque et parcourut certains des titres.

Les cent premières années de la mafia américaine. Les jeunes années d'Al Capone. Les premiers gangs et gangsters de New York. Le crime organisé irlandais. Le roi des docks de Brooklyn.

Et ainsi de suite, sur chaque étagère.

Pourquoi ?

Cette collection ressemblait fort à une obsession.

Pourquoi la vieille dame possédait-elle tous ces livres sur les débuts de la mafia new-yorkaise ?

Aileen McWhirter. Elle avait un nom irlandais. Gavin Daly avait-il des connexions avec le crime organisé américain ? En avaient-ils tous les deux ?

D'après le peu d'informations qu'il avait pu glaner sur Aileen McWhirter, elle avait été mariée à un agent de change, dont elle était veuve depuis quinze ans. Ses enfants étaient morts avant elle. Il restait une petite-fille et son époux, Nicki et Matt Spiers, et leurs deux enfants, Jamie et Isobel – les arrière-petits-enfants d'Aileen – que la police tentait de contacter. Elle n'était pas fichée. Son permis de conduire lui avait été retiré trois ans plus tôt, parce qu'elle avait percuté une borne sans raison apparente.

Peut-être avait-elle écrit une thèse ou un livre sur la mafia. Peut-être essayait-elle d'en savoir davantage sur sa famille...

Le téléphone du commissaire sonna.

— Roy Grace, j'écoute.

C'était Glenn Branson, qui se trouvait à l'extérieur.

— Chef, Gavin Daly est passé. Il allait te rejoindre quand il a reçu un appel de l'hôpital lui demandant d'y retourner de toute urgence.

— Comment va Mme McWhirter ?

— L'officier qui monte la garde à son chevet me tient au courant. Les nouvelles ne sont pas bonnes.

— Elles ne l'ont jamais été, répliqua Grace, défaitiste.

— J'aimerais te montrer quelque chose dans le hall.

— J'arrive.

Branson se trouvait sur une dalle posée par leurs techniciens sur un tapis persan, à côté d'une console. Il attira l'attention de son supérieur sur un tract de format A4, sous scellé, avec pour en-tête : R. C. MOORE

La typographie, qui se voulait chic, le rendait suspicieux aux yeux de Grace.

Madame, Monsieur,

Cela fait plusieurs années que je fréquente votre quartier et que je tire satisfaction du plaisir qu'ont les gens à réaliser des gains à partir d'objets souvent oubliés, superflus.

— Merde, alors ! Je pensais que les brocanteurs véreux avaient disparu de la circulation. Que tout le monde regardait les émissions de type « Un trésor dans votre maison », et que plus personne ne se faisait arnaquer.

Il se souvint, non sans colère, que sa grand-mère avait été délestée de l'héritage familial par ces arnaqueurs quand il était ado.

— Apparemment, ils n'ont pas tous disparu. Tant qu'il y aura des choses à voler, il y aura des voleurs.

Grace esquissa un sourire désabusé.

— Il faut que l'on interroge dès que possible ce R.C. MOORE.

Il regarda le tapis.

— Bizarre qu'il y ait, dans une maison aussi belle, ce genre de vieux tapis... ajouta-t-il.

Branson le dévisagea, désespéré.

— Tu es tellement inculte !

— Merci, mais je pense savoir reconnaître un beau tapis quand j'en vois un.

— Ah bon ? Tu connais sa valeur ?

— J'en donnerai 5 livres sur un vide-greniers.

— Tu ferais une sacrée affaire. À mon avis, c'est un tapis persan et il vaut plusieurs milliers de livres. Le père d'Ari en vendait. Les artisans y ajoutent délibérément des défauts.

— Pourquoi ?

Glenn Branson sourit.

— Parce que, à leurs yeux, seul Dieu est parfait.

— J'essaierai de m'en souvenir.

Il sortit son portable de sa poche et réalisa quelques gros plans du tract, puis vérifia que les photos n'étaient pas floues. Le téléphone de Glenn sonna. Après une brève conversation, ce dernier raccrocha et regarda son chef avec de grands yeux inquiets.

— C'était le policier de garde à l'hôpital.

— Et ?

— Il s'agit désormais d'une enquête pour homicide.

19

New York, 1922

Sa tante l'appela, mais le petit garçon refusa de rentrer se protéger du froid. Il s'accrochait à la rambarde du *Mauretania* comme si sa vie en dépendait. Il avait la gorge nouée. Le vent salé ébouriffait ses cheveux, des larmes coulaient sur ses joues. Insensible au froid polaire, il fixait la statue de la Liberté qui disparaissait au loin, tandis que le paquebot s'engageait dans les Narrows.

La statue n'était plus qu'une minuscule poussière. Le brouillard et l'obscurité grandissante étaient en train de l'avaler. Lorsqu'elle eut complètement disparu, il se sentit encore plus triste, comme si le lien entre son papa et lui avait été coupé pour toujours.

Le pont bourdonnait sous ses pieds. Ça sentait la peinture, le vernis et la fumée des cheminées. Sa tante l'appela une nouvelle fois en le tirant par la manche de son manteau, mais il l'ignora, les yeux rivés sur le sillage, trente mètres plus bas. Chaque seconde, le *Mauretania* l'éloignait de New York. Chaque seconde, ses chances de retrouver son père diminuaient. Le mystère de sa disparition s'épaississait et s'assombrissait, comme les nuages qui cachaient la statue de la Liberté.

Il sortit de sa poche intérieure la page que le gamin lui avait donnée quelques heures plus tôt. Le vent s'engouffra. Le papier crissa. L'enfant s'y accrocha, terrifié à l'idée de le perdre. Il regarda la photo de son père, les noms notés d'une écriture maladroite et les chiffres. 9 5 3 7 0 4 0 4 2 4 0 4. Puis il regarda de nouveau New York.

Son père était quelque part. Là où les méchants l'avaient emmené, contre son gré. Les chiffres étaient importants, il en était persuadé.

Mais que signifiaient-ils ?

Sa tante le tira encore plus fort. Il enfonça le journal dans sa poche intérieure, et, fixant l'horizon gris, fit une promesse :

Un jour, papa, je reviendrai et je te trouverai. Où que tu sois, je te sauverai.

La sirène du bateau sonna trois fois, comme pour entériner cette résolution.

20

2012

Ricky Moore avait 53 ans, de longs cheveux gris et une calvitie galopante. Il portait une chemise d'un blanc éclatant, à moitié ouverte pour exhiber un médaillon en or, une veste beige mal coupée et d'énormes bagues aux doigts. Avec son visage déformé par l'alcool et son teint cireux, il ressemblait davantage à un vieux rocker rongé par la drogue qu'à un antiquaire. Mais il savait charmer les vieilles dames et s'incruster chez elles, si récalcitrantes soient-elles.

Il n'avait pas été difficile à trouver. Il buvait là trois soirs par semaine.

Le Cock Inn, à Wivelsfield, était un vrai pub, selon Moore. Il y avait des billards, des fléchettes et des jeux de société. Il était décoré de sous-bocks du monde entier, le patron était sympa, le personnel aussi, et une serveuse lui plaisait particulièrement. Cet établissement ne faisait pas partie d'une chaîne au nom ridicule, on n'y passait pas de musique horrible et on n'y trouvait pas ces jeux électroniques qui dénaturaient désormais tant de bars. Et la bière était bonne.

Mais ce n'étaient pas les raisons pour lesquelles il aimait boire ici. Le pub se trouvait en rase campagne, à 20 km au nord de Brighton, où il vivait, donc ce n'était pas pratique pour lui, étant donné la législation contre l'alcool au volant ces temps-ci. Chaque fois qu'il venait ici, il prenait un risque mais, comme dans toute entreprise, il fallait peser les avantages et les inconvénients.

Comme tous les rares brocanteurs véreux encore en activité, il avait la belle vie. Il lui suffisait de viser des cibles faciles, de convaincre les gens de lui céder leurs vieilleries à bas prix et de les revendre. C'était un vrai baratineur et, malgré son apparence, les gens l'aimaient bien. Surtout les vieilles dames, pour une raison qu'il ne comprenait pas et qu'il ne cherchait pas à comprendre. Il vivait de petites arnaques mais, de temps en temps, il tombait sur un véritable trésor.

Comme cette maison sur Withdean Road, quelques semaines plus tôt. La vieille dame connaissait pertinemment la valeur de ses biens et elle n'était pas du tout prête à vendre, du moins pas à lui. Elle lui avait claqué la porte au nez.

Et voilà qu'aujourd'hui on annonçait dans l'*Argus* qu'elle était morte. Quelle idiote ! Elle aurait dû lui vendre ce qu'il était prêt à acheter. On en serait restés là. Il n'aurait pas appelé ses contacts.

Enfin, peut-être que si.

Il brûlait d'envie de dépenser les 5 000 livres en petites coupures qu'il avait dans la poche. Simple avance sur commission. Non imposable.

La première qualité de ce pub, c'était que personne ne faisait le déplacement depuis Brighton. Il s'était fait un certain nombre d'ennemis, au fil des ans, à force d'escroqueries. En centre-ville, tôt ou tard, il tombait sur quelqu'un de plus baraqué que lui, qui n'avait pas oublié. Sa seconde qualité – la plus importante –, c'était que la clientèle était aisée.

Il procédait ainsi depuis des lustres : repérer un pub sympa dans un coin huppé, rencontrer les gens, gagner leur amitié et leur confiance, traîner au comptoir, offrir des tournées, sortir fumer une cigarette, tendre l'oreille... Et il finissait toujours par entendre parler de belles propriétés isolées. Tôt ou tard, on lui demandait de venir évaluer une maison, celle de la mère, ou autre. Photos volées, coups de fil, envoi des clichés par mail... Et, quelques mois plus tard, il mettait les voiles.

Il trinqua à sa santé. Il se portait comme un charme. La vie était belle. C'était quand même un peu calme, ici, pour un vendredi soir. La serveuse qui lui plaisait était absente – arrêt maladie. Mais tout allait bien. Très bien.

Par ennui, il observa une photo encadrée des membres d'une équipe de foot légendée : WIVELSFIELD WANDERERS.

Il sentit soudain sa poche vibrer. Il sortit son iPhone et regarda l'écran. Appel inconnu. Il porta l'appareil à son oreille et dit à voix basse :

— Allô ?

— Ricky Moore ?

— Ouais.

Son interlocuteur raccrocha. Moore fronça les sourcils et attendit, au cas où celui-ci rappellerait. Mais ce dernier n'avait pas l'intention de rappeler. Il avait tout ce qu'il voulait, à savoir la confirmation de son identité. Tapi dans l'obscurité, devant le pub, il avait vu Moore ranger le téléphone dans sa poche et finir sa pinte.

Ricky Moore posa son verre sur le comptoir et chercha du regard un potentiel partenaire de billard, mais aucun habitué n'était là ce soir. Il décida qu'il rentrerait tôt, commanda une dernière pinte pour la route et un nouveau *shot* de whisky.

Sa compagne, Kjersti, une sublime Norvégienne avec qui il avait décidé de s'installer et de finir ses jours, après deux divorces sordides, avait très envie d'une Rolex. Aujourd'hui, grâce à Mme McWhirter, il avait assez de blé pour lui en acheter une. Avec un peu de chance, il en trouverait une « tombée du camion », qu'il paierait moins cher. Il connaissait un bijoutier véreux spécialisé dans ce genre de transaction.

Elle serait folle de joie !

Il termina son verre et quitta le pub, sourire aux lèvres. Il l'appellerait depuis la voiture. Lui ordonnerait de se désaper et de l'attendre au lit.

★

S'il avait été sobre, Ricky Moore se serait peut-être rendu compte de quelque chose. Mais les quatre pintes, accompagnées de *shots* de whisky, lui avaient embrumé l'esprit. Quand il se retrouva dans l'obscurité, il sortit un paquet de cigarettes de sa poche sans rien remarquer d'inhabituel. S'il avait regardé autour de lui, sur le parking, il se serait peut-être demandé ce que cette Mercedes noire, aux vitres arrière teintées, faisait devant un pub de campagne. Il ne l'entendit pas non plus démarrer, au moment où une moto passait. Il pensait à Kjersti, aux galipettes qu'ils s'apprêtaient à faire ensemble. C'était une vraie cochonne. Et, à ce moment précis, l'alcool aidant, il était d'humeur lubrique.

Il se dirigea, en titubant, vers son vieux break BMW et s'arrêta pour allumer sa dernière cigarette de la soirée – Kjersti ne voulait pas qu'il fume à l'intérieur. Le vent soufflait fort. Il protégea la flamme de ses mains. Il entendit une voiture s'approcher de lui, mais préféra se concentrer sur son briquet. Et ignorer le bruit d'une portière qu'on ouvre.

Il lâcha le briquet et la cigarette lui tomba des lèvres quand une poigne se referma sur son bras. Il hurla de douleur.

— Désolé, dit le Pénitent en l'attirant sur la banquette arrière, le faisant passer au-dessus de ses genoux.

La tête de Moore heurta la carrosserie. Il vit trente-six chandelles et entendit la portière claquer.

— Je suis vraiment désolé, répéta son ravisseur tandis que la voiture démarrait.

L'habitacle sentait le cuir et le cigare.

— Non, mais...

— Je suis désolé. Sincèrement. Croyez-moi, je n'aime pas faire de mal aux gens.

Il serra la cuisse de Moore en prenant soin de pincer le nerf. Incapable de finir sa phrase, Moore poussa un cri déchirant et se tordit de douleur.

— Désolé, je ne connais pas ma force.

Quelques instants plus tard, Moore sentit qu'on lui volait son téléphone dans sa poche.

Il protesta.

Le Pénitent mesurait plus de 2 mètres et pesait un peu plus de 150 kg. Il était musclé, mais pas très futé. Un jour, en prison, il avait lancé un frigo dans l'escalier. Il valait mieux ne pas être dans les parages quand il se mettait en colère.

Moore haletait et transpirait. À la lueur des phares, il vit le visage de l'individu qui le surplombait. Il ressemblait à un homme préhistorique avec une coupe au bol.

— Que voulez-vous ? demanda-t-il.

Du chauffeur, il ne voyait qu'une casquette et quelques cheveux hirsutes.

— Rien, répliqua le Pénitent. Je fais mon boulot, c'est tout. Le sale boulot. Donnez-moi le code de votre téléphone.

Moore était à l'agonie. La voiture tourna à gauche.

— C'est une erreur. Vous vous trompez de personne.

Le Pénitent serra de nouveau sa cuisse.

— Non, vous pouvez me faire confiance, je ne me suis pas trompé. Le code, s'il vous plaît.

Nouveau virage à gauche.

— Où... où va-t-on ? gémit Moore, tremblant de peur et de douleur.

— Je suis désolé, mais je ne peux pas vous le dire. Je suis sincère. Et sincèrement désolé.

Moore remarqua la musique. C'était l'*Hymne à la Joie*. Il ne connaissait pas le titre, et n'aurait peut-être pas été en mesure d'apprécier l'ironie de la situation. La musique classique, ce n'était pas son truc. Il trouvait ça sinistre et déprimant. Il vit des phares devant eux. Ils suivaient apparemment un véhicule, sur une petite route de campagne mal éclairée.

Il sentit la poigne se refermer sur sa cuisse gauche.

— Arrêtez ! beugla-t-il.

Mais le Pénitent serra plus fort.

— Désolé, mais je dois éviter toute fugue. Désolé aussi si je vous fais mal. Le gentleman qui vous attend ne sera pas aussi délicat. Faites-moi confiance. Le code, s'il vous plaît.

Moore lui donna les quatre chiffres. Son ravisseur les tapa et l'écran d'accueil s'alluma.

Le Range Rover qui les précédait s'arrêta et la Mercedes se gara derrière. Un homme s'approcha de la portière, et Ricky Moore se mit à paniquer quand la vitre s'ouvrit. Le vent s'engouffra. Il respira des parfums d'herbe fraîchement coupée et entendit un moteur tourner. Son iPhone passa de mains en mains par la fenêtre.

— Eh, rendez-le-moi !

Son ravisseur garda le silence. Plusieurs minutes passèrent. Le Range Rover démarra et la Mercedes le suivit.

— Mon téléphone ! pleurnicha Ricky Moore.

Le Pénitent lui serra la cuisse. Moore hurla de douleur, de colère et de peur.

— Désolé.

21

Un cigare à moitié fumé, dont la cendre s'était agglomérée à l'extrémité, était posé au bord d'un grand cendrier, à côté d'un verre en cristal contenant un triple whisky Midleton, qui valait 267 livres la bouteille. Le prix de ce rare whisky irlandais lui procurait encore plus de plaisir que le goût. C'était ça de moins dans l'héritage de son imbécile de fils, Lucas, endetté jusqu'au cou. À lui, il n'avait pas envie de laisser quoi que ce soit, tandis qu'il ne voyait aucun inconvénient à en faire profiter sa petite-nièce et le reste de sa famille. Mais, une fois n'est pas coutume, son fils en ce moment lui rendait service.

Vêtu d'une veste de smoking bleu, Daly était assis à son grand bureau recouvert de cuir, dans son magnifique manoir inspiré du palladianisme, à 15 km au nord-est de Brighton. Il avait les larmes aux yeux. Pour essayer de se changer les idées, il observait une J. J. Elliott, horloge rare qu'il inspectait à la demande d'un client, avant de l'envoyer à New York pour une importante vente aux enchères. Il attendait que les personnes qu'il avait contactées le rappellent.

Peu d'antiquaires étaient spécialisés dans l'horlogerie de luxe. La plupart d'entre eux étaient réglo.

Au fil du temps, il avait noué de bonnes relations aussi bien avec les gens honnêtes qu'avec ceux qui l'étaient moins. Il leur avait passé le mot, certain que si quelqu'un tentait de leur vendre la montre de son père, ils lui feraient signe.

À 95 ans, il n'avait jamais vraiment pris sa retraite – il avait juste réduit la voilure au fur et à mesure. Aujourd'hui encore, il veillait sur la boutique à son nom dans le quartier des Lanes, navré de voir son fils saborder l'entreprise familiale. Non pas pour des raisons pécuniaires – il avait assez d'argent de côté pour garder le même train de vie jusqu'à la fin de ses jours. Il conseillait encore certains clients, achetait et revendait parfois, comme cette horloge que lui avait confiée un riche collectionneur anglais. Cela lui permettait de ne pas s'ennuyer.

Son angine de poitrine était de retour. Le médecin lui avait ordonné d'arrêter de boire et de fumer, mais en avait-il vraiment envie ? Il laissa fondre un cachet de trinitrine sous la langue, puis ralluma un cigare. Pour lui qui avait toujours été sensible au savoir-faire artisanal, cette horloge était une vraie merveille. Son boîtier carré, sa marqueterie fine et son placage en or faisaient d'elle un véritable chef-d'œuvre. Son mouvement de balancier et l'imposant gong en laiton étaient exquis. Elle ne donnerait jamais l'heure aussi précisément qu'une de ces montres à quartz bon marché qu'on trouvait partout, mais ce n'était pas le sujet.

Il ajusta la longueur du balancier, puis reposa ses outils. Il était fatigué et agité. Il avait à peine fermé l'œil de la nuit. Il avait la nausée, le deuil le rendait malade. Il ne s'était jamais senti aussi seul au monde.

Il avait tout ce dont un homme pouvait rêver : un magnifique manoir, une villa avec domestiques au cap Ferrat, sur la Côte d'Azur, de l'argent à ne savoir qu'en faire… Mais rien de tout cela n'importait. C'était l'ironie du sort. Il regarda tristement par la fenêtre. Tout, dans cette pièce lambrissée, lui rappelait son passé. La photo en noir et blanc de sa tante sévère, très pieuse, qui les avait élevés, sa sœur et lui. Une série de photos encadrées de son père, Brendan Daly.

Sur l'une d'elles, prise quand il était jeune, il marchait vers l'appareil vêtu d'un costume trois-pièces, chemise blanche, cravate noire, et coiffé d'un canotier bizarrement incliné. Il était flanqué de deux de ses comparses du gang de la Main blanche : Aiden Boyle et Mick Pollock, qui deviendrait plus tard Pollock le Cul-de-jatte, l'une de ses jambes ayant été dévorée par la gangrène, après une fusillade. Ces deux noms figuraient sur la liste écrite au dos de la une du *Daily News* de février 1922, portant sur la mort de sa mère et l'enlèvement de son père – le journal que lui avait donné un messager, sur le quai 54.

À côté se trouvait la photo de son père en maillot de bain, sur la plage de Brighton, à Brooklyn. Il souriait, ses cheveux noirs ébouriffés, une chaîne avec un lapin en argent autour du cou. Sa tante lui avait un jour expliqué que la chaîne avait appartenu au grand-père de Gavin, qui était l'un des lieutenants de la mafia irlandaise de New York, le gang des Lapins morts, dans les années 1880. Sur une autre photo, son père, tiré à quatre épingles, portait un chapeau melon.

Quelqu'un frappa et la porte s'ouvrit. C'était Betty, sa fidèle gouvernante, qui n'avait que quelques années de moins que lui.

— Vous n'avez pas touché à votre souper, monsieur Daly, le réprimanda-t-elle.

Il leva une main sans se retourner.

— Je vous débarrasse, dit-elle. Voulez-vous une boisson chaude ou autre chose avant d'aller vous coucher ?

— Non merci, dit-il. J'attends de la visite, mais je recevrai ici.

Elle lui souhaita bonne nuit et ferma la porte. La maison était vide et sinistre depuis la mort de Ruth, sa seconde femme. Il avait sous les yeux une photo encadrée sur laquelle elle avait 38 ans environ, et lui 55.

Ils se trouvaient sur une terrasse dans le sud de la France, sur fond de Méditerranée, calme et bleue. Ruth était une rousse incendiaire. Irlandaise, comme sa première femme, Sinead. Mais, contrairement à Sinead, la mère de son fils, décédée d'une overdose de barbituriques après des années de dépendance à l'alcool et au sexe, Ruth lui avait été fidèle. Il ne possédait aucune photo de Sinead. Son fils Lucas lui en laissait un souvenir déjà bien assez vif.

Celui-ci avait tenté de le convaincre de s'installer dans une maison de retraite, mais il ne voulait pas en entendre parler. Il adorait cette maison. Quand il l'avait achetée, il y avait longtemps de cela, il s'était dit que son père aurait été fier de lui. Bien sûr, sa fortune n'avait pas été acquise de façon tout à fait honnête. Quel antiquaire pouvait se targuer d'être irréprochable ? Il avait fait une très belle carrière à Brighton, notamment grâce à certaines ventes aux enchères truquées. Une fois – cette anecdote le fit sourire –, il avait fait enfermer un grand négociant londonien dans les toilettes pour l'empêcher d'enchérir contre lui lors d'une vente dans une maison de campagne.

À une autre occasion, bien avant l'apparition du GPS, ses collègues et lui-même avaient modifié tous les panneaux de signalisation, la veille d'une grande vente aux enchères dans un patelin isolé, afin qu'aucun des grands marchands londoniens ne le trouve.

Il regarda, avec impatience maintenant, l'écran de télésurveillance de l'entrée du manoir et l'allée, avec l'espoir de voir le Range Rover de son fils apparaître. Lucas avait hérité d'une partie des mauvais gènes de sa mère. C'était un paresseux qui n'avait jamais fait d'études, qui coulait l'entreprise familiale et qui avait souvent failli se faire coffrer pour violence aggravée et trafic de drogue. Gavin avait de la peine pour l'épouse de son fils, qui était une femme bien. Selon lui, elle méritait mieux.

Il but une gorgée de whisky, ralluma son cigare et observa la pièce dans laquelle il recevait naguère ses meilleurs clients, et où il passait désormais le plus clair de son temps. Son ameublement était censé impressionner, suggérer l'érudition d'une famille aristocratique, dans laquelle l'héritage se transmettrait de génération en génération.

Sauf que Gavin Daly n'avait hérité de rien. Chaque meuble, ici, comme dans quasiment tout son manoir, avait été acquis avec une attention particulière, dans le but d'éblouir ceux qui, comme lui, étaient prêts à dépenser des sommes colossales pour afficher leur bon goût et décorer leurs sublimes maisons, aux États-Unis, au Japon, ou, depuis peu, en Chine.

Il y avait deux grands Chesterfield cloutés en cuir rouge. Sur les socles doriques trônaient les bustes de certains des plus célèbres Irlandais : Oscar Wilde, George Bernard Shaw, William Butler Yeats, J. M. Synge, James Joyce et T. E. Lawrence, dont le père était irlandais et dont il admirait les écrits. Sa bibliothèque, du sol au plafond, était remplie d'ouvrages aux épaisses reliures de cuir. La fenêtre donnait sur un superbe paysage, où s'épanouissaient des cyprès italiens, des hectares de jardins luxuriants, un lac bordé de statues et, au loin, les collines vallonnées des Downs.

Il sortit du tiroir de son bureau un livre à la couverture en cuir rouge et l'ouvrit. Il y trouva une page jaunie, la une du *New York Daily News* de février 1922, protégée par une pochette en plastique. Pas un jour de sa vie n'était passé sans qu'il relise les noms et les chiffres au dos. Quatre noms qui lui faisaient serrer les poings de haine chaque fois.

Fergal Kilpatrick. Mick Pollock. Aiden Boyle. Cillian Cregan.

C'étaient eux qui, comme la police l'avait indiqué à sa tante, étaient entrés dans sa chambre et l'avaient aveuglé, laissant derrière eux des odeurs d'alcool et de transpiration.

Eux qui avaient tué sa mère et enlevé son père.

Tous étaient morts depuis longtemps, mais cet état de fait ne lui apportait aucun réconfort, aucune satisfaction. Juste un regret. Celui de ne pas être retourné plus tôt aux États-Unis, de ne pas les avoir traqués tant qu'ils étaient encore vivants. Aujourd'hui, c'était trop tard.

Il avait souvent fait des recherches sur Google à leur sujet. Ils étaient devenus les lieutenants de « Wild Bill » Lovett, qui avait pris la direction du gang de la Main blanche, qui contrôlait les docks de Manhattan et de Brooklyn, après l'élimination de Dinny Meehan, le chef du gang, et de Brendan Daly, son bras droit.

Son père.

Il avait longuement observé leurs horribles visages.

Pollock le Cul-de-jatte avait été le premier à mourir, lors d'une fusillade dans un bar, à cause d'une querelle intestine. Ses meurtriers n'avaient jamais été identifiés.

Les trois autres avaient disparu de la circulation au fil des années. Leurs noms continuaient pourtant à apparaître, dans les moteurs de recherche, aux côtés de celui de Daly.

Les jeunes gens ont des visions, les vieillards ont des songes.

Sa tante, qui les avait élevés en Irlande, leur avait lu la Bible tous les jours pendant leur longue traversée, puis chaque soir de leur enfance, dans la banlieue de Dublin.

La religion ne l'avait jamais vraiment séduit, mais cette citation du *Livre de Joël* lui était restée. Jeune, il avait eu des centaines de visions. Aujourd'hui, tout ce qui lui restait, c'étaient des songes.

Il regarda le buste racé, d'une grande beauté, de Lawrence d'Arabie. Un passage tiré des *Sept piliers de la sagesse* était devenu son mantra.

Tous les hommes rêvent, mais inégalement. Ceux qui rêvent la nuit dans les recoins poussiéreux de leur esprit s'éveillent au jour pour découvrir que ce n'était que vanité ; mais les rêveurs diurnes sont des hommes dangereux, car ils peuvent jouer leur rêve les yeux ouverts, pour le rendre possible.

Il avait toujours été un rêveur diurne. Mais il se rendit compte qu'il n'avait peut-être jamais été qu'un somnambule. Il avait 95 ans et n'avait pas tenu sa plus grande promesse. Celle qu'il avait faite sur le *Mauretania*, alors qu'il était petit garçon.

Un jour, papa, je reviendrai et je te trouverai. Où que tu sois, je te sauverai.

Pour la énième fois, il scruta le seul indice qu'il avait jamais eu. Douze chiffres griffonnés sous les noms des quatre hommes.

9 5 3 7 0 4 0 4 2 4 0 4

Il avait envisagé toutes les possibilités : emplacements dans un cimetière new-yorkais, matricule de prisonnier (il y avait trop de chiffres), coordonnées géographiques (il n'y en avait pas assez), numéro de téléphone, adresse, plaque d'immatriculation, compte en banque, code de coffre-fort... Il avait même demandé à des spécialistes de l'encodage si ces chiffres ne représentaient pas un mot ou un message secret. Mais il avait toujours reçu la même réponse négative.

Il fut soudain distrait par un bip-bip régulier.

C'était le système d'alarme qui le prévenait que quelqu'un approchait de la propriété.

Il regarda les écrans de vidéosurveillance au mur, à droite de son bureau.

Ils étaient enfin là.

Pas trop tôt.

22

— *Arrivederci, bella !* dit le chauffeur en se retournant, révélant son visage à Ricky Moore.

Quel vieux schnock, songea celui-ci.

Le Pénitent sortit Moore de la voiture aussi facilement qu'il l'aurait fait d'une poupée de chiffon. Il l'obligea à se tenir debout dans la lumière des phares et le silence de la nuit, devant le porche majestueux d'un manoir blanc.

Ils se trouvaient au bout d'une allée privée, bordée d'arbres, à 1 km de la route principale et à 4 km de l'habitation la plus proche. Ricky Moore connaissait bien le Sussex, mais pas les petits chemins derrière Lewes. Il entendit le hululement d'une chouette. Un homme trapu, entre deux âges, cheveux courts, gominés, vêtu d'un costume bien taillé, ouvrit la portière côté passager du Range Rover noir. La poche de sa veste formait une bosse.

Le circuit de refroidissement d'un véhicule cliquetait. L'homme en costume se dirigea vers le porche. Le silence, l'obscurité et l'isolement total paniquaient Ricky Moore. Il fallait qu'il s'échappe, mais comment ? La peur l'empêchait de réfléchir. Il hurla de douleur quand on lui comprima les nerfs du bras droit.

— Désolé, dit le Pénitent en poussant Moore en avant, sans relâcher la pression. Je le suis vraiment. Je vous le promets. Vous avez peut-être du mal à me croire, mais je suis sincèrement désolé, dit-il en dévoilant ses dents, presque toutes abîmées. Je fais juste mon boulot.

— Écoutez, dit Moore. Je suis prêt à vous offrir une fortune pour que vous me raccompagniez au pub. Beaucoup d'argent. Je suis sérieux.

Le Pénitent était loyal. On lui avait donné ce surnom en prison, parce qu'il s'excusait sans arrêt, à propos de tout. Il l'avait gardé depuis. Il n'utilisait quasiment jamais sa véritable identité, Augustine Krasniki. S'excuser, c'était dans sa nature. Il ne pouvait pas s'en empêcher. Il était né en Albanie. Quand il était petit, son père avait déserté le foyer conjugal et sa mère n'avait pas arrêté de lui dire que c'était à cause de lui.

Elle l'accusait de tout. La seule solution qu'il avait trouvée pour la calmer était de s'excuser en permanence, jour et nuit. Comme c'était sa faute s'il pleuvait, il avait pris l'habitude de s'excuser pour ça aussi. Elle avait fini par se débarrasser de lui, pour des raisons qu'il n'avait pas comprises. Il en avait conclu que c'était sa faute. Il était passé de foyers en familles d'adoption. Il faisait peur aux gens. Il avait un physique intimidant, et une force effarante. Il lui avait fallu du temps pour comprendre et la contrôler. Un jour, il avait écrasé la gerbille d'un enfant en la caressant. Une autre fois, il avait étranglé une perruche par accident. Souvent, les gens gémissaient quand il leur serrait la main. Il essayait de penser à être doux, mais son cerveau ne fonctionnait pas toujours très bien.

Quand les garçons de l'école se moquaient de son physique ingrat, il tentait, en vain, de se contrôler. D'un seul coup de poing, il pouvait leur casser des côtes, ou toutes les dents de devant, comme un *strike* au bowling. Il ne pouvait pas rester impassible quand les gamins l'appelaient Boris Karloff ou lui disaient qu'il ressemblait au monstre de Frankenstein. Du coup, il les frappait, puis s'excusait.

Une seule personne avait été gentille avec lui. Son patron, Lucas Daly. Il le rémunérait, lui prêtait l'appartement au-dessus de la boutique, dont il assurait la sécurité, et lui demandait de l'accompagner lors de chaque rencontre avec des dealers. Personne ne cherchait des noises à Lucas Daly après avoir vu la carrure du Pénitent, dévoué corps et âme à son patron.

— Désolé, dit le Pénitent à Ricky Moore. J'aimerais bien accepter. J'aimerais vraiment dire oui et empocher l'argent, mais c'est impossible, croyez-moi.

L'homme en costume ouvrit la porte et le Pénitent propulsa Ricky Moore à l'intérieur. La porte se referma derrière lui. Ils se trouvaient dans un immense hall carrelé en noir et blanc. Deux armures, avec une lance dans la main droite, encadraient un escalier imposant. De beaux tableaux étaient accrochés aux murs – le genre d'œuvres qui, d'habitude, retenaient toute son attention. Aujourd'hui, il les remarquait à peine à travers ses larmes.

Une forte odeur de cigare flottait dans l'air. Moore eut soudain envie d'une cigarette. Un vieil homme aux cheveux bancs, en veste de costume et mocassins en velours noir monogrammés, s'approchait d'eux, appuyé sur une canne à pommeau argenté. Il tenait un cigare dans l'autre main, tandis que ses yeux d'un bleu profond lançaient des éclairs.

— Ricky Moore ? demanda-t-il d'un ton solennel. Je suis Gavin Daly. Merci d'être venu me rendre visite.

Très drôle, dit Moore, méfiant.

Daly sourit. Ses yeux brillèrent d'une intense chaleur, avant de repasser à l'orage.

— Drôle ? Vous aimez les blagues, n'est-ce pas ? Vous pensez que cambrioler une vieille dame vulnérable, c'est marrant ?

— Je ne sais pas de quoi vous voulez parler.

— Vous êtes grassement payé pour vos renseignements ? Vous envoyez votre tract, vous entrez chez les gens et vous prenez en photo tout ce qui a de la valeur, c'est ça ?

— Nan, je fais pas ça, moi. Honnêtement, je ne vois pas à quoi vous faites allusion.

Il gémit quand le Pénitent lui pinça de nouveau les nerfs du bras, pour lui rappeler qu'il était inutile d'envisager de fuir.

— C'est pas moi.

— Une maison sur Withdean Road.

— Jamais été là-bas.

— J'ai trouvé l'un de vos prospectus sur une table, chez une dame.

— M'en souviens pas.

— Je vais vous rafraîchir la mémoire, dit l'homme en costume, d'un ton sarcastique et sûr de lui.

Il renifla. Il semblait plus grand que quand Moore l'avait aperçu, dehors. Et encore plus propre sur lui, avec ses cheveux bruns plaqués en arrière. Moore lui trouva un air de ressemblance avec les frères Kray, célèbres gangsters anglais.

Moore regarda autour de lui, en quête d'un moyen de s'enfuir au moment où le gorille lui lâcherait le bras.

— C'est votre iPhone ? lui demanda le sosie de Kray en lui montrant son portable.

Moore hocha la tête et haleta quand le gorille lui serra le bras.

— Désolé ! lâcha le Pénitent.

— Je m'appelle Lucas Daly, au fait. C'est ma tante qui a été cambriolée et assassinée, grâce à vous. La sœur de mon père. Nous ne sommes pas très contents, et c'est un euphémisme.

— Je n'ai rien à voir avec cette histoire ! glapit Ricky Moore.

Lucas Daly fronça les sourcils. Il tapota quelque chose sur le téléphone, puis le plaça devant les yeux de Moore.

— Vous reconnaissez ceci, non ?

Ricky Moore fixait, contre son gré, le gros plan de la pendule Whitehurst qui se trouvait dans le salon d'Aileen McWhirter.

— Non, pas du tout.

— Vous avez la mémoire courte, dit Lucas Daly en reniflant de nouveau.

Moore garda le silence. Il ne trouvait pas de réponse plausible.

— Et ça ?

Nouvelle photo d'une commode géorgienne à col-de-cygne. Il secoua de nouveau la tête.

L'homme changea de cliché.

— Ceci ?

Une table pliante de style Chippendale.

— Jamais vue, je vous le jure ! Ce ne sont pas mes photos. Ce n'est pas moi qui les ai prises. Pas moi !

L'homme plongea une main dans la poche intérieure de sa veste et sortit l'objet qui formait une bosse. Il s'agissait d'un fer à boucler électrique.

— Et ce fer, monsieur Moore ?

— Jamais vu, sincèrement !

— Un accessoire similaire a été utilisé pour torturer ma tante, dit Lucas Daly. Pour l'obliger à lâcher le code de son coffre-fort et celui de sa carte bancaire. Vous pensez qu'il vous aiderait à parler, vous aussi ? J'aimerais entendre quelques noms. À commencer par ceux des gars qui ont cambriolé la maison de ma tante Aileen, sur Withdean Road.

— Lucas ! intervint le vieil homme. Pas de violence. Je ne suis jamais pour. Il y en a assez eu. Je ne cautionne pas.

— Je ne connais pas ces noms, je vous le jure, monsieur, dit Ricky Moore au vieil homme, avec un espoir naissant.

— Va te coucher, papa, il est tard, dit Lucas Daly.

— Pas de violence, compris ? dit Gavin à son fils.

— Va dormir, papa. Je m'occupe de tout.

— Je veux les noms des personnes qui ont tué ma sœur, monsieur Moore, dit le vieil homme avant de tourner les talons.

Moore regarda Lucas Daly, puis le visage inexpressif du Pénitent.

— Mon père est quelqu'un de doux, monsieur Moore. Donc nous allons aller ailleurs. Il ne voudrait pas voir ce que nous allons faire pour vous rafraîchir la mémoire.

Ricky Moore fut poussé vers la porte. Terrorisé, il sentit de l'humidité dans son pantalon.

Il s'était fait dessus.

23

Autrefois, quand elle avait une vie, Sarah Courteney adorait le vendredi soir. En début de week-end, elle se relaxait, regardait des trucs débiles à la télé, *Big Brother* par exemple, puis le film érotique de 22 heures, sur Channel Four. Mais plus maintenant. Le vendredi, Lucas, son mari, rentrait encore plus bourré que les autres soirs. Il lui arrivait parfois de ne pas rentrer du tout.

Elle se réveilla en sursaut. La télévision était en mode silencieux. Peter Sellers, dans le rôle de l'inspecteur Clouseau, se trouvait dans le bureau d'Herbert Lom. Il était 2 h 30. À l'étage, son fils écoutait du *heavy metal* à fond. Les ressorts de son lit grinçaient. Elle sentit des relents de marijuana. Damian ne faisait que ça, ces jours-ci : écouter une musique atroce, fumer de l'herbe et se masturber.

En vraie femme modèle, elle avait préparé le dîner de Lucas pour 20 heures, comme il le lui avait demandé, et le gardait au chaud depuis. Elle entendit la porte d'entrée s'ouvrir et cogner contre le mur – ils n'avaient pas pris la peine de remplacer la butée défectueuse –, puis les pas mal assurés de son époux.

Il entra dans le salon de leur villa, sur Shirley Drive. Villa qu'ils remboursaient grâce à son salaire à elle.

— Qu'est-ce que tu as encore fait à ton visage, bordel ? baragouina-t-il en reniflant.

— On en a parlé hier soir. Ton repas est dans le four.

— J'ai dit : qu'est-ce que tu as fait à ton visage, bordel ? Tu es sourde ?

— On en a parlé hier soir. Tu m'as dit que tu voulais dîner à 20 heures.

— Arrête de m'ignorer, salope. J'avais un truc à régler, OK ? Ma tante a été assassinée, tu te souviens ? Tu pourrais te montrer plus compatissante. T'imagines ce que je ressens ? Et il a fallu que je m'occupe du connard qui l'a tuée. C'était pas agréable. J'ai bu deux bières pour me donner du courage, compris ?

Il s'approcha d'elle en titubant. *Dire que je t'aimais*, songea-t-elle. *Dieu sait que je t'ai vraiment aimé. Aujourd'hui, tu es une épave, un sac à bière. Je me sentais bien avec toi, j'aimais ta façon de me regarder. Ton savoir encyclopédique sur les antiquités, j'aimais quand tu me racontais l'histoire de chaque meuble, quand on entrait dans une pièce.*

— Encore du Botox, c'est ça ? Ce cher docteur Revson. On n'a pas assez de fric pour ça. Tu le baises ou quoi ?

Elle garda son calme.

— Tu as encore perdu au casino, aujourd'hui ?

— J'ai passé une journée de merde.

— Comme d'habitude, non ? Je me suis fait refaire le visage, dit-elle calmement. Pour garder mon job. Pour qu'on puisse continuer à manger, pour que tu puisses continuer à te saouler. J'y suis allée pour que tu ne sois pas obligé de pleurnicher auprès de ton père, pour qu'il nous prête de l'argent tous les…

Elle ne put terminer sa phrase. Il lui envoya un coup de poing dans la poitrine. Elle s'effondra. Le salaud était intelligent. Il frappait toujours à des endroits faciles à dissimuler. Demain, elle le quitterait, se promit-elle. Mais, le lendemain, il viendrait pleurer, s'excuser, lui répéterait qu'il l'aimait, qu'il ne pouvait pas vivre sans elle. Le lendemain, il lui promettrait, comme chaque fois, qu'il était prêt à prendre un nouveau départ.

24

Peregrine Stuart-Simmonds était un grand homme souriant de 65 ans environ, corpulent, élégamment habillé d'un costume rayé à double boutonnière. Il avait de beaux cheveux argentés, ondulés, et des petites lunettes à monture d'écaille qu'il portait au bout du nez, ce qui lui conférait un air d'universitaire distingué.

Assis à une table ronde, dans le petit bureau de Roy Grace, il sentait bon le savon. Il étouffa un bâillement.

— Désolé, dit-il d'une voix forte, triomphante. J'ai travaillé une bonne partie de la nuit pour vous.

Il était 7 h 20, samedi matin. Encore un week-end auquel Grace pouvait dire adieu. Lui non plus n'avait pas beaucoup dormi. Il avait travaillé passé minuit avec son équipe, et Noah les avait gardés éveillés. Il bâilla à son tour.

— Vous voulez un café ? proposa-t-il à l'expert.

— En intraveineuse, merci ! Noir, pas de sucre, aussi fort que possible.

Grace se leva, puis revint avec deux tasses fumantes.

— Merci d'être venu aussi vite, monsieur Stuart-Simmonds.

— Il valait mieux, commissaire, si vous voulez qu'on les coince. Vous pouvez être sûrs que cette opération a été soigneusement planifiée et que la plupart des pièces, si ce n'est toutes, sont parties à l'étranger. À quelle heure commence votre réunion ?

— Huit heures et demie. J'aimerais profiter de cette heure pour en apprendre un maximum. Pourriez-vous m'indiquer les pièces les plus chères, leurs caractéristiques et leur rareté ? Savez-vous où elles ont été transportées, comment, et qui à l'étranger pourrait nous aider à les localiser ? J'aimerais ensuite que vous m'aidiez à définir des paramètres pour mon équipe. Et je veux bien une introduction à l'univers des antiquités.

Un camion ASDA grimpait la côte. L'expert souffla sur son café, puis le sirota.

— Je vais plutôt vous renseigner sur le marché noir des antiquités. Je pense que cela vous sera plus utile.

— Je suis tout ouïe.

— Les objets de faible valeur comme la porcelaine, les bijoux, les tableaux, l'argenterie, qui valent moins d'un millier de livres, peuvent être revendus facilement dans une ville comme Brighton, qui foisonne de petits antiquaires. Mais, de nos jours, les pièces de valeur figurent dans un registre international, avec photos et caractéristiques, et les marchands internationaux de renom sont abonnés à ce registre. Personne ne toucherait un objet volé.

— C'est plutôt une bonne nouvelle pour nous, non ? dit Grace.

— Oui et non. En réalité, les objets volés disparaissent de la circulation, ce qui est embêtant. La plupart ont été « volés sur commande » ou « prévendus » à des collectionneurs privés. Dans vingt, trente, cinquante ans, quand ceux-ci voudront les revendre, ils ne figureront plus dans le registre.

— Alors par où commencer ?

— Mme McWhirter était la sœur de Gavin Daly, c'est bien ça ?

— Oui.

— Il est très connu, dit l'expert avec un hochement de tête. À une époque, c'était l'un des plus importants antiquaires du pays. C'est un homme très respecté. Ce qui ne l'a pas empêché d'être indélicat à ses heures.

— Ah bon ? dit Grace.

— À Brighton, la plupart des antiquaires de l'ancienne génération n'étaient pas irréprochables. Ils formaient un cartel peu scrupuleux, appelé The Ring, et s'associaient pour truquer les enchères, par exemple, mais cela n'enlève rien à l'expertise de Gavin Daly. À en croire la liste des objets volés chez Mme McWhirter, je peux vous dire qu'elle possédait un sacré trésor. Il est évident que quelqu'un l'avait conseillée. J'imagine que c'était son frère. Mais, comme tout le monde, elle possédait des objets moins précieux. Je pense que vous devriez commencer par chercher les babioles.

— Les babioles ?

Grace fronça les sourcils et but une gorgée de son café bouillant. Le temps était à la pluie et, dans son bureau, il faisait frais. L'atmosphère était presque automnale. Un téléphone sonna dans le bureau désert. Grace était épuisé, sa journée serait longue, très longue, et il n'avait pas d'échappatoire. Il voulait avancer dans cette enquête et coffrer les connards qui avaient fait le coup.

— Eh bien, vu le nombre d'objets volés, et la taille de certains, nous pouvons partir du principe qu'il y avait au moins deux hommes, sans doute trois, voire quatre. Les gros bras qui se font embaucher pour un cambriolage sont tentés de se servir au passage, d'embarquer des pièces qui ne sont pas sur la liste, pour les revendre contre un peu de *cash*.

Il souffla de nouveau sur son café.

— Mme McWhirter a sûrement pris des photos de chaque pièce, à la demande de son assurance. Si vous les trouvez, vous verrez ce qui a été dérobé et ce qui est toujours là, en plus des pièces identifiées par son frère. Demandez ensuite aux membres de votre équipe de faire circuler les photos des babioles auprès des brocanteurs, sur les marchés aux puces et dites-leur, bien sûr, de surveiller les ventes sur eBay.

Grace prit note.

— Pour cambrioler sur commande, il faut que quelqu'un dispose d'informations au préalable, non ?

L'expert hocha la tête.

— Vous avez trouvé le prospectus d'un brocanteur véreux, n'est-ce pas ?

— Oui, un certain R.C. Moore.

— Situation classique, dit Stuart-Simmonds. Le gars charme sa victime, qui le laisse rentrer chez elle, il découvre un trésor, prend des photos sans se faire remarquer, puis refile le plan. Les plus expérimentés ont des contacts dans les compagnies d'assurances – un employé qu'ils soudoient pour obtenir la liste complète des objets de valeur.

— Intéressant, dit Grace. Le seul objet qui n'était pas assuré, c'était la montre.

— Quelle drôle d'idée !

— Gavin Daly s'était dit que si elle figurait sur la liste de son assureur, elle pourrait attiser les convoitises. Elle était très bien cachée, dans un coffre-fort à double fond qu'il avait conçu lui-même.

— Un double fond ?

— Oui, un système très ingénieux. Une fois le coffre-fort ouvert, impossible de deviner qu'il y en avait un autre derrière. Il fallait insérer une clé Allen, et connaître l'autre code secret. Ce faux mur aurait dû duper n'importe quel cambrioleur.

L'expert réfléchit.

— S'ils ne connaissaient pas l'existence de la montre, elle n'a pas pu être prévendue. Soit ils l'ont donnée à leur boss, soit ils vont essayer de la revendre eux-mêmes. Une Patek Philippe de 1910 est un objet rare et précieux. Vous devriez identifier les acheteurs potentiels, commissaire. Cette montre vous mènera aux cambrioleurs, j'en suis sûr.

— Si elle refait surface, dit Grace.

— Elle refera surface, je vous le garantis. C'est sans doute l'objet le plus précieux, mais aussi le plus dangereux pour eux.

25

IL N'EST PAS NÉCESSAIRE D'ÊTRE FOU POUR TRAVAILLER ICI, MAIS ÇA AIDE !

Cette blague était affichée dans certains bureaux, mais pas ici. Pourtant, il fallait l'être pour faire ce travail. Sérieusement. C'était sans doute la meilleure qualification. Et Gareth Dupont le savait, il n'était pas loin d'être dingue. C'était d'ailleurs sa principale qualification. Il avait pris des drogues, avait fait de la prison pour usage de GHB, et parce qu'il avait dérouillé un gars qui avait mis la main aux fesses de sa copine, dans un pub. Le salaud le méritait. Mais deux ans de prison et un casier… Il avait des doutes, désormais. Et, plus récemment, il avait passé plusieurs mois à l'ombre pour cambriolage.

Gareth Dupont avait 33 ans. C'était un bel homme à la peau mate et aux cheveux bruns et brillants, hérités de sa mère hispanique. Sa passion pour la musculation et la salsa avait sculpté son corps. Il avait fait fortune en vendant de fausses actions, par téléphone, pour une entreprise louche basée en Espagne, puis avait tout sniffé. Il avait ensuite vendu des systèmes d'isolation des combles, jusqu'à vendredi. Après un week-end de trois jours, il vendait désormais de l'espace publicitaire dans des magazines de sport pour Mountainpeak Publishing, à Brighton. Il avait d'autres plans qui pouvaient s'avérer lucratifs. Et il discutait beaucoup avec Dieu. De temps en temps, Dieu lui répondait, mais pas aussi souvent qu'il l'aurait aimé.

Ces jours-ci, Dieu semblait assez déçu par lui. Il n'avait pas tort. Mais bon, difficile d'être parfait. Il fallait que Dieu comprenne ça.

Après l'école, il avait envisagé de devenir moine. Sauf qu'il avait réalisé, au dernier moment, qu'il aimait trop les femmes. Et l'alcool. Et la cocaïne. Et l'argent pour se les procurer. Mais l'idée était toujours là. Une cellule monacale. Un sanctuaire. Un jour, mais pas tout de suite. Pour le moment, son job de téléconseiller lui rapportait ce dont il avait besoin. Et il en avait besoin, vu qu'il était à sec à la fin de chaque semaine, d'autant plus après un long week-end. Sur la paille, avec un gros mal de tête. Aujourd'hui, il était complètement fauché, en mode gueule de bois, et amoureux.

Eh, c'est à ça que servent les week-ends, non ? Faire la fête et se défoncer – oh, et aller à l'église, mais mieux valait ne pas aborder le sujet. Il commençait à réaliser que l'église, ce n'était pas vraiment son truc. Il n'aimait pas trop passer du temps avec des vieilles bigotes, des pasteurs fébriles et des ravis de la crèche. Il était possible de dialoguer avec Dieu sans aller à l'église, n'est-ce pas ? Dieu est en nous : dans notre cœur, notre tête, dans nos yeux.

Il avait eu la confirmation de l'existence de Dieu en rencontrant Suki Yang, Américaine d'origine asiatique qui travaillait dans une boîte d'informatique. Il l'avait croisée vendredi soir, tard, dans un bar branché, tendance bohème de Brighton.

Ils avaient fait l'amour au petit matin et avaient passé la majeure partie du week-end à copuler assidûment, alimentés par toutes sortes de substances avalées et sniffées.

Le petit problème, c'étaient les quelques mensonges qu'il lui avait dits. Par exemple, il n'avait pas mentionné la femme qu'il fréquentait. Il avait fait semblant d'être propriétaire de l'appartement, alors qu'il était simple locataire et qu'il n'avait pas suffisamment d'argent pour payer le prochain trimestre, dû dans sept semaines. Et il avait menti à propos de son super boulot dans les médias. Même si Mountainpeak collaborait plus ou moins avec les médias…

Il y avait six équipes composées de cinq téléconseillers et d'un manager – tous des hommes –, au premier étage de ce complexe industriel non loin du port de Newhaven, à 4 km à l'est de Brighton. En bras de chemise, certains sans cravate, d'autres avec une cravate de travers, tous étaient assis à des bureaux modernes, impersonnels. Personne, à part Alan Prior, le boss décontracté et installé au bout de la pièce, n'avait plus de 35 ans. Ils avaient devant eux un écran plat, un clavier, un téléphone, un café et une bouteille d'eau. Il était 9 h 30. Gareth n'était là que depuis trente minutes, mais il avait l'impression de bosser depuis des heures. Neuf appels jusqu'à présent, et aucune vente. Peut-être que la chance allait tourner.

Il embrassa le petit scarabée sur la bague de sa main droite et composa le numéro qu'il avait sous les yeux, déléguant l'appel à Dieu au moment où la personne décrochait. Dieu pouvait bien lui rendre service, hein ? *Pour celui-là, je compte sur toi,* pensa-t-il, les yeux fermés.

C'était une voix de femme, cassante, haut perchée. À la façon dont le téléphone était décroché, Gareth savait si la vente serait facile ou pas. Celle-ci s'annonçait difficile. Il lut le dialogue qui se trouvait devant lui d'une voix ensoleillée, pleine d'allant.

— Bonjour, je suis Gareth Dupont. J'appelle pour le club de golf de Brighton Nord. Pourrais-je parler au directeur ou à la personne en charge du marketing et de la publicité, s'il vous plaît ?

Silence. Il se demanda si la garce n'avait pas déjà raccroché.

— De quoi s'agit-il exactement ?

Il passa au paragraphe correspondant à ce genre de question, puis lut à haute voix, toujours d'excellente humeur, d'un ton badin.

— Je vous appelle parce que nous publions une brochure professionnelle annuelle pour le club de golf de Brighton Nord, qui paraîtra dans deux mois et sera distribuée dans toute la région. Des milliers de foyers et la plupart des entreprises la recevront, sans oublier le club lui-même.

— Nous n'avons aucun lien avec le golf, répondit-elle, glaciale.

— Vous le pensez peut-être, mais on m'a demandé de contacter les entreprises les plus florissantes pour leur offrir l'opportunité de s'engager. Vos intérêts et ceux du club sont tout à fait compatibles. Nous ciblons une clientèle riche et prospère, qui peut s'offrir vos services. On m'a demandé de ne contacter que les entreprises fiables. Je fais en sorte qu'une seule compagnie par secteur soit représentée dans la publication. Cela exclut de fait tous vos concurrents et vous devenez la seule référence.

— Nous sommes une entreprise de pompes funèbres, répliqua-t-elle. Pourquoi voudriez-vous que l'on fasse de la publicité dans une brochure de golf ?

— Le club compte de nombreux membres âgés. Tôt ou tard, ils viendront à mourir. Laissez-moi vous présenter les grandes lignes…

Il entendit un clic. La salope avait raccroché.

Merci, mec, merci, Dieu, songea Gareth Dupont.

Il passa au nom suivant, but une gorgée d'eau et composa le numéro.

*

À 17 heures, alors que le bureau commençait à se vider, Gareth n'avait vendu qu'une demi-page à

D. Reeves, une entreprise de revêtements de sol. Ce n'était pas un très bon départ pour un nouveau boulot, il le savait. Peut-être que le lendemain serait plus fructueux. Il n'avait guère le choix.

Il quitta le bureau, mit ses Ray-Ban, monta dans la Porsche cabriolet noire acquise au moyen d'un crédit-bail, alluma le contact et ouvrit la capote. Il réfléchit quelques instants. Pensa au prochain loyer et au prochain remboursement de la Porsche. Peut-être devait-il prier plus, cela faisait longtemps qu'il ne l'avait pas fait sérieusement. Mais il n'aimait pas prier juste après avoir péché. Il préférait laisser passer un peu de temps.

Il s'engagea dans Newhaven et traversa la ville. Il roulait vers la côte et la marina, quand les gros titres de l'*Argus* attirèrent son attention :

AFFAIRE McWHIRTER : RÉCOMPENSE DE 100 000 livres

Ignorant la voiture qui le suivait, Gareth Dupont écrasa la pédale de frein et se gara à moitié sur le trottoir. Il courut jusqu'au kiosque et acheta le journal, puis parcourut la une, sans se soucier du bouchon qu'il était en train de provoquer dans la rue étroite.

Gavin Daly, le frère d'Aileen McWhirter, assassinée dans son manoir situé sur Withdean Road la semaine dernière, propose une récompense de 100 000 livres pour toute information menant à l'arrestation et à l'incarcération des meurtriers de sa sœur.

Il poursuivit la lecture. Il y avait un numéro de téléphone pour joindre la brigade criminelle, ainsi que le numéro de la plateforme *Crimestoppers*.

Il grimaça. *Parfois, la chance vous sourit !* Il remercia Dieu en silence. *Tout est pardonné !*

26

Les techniciens de la police scientifique ayant terminé leur travail chez sa sœur, plus personne ne montait la garde. À 18 heures, sous un ciel dégagé, Gavin Daly se trouvait à l'arrière de la Mercedes, sur l'allée menant au manoir. La police avait placé des appels à témoin sur la route.

ÉTIEZ-VOUS DANS LE QUARTIER ENTRE 18 HEURES ET 22 h 30 MARDI DERNIER, LE 21 AOÛT ?

AVEZ-VOUS VU UNE CAMIONNETTE ?

SI TEL EST LE CAS, MERCI DE CONTACTER LA POLICE ET DE DEMANDER À PARLER AUX MEMBRES DE L'OPÉRATION FONDRIÈRE AU 01273 470101,

OU DE JOINDRE ANONYMEMENT LA PLATEFORME CRIMESTOPPERS AU 0800 555 111

Il demanda à son chauffeur de le conduire jusqu'à la maison, puis descendit du véhicule et lui dit de le laisser – il le rappellerait quand il aurait besoin de lui. Il gagna le porche.

Il inséra la clé dans la serrure d'une main tremblante, la gorge nouée.

Il hésita, il n'était pas sûr de sa décision. Mais il avait une mission à accomplir. La soirée était agréable ; le jardin bruissait de guêpes et de papillons, du chant des oiseaux. Un peu plus loin, le système d'arrosage automatique d'un voisin laissait entendre un *switch switch* régulier. L'été était presque terminé. Combien d'autres en verrait-il ?

Combien d'autres voulait-il en voir ? Les gens qu'il avait aimés étaient tous morts. Sa mère avait été criblée de balles dans sa chambre. Son père avait été emmené dans la nuit noire. Il avait enterré deux épouses et son beau-frère. Quand le coroner lui donnerait le feu vert, il enterrerait sa sœur.

Il ne savait pas combien d'années il lui restait à tirer avant que son fils ne l'enterre. Il était encore mobile et, malgré sa canne, toujours agile. Grâce au talent d'un chirurgien esthétique de la région, il faisait vingt ans de moins que son âge. Il avait subi un triple pontage, une ablation de la prostate et souffrait d'une angine de poitrine. Il avait atteint ce qu'on pouvait décemment qualifier de « très grand âge ». Sauf qu'il ne se sentait pas « très grand ». Il se sentait même rachitique.

Et insatisfait.

Il tourna la clé, ouvrit la porte, et avança à l'aide de sa canne sur les dalles posées par les techniciens. Les odeurs l'affectèrent. Ça sentait la vieillesse. Le dépoussiérant. Le tissu usé. Les produits chimiques utilisés par la police scientifique. Il regarda le coin où s'était trouvée, pendant des années, une console qu'il aimait tout particulièrement. Puis les murs vides, où avait été accrochée la superbe collection de peintures de sa sœur. Le silence de plomb l'écrasa.

Sa tante les avait accompagnés, Aileen et lui, à l'église tous les dimanches. Mais, enfant, il n'avait pas eu de temps à consacrer à la religion. Et il en avait encore moins aujourd'hui. Bien sûr, il avait été heureux dans la vie. Content, du moins. À une époque, il était l'un des plus grands antiquaires du pays. Il avait apprécié la célébrité, les prestigieux clients devenus des amis. Pourtant, sa profonde tristesse venait du fait qu'il n'avait pas pu avoir d'enfant avec Ruth, et que son patronyme ne serait plus représenté que par son imbécile de fils.

En contemplant la maison vide, il se dit que la vie était pire qu'une mauvaise blague : un test d'endurance. Un parcours pour Job – pour ceux qui croyaient en l'Ancien Testament.

Il y avait quelque chose qu'il voulait absolument récupérer, même si cela devait lui coûter la vie. Et il avait un nom pour lancer les recherches. Le nom d'une sale petite merde.

Il traversa le salon aux papiers peints d'un vert passé, avec ses canapés verts et ses fauteuils. Le manteau de la cheminée, sur lequel se trouvait autrefois une exceptionnelle sculpture de Giacometti, était vide, exception faite d'une photo encadrée, témoin d'un bonheur passé.

Aileen, 28 ans, brune et sublime, se trouvait aux côtés de l'homme de sa vie, Bradley Walker, un pilote de l'US Air Force, sosie de Cary Grant. Il était aux commandes d'un B24 pendant l'opération Tidial, grande mission ayant entraîné de lourdes pertes, qui visait à bombarder des raffineries de pétrole autour de Ploieşti, en Roumanie, en août 1943. Il pilotait l'un des 54 appareils jamais retrouvés.

Pendant des années, elle avait espéré un miracle. Elle avait gardé le moral, envers et contre tout. Bien mieux que lui ne l'avait jamais fait. *Les femmes...* songea-t-il. *Elles ont souvent des ressources que les hommes n'ont pas.*

Il monta à l'étage, passa devant le radiateur auquel Aileen avait été enchaînée pendant deux jours, et entra dans la chambre, juste en face. Après le décès de son mari, elle avait fait remplacer le lit conjugal par un lit simple. C'était étrange, dans cette pièce immense... Il sentit très légèrement son odeur. M. Stuffykins, le vieil ours en peluche avec un seul œil et une seule oreille qu'elle avait rapporté de New York, était posé contre les oreillers. Il se promit de faire en sorte qu'il soit placé dans le cercueil. Il sortit de la commode une longue paire de gants Cornelia James, afin de les y mettre aussi. Elle aurait sans doute apprécié, se dit-il, elle qui disait qu'une femme n'était jamais vraiment habillée tant qu'elle ne portait pas de gants. Il jeta un œil à la salle de bains, puis redescendit dans la pièce qui lui servait de bureau et de bibliothèque.

Il vérifia d'abord l'intérieur du coffre-fort, mais celui-ci était complètement vide. Cette vision l'attrista et l'irrita au plus haut point. C'était là que se trouvait la montre de leur père. Le dernier objet personnel qu'ils possédaient de lui.

Il s'assit au bureau d'Aileen. Un élégant stylo noir, de marque Parker, estampillé HSBC – sans doute un cadeau de Noël de la banque – se trouvait sur le sous-main en cuir. Il vit de minuscules cadres ovales avec des photos du mari et des enfants d'Aileen, et de lui-même. Les tiroirs étaient remplis de lettres, de factures et de timbres. Une feuille bleue, à en-tête de la maîtresse de maison, ainsi qu'une enveloppe, étaient posées près d'une carte d'anniversaire vierge. Une carte qui ne serait jamais envoyée, se dit-il. Son agenda n'était plus là. La police avait dû l'emporter, pensa-t-il.

Il ouvrit l'un des tiroirs et sentit d'un coup, parmi les arômes boisés, le parfum de sa sœur. Il fouilla et sortit un album en cuir contenant des photos des objets de valeur de la maison, réalisées pour l'assurance.

La première photo aurait dû être la montre de gousset en or Patek Philippe, non assurée, avec sa chaînette en or, que son père portait en permanence dans son veston. Le verre était ébréché, la couronne et la tige de remontoir tordues, et le pignon désolidarisé de l'engrenage central, de sorte que les aiguilles ne bougeaient plus quand on la remontait. Il ne l'avait pas vue depuis longtemps, depuis qu'il l'avait placée dans le coffre-fort d'Aileen. Mais il s'en souvenait très bien. La dernière fois qu'il l'avait observée, il avait vérifié le numéro de série. Étant devenu expert lui-même, il avait réalisé qu'elle avait potentiellement une valeur exceptionnelle. Et ne s'était pas trompé.

La montre était extrêmement rare. Même endommagée, elle valait au moins 2 millions de livres aujourd'hui. Non pas qu'Aileen ou lui aient besoin d'argent – ils n'auraient jamais eu besoin de la vendre. Tous deux avaient tenu à la garder dans l'état où elle était le jour où on la leur avait donnée. Il avait souvent envisagé de la faire réparer et de la porter fièrement, mais n'avait pas pu s'y résoudre. La montre représentait un lien avec son père, qu'il avait peur de perdre. Il ne s'était jamais demandé comment son père, simple docker, avait réussi à acquérir un objet d'une telle valeur. Il l'avait sans doute volée quelque part...

En tant qu'exécuteur testamentaire de sa sœur, Gavin savait qu'elle avait tout légué à sa petite-fille, à l'exception de quelques biens pour ses domestiques et des œuvres de bienfaisance. Les larmes aux yeux, il entendit une voix fantomatique lui revenir du passé.

Sur un quai de Manhattan, en 1922, avec sa sœur et sa tante. Un gamin à casquette avait fendu la foule, serrant un sac en papier Kraft qui contenait un revolver, une montre et la une d'un journal.

Regarde bien les chiffres.

Il avait essayé de résoudre cette énigme pendant quatre-vingt-dix ans. Il avait peur de mourir sans avoir réussi.

Des larmes coulèrent sur ses joues. L'absence qu'il ressentait était insupportable.

Il regarda la photo de la montre. *Je vais te retrouver*, se promit-il en silence. *Peu importe ce que cela me coûtera, je te récupérerai.*

27

Gareth Dupont aimait bien les églises modernes. En particulier celle du Bon Berger de Portslade. Il avait grandi ici, à l'ouest de Brighton, derrière le port de Shoreham, et avait toujours été attiré par ce bâtiment en briques angulaire, géométrique. *Dieu n'aimait pas que les vieux trucs, n'est-ce pas ?* s'était-il toujours dit. Il préférait communier avec Lui ici, plutôt que dans un endroit poussiéreux.

En entrant, il passa sous le panneau DANS CETTE ÉGLISE, IL N'Y A PAS D'INCONNUS, SEULEMENT DES AMIS QUE NOUS N'AVONS PAS ENCORE RENCONTRÉS. Il respira les odeurs de bois sec et de cire, s'avança vers l'autel et s'assit, posant l'exemplaire de l'*Argus* à côté de lui. Il s'agenouilla, ferma les yeux et pria comme sa mère le lui avait appris. Il aurait dû aller dans une église catholique, mais préférait les églises anglicanes, et supposait que le Seigneur n'y voyait pas d'inconvénient. L'Église anglicane acceptait le divorce, grâce à Henri VIII, et, de fait, l'infidélité. Il voyait en ce moment deux femmes : une célibataire et une très mariée. Il jouait avec le feu. Et il aimait ça.

Il partit à 19 h 15 pour se doucher et se changer. Il avait promis à Suki Yang de passer la prendre à

20 heures et de l'emmener dîner chez Spoons. Deux heures plus tôt, il avait envisagé de l'emmener dans un endroit moins cher, mais il se sentait beaucoup mieux à présent.

Il monta dans la Porsche, toit ouvert, et composa un numéro.

Une voix hostile, nasillarde, mais familière, répondit.

— C'est Gareth Dupont, dit-il.

— Je n'aime pas qu'on m'appelle sur mon portable, qu'est-ce que tu veux ?

— Je viens de voir l'*Argus*.

— Et ?

— C'est assez tentant.

— Tu délires ?

— Pas du tout. J'aimerais qu'on cause business. Qu'on renégocie les termes.

— Pas au téléphone. Je te retrouve au pub L'Albion, sur Church Road, à Hove, à 20 heures.

Dupont pensa à son rendez-vous avec Suki Yang.

— 20 heures, c'est pas pratique.

— Ça l'est pour moi.

28

Le camion « Chez Trudie » était l'un des rares attraits de la Sussex House, songea Grace. L'ancien quartier général de la police judiciaire était situé dans une zone industrielle sans intérêt. Mais ce *food truck*, installé à quelques minutes à pied, proposait les meilleurs sandwiches au bacon de la région et les vendeurs étaient très chaleureux. Malgré les efforts que Cleo faisait pour le convaincre de manger sainement, Roy Grace avait opté pour un sandwich bacon et œuf, qu'il avait acheté en arrivant à 7 heures.

Il avait ensuite parcouru le fil d'information interne, répondu à des tonnes de mails, et à toutes les questions du procureur dans le cadre du procès Venner, et avait totalement oublié de le manger. À présent, il mordait dans un sandwich froid, accompagné de café. Prêt pour la journée, il révisait les notes relatives à l'opération Fondrière, en attendant son équipe dans le CO1. Les noms des opérations étaient choisis au hasard par l'ordinateur de la police du Sussex. Fondrière était approprié, songea Grace. Épuisé par une nouvelle nuit blanche – merci Noah –, il avait bien l'impression d'être embourbé.

Cela faisait une semaine qu'Aileen McWhirter était morte. Le cambriolage avait eu lieu entre 18 et 21 heures, mardi 21 août. S'il y avait trois cambrioleurs, selon leurs estimations, il leur avait fallu au moins deux heures pour sortir les objets, les emballer et les charger dans un véhicule. Les voleurs s'étaient volatilisés avec l'équivalent de 10 millions de livres d'antiquités et de tableaux. Et, dans une heure et demie, il devait faire le point avec son boss au tempérament imprévisible, le commissaire principal Rigg. Génial.

Roy Grace adorait les enquêtes pour meurtre – c'était d'ailleurs ce qu'il voulait faire pendant le reste de sa carrière. Les homicides le fascinaient depuis la première affaire sur laquelle il avait travaillé, en tant que jeune lieutenant. En général, au début de chaque enquête, il débordait d'énergie, quelle que soit l'heure à laquelle il s'était couché. Mais, ce matin, il avait le cerveau en bouillie.

Il regarda la grande photo en couleur de la vieille dame ridée, mais très belle, accrochée au tableau blanc. À côté, sur un autre tableau, se trouvaient des clichés de trois semelles différentes et les modèles de baskets correspondants. Les deux autres tableaux blancs étaient presque entièrement couverts de photos de meubles, de tableaux et de bijoux volés sur Withdean Road.

Les cheveux blancs d'Aileen McWhirter étaient retenus par une barrette ornée de rubis. Ses yeux bleus perçants, mais chaleureux, fixaient le photographe derrière des lunettes à monture en écaille. Elle portait un chemisier blanc avec un col brodé et des perles aux oreilles. Une autre perle brillait dans son cou. Elle était sereine et élégante, pleine de sagesse.

Elle devait avoir été magnifique, dans sa jeunesse, songea-t-il. C'était la grand-mère idéale.

Il pensa au petit album photos à spirale qui se trouvait dans un tiroir de son bureau, verrouillé pour éviter qu'un employé curieux ne l'ouvre. Il avait beau avoir tout vu, dans sa carrière, certaines photos prises par James Gartrell à la morgue étaient presque trop traumatisantes pour lui. Visualisant ce qu'ils lui avaient infligé, Grace grimaça de colère et de dégoût.

Dans dix-huit mois, elle aurait eu 100 ans et aurait reçu la traditionnelle missive de la Reine. Aileen McWhirter avait été victime de sévices d'une rare violence. La plupart des membres de cette équipe, pourtant tous endurcis, avaient été choqués par le rapport d'autopsie qui avait révélé qu'elle avait été, entre autres, brûlée avec le fer à boucler retrouvé par terre dans sa chambre.

Mais l'autopsie n'avait pas révélé grand-chose sur ses tortionnaires. Aucune cellule cutanée n'avait été retrouvée sous les ongles, ce qui voulait dire qu'elle n'avait pas réussi à les griffer. *Dommage*, songea Grace. Il aurait bien aimé l'imaginer arracher les yeux de ses agresseurs.

Leur seule piste concernait les trois semelles qui ne correspondaient pas aux empreintes des visiteurs habituels – la gouvernante, le jardinier, Lucas, sa femme Sarah et Gavin. Des copies avaient été transmises à Haydn Kelly, podologue et expert judiciaire. Il avait obtenu des résultats probants grâce à des logiciels de pointe, et identifié les modèles des baskets portées par les agresseurs.

Depuis deux mois – ce qui coïncidait avec la naissance de Noah –, la violence l'affectait beaucoup plus qu'avant. Il avait lu dans un livre sur la parentalité que c'était souvent le cas.

Au-dessus de la photo, quelqu'un avait écrit à la main, en capitales irrégulières, au marqueur noir :

OPÉRATION FONDRIÈRE

AILEEN McWHIRTER. NÉE LE 24 AVRIL 1914. DÉCÉDÉE.

PÉRIODE (ESTIMATION) : DIMANCHE 19 AOÛT – MERCREDI 22 AOÛT.

En dessous se trouvait l'inventaire des objets volés, réalisé par Gavin Daly, le frère de la victime.

Cependant, ce qui intéressait Roy Grace en ce moment, c'étaient les deux pages imprimées retraçant l'arbre généalogique de leur famille.

Il suivit les lignes horizontales, puis verticales. Une ligne horizontale la reliait à un certain Gordon Thomas McWhirter. Décédé. Né le 26 mars 1912. *Sans doute son mari*, pensa-t-il.

Il suivit une flèche rouge verticale, vers le bas, vers ses enfants, aujourd'hui décédés, puis vers ses petits-enfants. Une flèche rouge verticale pointait vers Brendan Daly et Sheenagh Daly. Sheenagh Daly était née le 19 septembre 1897 et décédée le 18 février 1922. Brendan était né le 7 août 1891, porté disparu, présumé mort.

Il fronça les sourcils, repensant aux livres sur l'histoire de New York qui se trouvaient dans la bibliothèque de la défunte.

— Tu as vu *Gangs of New York* ? lui demanda Glenn Branson, qui s'était soudain matérialisé derrière lui.

Grace se retourna.

— Il y a pas mal de temps, mais je me suis endormi pendant le film.

Branson sourit.

— Ouais, eh bien, c'est ce qui arrive aux personnes de ton âge !

— Va te faire voir !

Branson tapota l'épaule de son ami.

— Ne le prends pas mal. C'est un fait avéré.

Grace le toisa.

— L'action se passe à l'époque où Aileen McWhirter était enfant, dit Glenn Branson. Au XIXe siècle, des guerres de gangs font rage entre les Américains et les immigrés irlandais. Quelques années plus tard, le gang de la Main blanche devient le principal groupement de la mafia irlandaise. Il contrôle les docks de Manhattan et de Brooklyn. Leur chef s'appelle Dinny Meehan. C'est lui qui chasse de New York Frankie Yale et Johnny Torrio, chef de la Main noire, ainsi qu'Al Capone, qui se réfugie à Chicago. Dans les années 1920, Al Capone revient à New York pour se venger, se débarrasse de la mafia irlandaise et prend le contrôle. Dinny Meehan est assassiné en 1920. Brendan Daly, l'un de ses lieutenants, disparaît, sans doute assassiné dans le cadre d'une guerre intestine pour la direction du gang de la Main blanche.

— Merci pour la leçon d'histoire !

Branson secoua la tête.

— Ils ne t'ont donc rien appris à l'école ?

Grace grimaça.

— Rien de tout ça !

Branson tapota sa poitrine.

— Nous, descendants d'esclaves, nous nous devons de connaître l'histoire.

— Tu ne descends pas d'une famille d'esclaves, ton père était conducteur de bus à Londres.

En temps normal, son collègue aurait riposté avec une réplique de film – c'était un vrai cinéphile – mais, ce matin, il se contenta d'un sourire étrange et triste. Roy lut la défaite dans ses yeux, ce qui le chagrina.

La vie conjugale de Glenn Branson était catastrophique. Grace avait prêté sa maison à son collègue qui, en général, laissait absolument tout traîner. Il ne savait s'occuper que d'une chose : Marlon, son poisson rouge.

Il entendit des crépitements familiers. Le commandant Bella Moy venait de s'asseoir à sa place, une boîte de Maltesers devant elle. Elle semblait ne se nourrir que de ça, sans prendre un gramme. Et récemment, Grace avait remarqué qu'elle paraissait beaucoup plus épanouie.

À 35 ans environ, elle habitait encore chez sa vieille maman malade, dont elle s'occupait. Elle qui avait l'habitude de porter des tenues très neutres, de ne pas se soucier de ses cheveux ternes, tout en traînant un air mélancolique, était, depuis peu, beaucoup plus glamour.

Il la vit s'envoyer une friandise dans le gosier et eut soudain très envie d'un bonbon au chocolat. Comme si elle s'en était rendu compte, elle lui tendit la boîte. Il en prit un et le regretta, parce que l'addiction était immédiate.

Il y aurait un absent dans son équipe de douze : le commandant Norman Potting. Grace regarda sa montre. Il était 8 h 35. Il avait déjà cinq minutes de retard. Il avait rendez-vous avec le commissaire principal à 10 heures et celui-ci était d'une ponctualité légendaire.

Soudain, il fut distrait de ses pensées. Il avait toujours eu une excellente mémoire photographique et, tandis qu'il regardait de nouveau le visage serein d'Aileen McWhirter, il put visualiser la bibliothèque, titre par titre : *Les gangs de New York*, *Les gangsters américains hier et aujourd'hui*, *Les premières années de la mafia américaine*, *La jeunesse d'Al Capone*, *Les premiers gangs et gangsters de New York*, *Le crime organisé irlandais*, *Le roi des docks de Brooklyn.*

Il y en avait une cinquantaine, peut-être plus. La défunte n'était ni professeur ni écrivain. Peut-être avaient-ils appartenu à son mari. Daly et McWhirter étaient des noms irlandais.

Il se promit de faire des recherches sur Internet. Puis il se plongea dans ses notes et commença la réunion.

29

Dix minutes après le début de la réunion, Norman Potting entra, essoufflé, le visage fermé. Le commandant, qui avait une bonne cinquantaine d'années, avait rejoint les forces de l'ordre sur le tard. Il était parfois impopulaire, car c'était un vieux de la vieille, politiquement incorrect. Il trouvait cependant grâce aux yeux de Roy, qui le jugeait fiable et persévérant.

— Désolé pour le retard, chef, dit-il de sa voix bourrue. J'étais chez le toubib. Les nouvelles ne sont pas bonnes, ajouta-t-il à voix basse à l'intention de Grace.

— Désolé, Norman. Tu veux m'en parler plus tard ? proposa-t-il, inquiet.

Potting haussa les épaules, grimaça et s'assit. Grace remarqua un échange de regards entre lui et Bella Moy. Cela faisait deux mois maintenant qu'il se demandait s'il n'y avait pas quelque chose entre eux. Mais ils semblaient si différents... Et Norman, avec sa mèche rabattue en avant et son éternelle odeur de tabac froid, ne lui paraissait pas très attirant. Il avait pourtant été marié quatre fois, et Grace n'était pas sans savoir que la vie réservait souvent bien des surprises.

Parmi ses fidèles collaborateurs figuraient le lieutenant Emma-Jane Boutwood, jeune mariée et maintenant enceinte, David Green, chef des techniciens de scène de crime, Guy Batchelor, Ray Packham, de la Cybercrim, deux indexeuses, une analyste spécialisée dans le logiciel HOLMES et leur chef, un officier des RG, plusieurs enquêteurs et Sue Fleet, l'attachée de presse, une rousse incendiaire. Le commissaire tenait à ce que l'opinion publique – leurs « clients », comme il fallait désormais les appeler – soit informée du travail de la police.

Roy Grace ne se faisait pas à ce terme de « clients ». Dans le temps, les forces de l'ordre conservaient une certaine distance, mais il n'avait pas le choix : il devait accepter ces changements, y compris les nouveaux diktats du gouvernement, si absurdes soient-ils. Il regarda tendrement son équipe, « au service des clients ».

Le fidèle lieutenant Nick Nicholl avait été transféré à l'office central de lutte contre le crime organisé. Grace était triste de ne plus l'avoir à ses côtés, même si, depuis qu'il était devenu père, Nick était bien moins efficace, surtout à cause du manque de sommeil. Roy se promit de ne pas glisser sur la même pente. Enfin, d'essayer.

— OK, ceci est la dixième réunion de l'opération Fondrière. Bella, quoi de neuf du côté de l'enquête de voisinage ?

— Elle n'est pas terminée, chef. Le problème, comme vous le savez tous, c'est que Withdean Road est un quartier composé d'immenses propriétés. Les demeures sont très éloignées les unes des autres. Rares sont ceux qui croisent leurs voisins. Nous pensons que les cambrioleurs ont utilisé au moins une grosse camionnette, voire deux, mais personne n'a remarqué quoi que ce soit et il n'y a pas de caméra de vidéosurveillance aux intersections. Pour le moment, nous n'avons qu'une seule piste.

— Laquelle ?

— Quelqu'un a appelé après avoir vu les affichettes dans la rue. Ce qui est intéressant, c'est qu'il s'agit du mardi précédant le cambriolage.

Tout le monde était pendu à ses lèvres.

— Un voisin se souvient d'avoir remarqué une Porsche noire garée sur le trottoir devant la maison de la victime, en rentrant chez lui, vers 19 heures. Un homme était assis au volant. Il ne faisait rien de particulier. Le témoin s'est dit qu'il s'était arrêté pour passer un coup de fil, ou quelque chose comme ça.

— A-t-on une description du conducteur ou la plaque d'immatriculation ?

— Non, chef.

— Les Porsche noires ne sont pas rares à Brighton, mais il ne doit pas y en avoir tant que ça, fit remarquer Grace. Il nous faudrait identifier les propriétaires de ce type de véhicule.

— Oui, chef. Oh, il y a autre chose de potentiellement intéressant, mais je ne suis pas sûre. La semaine dernière, Ralph Meeks a été retrouvé mort chez lui. Il était jardinier chez Mme McWhirter. Si j'ai bien compris, il avait été viré quatorze ans plus tôt. Peut-être était-il rancunier. Sauf que sa mort remonte vraisemblablement à quelques jours avant le cambriolage.

— D'accord, vois si tu peux en savoir plus.

— J'ai mis quelqu'un sur l'affaire, chef.

Grace la remercia et interrogea son équipe :

— Du nouveau concernant les boîtes de location de camionnettes ?

— C'est moi qui m'en occupe, chef, dit Jack Alexander, jeune lieutenant choisi par Grace pour remplacer Nick Nicholl. Il y en a beaucoup : aussi bien des compagnies nationales que des petites entreprises locales.

Roy le remercia et se tourna de nouveau vers Bella. Elle consulta ses notes.

— Pour les objets de faible valeur, nous surveillons eBay et les antiquaires de Brighton. Nous faisons circuler les photos des antiquités les plus cotées parmi les grands revendeurs du Sussex, et je suis en train de préparer une liste de tous les grands noms, au niveau national et international. Nous sommes également en communication avec les experts de l'assurance. Il est très possible que la marchandise ait déjà été expédiée à l'étranger. Nous gardons un œil sur les ports de Shoreham et Newhaven – des officiers passent en revue tous les containers prêts à partir. Nous surveillons également les futures ventes aux enchères. L'objet le plus cher, la montre Patek Philippe de 1910, non assurée, vaut plus de 2 millions de livres.

— Sir Hugo Drax portait une Patek Philippe dans le roman *Moonraker* ! s'exclama Glenn Branson. Mais ils ont opté pour une Swatch dans l'adaptation cinématographique...

— Passionnant, Glenn, l'interrompit Grace.

Puis il s'adressa à Bella :

— Tu as raison de ne pas limiter les recherches au Royaume-Uni. Une montre, c'est facile à transporter.

— 2 millions pour une montre ? Waouh ! s'exclama Norman Potting.

Bella hocha la tête et regarda sa Swatch.

— Elle doit être un peu plus chic que la mienne !

Il y eut quelques rires. Roy remarqua que Norman Potting riait aux éclats, puis il vit le vieux briscard jeter un coup d'œil discret à Bella, qui rougit imperceptiblement.

— En fait, la montre appartenait à la défunte et à son frère, Gavin Daly. Comme il était connu dans le milieu et qu'il vivait dans une maison de campagne isolée, déjà victime de deux cambriolages, elle était cachée chez sa sœur depuis plusieurs années.

— Chef, dit le lieutenant Exton, une montre de cette valeur doit être identifiable, si elle est unique. Comment pourront-ils la revendre ?

Grace acquiesça.

— Oui, c'est ce que je me disais. Comme tu en parles, je vais te charger d'obtenir toutes les informations possibles. La marque a-t-elle gardé trace de sa fabrication ? Combien en existe-t-il aujourd'hui ? Comment la reconnaître ? Sans doute y a-t-il un numéro de série. Y avait-il des initiales monogrammées ? Quels sont les collectionneurs les plus connus ? Où les montres d'une telle valeur s'échangent-elles ? En boutique ou lors de ventes aux enchères ? Y a-t-il des ventes spécialisées dans l'horlogerie ?

— Et les vide-greniers ? plaisanta Potting.

— Je ne pense pas, Norman, trancha Grace.

Il se tourna vers Annalise Vineer, la chef des analystes, indexeuses et documentalistes.

— Du nouveau de votre côté ?

— Nous avons listé les cambriolages présentant un mode opératoire similaire, chef. Pour le moment, tous les malfaiteurs susceptibles d'avoir monté le coup sont en prison, sauf un.

— Qui ça ? s'inquiéta Grace.

— Amis Smallbone.

Le silence se fit. Puis le portable de Glenn Branson sonna. Il s'excusa et décrocha.

— Oh non ! s'exclama-t-il. Merde ! J'arrive tout de suite !

Il se leva, pâle comme un linge.

— Je suis désolé, je dois aller à l'hôpital, c'est Ari.

Ari était la femme de Glenn. Grace le suivit dans le couloir.

— Qu'est-ce qui se passe, mec ?

— Je ne sais pas exactement. Elle s'est fracturé quelque chose en tombant de vélo, elle a été bousculée par un piéton sur une piste cyclable en bord de mer.

— Tiens-moi au courant.

Branson acquiesça et s'éclipsa.

30

C'était encore l'été, mais en cette fin août, à 16 heures, la pluie battait contre la fenêtre de la chambre en demi sous-sol avec vue sur poubelles et murs sales. La faible lumière qui éclairait son taudis donnait l'impression que l'été était bel et bien fini. Son premier été en liberté depuis douze ans...

Mais Amis Smallbone, dans son fauteuil défoncé, une cigarette au bord du cendrier, une bouteille de Chivas Regal à moitié vide à côté, était d'excellente humeur. Il attendait de l'argent. Beaucoup d'argent !

Il y avait un seul point noir. Une petite raclure affamée. Gareth Dupont. Le gars n'était pas réputé pour sa fiabilité, mais, après douze ans derrière les barreaux, ses meilleurs contacts étaient, soit morts, soit rangés des voitures. C'était pour cela qu'il s'était adressé à lui. Il le regrettait amèrement, et maudissait cette récompense. Il ne se laisserait pas marcher sur les pieds par cette merde. Dupont représentait un problème. Il le réglerait. Il trouverait une solution.

Le point positif, c'était que, dans quelques jours, il ne vivrait plus ici. Son appartement serait beaucoup plus confortable, une fois que le conseiller pénitentiaire aurait approuvé sa nouvelle adresse – et il n'avait aucune raison de ne pas le faire. C'était une maison de ville proposée à la location, dans un lotissement sécurisé du centre de Brighton, au cœur du quartier des Lanes. Son pote Henry Tilney qui, contrairement à lui, avait réussi à ne jamais vivre aux frais de Sa Majesté, avait accepté d'être son garant. Et il serait très bientôt en mesure de lui rembourser les 5 000 livres de caution.

Il gardait un chien de sa chienne au commissaire Grace, qui l'avait privé de liberté pendant douze ans, et envoyé dans l'une des pires prisons anglaises.

Les plans de la maison de ses futurs voisins étaient dépliés sur la table basse crasseuse. Les plans de la maison de Cleo Morey, qui serait facilement accessible via la sortie de secours, sur les toits. Au début, il avait pensé faire appel à quelqu'un. Mais pourquoi payer pour une vengeance qui lui procurerait tant de plaisir ? Même s'il ne savait pas en quoi elle consisterait. Amputer Cleo ? Tuer leur bébé ?

Les possibilités étaient infinies. Il se voyait bien sortir cet imbécile de nourrisson de son couffin et le jeter sur les pavés, en contrebas.

Boum. Le son lui plaisait. *Boum.* Oh oui ! Il avait surtout hâte de voir la douleur sur le visage du commissaire Grace. C'est alors qu'on cogna à sa porte. Il regarda sa Rolex en or, cachée pendant douze ans dans un coffre-fort que la police n'avait pas localisé. 16 h 20. Il n'attendait personne. Enfin, si. Il attendait son paiement. Sa part du cambriolage à dix millions, sur Withdean Road. Il se leva et s'approcha de la porte en titubant.

Trop radin, le propriétaire n'avait fait installer ni chaînon de sécurité ni judas. Smallbone ne pouvait jamais savoir qui lui rendait visite. Il cria :

— Qui est là ?

— Le Père Noël !

La voix lui sembla vaguement familière. Il ne voulait pas refouler les gars. Mais il ne se sentait pas en sécurité. Il défit le verrou du haut et celui du bas, puis ouvrit la porte d'un millimètre. Quelques millièmes de seconde plus tard, elle lui revenait en pleine face et le mettait KO.

Une brute en costume sombre le saisit par le col de la chemise, l'étranglant à moitié.

— Espèce de connard ! lui dit un second assaillant le visage déformé par la rage. Tu prends ton pied à tuer des vieilles dames ?

Le molosse le fixait en silence.

Quand il le lâcha, Smallbone s'excusa, terrorisé :

— Je leur avais dit qu'elle était vulnérable. La torturer n'a jamais fait partie du plan.

— À qui est-ce que tu l'as dit ? reprit l'autre.

Smallbone claquait des dents.

— Pourquoi je les balancerais ?

— Parce que tu es une grosse enflure.

— C'est celui qui le dit qui l'est, répliqua Amis Smallbone, complètement ivre.

Il le regretta immédiatement. Un coup de poing dans la bouche vint détruire les milliers de livres investies dans une nouvelle dentition, après sa dernière rixe. Puis un autre coup défonça sa cage thoracique.

— C'est pas le moment de plaisanter. Je veux des noms. Ceux des bâtards qui ont fait ça. Je veux savoir où se trouve la marchandise. Mon père et moi, on veut tout récupérer.

Smallbone le fixa sans rien dire, le visage en sang.

— Je ne les balancerai pas.

Une main lui écrasa les couilles.

Smallbone s'affala, à l'agonie.

— Tu me donnes les noms ? La prochaine fois, il ne sera pas aussi tendre : il te les arrachera.

En larmes, Amis Smallbone toisa le géant, qu'il savait tout à fait capable de mettre cette menace à exécution.

— Si je parle, ils me tueront.

— Si tu ne parles pas, c'est moi qui te tuerai, sauf qu'il faudra que je me débarrasse de ton corps, et ça me fatigue déjà. Ne me complique pas les choses, OK ?

Le géant lui malaxa de nouveau les testicules, mais plus fort.

Au bord de l'évanouissement, Amis Smallbone hurla les noms. En omettant volontairement celui de Gareth Dupont. Malgré la douleur, il était assez lucide pour savoir que, si Dupont était torturé, il avouerait que c'était lui qui était derrière tout ça. Et, avec les 100 000 livres de récompense, le risque n'était pas négligeable.

Ils l'abandonnèrent, le laissant vomir sur un tapis crasseux. Le gorille ferma la porte, se retourna et lâcha :

— Désolé.

31

Roy Grace était toujours chiffonné par le rendez-vous avec le commissaire principal, qui l'avait passé au gril dans la matinée. Les cambriolages faisaient partie des priorités de son supérieur, chargé d'améliorer la qualité de vie de la communauté.

Trois ans auparavant, Graham Barrington, le directeur de la police de Brighton et Hove, avait annoncé fièrement lors d'une réunion des gradés surnommée « prière du matin », que, pour la première fois, il n'y avait eu aucun cambriolage nocturne dans Brighton et Hove. Cette plaie semblait en voie de disparition.

Mais depuis, la crise aidant, la tendance s'était inversée. Même s'il n'y avait pas souvent d'attaques aussi violentes que celle dont Aileen McWhirter avait été victime. Le commissaire principal l'avait questionné sur tous les aspects de l'enquête.

Roy savait que son boss était sous pression. Comme cette enquête bénéficiait d'une couverture médiatique nationale, la réputation déjà entachée, et pas vraiment méritée, de Brighton, était en jeu.

Il lui fallait des suspects, et vite. Amis Smallbone était le seul nom qu'il avait pu fournir pour le moment. Ce malfrat, qui était en liberté conditionnelle depuis deux mois, après une condamnation à perpétuité et douze ans derrière les barreaux, était-il assez bête pour risquer de rempiler ? La réponse était oui. Stupidité ou désespoir... Avec le temps, Grace l'avait compris. Et le mode opératoire était signé Smallbone.

Gavin Daly l'avait contacté. Il voulait proposer un million de livres de récompense pour toute information. Grace l'avait convaincu que c'était beaucoup trop et que le centre opérationnel serait submergé d'appels.

Ils étaient tombés d'accord sur 100 000 livres. L'*Argus* en avait été informé, ainsi que la plateforme *Crimestoppers* et Sue Fleet, leur attachée de presse.

Roy se faisait du souci pour Glenn Branson. Il l'avait déjà appelé à deux reprises, mais son ami lui avait répondu qu'il ne pouvait pas parler, qu'il le rappellerait.

Grace parcourut ses notes. La réunion commencerait à 18 h 30.

— Chef, l'interpella David Green, je pensais que cette ordure de Smallbone était à l'ombre.

— Liberté conditionnelle, répliqua Guy Batchelor. Beau manoir, victime torturée : ça sent le Smallbone à plein nez. Mais il ne se salit pas les mains. Il demande à ses sbires de le faire et leur file une part. C'est bien le fils de son père – en moins malin.

— J'adorerais tailler une bavette avec lui, mais ce serait contre-productif, avoua Grace, conscient qu'il ne pouvait pas se trouver dans la même pièce que cette charogne.

Il se tourna vers la nouvelle recrue, le lieutenant Sam Tovey, une policière aguerrie, mince, posée, cheveux bruns coupés court, agréable, quoiqu'un peu brusque. Smallbone était une brute, mais, comme toutes les brutes, il avait plus de mal à agresser les femmes flics que les hommes. Et Roy savait qu'il avait été intimidé par des policières expérimentées dans le passé. Il passa en revue son équipe et décida d'envoyer

Bella. À 35 ans, elle avait la maturité nécessaire pour tenir tête à Smallbone, qui en avait 62.

— Sam et Bella, j'aimerais que vous alliez cuisiner Smallbone. Demandez-lui son alibi pour la nuit du mardi 21 août. J'ai son adresse. Il a peut-être déjà déménagé, mais le service pénitentiaire d'insertion et de probation saura vous renseigner. Ne lui passez pas le bonjour de ma part !

Il y eut quelques éclats de rire. Plusieurs membres de l'équipe connaissaient le passif entre Roy Grace et Amis Smallbone. Treize ans plus tôt, Grace l'avait arrêté et avait réussi, quasiment seul, à le faire condamner à perpétuité.

Morris Smallbone, le père d'Amis, était à une époque à la tête d'un empire criminel, et avait échappé à la police des dizaines de fois. D'autres personnes étaient tombées à sa place. Morris était intelligent. Beaucoup plus que son fils, surtout connu pour son sadisme.

Amis Smallbone avait pris perpétuité pour avoir fait assassiner un dealer de drogue d'une bande rivale, retrouvé électrocuté dans son bain. Au moment de son arrestation, il avait promis de s'en prendre à Grace et à sa femme, Sandy. Trois semaines plus tard, alors qu'il était derrière les barreaux, quelqu'un avait versé du désherbant dans le jardin de Grace, traçant « TU ES MORT » au milieu de la pelouse.

Smallbone était dans le radar de Roy Grace depuis ses débuts dans la police. C'était alors le principal suspect d'une série d'arnaques à l'encontre de personnes âgées vulnérables, qu'il dépouillait, par la menace voire la violence, de leurs économies et de leurs biens les plus précieux. Cambriolages, trafic de drogue, racket de commerçants, prostitution, contrefaçons, trafic de voitures volées : la famille Smallbone était partout. Mais, ce qui intéressait Roy Grace à présent, c'était que Smallbone était connu pour voler des antiquités haut de gamme et les expédier à l'étranger, souvent en Espagne, en quelques heures seulement.

Toute infraction à la loi pendant une période de liberté conditionnelle conduisait à un retour, immédiat et prolongé, à la case prison.

— Est-ce qu'on a quelque chose de compromettant à son sujet ?

— J'imagine qu'il n'est pas bête à ce point, si ? intervint Emma-Jane Boutwood.

— Quand on a ça dans le sang, on a ça dans le sang, trancha Norman Potting, en sueur. Smallbone a le goût du luxe. Je crois me souvenir qu'on avait saisi tout ce qu'il possédait au moment de son arrestation. Il doit avoir besoin de se refaire.

Grace acquiesça et se tourna vers Sam Tovey et Bella Moy :

— Je vous garantis qu'il vous donnera un alibi pour mardi soir. Il aura sans doute passé la soirée dans un pub où il est connu, et il y aura une dizaine de personnes pour témoigner. Contentez-vous de le déstabiliser, de lui laisser penser qu'on sait qu'il est impliqué. Ça va l'énerver et il sera susceptible de commettre une erreur.

— On ne pourrait pas le mettre sous surveillance ou sur écoute ? proposa Guy Batchelor.

— Nous n'avons pas assez de preuves pour justifier le coût d'une surveillance, dit Grace. Une mise sur écoute ne s'impose pas non plus pour le moment.

La surveillance coûtait cher, en termes de main-d'œuvre, et Grace ne voyait pas comment son supérieur pourrait l'approuver. Pour obtenir une mise sur écoute, il fallait apporter la preuve qu'une vie humaine était en danger immédiat. Le document devait être signé par un gradé et par le ministre de l'Intérieur ou un secrétaire d'État.

Il se tourna vers Potting, chargé d'enquêter sur les comptes bancaires de la défunte.

— Norman, du nouveau à propos des cartes de crédit ?

Grace remarqua de nouveau un discret coup d'œil entre Potting et Bella Moy.

L'espace d'un instant, le commandant s'épanouit, content de lui.

— Absolument, chef. Le 22 août, lendemain du cambriolage, 200 livres ont été retirées du compte d'Aileen McWhirter. Dans les 24 heures suivantes, 300 livres ont été retirées grâce sa carte American Express, 300 grâce à sa MasterCard et 250 avec sa Visa. Toutes les vidéos enregistrées au niveau des distributeurs ont été visionnées. Chaque fois, le visage de l'individu était dissimulé par une capuche.

— Les biens volés avoisinent les 10 millions de livres. Je trouve cela étrange que quelqu'un ait pris la peine de retirer des sommes aussi dérisoires en liquide, vu les risques encourus, souligna Grace.

— Eh bien, à mon avis, des gros bras ont été embauchés, suggéra Potting. Ils ont sans doute été rémunérés à la tâche, ou n'ont touché qu'un faible pourcentage. Peut-être qu'ils se sont accordé une petite rallonge, non ?

— Possible, concéda Grace. Son frère, Gavin Daly, est – ou était – l'un des plus grands antiquaires du pays. Son fils Lucas est dans la même branche. Est-il possible que l'un d'entre eux soit impliqué ?

— J'ai interrogé le père et le fils, intervint Guy Batchelor. Gavin Daly semblait sincèrement endeuillé, et son fils avait l'air bouleversé, lui aussi. Il n'a pas de casier, mais l'opération Réduction l'a à l'œil depuis quelque temps.

L'opération Réduction était menée par la brigade des stupéfiants de Brighton.

— Tu peux nous en dire davantage ? le pressa Grace.

— Ils sont en train de monter un dossier. Il gère la boutique de son père, dans le quartier des Lanes, et il est marié à la présentatrice de journaux télévisés Sarah Courteney.

— Elle, je me la ferais bien au petit-déjeuner ! gloussa Norman Potting.

Grace vit Bella le mitrailler du regard, et le commandant rougit.

— Pas de précédent en matière de cambriolage ? demanda Roy Grace à Batchelor.

— Non, mais j'ai trouvé quelque chose en remontant le fil d'info interne. Il y a deux ans, sa femme a fait appel à la police pour agression. Il avait été arrêté, puis relâché, car elle avait refusé de porter plainte.

Roy Grace hocha la tête.

— C'est bon à savoir, merci.

Sur la longue liste des gens qu'il méprisait, les hommes qui battaient les femmes figuraient en bonne place.

— La seule personne qui avait régulièrement accès à la propriété de Mme McWhirter, c'était sa gouvernante, qui s'y rendait deux fois par semaine, poursuivit Guy Batchelor. Elle a 75 ans, Dieu la bénisse. Elle travaille pour les Daly depuis plus de trente ans. Les autres visiteurs sont le jardinier, qui est tout aussi âgé, le laitier, le livreur de journaux, un plombier, Michael Maguire, qui a réparé les toilettes il y a quatre mois, et un ouvrier, Warren Marker, qui a changé quelques tuiles en avril. Ils seront tous interrogés.

— Bien, merci, Guy.

Il se tourna vers l'attachée de presse.

— Quel est le degré d'intérêt des médias, Sue ?

— Je reçois beaucoup d'appels et de mails me demandant s'il y a un mobile autre que le cambriolage et si nous avons des suspects.

— Pour le moment, Amis Smallbone est notre principale piste, mais sans plus, et je ne veux pas que ce soit annoncé. Y a-t-il urgence à organiser une autre conférence de presse ?

— Pas pour le moment, fin de semaine, je dirais.

— OK, vendredi après-midi.

Il se tourna vers David Green.

— Du nouveau de ton côté ?

— Nous attendons les résultats des analyses d'Haydn Kelly. Nous n'avons rien trouvé d'autre dans la maison d'Aileen McWhirter pour le moment.

La fatigue et le stress du rendez-vous avec son supérieur prirent soudain le dessus et Grace perdit son calme légendaire.

— Nom de Dieu ! explosa-t-il. Cette dame a été torturée et sa maison a été complètement vidée. Impossible de faire un tel coup sans laisser de traces ! Il doit y avoir plus que trois empreintes de pas !

— S'il y a quelque chose, nous le trouverons ! le rassura David Green.

Roy se tourna vers Ray Packham, de la Cybercrim. Cet informaticien de 45 ans avait, bizarrement, l'apparence d'un banquier de province.

— Le téléphone de la victime nous révèle-t-il quelque chose d'intéressant, Ray ?

— Elle s'en servait très peu. Je ne sais pas si c'est important, mais elle a reçu un appel quelques minutes avant son agression.

Packham vérifia ses notes.

— Celui-ci a été passé d'un portable appartenant à un téléconseiller vendant des systèmes d'isolation des combles. L'homme qui a passé l'appel, Gareth Dupont, a changé d'employeur à la fin de la semaine et a pris ses fonctions, mardi, dans une nouvelle boîte, Mountainpeak. En temps normal, je ne m'attarderais pas, sauf que cette fois j'ai trouvé quelque chose.

Ray Packham sourit à Grace, puis marqua une pause, comme pour profiter de cette minute de gloire.

— Quoi donc ? s'enquit Grace.

— Gareth Dupont a un sacré pedigree. Il a été condamné quatre fois. Possession de cannabis, ce qui n'est pas grave en soi ; possession de GHB – un peu plus embêtant ; trafic de marchandises volées, et il est actuellement en liberté conditionnelle après un cambriolage avec violence aggravée.

— Bon travail, Ray. J'ai été démarché pour l'isolation de mes combles, moi aussi, mais je me suis débarrassé du gars vite fait bien fait. Tu aurais des détails sur sa condamnation pour cambriolage ?

— Oui, chef. Il y a cinq ans, il a été arrêté après des faits près de Lewes. Les propriétaires, un couple de personnes âgées, avaient été ligotés et torturés, suivant un mode opératoire comparable à celui de l'affaire qui nous intéresse. Les agresseurs les avaient brûlés à l'aide de cigarettes pour obtenir les codes des cartes bancaires. Dupont avait affirmé les avoir simplement conduits, et avait bénéficié d'une réduction de peine après avoir fourni des preuves contre ses deux complices. Je pense que c'est un beau salopard. Il a aussi des liens avec la mafia russe, en Espagne, spécialisée dans le trafic d'œuvres d'art.

Guy Batchelor leva la main.

— Chef, on tient peut-être une piste.

— Explique-nous.

— Il y a quelques années, j'ai planché sur des affaires de cambriolage de maisons de campagne. Les gars avaient recours à une arnaque similaire : ils appelaient l'occupant en prétextant une vente quelconque et tapaient à la porte simultanément. Cela crée une certaine confusion. Les gens ne sont plus sur leurs gardes. Surtout les personnes âgées.

Roy Grace en prit note dans son carnet.

— Bien vu, Guy. Penchons-nous sur son cas et voyons ce qu'il mijote. Je veux les noms de ses associés, ainsi que tout autre renseignement opportun. Ensuite, j'aimerais qu'on l'interroge.

— A-t-on une adresse ?

— Son conseiller pénitentiaire saura où il habite. Sinon, on pourra lui rendre visite demain, sur son lieu de travail. Tenez-moi au courant. Je viendrai avec vous. Son profil m'intéresse.

— D'accord chef.

Il se tourna vers Bella Moy.

— Concernant le brocanteur véreux : R.C. Moore. Andy Kille, de l'état-major, m'a appelée ce matin. Une infirmière de l'Hôpital Royal du Sussex a contacté la police à 5 heures. Elle avait lu dans l'*Argus* qu'Aileen McWhirter avait été torturée et brûlée.

Elle voulait signaler qu'un certain Ricky Moore avait été admis samedi aux urgences pour brûlures externes et internes. Sans entrer dans les détails, je pense qu'il aura du mal à s'asseoir et à aller à la selle pendant plusieurs semaines.

— Il est homo ? demanda Norman Potting.

Grace grimaça.

— Je ne pense pas qu'on puisse prendre du plaisir en s'enfonçant un fer à boucler brûlant dans le rectum.

— Aïe ! s'exclama Potting.

— Comme tu dis. J'aimerais que vous le rencontriez, Bella et toi.

— D'accord, chef.

Roy Grace clôturait la réunion quand Norman Potting s'approcha de lui.

— Chef, je peux vous parler ? J'ai besoin d'un conseil.

Roy Grace regarda l'heure ; il avait promis à Cleo de rentrer tôt.

— Viens dans mon bureau dans cinq minutes. Et tu devras être concis.

32

Ignorant les consignes de Roy Grace, Norman Potting le suivit directement après la réunion. Roy aurait aimé pouvoir appeler Cleo pour lui dire qu'il serait bientôt de retour.

Tout en marchant dans le dédale de couloirs, il parcourut ses mails sur son BlackBerry, irrité d'avoir Potting sur les talons.

Il ouvrit la porte de son bureau, entra, retira sa veste et l'accrocha derrière la porte. Norman le suivit. Grace se glissa derrière son petit bureau et le commandant s'affala dans le fauteuil en face de lui. Il sentait le tabac froid, mais cela ne dérangeait pas Grace. Comme il fumait lui-même de temps en temps, il détestait les lois draconiennes instaurées par la législation britannique. À vrai dire, il enviait l'insouciance totale de Potting, qui ignorait allègrement ces lois.

— Alors, Norman, dis-moi ! lança-t-il en jetant un coup d'œil à son BlackBerry, dont le voyant rouge clignotait de nouveau.

Potting était nerveux, ce qui n'était pas dans ses habitudes.

— Eh bien, chef, le problème, c'est que... comment dire... bafouilla-t-il de sa voix rauque.

L'enquêteur rougit, puis lissa ses sourcils.

— Bon, je suis allé chez le toubib la semaine dernière et j'y suis retourné ce matin pour les résultats. C'est pour ça que j'étais en retard à la réunion. Il m'a fait faire des analyses parce que j'avais un problème de vidange. Je pissais beaucoup la nuit, ce genre de truc.

Il considéra Grace d'un air énigmatique.

Le commissaire sourit, attendant patiemment qu'il en vienne aux faits.

— Désolé de l'apprendre, Norman.

— Oui, bon, eh bien…

Il regarda autour de lui, au cas où on pourrait les entendre, et reprit à voix basse :

— Il semblerait que j'aie un souci du côté de la prostate.

— Quel genre de souci ?

— Ce bon vieux crabe.

Même si ce terme n'était pas souvent utilisé, Grace comprit de quoi il s'agissait.

— Mon Dieu, Norman, je suis navré.

Grace était sincère.

— Le doc dit que j'ai le choix. La première option, c'est l'opération, on enlève tout, mais le risque, c'est que je ne puisse plus du tout…

Il inclina et releva l'index pour illustrer son propos.

— Une chance sur cinq.

Grace hocha la tête. Il était triste pour son collègue, mais il n'avait pas très envie de l'écouter parler de sa sexualité.

— Ça reviendrait plus tard, non ?

Potting secoua la tête, défaitiste.

— Dans la majorité des cas, non. L'autre option, c'est la radiothérapie. Je pourrai encore bander, mais je ne suis pas sûr de guérir. Ce qui veut dire que, dans quelques années… Rideau. Il faut que j'en parle à quelqu'un, mais je n'ai pas vraiment d'ami en ce moment. Vous êtes sensé, chef. J'aimerais votre avis.

Grace remarqua que, pour la première fois depuis toutes ces années, Norman Potting avait l'air désemparé. Il était comme un gamin qui demande l'approbation de son prof. Même si son collègue l'irritait souvent, il avait mal pour lui.

— Je ne sais pas quoi te dire, Norman. Je ne suis pas qualifié pour donner ce genre de conseil. Qu'est-ce qu'il en pense, ton médecin ?

— Il dit que je dois prendre une décision. J'ai discuté avec l'infirmière spécialisée, qui était d'ailleurs sacrément bien foutue, mais la seule personne en qui j'ai confiance, pour un jugement impartial, c'est vous.

Grace respira à fond.

— Je n'en sais pas assez sur le sujet pour te donner une réponse scientifique. De toute évidence, tu es secoué. Je pense qu'il faudrait que tu réfléchisses avant de prendre une décision.

— Je ne sais pas si je suis prêt à prendre le risque de ne plus être en mesure de baiser. C'est un choix difficile, vous voyez ce que je veux dire ?

Grace voyait très bien. Il avait lu quelques articles sur la maladie, mais, à 40 ans, il n'y avait pas encore vraiment réfléchi. Et maintenant quelqu'un lui posait une question de vie ou de mort.

— Rassemble bien toutes les informations, Norman, OK ? Quand tu connaîtras tous les tenants et aboutissants, j'en reparlerai volontiers avec toi.

— Qu'est-ce que vous feriez si vous étiez à ma place ?

Grace haussa les épaules.

— Je ne sais pas, vraiment pas. Il n'y a pas que le sexe dans la vie. Mais, d'un autre côté, d'après ce que j'ai vu de la vieillesse, il y a quelques avantages et beaucoup d'inconvénients. Je suis un partisan de la qualité de vie plutôt que de la longévité. Si la sexualité est importante pour toi, il faut que tu te demandes si tu es prêt à la sacrifier pour gagner deux ans, en maison de retraite, à pisser dans ta couche en jouant au Scrabble.

Potting sourit.

— Vous êtes mon héros !

Grace secoua la tête.

— Non, non. Peut-être qu'un jour je comprendrai la vie, et je serai alors en mesure de te donner de bons conseils, mais…

Son portable sonna. C'était Glenn Branson. S'excusant auprès de Potting, il décrocha. Son ami était en larmes.

— Merde, Roy. Ari vient de mourir.

33

Un homme obèse, une casquette blanche vissée sur la tête, se trouvait au volant de sa Rolls Phantom blanche décapotable. Il ressemblait à s'y méprendre à Monsieur Crapaud. Il roulait au pas, maniant le volant d'un index potelé, fendant la foule qui, en ce milieu de journée, se baladait sur les quais de Puerto Banus.

Des voitures étaient garées derrière d'élégantes chaînes. Des yachts spectaculaires, d'un blanc immaculé, arboraient toutes sortes de pavillons de complaisance. *ACE. FAR TOO. TIO CARLOS. SHAF.* Certains naviguaient régulièrement. D'autres, comme le sien, mouillaient ici toute l'année. Il possédait l'un des plus gros, et en était fort aise.

Il aimait cet endroit bling-bling, aux couleurs éclatantes, où tout le monde portait des lunettes siglées. Un parfum d'opulence flottait dans l'air. Et il faisait partie de cette grande famille. Ses trois ex, et la *pole dancer* de 24 ans qu'il baisait actuellement, le lui prouvaient bien. Un jour, il mourrait ici, heureux !

La voiture passa en ronronnant devant des bars et restaurants chics, une boutique Bulgari, le Jack's Bar, Chloé, l'American Brasserie et Dolce & Gabbana.

Les bateaux étaient rangés proue en avant, le long des pontons de la marina à droite, et des villas mauresques blanches aux toits en tuiles rouges s'élevaient sur la colline devant lui. Même le soleil, brûlant, semblait aussi cher que tout le reste.

Il portait une chemise blanche XL, un bermuda et des sandales Gucci. Il roulait lentement, et savourait l'odeur de cuir de l'habitacle. Il n'était pas pressé. Il aurait le temps de festoyer, à l'heure du déjeuner, et de faire une partie de golf avant de songer à prendre l'avion. Il se sentait bien. D'excellente humeur. Encore plus jovial que d'habitude. Les gens admiraient sa Rolls, et ça lui faisait plaisir. Il hochait la tête au rythme de la chanson qui passait à fond. « Le Millionnaire » de Dr Hook. Il la mettait en boucle, parce que c'était lui, le petit Eamonn Pollock, né du mauvais côté du périphérique, aujourd'hui millionnaire.

— « J'ai plus de blé qu'un cheval n'a de crins », chanta-t-il à tue-tête, tout en répondant au sourire d'une jolie femme, un petit doigt grassouillet en l'air.

Puis il s'arrêta devant un couple avec poussette qui ramassait une peluche tombée par terre. C'est alors que son téléphone sonna. Appel inconnu.

Il sortit son kit mains-libres, au cas où quelqu'un dans la foule l'espionnerait.

— Eamonn Pollock, j'écoute, dit-il, enjoué.

— C'est moi. Comment tu vas ?

— Comment je vais ? Je suis très heureux, merci ! Le soleil brille et je suis satisfait. Comment ne pas l'être, hein ?

— On a un problème. Il y a quelqu'un qui n'est pas content.

— Alors que pouvons-nous faire pour lui envoyer un petit rayon de soleil ?

— Tu pourrais commencer par ressusciter sa sœur.

L'horizon lui parut s'assombrir.

Pourtant le soleil brillait toujours autant.

— Elle est morte ?

— Tes hommes de main l'ont tuée.

Il baissa la musique.

— Eh bien, ce n'étaient pas mes instructions.

— Qu'est-ce que tu comptes faire ?

— Je vais te dire ce que je compte faire. Je vais me faire un bon petit gueuleton, jouer au golf dans mon club préféré, et monter dans l'avion qui m'attend. Et toi ?

— Quand est-ce que je recevrai ma part ?

— Ah, enfin, on parle la même langue ! En temps et en heure, quand toutes les ventes seront terminées.

— Tu m'avais dit que tu me paierais sur la base d'estimations.

— J'ai dit ça ?

— Oui.

— Ce n'est pas du tout mon genre. Désolé petit, mais va falloir patienter.

— Enculé, ce n'était pas ça, le deal.

Un garçon en pantalon rouge vif prit une photo de la voiture. Eamonn Pollock posa en toute majesté.

— J'ai été ravi de discuter avec toi ! lança-t-il avant de raccrocher.

Il remit la chanson de Dr Hook. Il commençait à avoir faim. Aujourd'hui, ce serait homard grillé avec un verre ou deux de chablis. Rien de tel qu'un bon repas avant une partie de golf.

Dieu que la vie était belle !

Il regarda l'heure à sa Vacheron Constantin Patrimony, qui lui aurait coûté 200 000 livres s'il l'avait acquise honnêtement.

Mais « honnêtement » ne faisait pas partie de son vocabulaire. « Moralité » non plus. Il tapota son ventre rebondi. Il avait envie d'un homard, aujourd'hui…

Il rayonnait. Il serait bientôt encore plus riche qu'avant.

Il poussa le volume à fond et chanta avec entrain.

« Ne vous méprenez pas ! Je suis riche et je suis un beau salopard ! »

34

La femme d'une trentaine d'années, cheveux bruns coupés court, frange à la garçonne, était prostrée sur le divan du psychiatre, dans un cabinet dépouillé, à Schwabing, sur les rives de l'Isar. Silhouette élancée, elle était habillée légèrement – jean coupé, débardeur blanc et tongs Havaianas – pour supporter la chaleur étouffante de l'été munichois.

— Et donc ? dit le Dr Eberstark à la fin d'un des longs silences dont Sandy était coutumière. Y a-t-il quelque chose que vous aimeriez dire ?

Sandy haussa les épaules.

— Encore de la communication non-verbale ? Vous devriez essayer la parole, c'est parfois plus simple.

— Je ne comprends pas, dit-elle.

— Vous ne comprenez pas quoi, exactement ?

— Pourquoi je le hais autant.

— C'est vous qui l'avez quitté, n'est-ce pas ?

Il était en terrain connu, mais répéta cette phrase, comme il le faisait à intervalles réguliers.

— Oui.

— Alors que vous étiez enceinte de son enfant…

Elle garda le silence.

— Et vous ne lui avez jamais dit que vous étiez enceinte...

— Ça faisait des années que nous essayions d'avoir un bébé.

— Alors pourquoi ne pas le lui avoir dit ?

— Parce que...

Elle plongea dans un long silence.

— Parce que si je le lui avais dit...

Nouveau silence.

— Si vous le lui aviez dit ? répéta le psychiatre, avec espoir.

— J'aurais dû rester.

— Est-ce que cela aurait été si grave ?

Elle hocha la tête.

— Pourquoi ?

— Vous devriez épouser un flic, vous comprendriez.

— Qu'y a-t-il de si terrible à être mariée à un flic ?

Elle garda le silence quelques instants, puis dit :

— Je passais toujours en second. D'abord son boulot, moi ensuite. Quand il avait le temps.

— Vous ne pensez pas que l'arrivée d'un enfant aurait changé cela ?

— Non, à vrai dire, je ne le pense pas.

Elle hésita.

— Il y a autre chose à propos du bébé.

Elle plongea dans un nouveau silence et rougit.

Le psychiatre regarda sa montre.

— OK, nous allons en rester là pour aujourd'hui. On se revoit lundi ? Vous me direz de quoi il s'agit, OK ?

— *Montag*, dit-elle.

35

À travers le dédale de couloirs qui sentaient fort le détergent, une infirmière conduisit Bella jusqu'à l'unité des malades hautement dépendants de l'Hôpital royal du Sussex, où Ricky Moore avait été accepté. Bella remarqua que l'air y était plus frais et les odeurs plus agréables. Elles entrèrent dans un dortoir et s'avancèrent jusqu'au dernier lit. L'homme était éveillé. Il regardait dans le vide, droit devant lui, dans une tenue hospitalière bleu clair, un drap le couvrant en partie. Une vieille télévision accrochée en hauteur était allumée, mais silencieuse. Une carte de « bon rétablissement » se trouvait sur la table, à côté d'un petit pilulier, d'un verre d'eau et d'un exemplaire de l'*Argus* qui n'avait pas été lu. L'homme, pâle à faire peur, reposait sur plusieurs coussins. Il y avait une chaise à côté du lit.

Avec l'aide d'une collègue, l'infirmière tira les rideaux autour du lit pour leur donner un peu d'intimité. Bella Moy prit place.

— Ricky Moore ? demanda-t-elle pour avoir confirmation.

Il lui jeta un regard suspicieux, sans rien dire.

L'homme ressemblait comme deux gouttes d'eau à l'acteur de télévision Dennis Waterman.

Elle lui montra sa carte de police.

— Je suis le commandant Moy, PJ du Sussex. Êtes-vous disposé à répondre à quelques questions ?

Il grimaça et articula avec difficulté :

— Si-vous-voulez-la-capitale-du-Pérou-c'est-Lima.

Elle sourit.

— Très drôle.

Il grimaça de nouveau.

— Vous avez été agressé vendredi dernier, n'est-ce pas, Ricky ? Je peux vous appeler Ricky ?

Il la fixa, puis hocha la tête.

— Connaissez-vous vos agresseurs ?

Il secoua la tête.

— Vous en êtes certain ?

Il garda le silence.

— Donc, Ricky, vous êtes antiquaire, c'est bien ça ?

— Oui.

— Vous avez l'air de souffrir. Vous avez du mal à parler ?

Il hocha la tête.

— Je vais faire court. Vous avez été victime d'une violente agression. Vous confirmez ?

Il regarda dans le vide.

— Violente à quel point, Ricky ?

Il continua à regarder devant lui.

— Je ne comprends pas, dit-elle. Pourquoi vous ont-ils agressé ?

Toujours rien.

— Les médecins disent que vous souffrez de graves blessures internes. Vos intestins ont été perforés, plusieurs nerfs sont définitivement endommagés. Qu'est-ce que vous en pensez ?

Il garda le silence.

— À votre place, je serais furieuse. Êtes-vous furieux ?

Toujours rien. Elle regarda la carte de vœux.

— De la part de votre femme ?

— Compagne.

— Redoutez-vous de ne plus jamais pouvoir lui faire l'amour ? De devenir incontinent ?

Il lui jeta un regard noir.

— Vous avez été victime d'une agression très violente. Vous avez plusieurs brûlures au rectum. Vous confirmez ?

— Je-n'ai-jamais-touché-la-vieille-dame, dit-il d'une voix lente.

— C'est donc pour ça ?

Il ne répondit pas.

— Vous voudriez me dire qui a torturé la vieille dame ? Et qui vous a torturé ?

— Personne ne m'a torturé.

— On m'a dit qu'un objet brûlant avait été introduit dans votre anus. Et vu ce qu'ils ont fait à vos intestins, vous avez de la chance de ne pas être mort d'une septicémie. Quelqu'un vous a agressé ?

Il secoua la tête.

— Nan, je faisais des réparations électriques. Je me suis juste assis sur mon fer à souder. Je ne sais pas comment je me suis débrouillé.

— Vous faisiez des travaux… *à poil* ?

Il ferma les yeux.

— Y a-t-il autre chose que vous aimeriez me dire ?

Il garda le silence.

Dix minutes plus tard, un médecin et une infirmière ouvrirent les rideaux et demandèrent à Bella de partir, pour que Moore puisse dormir.

Au sortir de l'hôpital, Bella appela Roy Grace sur son portable.

36

— Tu sais ce que c'est, le pire ? sanglota Glenn Branson en serrant sa deuxième pinte de bière, au fond d'un pub proche de l'Hôpital royal du Sussex.

— Je t'écoute, dit Roy Grace, et il passa un bras autour des épaules de son ami.

Un verre de Glenfiddich *on the rocks* se trouvait devant lui. Il n'était pas censé boire pendant le service, et il avait encore du travail, mais il faisait un écart. La mort de la femme de Glenn le bouleversait profondément.

— Le pire, c'est de savoir qu'elle sera autopsiée. Et on sait, aussi bien toi que moi, ce que ça signifie.

Grace ne trouva pas de réponse plus appropriée qu'un hochement de tête.

— Ils vont l'ouvrir en deux. Extraire son cerveau, découper sa poitrine et...

Il fondit en larmes.

— Ne pense pas à ça, mec, lui dit Roy Grace.

— Mais c'est ce qu'ils vont faire, n'est-ce pas ? dit Branson, désespéré. On parle de la femme que j'aimais. La mère de mes enfants. C'est trop pour moi, Roy.

— Il faut qu'ils sachent ce qui s'est passé, dit Grace, avant de le regretter aussitôt.

— Mais je sais ce qui s'est passé. Elle faisait du vélo sur une piste cyclable en bord de mer. Une femme qui ne regardait pas où elle allait s'est mise en travers de son chemin. Ari est tombée, s'est cassé le bras à trois endroits différents et s'est déboîté l'épaule.

Roy fronça les sourcils.

— Elle portait un casque ?

— Toujours. Elle obligeait les enfants à en mettre un aussi.

— Mais elle a dû être blessée au niveau de la tête, pour en mourir, non ?

— Non. Ils l'ont emmenée à l'hôpital, où elle devait être opérée du bras – ils devaient mettre des plaques en métal et manipuler son épaule. Ils l'ont anesthésiée et elle a fait une réaction allergique. Hyperthermie maligne, ou quelque chose comme ça. Apparemment, ça arrive une fois sur cent mille ou sur un million.

Grace garda le silence, puis posa une main sur le bras de son ami, qu'il serra doucement.

— J'avais entendu parler de ça... les réactions allergiques à l'anesthésie... mais je n'avais jamais... tu vois. Mon Dieu, vous n'avez pas de chance, les enfants et toi.

— Comment est-ce que je vais leur expliquer que leur maman ne reviendra jamais ?

— Peut-être que tu devrais demander conseil à un psychologue spécialisé. Prendre quelques jours de congé pour raisons familiales.

Il haussa les épaules.

— Merci, mais je ne suis pas sûr.

— Tu vas devoir gérer beaucoup de choses.

— Ouais, dit-il.

Il avait l'air si désespéré, pensa Grace. Quand Ari l'avait mis à la porte, Glenn s'en était sorti mais, à présent, il semblait submergé.

— Tu parles de malchance. Elle tombe de vélo, comme tous les cyclistes un jour ou l'autre, et meurt à l'hôpital à cause de l'anesthésie. Je sais que vous n'étiez plus ensemble, mais je suis désolé.

Glenn soupira.

— Ouais. J'aurais aimé que... elle et moi... qu'on ait arrêté de se détester. Qu'on soit devenus au moins... amis. Tu comprends ?

Grace n'avait pas de réponse à cela.

— L'inconsciente qui a traversé sans regarder ne sera même pas verbalisée. Et, moi, je vais enterrer ma femme, la mère de mes enfants.

— Il faut que tu sois fort pour eux, dit Grace afin de trouver quelque chose de positif dans cette tragédie.

Un an plus tôt, Glenn et son épouse s'étaient séparés. Grace n'avait jamais porté dans son cœur cette femme insatisfaite et compliquée. Il logeait son ami. Pendant ce temps-là, au désespoir de Glenn, le nouveau compagnon d'Ari s'était installé dans la maison familiale.

Branson but une gorgée de bière et hocha la tête sans conviction.

— Qui s'occupe des enfants ?

— La sœur d'Ari.

— Et son nouveau mec ?

— Il a fait ses valises et il est parti. Disparu. Belle mentalité, hein ?

— Déjà ?

— Comme Speedy Gonzales.

Grace secoua la tête.

— Ils vont avoir besoin de leur père. Tu les as revus ?

— Non.

— Je pense que tu devrais rentrer chez toi tout de suite. C'est ta maison. Il faut que tu prennes les choses en main, mec.

— Elle les a endoctrinés. Ils sont ligués contre moi.

Grace se sentait lui aussi dépassé par les événements mais, d'instinct, il savait que Glenn devait faire face à la situation.

— Je te raccompagne.

— Ma voiture est sur le parking de l'hôpital.

— Tu ne conduis pas dans cet état. Je te ramène chez toi.

Branson esquissa un sourire désabusé.

— Qu'est-ce que je vais faire, Roy ?

— Je vais te dire ce que tu vas faire. Il y a quelques années, tu m'as confié pourquoi tu étais devenu flic.

— Qu'est-ce que je t'avais dit ?

— Tu étais videur dans une boîte de nuit. Quand ton fils Sammy est né, tu l'as regardé et tu as réalisé qu'un jour, quelqu'un à l'école lui demanderait ce que faisait son père. Tu ne voulais pas qu'il réponde que son papa était videur. Tu voulais qu'il soit fier de toi. C'est pour ça que tu as rejoint les forces de l'ordre. Peu importe si elle les a dressés contre toi. Je te raccompagne dans quelques minutes et tu vas passer la porte d'entrée et les prendre dans tes bras. Un jour, très bientôt, ils oublieront toutes les conneries entendues et ils seront très fiers de toi. Parce que tu es un mec bien, et qu'ils ont beaucoup de chance de t'avoir pour père.

Branson grimaça.

— Tu sais, à la naissance de Remi, je les ai regardés, tous les deux, et j'ai eu cette pensée bizarre. Je me suis dit qu'un jour ils penseraient que je suis meilleur que je ne le suis vraiment. Donc il fallait que je devienne meilleur, pour ne pas les décevoir !

Roy Grace leva son verre et trinqua avec Glenn.

— Ça va aller. Tu sais quoi ? Je t'aime, mec. Je t'aime vraiment.

Les larmes aux yeux, Branson serra son ami dans ses bras. Puis il respira un grand coup.

— Écoute-moi bien. C'est une mise en garde, OK ?

Grace fronça les sourcils.

— Une mise en garde ?

— Je ne veux pas que ça t'arrive. Tu as eu une vie suffisamment difficile comme ça. Il faut que tu comprennes que, maintenant que Noah est né, ta relation avec Cleo ne sera plus jamais la même. Tu n'es plus l'être le plus important de sa vie et ne le seras plus jamais. Tu passeras toujours en deuxième, après ton fils, et vos autres enfants, si vous en avez d'autres. Je te le dis parce que je sais que tu es quelqu'un d'attentionné, mais surchargé de travail, et qu'il va peut-être te falloir du temps pour comprendre cela. Il m'en a fallu, à moi. Nos enfants ne nous ont pas rapprochés, Ari et moi, et je m'en veux.

Grace secoua la tête.

— Tu n'as pas à t'en vouloir. Tu es quelqu'un de bien, mec.

À ce moment-là, son téléphone sonna. Il décrocha, puis regarda sa montre. Il était 20 h 15. Il avait prévu de rapporter des dossiers à la maison et de relayer Cleo, qui semblait stressée, auprès de Noah. Mais c'était trop important.

À contrecœur, il dit à son interlocuteur :

— OK, je vous retrouve là-bas à 21 heures. Dans quarante-cinq minutes.

Il raccrocha et se tourna vers Glenn.

— Finis ton verre, tu rentres à la maison. Tu rentres chez toi, auprès de tes enfants !

— Et qu'est-ce que je leur dis ?

Grace lui donna un faux coup de poing dans la mâchoire.

— Tu leur dis : « Je suis votre papa et je suis de retour à la maison. »

37

— Dans tes rêves, siffla Amis Smallbone entre ses dents cassées.

Installé sur la banquette d'un pub très fréquenté, face à un aquarium à poissons tropicaux qui servait de cloison, il buvait un whisky. Vu qu'il pleuvait des cordes, il n'avait pas fumé depuis plus d'une demi-heure, et il avait attendu l'autre connard, qui était arrivé en retard. Il était fourbu après son passage à tabac, et d'une humeur massacrante. Il portait son sempiternel blazer bleu estival, une chemise et un foulard à motif cachemire, un pantalon ample et des bottes à talons cubains.

— Je ne pense pas, dit Gareth Dupont, qui buvait une pinte de Coca Light en grignotant des chips aromatisées fromage oignons.

Lui aussi était de sale humeur, parce qu'il allait faire poireauter Suki Yang. Il portait un blouson en cuir léger, un tee-shirt blanc, un jean et des mocassins tape-à-l'œil.

— Et qu'est-ce qui t'est arrivé, bordel ?

— Je me suis pris une porte.

Dupont hocha la tête, peu intéressé par les détails.

— Nous avons passé un deal, lui rappela Smallbone. Un marché, ça ne se renégocie pas. Et, ici, on ne balance pas à la police.

— Je n'ai pas besoin de balancer qui que ce soit, dit Dupont. Tu n'as pas été réglo avec moi. Tu ne m'as pas dit combien valait la marchandise volée. Tu ne m'as pas dit que je serais impliqué dans une affaire de meurtre. Je suis en liberté conditionnelle, comme toi. Tu m'as demandé de trouver une villa avec des tableaux. Il n'a jamais été question que je joue au chauffeur pour des malades mentaux et une cargaison de 10 millions.

— Tu penses vraiment pouvoir nous balancer et empocher la récompense ? Tu rêves.

Dupont secoua la tête.

— Je sais que tu es resté longtemps en prison, Amis, mais ne me dis pas que tu n'es pas au courant.

Il plongea la main dans son paquet de chips.

— Tu n'as jamais entendu parler de la plateforme *Crimestoppers* ?

— C'est quoi ?

— Une œuvre caritative. N'importe qui peut les appeler : anonymat garanti. Ils ne révéleront jamais l'identité de leur interlocuteur à la police, ni à personne. Mais si un appel anonyme conduit à une arrestation et une incarcération, l'interlocuteur touche la récompense. On est sur la même longueur d'ondes, maintenant ?

— Ce que tu oublies, c'est que je connais tout le monde, Gareth, dit Smallbone d'une voix douce, comme un père qui remettrait son fils dans le droit chemin.

— Ce que tu oublies, c'est que tu as disparu de la circulation pendant douze ans, Amis. La plupart de tes contacts sont en prison ou à l'étranger. C'est pour ça que tu m'as appelé, moi.

— Qu'est-ce que tu veux ?

— Tu m'as offert 10 000 ?

— Et tu les as très volontiers acceptés.

— Eh bien, maintenant, je veux 100 000. Sinon tu replonges.

— Dans tes rêves.

38

Grace se trouvait devant la maison de Glenn Branson, à Saltdean, dans sa nouvelle – pour lui, du moins – Alfa Romeo Giulietta noire, qu'il avait achetée d'occasion chez Frost, à un prix intéressant. Il pleuvait des cordes, en cette fin d'été. Cleo, qu'il avait au bout du fil, semblait épuisée. Il avait envie de la retrouver, de voir Noah.

— Je dois rencontrer ce gars, ma chérie, c'est très important.

— Je pensais que tu rentrerais tôt, aujourd'hui.

— Il a fallu que je voie Glenn. Sa femme est morte, je te l'ai dit, n'est-ce pas ? Réaction allergique. C'est incroyable.

— Tu m'as dit, et je n'ose pas imaginer dans quel état il doit être, le pauvre. Aileen McWhirter est décédée aussi et c'est terrible. Tu dois retrouver ses assassins, et vite, et tu y arriveras parce que tu es le meilleur, mon chéri. Mais ce ne sont pas quelques heures qui feront la différence, Roy.

Sandy n'avait jamais compris, du moins jamais accepté, le fait que les heures de travail d'un officier de police puissent être imprévisibles. Avec Cleo, ce n'était pas pareil. Avant son congé maternité, elle dirigeait la morgue de Brighton et Hove. Ses horaires étaient tout aussi aléatoires, car elle devait parfois récupérer des corps, et les gens avaient rarement la courtoisie de mourir ou de se faire assassiner pendant les heures de bureau. Il aurait tant aimé rentrer à la maison, auprès d'elle, et passer de précieuses minutes aux côtés de Noah.

— Je fais tout mon possible pour être libre ce week-end, ma chérie.

— Pour pouvoir aller au foot ? souligna-t-elle, non sans humour.

— Si je vais à ce rendez-vous, c'est pour le boulot. Comment va Noah ?

— Cela fait cinq heures qu'il pleure, fait caca et vomit, non-stop.

— Je m'occuperai de lui toute la nuit, je te le promets.

— C'est gentil, mon chéri, mais tu ne le feras pas. Tu t'endormiras et je ne te réveillerai pas parce que je sais que tu dois te lever à 6 heures du matin. En plus, tu n'as pas de seins.

— Je ne pourrais pas lui donner le biberon, pour que tu récupères un peu ?

— Je suis tellement fatiguée que je n'arrive pas à réfléchir.

— Je rentre dès que possible.

Il raccrocha, le cœur gros. Comment allait-il être à la fois un bon père et un bon enquêteur ? La tâche semblait insurmontable. Était-ce possible ? Si d'autres l'avaient fait, il devait y arriver. Mais, à ce moment précis, il n'était plus sûr de rien.

39

Hector Webb se tenait très droit, comme un militaire. Grand, cheveux blonds coupés ras, visage buriné, il était assis au bar, une pinte de Guinness à moitié vide devant lui, quand Roy Grace entra dans la Taverne du Pavillon royal, place du Château.

Avant de franchir la porte, Roy dévisagea, par habitude, les personnes présentes dans la pièce, mais il ne reconnut personne. Vingt ans auparavant, Webb dirigeait la brigade des antiquités de Brighton, unité qui avait été démantelée pour des raisons économiques peu après son départ à la retraite. Depuis, il écrivait des essais sur sa grande passion : l'aviation pendant la Seconde Guerre mondiale.

— Qu'est-ce que je t'offre ? lui proposa Roy Grace.

— C'est ma tournée, insista Webb.

Après sa conversation avec Cleo, Roy avait très envie d'un verre d'alcool, mais il en avait déjà bu un avec Glenn, alors qu'il n'aurait pas dû.

— Un Coca Light avec glaçons, merci.

Webb passa la commande. Une fois servis, ils optèrent pour une table au calme.

— Alors ? l'interrogea Webb.

À l'époque où il était jeune lieutenant, Grace avait brièvement été placé sous les ordres de Webb, alors capitaine au commissariat de John Street – et il avait beaucoup apprécié le personnage.

Roy lui résuma l'affaire Aileen McWhirter et conclut :

— Il faudrait que tu m'aides à déterminer où le butin a pu être expédié. Je ne connais pas ce milieu, même si, grâce à Peregrine Stuart-Simmonds, je profite d'une formation accélérée. Il m'aide bien. Tu le connais ?

— Oui.

— Tu es encore en contact avec les vieux antiquaires ?

Webb but une longue gorgée.

— Les temps ont changé, Roy. Mes quelques contacts m'ont expliqué que la vie est dure pour eux, surtout depuis le 11-Septembre, depuis que les Américains ont arrêté de venir en Angleterre. Les habitudes ont aussi beaucoup changé dans les pays occidentaux. De nos jours, les gens veulent des meubles modernes.

Grace hocha la tête.

— Le prix entre en jeu, ajouta Webb en finissant sa pinte.

Grace alla lui en chercher une deuxième et reprit la conversation où ils l'avaient laissée :

— Le prix ?

— Autrefois, les gens choisissaient des antiquités parce que c'était moins cher que les meubles neufs. IKEA a plombé le marché. Ma benjamine vient de se marier. Ils ont acheté de superbes chaises IKEA pour 30 livres pièce.

Il avala une poignée de fruits secs et enchaîna, la bouche pleine :

— Ce qui est certain, c'est qu'un cambriolage de cette ampleur était prémédité. Je ne serais pas du tout surpris d'apprendre que de nombreuses pièces étaient prévendues. Et je pense que le chargement a quitté le pays rapidement. Je n'exclurais pas la mafia russe,

Roy. Marbella est un bon point de départ pour débusquer les Russes. Et les Irlandais, bien sûr.

— Les Irlandais ?

Webb hocha la tête.

— Les gens l'oublient, mais la mafia irlandaise était active bien avant la mafia italienne. Le gang de la Main blanche, tu connais ? Al Capone a beau les avoir chassés de New York à la fin des années 1920, ils n'ont jamais complètement disparu. En enquêtant sur l'IRA, tu finiras par tomber sur la mafia irlandaise.

Grace esquissa un sourire.

— Intéressant.

— À New York, dans les années 1920, ils étaient en concurrence avec les Italiens, poursuivit Webb. Aujourd'hui, à Marbella, quatre-vingt-dix ans plus tard, ils se battent contre les Russes et les Albanais. Quant à la Patek Philippe, un certain nombre de riches Russes aimeraient acquérir une montre vintage rare, et seraient prêts à y mettre le prix. Quand j'étais en activité, deux brocanteurs véreux de Brighton faisaient des allers-retours à Moscou pour acquérir des icônes russes volées, écoulées en Finlande. J'imagine que les liens doivent s'être renforcés depuis.

Grace but une gorgée de Coca.

— À l'étranger, quels axes devrait-on surveiller, si l'on part du principe que le butin est toujours ici ?

— J'en doute, trancha Webb. La montre a très bien pu traverser la Manche dans les heures qui ont suivi le cambriolage, dans la poche d'un passeur sur un ferry au départ de Newhaven, où quasiment aucun contrôle de sécurité n'est réalisé. Puis être échangée dans un café, sur une aire d'autoroute. Les peintures ont très bien pu être découpées et dissimulées dans une valise à double fond pour un échange similaire. Avec les meubles, c'est plus compliqué.

Il but une gorgée de bière et s'essuya la bouche d'un revers de main.

— Pour des objets de cette taille, il faut un container, au départ des ports de Shoreham ou de Newhaven. Il est toujours possible de glisser des pièces de valeur parmi des meubles ordinaires, sous prétexte que l'on a une maison à meubler en France. En général, les douaniers ignorent la véritable valeur des articles.

— Génial, soupira Grace. Si tout a déjà été exporté, par où est-ce que je commence mes recherches ?

— À ta place, je commencerais par Shoreham et Newhaven. Je vérifierais les expéditions réalisées quelques heures après le cambriolage et tout ce qui est en attente, en particulier à destination de la Russie ou de l'Espagne. Les voitures d'occasion – au cas où des pièces auraient été cachées à l'intérieur. Et les cargos transportant du bois et de l'acier, car un conteneur d'antiquités peut y être ajouté subrepticement. J'organiserais des contrôles dans d'autres ports, comme Douvres, Portsmouth, Southampton et Harwich.

Grace but une gorgée de Coca.

— Tu penses qu'il s'agit d'une opération de grande envergure, alors ?

— Absolument. Tu as sur les bras un assassinat doublé d'un coup très lucratif. Je ne t'envie pas.

— Tu ne voudrais pas mettre ta retraite entre parenthèses pour me filer un coup de main ?

Webb secoua la tête en souriant.

— Et gérer les ego des uns et des autres ? Non merci. Je préfère jardiner, rafistoler mon voilier et gâter mes petits-enfants. Je viens d'avoir mon permis bateau en juillet, et j'en suis fier. Tu sais ce que j'ai appris, après trente ans dans les forces de l'ordre ?

— Dis-moi.

— Combattre le crime, c'est comme s'allonger au pied d'un glacier pour l'empêcher d'avancer. Si je pouvais tout reprendre de zéro, avec l'ambition de devenir riche – ce qui n'a jamais été mon but dans la vie –, je me lancerais dans la sécurité, la restauration ou l'armement. Il y aura toujours des gens pour voler, manger et s'entre-tuer.

— Tu es pessimiste !

— Non, réaliste, Roy.

*

Il faisait nuit quand Roy Grace quitta la Taverne du Pavillon royal. Il était dix heures moins le quart quand il arriva à l'escalier du parking Bartholomews, qui empestait l'urine.

Il devait rentrer chez lui. Il s'arrêta pour prévenir Cleo, par SMS, qu'il était sur le retour. Mais il le regretta instantanément. Il venait de trouver ce qui le tracassait depuis plusieurs heures. Il avait quelque chose à faire.

40

La maison de Cleo se trouvait à 500 m du parking, mais au lieu de rentrer, Roy Grace fit demi-tour et longea le bord de mer. Cleo serait déçue, et il n'en était pas fier. Mais il ne pouvait pas faire autrement. Ceux qui avaient torturé Aileen McWhirter étaient en liberté, peut-être préparaient-ils une nouvelle agression sur une personne âgée sans défense. Cleo se trompait quand elle disait que quelques heures ne changaient rien. Au début d'une enquête pour homicide, chaque minute compte.

Agité par des émotions contradictoires, il enviait Hector Webb, qui semblait n'avoir d'autre souci que son jardin, son voilier et ses petits-enfants. Il pensa à Glenn Branson, qui l'avait prévenu : avoir des enfants, ça change tout dans un couple. Il pensa à Sandy, à ses accès de rage, quand il devait modifier leurs projets pour des raisons professionnelles. Qu'il le veuille ou non, l'enquête passait avant tout. Ç'avait toujours été le cas, et il savait que cela le serait toujours. Sa première responsabilité, c'était de rendre justice à la victime et de permettre à la famille de tourner la page. C'était ça, la réalité.

Il ne pouvait pas s'empêcher de penser à Glenn Branson.

Il choisit sur son iPod *The Cost of Freedom*, de Marla Glen, et le brancha à l'autoradio de l'Alfa. Cette voix profonde, très *soul*, l'aidait souvent à réfléchir. Il roulait vers la Statue de la paix, l'un de ses monuments préférés, située pile entre Brighton et Hove, puis longea la marina de Hove, tandis que les lumières des réverbères glissaient sur le véhicule. Il tourna à droite après le monument érigé en l'honneur de la reine Victoria, et s'engagea sur Grand Avenue. Dans ce quartier se trouvaient de beaux immeubles occupés en majorité par des retraités aisés. Il passa le croisement avec Church Road et entra dans une section, baptisée The Drive, composée d'imposantes maisons victoriennes, magnifiquement conservées, converties en appartements, cabinets juridiques ou médicaux.

Cinq cents mètres plus loin, il s'arrêta aux feux au carrefour avec Old Shoreham Road, puis remonta Shirley Drive, jusqu'à ce quartier que Glenn Branson surnommait l'Allée des Milliardaires – et ce sobriquet n'était pas usurpé. La plupart des nantis de la ville vivaient ici, ainsi qu'un certain nombre de grands truands. Rares étaient les policiers qui pouvaient s'offrir ce genre de biens.

Il tourna à droite au niveau de Woodruff Avenue, et se retrouva sur Dyke Road Avenue, épine dorsale de la ville, où les manoirs étaient encore plus impressionnants. Il tourna à gauche, puis à droite, puis de nouveau à gauche, dans Withdean Road.

Quelque chose le dérangeait dans cette affaire. Quelque chose ne collait pas. Il manquait plusieurs pièces au puzzle. Il avait besoin de temps et de tranquillité. Il voulait arpenter seul la scène de crime, sans être distrait, et réfléchir, *in situ*, à la façon dont les événements s'étaient enchaînés.

Quelques centaines de mètres plus loin, la route tournait à gauche, puis à droite, jusqu'à l'allée privative, pentue, qui menait à la maison d'Aileen McWhirter. Les phares faisaient danser les ombres des sapins et des rhododendrons. Sur sa gauche, il découvrit la demeure isolée, sombre et triste, un peu effrayante. Il se gara de façon à éclairer l'arrière de la maison, afin de distinguer les fenêtres et l'entrée de service.

Il éteignit le moteur, mais garda les phares allumés. Il ne pleuvait plus ; la rubalise blanc et bleu flottait au vent. Il se remémora ce qu'il savait du cambriolage. La serrure n'ayant pas été forcée, il était probable que les agresseurs se soient fait passer pour des employés de la Centrale des eaux. Simultanément, Gareth Dupont avait essayé de vendre à la victime un système d'isolation des combles. Il était possible que le téléconseiller n'ait rien à voir avec tout cela, mais vu que le gars était fiché pour cambriolage et trafic de marchandises volées, Grace en doutait fort. La coïncidence était trop belle. Il avait hâte de connaître l'alibi de M. Dupont.

C'était étrange qu'il ait, lui aussi, reçu le même genre d'appel quelques jours après le cambriolage d'Aileen McWhirter. Pouvait-il y avoir un lien ? Il opta pour la négative, descendit de voiture et sortit une torche du sac d'intervention. Il enfila une paire de gants et contourna le manoir. Un rongeur le fixa de ses yeux rouges, puis disparut aussitôt. Roy se dirigea vers le porche et sortit de sa poche un double des clés emprunté à la police scientifique, ouvrit la porte d'entrée et remarqua que l'alarme n'était pas branchée. Quelqu'un avait-il oublié de l'allumer ?

À la lueur de la lampe, Grace localisa de vieux interrupteurs. Il en actionna un. Des appliques avec abat-jour à glands roses diffusèrent une lumière tamisée. Il longea le mur jusqu'à la cuisine, où il vit une casserole avec des haricots verts baignant dans un peu d'eau et une cuillère en bois, près d'une vieille gazinière. Plusieurs poêles étaient accrochées au mur, à droite. Non loin, il remarqua un téléphone à grosses touches adapté aux malvoyants. La vieille dame avait-elle retiré la casserole du feu pour aller ouvrir ?

La porte d'entrée était pourvue d'une chaîne de sécurité et d'un judas. Soit elle connaissait ses agresseurs, soit elle s'était sentie suffisamment en sécurité pour leur ouvrir. Qui, parmi ses connaissances, était susceptible de l'avoir attaquée ? Il lista dans sa tête les personnes qui avaient accès à la propriété. Sa gouvernante ? Impossible, tout comme son jardinier, très âgé. Son frère ? Il n'avait pas besoin d'argent. Son neveu ? La probabilité était faible. Ricky Moore, le brocanteur véreux, figurait, lui, tout en haut de la liste des suspects.

Une partie de l'enquête portait sur la compagnie d'assurances, pour savoir qui avait accès à la liste des objets de valeur. Les artisans seraient aussi interrogés : le laveur de vitres, le plombier, les peintres et les décorateurs, Bryan Barker et son entreprise de maçonnerie, ainsi que le gars venu réparer la machine à laver.

Dix millions de livres, ce n'était pas rien, comme l'avait souligné Webb. Ces derniers jours, Grace avait discuté avec plusieurs antiquaires locaux, dont Chris Tapsell, un expert en porcelaine chinoise et japonaise, Derek le-Warde, expert en bijouterie, et Simon Schneider, qui participait régulièrement à une émission télé sur le milieu des antiquités, très appréciée de Cleo. Tous lui avaient confirmé que le cambriolage avait été organisé grâce aux informations d'un initié, et que les clients avaient sûrement précommandé les objets volés. La porcelaine orientale avait sans doute été acquise par des acheteurs chinois ; la plupart des meubles devaient être destinés au territoire russe ; et les peintures pouvaient intéresser des clients américains, allemands, hollandais ou russes.

L'inventaire des objets de valeur avait peut-être été communiqué par un employé corrompu de la compagnie d'assurances, mais il était plus probable, comme tous ses contacts le lui avaient dit, que ce soit Ricky Moore qui ait vendu la mèche.

Et Moore avait été torturé. Pour quelles raisons ? Par qui ?

Son téléphone vibra. C'était un message de Cleo.

Tout va bien, mon chéri ?

Il répondit par un bref message.

Encore 30 minutes. Désolé. Bisous.

Grace retourna dans le hall et scruta l'escalier, plongé dans l'obscurité, à la recherche d'un interrupteur. Il monta les marches et ralluma sa lampe.

Il agita son faisceau lumineux, puis ouvrit la porte de la chambre d'Aileen McWhirter. Tandis qu'il avançait d'un pas, quelque chose le frappa au niveau des tibias avec une telle force qu'il hurla de douleur, perdit l'équilibre et s'effondra sur le sol moquetté. Sa lampe roula loin de lui.

41

Dans toutes les situations, Roy Grace restait lucide, même sous la pression. À ce moment précis, dans le noir complet, alors que sa torche était à plusieurs mètres de lui, il savait que son assaillant s'attendait à ce qu'il tente de la reprendre. Il roula donc dans l'autre direction et heurta un objet dur, qui tomba.

— Aïe ! Merde. Ouille…

Était-ce une lampe de poche ? Une arme ? Grace entendit son assaillant chuter. Il serra les poings, prêt à se défendre, puis récupéra la torche et éclaira son adversaire.

Il découvrit Gavin Daly, en costume vert, allongé sur le dos, cravate de travers, les yeux clos. L'espace d'un instant, il pensa que le vieil homme était mort. Il se mit à genoux et éclaira son visage. Quelques secondes plus tard, Daly cligna des yeux.

— Tout va bien ? s'enquit Grace.

Le vieil homme clignait toujours des yeux, inquiet. Grace éclaira son propre visage pour que Daly puisse l'identifier.

— Nom de Dieu !

— Tout va bien ? répéta-t-il.

— Ça va, soupira Daly.

— Vous m'avez foutu la trouille.

— La prochaine fois, venez en voiture de police, nom d'une pipe. Qu'est-ce que vous faites ici, d'ailleurs ? dit-il en se redressant tant bien que mal, l'air toujours ébranlé.

— Peut-être pourriez-vous me dire ce que *vous* faites ici, monsieur, répliqua Grace.

Il se leva, alla allumer la lumière de la chambre, puis aida le vieil homme à se remettre sur pied. Il remarqua alors la canne à pommeau d'argent, gisant au sol, et comprit ce qui s'était passé. Il la rendit à Daly.

— Je viens de perdre ma sœur, la seule personne que j'aimais. Je voulais me recueillir, sentir sa présence, OK ? L'un de vos officiers m'a en outre conseillé de surveiller la maison. Selon lui, il est possible que les bâtards reviennent chercher d'autres trucs, ou qu'ils renseignent des complices sur ce qui n'a pas été dérobé. Les rares objets de valeur qui restaient ont été stockés, mais quelque chose a disparu.

— Quoi ?

Grace se baissa pour examiner les marques au-dessus de ses chevilles.

— Désolé, s'excusa Daly.

— Vous êtes sacrément costaud pour un homme de votre âge, concéda-t-il, non sans une certaine admiration.

— Je ne savais pas que c'était vous. Je pensais que c'était peut-être l'enflure qui a embarqué la photo de la Patek Philippe, qui se trouvait dans l'album d'Aileen.

— L'album d'Aileen ?

— Il était rangé ici, dans son secrétaire mardi soir, quand je suis venu, mais la photo de la montre avait disparu.

— Vous êtes sûr que ce n'est pas la police qui l'a prise ?

Daly secoua la tête.

— Sûr. J'ai demandé à votre collègue, un certain Branson. L'album contenait les photos des objets de valeur. J'imagine que l'un des cambrioleurs l'a emportée pour que vous ayez plus de mal à identifier la montre. À mon avis, il en avait besoin car la compagnie d'assurances n'avait pas de cliché d'elle.

Grace fronça les sourcils.

Si c'était le cas, cela voulait dire que les cambrioleurs étaient encore plus nombreux qu'il le croyait.

— C'est possible, monsieur, mais, ces dernières quarante-huit heures, personne n'a pu entrer dans la maison, car elle était sous scellés.

— Quoi qu'il en soit, j'ai décidé de m'allonger et d'attendre, au cas où quelqu'un viendrait, répliqua Daly. De toute façon, je ne dors quasiment pas, ces jours-ci. Mais je pensais qu'un policier surveillait la maison jour et nuit, ce n'est pas le cas ?

Grace savait que c'eût été la meilleure chose à faire, mais il ne pouvait pas lui avouer que c'était impossible pour des raisons budgétaires.

— Une patrouille passe toutes les heures, monsieur.

— Vraiment ? Cela fait six heures que je suis là, et je n'ai pas vu une seule voiture de police.

— Quel âge avez-vous, monsieur Daly ?

— 95 ans, soupira-t-il.

— Vous êtes en forme. On vous en donnerait vingt ou trente de moins ! Quel est votre secret ?

Les yeux du nonagénaire pétillèrent.

— Whisky, cigare et, de temps en temps, une partie de jambes en l'air avec une femme peu farouche, commissaire.

Grace sourit.

— Je sais qu'on a dû vous le demander auparavant, reprit-il plus sérieusement, mais depuis quand votre sœur vivait-elle ici ?

Daly réfléchit.

— Depuis 1962, si ma mémoire est bonne.

Grace le remercia.

— Pourquoi cette question, commissaire ?

— L'information peut avoir son importance. Vous connaissez mieux que quiconque le milieu des antiquaires. Savez-vous qui peut être derrière cette affaire sordide ? Quel truand serait capable d'organiser un cambriolage d'une telle ampleur ?

— Quelqu'un savait précisément ce qu'il y avait à voler, trancha Gavin Daly.

Grace remarqua soudain que le lit était étonnamment petit pour cette immense chambre.

— Il n'y a qu'une seule chose qui m'intéresse, reprit Daly. C'est la montre. Tout le reste, ils peuvent le garder, soupira-t-il, très abattu, en s'asseyant sur le lit.

— L'assurance remboursera tout, n'est-ce pas, monsieur ?

— Je m'en fous de l'assurance. Je n'ai pas besoin d'argent. J'espère qu'ils ne rembourseront rien. Le connard qui me sert de fils sniffera tout dès que je serai raide.

— Lucas ?

— Oui, confirma-t-il avant de sombrer dans un long silence. Vous pensez sans doute que je suis un vieux con, et vous avez raison, dit-il en levant les yeux vers le policier.

Grace secoua la tête.

— Non, ce n'est pas ce que je pense.

— Avez-vous des enfants, inspecteur, euh… commissaire ?

— Un fils, encore bébé.

Daly hocha la tête, mit la main dans sa poche intérieure et sortit un porte-cigares en cuir, qu'il ouvrit et tendit à l'enquêteur. Trois cigares se trouvaient à l'intérieur.

Grace déclina l'offre.

— Merci bien. Je fume volontiers le cigare, mais pas maintenant.

Daly referma l'étui avec un sourire énigmatique.

— Votre collègue, le grand Black…

— Le commandant Branson ?

Daly hocha la tête.

— C'est un sacré personnage, n'est-ce pas ? Et cinéphile, avec ça.

— Une encyclopédie du cinéma ambulante, asséna Grace.

Daly retroussa les lèvres.

— Je lui ai appris quelque chose.

— Oh, vraiment ?

Grace se promit d'asticoter son ami à ce sujet.

— Ce bon vieux W. C. Fields. Vous savez ce qu'il a répondu quand on lui a demandé comment il aimait les enfants ?

Grace secoua la tête.

— Frits.

Le commissaire sourit.

— Les enfants, ils finissent toujours par vous décevoir. Mais assez parlé de moi et de mes problèmes. Que pensez-vous de cette sombre histoire ? J'ai l'impression que vous êtes intelligent. On me dit que j'ai de la chance de vous avoir sur l'enquête.

— Je n'en sais pas assez pour vous apporter une réponse satisfaisante, monsieur. Mais je vais vous confier ce que mon instinct me dit : celui qui a organisé ce coup-là était très bien renseigné.

Gavin Daly acquiesça.

— Vous devriez convoquer le brocanteur véreux.

— C'est fait. Mais quelqu'un lui avait déjà remonté les bretelles.

Il jeta à Daly un regard suspicieux.

— Vous savez qui pourrait s'en être pris à lui ?

Le vieil homme regarda subrepticement vers la droite, puis il fixa de nouveau l'enquêteur sans rien dire, avant de secouer la tête.

— Vous avez dit que vous appréciez le cigare.

— C'est vrai.

— Venez avec moi dans le jardin. Allons fumer ensemble, je vous raconterai ma vie et celle de ma sœur. Peut-être que cela vous aidera à comprendre.

42

Pour rassurer Gavin Daly, Grace demanda qu'une patrouille soit postée en amont de la maison d'Aileen McWhirter. Le vieil homme appela ensuite son chauffeur pour qu'il vienne le chercher. Grace resta seul dans la maison, afin de réfléchir à la conversation qu'il venait d'avoir avec le vieil homme.

Pourquoi celui-ci lui avait-il menti ? Les mouvements de ses pupilles étaient un bon indicateur. Quand il lui avait demandé son âge, Daly avait regardé vers la gauche, l'hémisphère où étaient stockés les souvenirs. Idem quand il lui avait demandé le secret de sa grande forme et depuis combien de temps sa sœur vivait dans cette maison. Cependant quand il lui avait demandé qui, selon lui, avait torturé Ricky Moore, le vieil homme avait regardé vers la droite, l'hémisphère de l'imagination, des mensonges.

Avait-il décidé de se venger personnellement ?

D'après ses recherches, Gavin Daly semblait être un grand charmeur, intraitable en affaires. Comme la plupart des antiquaires de Brighton, c'était un filou – dans le temps, du moins. Mais il n'avait pas de casier judiciaire. Son fils était du même tonneau, sauf qu'il n'avait pas hérité du charme de son père. Il aurait fallu que Moore passe à table, mais Bella avait prévenu Roy que Moore était de toute évidence trop effrayé pour donner des noms. Il lui mettrait la pression pendant sa convalescence. Un chef d'accusation pour homicide, et la perspective de croupir en prison un an, voire un an et demi, jusqu'au procès, délierait peut-être sa langue. Entre la taule et une dénonciation, Moore pourrait choisir de lâcher quelques informations.

Le commissaire était presque certain que le brocanteur véreux était impliqué, soit dans le cambriolage, soit dans la préparation. Le gars avait été torturé comme Aileen McWhirter, ce qui constituait une preuve suffisante. Innocent, Moore aurait porté plainte ; s'il cachait quelque chose, c'est qu'il avait peur des représailles.

Mais pourquoi avait-il été torturé ? Et par qui ? Gavin Daly le savait. Peut-être était-il le commanditaire. Dans quel but ? Obtenir les noms des cambrioleurs, sans doute. Si le vieil homme était impliqué, il était vraisemblable que son fils le soit aussi. Grace n'aimait pas les gens qui se faisaient justice eux-mêmes, persuadés de faire mieux que la police. Ils ne faisaient qu'empirer les choses. La récompense que proposait Daly était d'ailleurs trop importante à ses yeux.

Il fallait qu'il fasse interroger Lucas Daly le plus vite possible. Qu'il sache où il se trouvait vendredi, à l'heure où Moore avait été torturé. Une vendetta était la dernière chose dont il avait envie.

À 23 h 30, il brancha l'alarme et quitta les lieux. Sur Dyke Road Park, il trouva un garage Esso et une supérette Tesco Express. Les fleurs semblaient aussi fatiguées que lui. Le seul bouquet acceptable était composé de roses écarlates. Il les acheta pour Cleo, retourna dans la voiture et fit un crochet par chez lui, non loin du bord de mer de Hove.

Le panneau planté dans son jardin était désormais recouvert d'un autocollant « sous compromis ». *Qui que vous soyez, ne revenez pas sur votre décision, achetez cette maison,* songea-t-il en ouvrant la porte d'entrée. Ce serait un problème de moins. Il alluma, puis se rendit dans la cuisine et s'approcha de son poisson rouge.

Marlon, qu'il avait gagné dix ans auparavant dans une fête foraine, tournait en rond sans s'arrêter dans son aquarium, comme si on l'y forçait. Grace s'en doutait, il n'avait plus rien à manger.

Il remplit sa réserve et ajouta quelques pincées à la surface. Marlon vint gober les miettes.

— Comment vas-tu, mon vieux ?

Marlon continua à manger.

C'était une créature revêche, qui n'avait jamais eu beaucoup de conversation. Cependant c'était le seul lien qui lui restait avec Sandy, qui se trouvait à ses côtés quand il l'avait gagné. À deux reprises, ils lui avaient acheté un compagnon, mais quelques jours plus tard ceux-ci avaient disparu, et Marlon semblait un peu plus gros et un peu plus fat.

Si Glenn rentrait chez lui, Grace allait devoir transférer l'aquarium chez Cleo. Marlon était vieux. Roy ne savait pas s'il survivrait au voyage et à la transition. C'était pathétique, il en était conscient, que le seul témoin de sa vie antérieure soit ce petit poisson aux couleurs délavées. Mais c'était ainsi.

Il passa en revue le courrier déposé sur la table – Glenn avait dû oublier de le lui apporter au bureau. Parmi les nombreuses publicités, il trouva une lettre de l'agent immobilier, Mishon Mackay. Il déchira l'enveloppe.

Elle était signée Darran Willmore, le commercial chargé de vendre son bien. L'offre, au prix demandé, était désormais acceptée par le notaire de l'acquéreur.

Notre cliente, qui vit actuellement à l'étranger, nous a assuré qu'elle possédait les fonds nécessaires. Conformément au contrat, le dépôt de garantie a été effectué auprès de son notaire, à Brighton.

Grace ressentit un frisson d'excitation. Il allait enfin pouvoir tourner la page.

*

Vingt minutes plus tard, il passa devant le portail en fer forgé du lotissement de Cleo et remarqua que le panneau À LOUER avait été retiré. Parmi ces maisons de ville construites dans une vieille usine reconvertie, celle qui se trouvait à côté de chez Cleo était vide depuis plusieurs mois – les propriétaires travaillaient à Dubaï.

Grace se gara sur une place non loin et réfléchit quelques instants. Il hésitait à appeler Glenn pour prendre des nouvelles. Il avait du mal à regretter la disparition d'Ari : depuis un an, elle se comportait comme un tyran et traitait Glenn comme un moins que rien, alors que c'était le gars le plus adorable au monde. Il était triste pour les enfants, oui, perdre leur mère si brutalement, c'était terrible. Mais leur père serait de retour au foyer, et il était beaucoup plus bienveillant que leur mère.

Bouquet au poing, il passa le portail et entra chez Cleo. Humphrey lui souhaita la bienvenue en lui sautant dessus, puis se mit à piétiner pour lui réclamer une balade.

Roy se baissa pour le caresser.

— On sort dans une minute, OK ?

Il tendit l'oreille au cas où Cleo l'appellerait. Aucun bruit. Avec un peu de chance, elle était endormie.

Affamé, il se rendit dans la cuisine sur la pointe des pieds. Sur le plan de travail se trouvait la gamelle rouge d'Humphrey, remplie de pâtée pour chiens. Elle était couverte de cellophane. Une note, écrite à la main, avait été posée dessus.

Merci de nourrir Humphrey.
Il a les crocs.

Grace fronça les sourcils.

Super, merci, ma chérie.

Humphrey le dévisageait, plein d'espoir.

— Je ne suis que ça, alors ? Ta boniche et celle de Marlon ?

Humphrey aboya.

Pour éviter qu'il ne réveille Noah, Grace retira le film en cellophane et prit la gamelle. Il trouva un autre mot en dessous.

Ton repas est dans le frigo.

Tu ne le mérites pas, mais je t'aime.

Bisous.

43

Cette partie du littoral, au sud de l'Espagne, officiellement baptisée « Costa del Sol » sur les brochures touristiques, était depuis longtemps surnommée « Costa del Crime » par la police britannique. Après la Seconde Guerre mondiale, sa ville principale, Marbella, avait selon toute vraisemblance abrité les riches nazis exilés. Jusqu'en 2001, il n'existait aucun véritable traité d'extradition avec l'Angleterre. Depuis des décennies, c'était un havre de paix pour les criminels britanniques en exil, qui pouvaient y mener la belle vie en toute impunité.

Si la corruption avait été un sport olympique, deux des derniers maires, en prison aujourd'hui, auraient remporté une médaille d'or, et 94 dignitaires, eux aussi sous les verrous, auraient pu prétendre à l'argent et au bronze. À présent, la région abritait les mafias russe, albanaise et irlandaise, ainsi qu'une communauté de gangsters britanniques. Mais, exception faite de rares fusillades, le taux de criminalité était relativement faible, le climat était magnifique toute l'année, et les touristes et les expatriés adoraient le coin.

À plusieurs kilomètres de l'aéroport de Malaga, Lucas Daly conduisait à vive allure une Jeep de location sur une autoroute sinueuse, à travers les montagnes, tout en gardant un œil sur son GPS. Autrefois, il connaissait bien la région car il avait possédé un appartement à Puerto Banús, la banlieue chic de Marbella, jusqu'à ce qu'il soit obligé de le vendre pour rembourser des dettes de jeu, quatre ans auparavant. Il n'était pas revenu depuis.

Il était 11 h 30, heure locale. À sa gauche s'étendaient une ville composée de maisons blanches et la Méditerranée bleu cobalt en toile de fond. L'air conditionné était au maximum, ce qui n'empêchait pas Daly de garder la fenêtre ouverte pour savourer les 34 °C, après l'horrible été qu'ils avaient eu en Angleterre.

— Merde, qu'est-ce qu'il fait chaud ! s'exclama-t-il en secouant son paquet de Marlboro Light.

— Je suis désolé, fit le Pénitent.

— Tu n'as pas à t'excuser.

Le Pénitent garda le silence, puis répondit :

— D'accord, désolé.

Lucas Daly grimaça et tapa sur l'épaule de son homme de main.

— Tu sais pourquoi je t'aime bien, Augustine ?

— Non.

— Parce que tu es un demeuré ! Tu t'excuses pour un oui, pour un non !

— Désolé.

Daly alluma une cigarette, puis décrocha son téléphone. C'était son bookmaker, à Brighton. Sa bonne humeur s'envola immédiatement. Il avait réglé ses paris avec une carte American Express, mais le paiement avait été refusé. C'était pourtant gagné d'avance, un entraîneur corrompu l'avait mis au parfum. Il avait parié beaucoup plus que d'habitude. Si Fast Fella gagnait, adieu les soucis !

Il s'arrêta sur la bande d'arrêt d'urgence et dicta les numéros d'une autre carte, qui n'avait pas encore dépassé le plafond du découvert autorisé. Puis il reprit la route en silence, comme d'habitude. Le Pénitent n'était pas bavard, sauf quand il s'agissait de foot, sujet sur lequel il était intarissable. Il savait tout sur chaque équipe britannique, leur maillot, le nom des principaux joueurs, le nombre de buts cette saison, etc. Lucas évitait de parler foot avec lui – autant appuyer sur le bouton *on* d'une machine sans bouton *off*.

Qui plus est, il avait d'autres chats à fouetter. C'était le bordel.

Le gars qui lui avait récemment prêté de l'argent pour éponger ses dettes revenait à la charge. Il était dans la merde jusqu'au cou. Son père, ce vieux grincheux, refusait désormais de l'aider. Il attendait avec impatience qu'il passe l'arme à gauche. Il jouait au tiercé et au casino. Avec un peu de chance, il gagnerait ce tiercé.

Ils passèrent Marbella et Puerto Banús, puis continuèrent jusqu'à Estepona. Sur leur gauche se dressait le Crown Plaza, à la célèbre architecture pyramidale. Sur leur droite, un revendeur de Lexus et un garage abandonné. Le GPS indiquait à droite, mais Lucas Daly savait maintenant où il se trouvait. Ils passèrent des boutiques et des bars et se retrouvèrent dans un quartier résidentiel fait de petites maisons blanches et d'appartements. À gauche, après une rangée de magasins, se trouvait un bar avec terrasse, le Larry's Lounge comme c'était écrit en lettres rouges sur l'auvent. Deux hommes d'une trentaine d'années, renfrognés, lunettes noires, accompagnés d'une jeune femme très dévêtue qui avait l'air de s'ennuyer, étaient installés à une table, dehors. L'un d'eux fumait un énorme cigare.

Daly se gara non loin. Ils descendirent de véhicule, dans la chaleur étouffante, et se dirigèrent vers le bar. Blouson d'aviateur jeté sur l'épaule, Lucas Daly portait un tee-shirt blanc, un jean et des mocassins Gucci en daim marron. Comme à son habitude, il paradait. Le Pénitent, qui mesurait une tête de plus que lui, portait un tee-shirt, un bas de jogging et des baskets.

À l'intérieur du bar, il faisait frais. Une demi-douzaine d'hommes, vautrés devant un poste de télé fixé au mur, regardaient un match de foot. Trois d'entre eux, très tatoués, portaient un marcel et un jean coupé – leur uniforme. Ils avaient à la main une canette de bière et vociféraient devant l'écran. Quelques années auparavant, Lucas les aurait identifiés, mais il ne connaissait plus personne.

Le Pénitent s'arrêta pour regarder le match.

— Manchester United / Sunderland. Mauvais match.

Deux hommes les dévisagèrent. Le bar ressemblait à un croisement entre un pub anglais et une bodega, avec un comptoir en forme de L, des tabourets en bois, des pompes à bière, des tonneaux en chêne le long des murs et des bouteilles de spiritueux sur les étagères. Des lampes Tiffany étaient suspendues au plafond et des fanions de club de foot britanniques accrochés au mur, au côté de photos encadrées et dédicacées de Manchester United, Newcastle, Arsenal et Chelsea.

Derrière le comptoir se tenait un grand homme maigre, cheveux ras, calvitie naissante. Il portait une chemise grise ouverte jusqu'au nombril. Une pinte de bière était posée devant lui. Il aborda Lucas Daly.

— On s'est déjà vus quelque part, non ?

— Possible. J'avais une baraque à Banús. Je venais régulièrement, jusqu'à ce qu'un mec se fasse perforer.

— Tu n'es pas le seul. Cette histoire a complètement niqué mon business, dit-il avec un accent de l'est de Londres. C'était il y a cinq ans, mais les gens ont la mémoire longue. Plus personne ne vient ici, à part les piliers de bar, ajouta-t-il en désignant les gars qui regardaient le foot. Un jour, je vais devoir me faire laveur de carreaux pour joindre les deux bouts. Le problème, tu sais…

— Je cherche Lawrence Powell, l'interrompit Lucas Daly.

— Ah bon ? Il est devant vous.

— Je suis pote avec Amis Smallbone. Il m'a dit de te dire que tu es un branleur.

Lawrence Powell sourit. Puis il regarda le Pénitent, non sans un certain malaise, et dit à Daly :

— Je pensais qu'il était en taule.

— Il est sorti.

— Quel con, celui-là. Un grand malade mental, ajouta-t-il avec un geste évocateur. Qu'est-ce que je vous sers, messieurs ?

— Une San Miguel et un Coca Light, commanda Daly en jetant un coup d'œil au Pénitent, qui approuva – le molosse ne buvait jamais d'alcool.

— Tu as quelque chose à manger ?

— Des chips.

— C'est tout ?

— Nature, fromage, oignons.

— Un paquet de chaque.

Les boissons furent servies, ainsi que les chips. Daly les dévora, pendant que le Pénitent descendait son Coca. Le barman attendait derrière le comptoir.

— Alors, comment il va, Amis ? s'enquit-il.

— La dernière fois que je l'ai vu, il avait besoin d'un bon dentiste.

Daly sourit au Pénitent, qui hocha la tête, distrait, comme plongé dans un abysse de tristesse.

— Je cherche des gens du coin. On m'a dit que tu les connaissais. Eamonn Pollock, Tony Macario et Ken Barnes.

— Tu choisis bien tes amis, fit remarquer Powell.

— Je ne fais que dans la qualité.

Lucas Daly regarda le tabouret de bar à deux places de lui.

Il y avait un trou dans l'assise. La personne qui se trouvait là avait reçu un coup de feu dans les parties génitales suite à une dispute à propos d'une femme. Daly avait assisté à la scène. Cinq ans plus tard, il se souvenait encore des cris de douleur de la victime.

— Ils ne devraient pas être difficiles à localiser, lâcha Larry Powell. Eamonn Pollock a chopé le melon. Tony Macario et Ken Barnes ne se prennent pas pour de la merde non plus. Ce sont des gangsters EasyJet, eux.

— Ce qui veut dire ? le pressa Daly.

Powell jeta un coup d'œil au groupe devant la télévision, puis se pencha en avant, méfiant.

— Ils font le sale boulot pour Pollock. Il se sert d'eux pour mettre du beurre dans les épinards, sans se mouiller. Il leur trouve des boulots en Angleterre, les met dans un vol EasyJet, et vingt-quatre heures plus tard, ils sont de retour. Pollock n'utilise que des gros bras sans casier. Pas d'empreintes, pas d'ADN.

Il haussa les épaules et but une gorgée de bière.

— Et si je connaissais quelqu'un qui avait envie de se débarrasser d'eux ? suggéra Daly.

Lawrence Powell haussa de nouveau les épaules.

— Pas de problème. Il suffit de filer un Ben Laden à un Marocain.

Daly but une gorgée de bière à la bouteille et fronça les sourcils.

— Un quoi ? Un Ben Laden à un Marocain ?

— Oui.

— Ce qui veut dire ?

Lawrence Powell leur fit signe de le suivre sur la terrasse et montra du doigt deux points à l'horizon, de l'autre côté de la Méditerranée.

— Ça, c'est Gibraltar. Ça, c'est le Maroc. La police marocaine n'a pas de véritable base de données pour les empreintes digitales et encore moins pour l'ADN. Le Marocain vient, fait ce qu'il a à faire, et retourne dans son pays avant que la police n'arrive sur la scène de crime. Là-bas, autant chercher une aiguille dans une botte de foin.

— Et un Ben Laden ? poursuivit Lucas Daly.

— C'est un billet de 500 euros. Ils disent qu'ils sont aussi difficiles à trouver que l'était Ben Laden.

Powell sourit.

— Le Maroc est joignable en ferry depuis Ceuta, précisa-t-il en désignant la gauche. Un Marocain peut vivre deux ans avec cette somme. La vie n'est pas chère, là-bas.

— Vous avez accès à ces Marocains ?

— J'ai accès à tout, répliqua Lawrence Powell en frottant son index contre son pouce.

Derrière eux, une clameur monta – une équipe venait de marquer un but.

Ils retournèrent dans le bar et Daly posa un billet de 100 euros sur le comptoir, suivi de quatre autres.

Powell les fit disparaître.

— Et pour moi ? quémanda-t-il.

— Il te faut combien de temps pour me dénicher ça ?

— Moins de vingt-quatre heures. Un simple coup de fil suffira.

Il lui glissa une carte de visite.

Daly la rangea dans son portefeuille, sortit 100 euros et les posa sur le comptoir. Powell regarda le billet comme s'il s'agissait d'une crotte. Daly en ajouta un second.

— Pollock, Macario et Barnes, où est-ce que je les trouve ?

Powell leva trois doigts pour indiquer qu'il voulait un autre billet.

Lucas Daly fit un geste au Pénitent. Celui-ci attrapa le barman au collet et le souleva. Powell secoua la tête en gémissant.

Les autres clients étaient absorbés par le match.

Le Pénitent fit en sorte qu'il touche le sol, sans toutefois lâcher prise.

— Mon patron n'est pas un distributeur de billets. Il t'a posé une question. Il aimerait que tu lui répondes. Désolé si je t'étrangle.

— *Contented*, croassa Lawrence Powell. À Puerto Banús.

— OK, lâche-le. *Contented* à Puerto Banus ? C'est le nom d'une villa, d'une résidence ?

Powell se frotta la gorge et répondit, essoufflé :

— C'est un bateau. Un gros yacht.

— J'espère pour toi que tu ne te trompes pas, dit Lucas Daly. Je ne voudrais pas devoir te déranger une nouvelle fois. On n'aime pas déranger les gens, pas vrai ? dit-il à l'intention du Pénitent.

— Désolé, dit celui-ci. Désolé pour le dérangement.

44

Mountainpeak Publishing, où travaillait Gareth Dupont, se trouvait au troisième étage d'un immeuble moderne étincelant, dans une zone industrielle près de Newhaven, le port commercial situé à quelques kilomètres de Brighton. L'affable patron, Alan Prior, avait installé Roy Grace et Guy Batchelor dans une salle de conférences, avec du thé, du café et des biscuits, avant d'aller chercher Gareth Dupont.

Grace avait réussi à discuter avec Glenn. Il lui avait dit de prendre un congé aussi long que nécessaire – Glenn devait demander au coroner l'autorisation de récupérer le corps d'Ari, faire enregistrer son décès, puis organiser les funérailles. Son ami était très déprimé. Guy Batchelor n'était pas en grande forme non plus, tout comme l'ensemble de l'équipe, à la réunion du matin.

La climatisation créait un courant d'air froid. La moquette, les peintures et les meubles sentaient le neuf. Puis Gareth Dupont fit son entrée, et son eau de toilette recouvrit absolument toutes les autres odeurs. Il salua les deux enquêteurs, avec une assurance et une prétention démesurées. Chemise blanche, manches roulées, pantalon à pinces noir repassé, chaussures noires cirées, deux bagues vulgaires et une montre tape-à-l'œil : le commercial dans toute sa splendeur.

Grace observa avec attention l'homme assis face à lui pendant toute la durée de l'interrogatoire. Petite trentaine d'années, teint hâlé, bel hidalgo aux cheveux bruns recouverts de gel, tatouages sur les bras, et musclé comme une personne qui entretient son corps. Grace remarqua une croûte à son auriculaire droit, au niveau de la phalange. Le cambriolage avait eu lieu dix jours plus tôt. Le degré de cicatrisation correspondait à celui d'une belle entaille.

Dupont se servit une tasse de café, prit un biscuit et le trempa délicatement. Grace se demanda si le gars s'était baigné dans son eau de toilette. Il attendit que le suspect ait terminé de mâcher pour avoir toute son attention.

— Nous savons que votre temps est précieux, c'est pourquoi nous ne vous retiendrons pas plus longtemps que nécessaire, monsieur Dupont, le rassura Grace. Pourriez-vous nous donner votre date de naissance ?

Il observa les yeux de son interlocuteur.

— 25 juillet 1979.

— Vous avez 33 ans ?

— Oui. Ça sent le roussi, pas vrai ? Je vais bientôt devenir un vieux croûton.

— Je pense que vous avez de la marge, fit Guy Batchelor.

— Quelle est votre adresse ?

Grace ne le quittait pas des yeux. Dupont lui communiqua l'adresse d'un immeuble sur la marina de Brighton. Grace la nota. Puis il remarqua la montre de Dupont.

— Très belle montre.

— Merci !

Il la leur fit voir de plus près.

— Bulgari Vintage. Mon ex me l'a offerte il y a deux ans.

— Vraiment ? Drôle de coïncidence, une montre similaire a été volée sur Withdean Road à Brighton, la semaine dernière, glissa Grace.

Il sentit le regard oblique de Batchelor. Sa remarque avait jeté un froid.

— Ah bon ? lâcha Gareth Dupont, l'air de rien. Messieurs, que puis-je faire pour vous ? Je suis payé à la commission, voyez-vous, dit-il en regardant sa montre.

— Ne vous inquiétez pas. M. Prior nous a autorisés à vous retenir le temps qu'il faudra, précisa Batchelor.

Dupont regarda de nouveau l'heure, de plus en plus mal à l'aise.

— Oui, bien sûr, il ne nous verse pas de fixe. C'est pour ça que le temps c'est de l'argent.

— Ce ne sera pas long, répéta Grace. J'aimerais que vous nous parliez du mardi 21 août, de l'après-midi et de la soirée. Qu'avez-vous fait, il y a dix jours ?

Malgré la température de la pièce, des gouttelettes de transpiration apparurent sur le front du commercial, qui se frotta le nez.

— Attendez, laissez-moi réfléchir, dit-il en sortant son téléphone. Il faut que je regarde dans mon agenda. Ah, eh bien, je travaillais. Voilà.

— Où ? lui demanda Grace.

— Chez mon précédent employeur, Ransom Richman.

— Dans ses locaux ?

Les enquêteurs remarquèrent une courte hésitation.

— Non, de chez moi. Je travaille beaucoup de chez moi. La fin d'après-midi est un bon moment pour joindre le prospect – avant qu'il ne termine sa journée.

— À 19 heures, vous avez appelé ce numéro, depuis votre portable, dit Batchelor en lui tendant un bout de papier.

Dupont le déchiffra.

— Un numéro à Brighton ? Possible. C'est une zone que je couvrais.

— Vous souvenez-vous de ce numéro ? le pressa Grace.

Le commercial jeta un nouveau coup d'œil, hésita, puis secoua la tête.

— Non, désolé, je passe des dizaines de coups de fil. Je me souviens des clients qui passent commande, bien sûr.

— Est-ce que le nom d'Aileen McWhirter vous dit quelque chose ? insista-t-il.

Dupont répondit trop vite par la négative, au goût de Grace. Puis il leva l'index.

— Attendez ! J'ai lu son nom dans les journaux, c'est ça ? Elle a été victime d'un terrible cambriolage, non ?

— Terrible, répéta Grace. Elle est décédée.

— Oui, c'est ce que j'ai lu, c'est pour ça que son nom me disait quelque chose.

Grace désigna le bout de papier sur la table.

— Vous auriez dû reconnaître ce numéro, vous l'avez composé le soir de l'agression.

— Ah bon ?

— Elle était gravement blessée, mais elle a expliqué aux enquêteurs qu'il était 19 heures environ, mardi 21 août. Et vous l'avez appelée à cette heure-là. Une sacrée coïncidence, vous ne pensez pas ?

— Je ne sais pas quoi vous dire.

— Vous affirmez que vous vous trouviez chez vous, monsieur Dupont ? intervint Guy Batchelor. Pourquoi ne passez-vous pas vos coups de fil depuis un téléphone fixe ?

— Parce que c'est moins cher avec mon portable. Mon contrat chez O2 me permet de bénéficier de mille minutes offertes par mois. Au bureau, j'utilise un téléphone fixe. Chez moi, c'est moins cher avec un portable.

— Quelqu'un pourrait témoigner de votre activité à 19 heures, mardi 21 août ?

— J'étais seul chez moi. Dieu pourrait témoigner.

— Dieu ? répéta Grace, amusé.

— Vous pourriez Lui demander de témoigner sous serment, non ?

Dupont regarda de nouveau sa montre.

— Comme je vous l'ai dit, il faut vraiment que je retourne travailler.

— Bien sûr, nous sommes désolés de vous avoir dérangé, répéta Grace en souriant. Vous comprendrez que, dans une enquête pour homicide, nous devons tout vérifier pour éliminer certaines personnes de la liste des suspects, n'est-ce pas ?

— Je comprends très bien. J'espère que vous allez arrêter les coupables.

— Oh, c'est certain, monsieur Dupont. Ne vous inquiétez pas pour nous, asséna-t-il, sûr de lui. Au fait, quelle voiture conduisez-vous ?

Dupont hésita, puis répondit :

— Une Golf GTI.

— Chouette modèle. Vous ne connaîtriez pas le numéro d'immatriculation, par hasard ?

— Un instant.

Il quitta la pièce et revint une minute plus tard avec un jeu de clés comprenant une petite plaque d'immatriculation. Il le tendit à Grace.

— Presque neuve, fit remarquer Grace.

— C'est moins de soucis, une voiture sous garantie.

— Qui aime avoir des soucis, hein ? dit Grace en lui rendant les clés.

Quand les deux enquêteurs furent partis, Gareth Dupont retourna d'un pas nonchalant dans l'*open space*, l'air plus détaché qu'il ne l'était en réalité. Puis il rendit les clés à un collègue.

— Merci, mec. Je te renverrai l'ascenseur.

45

Les deux enquêteurs sortirent du bâtiment en silence et s'installèrent dans la voiture de Roy Grace – une Ford Focus break gris métallisé, la voiture allouée à tous les commissaires. Ils attachèrent leur ceinture et Grace se tourna vers son collègue.

— Alors, qu'est-ce que tu en penses ?

— Cette petite merde n'en menait pas large.

— Il a menti en affirmant qu'il travaillait de chez lui, menti en disant qu'il ne connaissait pas le numéro, menti en prétendant qu'il n'avait jamais entendu le nom de la victime. Et il s'est empressé de trouver des justifications.

— Je ne me souviens pas d'avoir vu une montre Bulgari dans l'inventaire des objets volés.

— Il n'y en avait pas, confirma Roy en démarrant. Je voulais juste le déstabiliser un peu et observer le mouvement de ses yeux quand il n'avait pas besoin de nous mentir.

— Vous ne pensez pas qu'on a assez d'éléments pour l'arrêter ?

— Il nous faut la preuve qu'il se trouvait sur la scène de crime, précisa Grace.

Ils sortirent de la zone industrielle et reprirent la route du bord de mer, direction Brighton.

— C'est sûr que Dupont est impliqué. Tu as remarqué la plaie sur sa phalange ?

— Oui.

— Peut-être qu'il a laissé du sang chez Aileen McWhirter. Si les techniciens en trouvent, et s'il est dans notre base de données, garde à vue immédiate. J'ai l'impression qu'il serait prêt à vendre n'importe quoi, y compris ses complices, en échange d'une réduction de peine.

— Peut-être que j'extrapole, mais…

— On a tellement peu de concret qu'il le faut, l'encouragea Grace avec bienveillance.

— Je repense à ce que Bella nous a dit de son entrevue avec Smallbone.

— Moi aussi.

— Il avait un coquard, il lui manquait quelques dents, il avait du mal à marcher. Il dit qu'il s'est mangé une porte de frigo après avoir bu un verre ou deux de trop.

— Un frigo avec deux bras et deux jambes ?

— On est d'accord.

— Le lendemain de la découverte d'Aileen McWhirter, Ricky Moore est battu et torturé. Quelques jours plus tard, Amis Smallbone est battu, peut-être torturé.

— Moore a laissé un prospectus chez Aileen McWhirter, Smallbone est un cambrioleur professionnel, tout comme cette saleté de Gareth Dupont.

— Quelle est votre hypothèse à ce stade, chef ?

— En général, les brocanteurs véreux bossent seuls, mais quand la valeur de la marchandise est trop importante, ils revendent le tuyau en exigeant une part des bénéfices. Il est possible que Ricky Moore ait refilé l'information à Smallbone ou à Dupont. Daly père a vu le prospectus, a décidé de se faire justice soi-même, a torturé Moore pour obtenir des noms – et se retrouve avec celui de Smallbone. Qu'il torture pour obtenir d'autres noms.

Le capitaine hocha la tête.

★

Plusieurs changements d'ordre politique tapaient sur les nerfs de Grace. En particulier les nouvelles règles de stationnement. Autrefois, dès lors qu'il menait une enquête pour homicide, un policier pouvait se garer n'importe où. Ce n'était plus le cas. Il devait désormais tourner pendant plusieurs minutes pour trouver une place et payer un prix exorbitant. Cela avait un coût pour le contribuable, et aussi en termes de temps perdu, mais Grace avait cessé d'y penser.

Ils se garèrent au Bartholomews, un parking en bord de mer, et se dirigèrent vers le quartier des Lanes. Ils parcoururent les ruelles, passèrent devant le célèbre bijoutier Derek le-Warde, et parvinrent à une grande boutique dont la devanture était remplie d'antiquités diverses et variées telles qu'une autruche empaillée, un bureau George III, un chandelier doré et plusieurs vases chinois. L'enseigne placée au-dessus de la porte annonçait : Gavin Daly et Fils.

Ils entrèrent. Assis au centre de la pièce, derrière une vitrine contenant des bibelots miniatures, se trouvait un homme en fauteuil roulant, catogan, petites lunettes ovales, menton relevé, l'air légèrement arrogant. Il portait une chemise hawaiienne et un pantalon en sergé épais beaucoup trop grand pour lui.

— Bonjour, messieurs, que puis-je pour vous ? dit-il avec un accent du sud de l'Irlande.

Grace lui montra sa carte de police.

— Commissaire Grace et capitaine Batchelor, nous aimerions nous entretenir avec le propriétaire de la boutique, monsieur Lucas Daly.

— Ah, je suis désolé, mais il est en déplacement. Il sera de retour lundi.

— Vous savez où il est ?

— Oui, en Espagne pour un week-end de golf. Puis-je lui transmettre un message ?

— Où, en Espagne, précisément ?

— Dans le sud. À Marbella.

Grace lui donna une carte de visite.

— Merci. Pourriez-vous lui demander de m'appeler à ce numéro dès son retour ?

— Je peux faire autre chose en attendant ?

— Combien pour l'autruche ? demanda Guy Batchelor.

— 4 000 livres.

— Je vois, merci. Il faut que je réfléchisse.

— C'est un oiseau rare, dit le vendeur.

— Un peu comme votre patron, non ?

Il ne comprit pas la blague.

Tandis qu'il sortait du magasin, Roy Grace composa le numéro de Gavin Daly. Le vieil homme décrocha immédiatement.

— C'est votre partenaire de boxe d'hier soir, le commissaire Grace. Je devrais vous poursuivre pour coups et blessures.

— Vous savez, si j'avais vingt ans de moins, vous ne vous seriez pas relevé.

Grace remarqua une pointe d'humour dans sa voix.

— Je n'en doute pas.

— Quoi de neuf ? Vous avez de bonnes nouvelles pour moi ?

— Votre fils Lucas est amateur de golf ?

Il perçut un changement de ton.

— Pourquoi me demandez-vous cela ?

— Dans quel club joue-t-il ?

— Je n'en sais rien, commissaire.

— Mais c'est un golfeur émérite, n'est-ce pas ?

— Mon fils et moi ne sommes pas très proches. Je ne suis pas en mesure de vous dire ce qu'il fait pendant son temps libre.

— Pas très proches ? Comment ça ?

— Je ne souhaite pas en parler. C'est personnel, mais, depuis la mort de ma sœur, nous nous serrons les coudes.

— Parce que vous ne nous faites pas confiance pour identifier les coupables ?

— Pas du tout.

— Alors même que vous avez proposé une récompense de 100 000 livres ?

— Votre père est-il vivant, commissaire ?

— Non, il est mort il y a quelques années.

— Il vous reste quelque chose de lui, et qui vous tient à cœur ?

— Plusieurs objets, oui.

— Ma sœur et moi n'avions qu'une seule chose. La montre de poche. Comme vous le savez sans doute, elle vaut deux millions de livres, mais ce n'est pas ce qui nous intéresse. Ma sœur et moi avons eu la chance de devenir riches. Nous n'avons jamais eu besoin de la vendre. C'était la seule chose qui nous restait de notre père, de nos parents, en fait. Et ces bâtards l'ont prise. Le reste, je n'en ai rien à faire, mais, cette montre, j'y tiens. Je veux la récupérer, que ce soit clair entre nous.

— C'est clair, dit Roy Grace. Je veux qu'autre chose soit tout aussi clair entre nous. Nous faisons tout pour identifier les coupables et récupérer les objets volés. Mais nous devons le faire dans un cadre légal.

Gavin Daly garda le silence.

46

Au volant de sa voiture, Lucas Daly retira ses Ray-Ban en entrant dans le grand parking souterrain de Puerto Banus. Il n'aimait pas les caméras de vidéosurveillance, et l'endroit en était truffé. Il ne voulait pas que quelqu'un, plus tard, puisse retracer leurs faits et gestes. Il fit un tour complet du parking, puis ressortit. Il était sur les nerfs.

Le Pénitent le dévisagea.

— Il y avait tout plein de places, patron.

— Je ne le sentais pas.

— Désolé.

Daly remit ses lunettes noires. Le soleil brillait fort, en ce début d'après-midi.

Il regarda l'horloge du tableau de bord, puis, comme s'il ne lui faisait pas confiance, l'heure à sa montre. 14 h 26. Ils avaient une heure d'avance sur l'Angleterre, ce qui voulait dire que dans un peu moins d'une heure, à 14 h 15, ce serait le début des courses, et Fast Fella était donné à 33 contre 1.

Il avait tout misé sur lui. C'était en partie la raison de sa nervosité. Mais en partie seulement. Il savait pourquoi il était venu ici, ce qu'il devait faire, et ce ne serait pas simple. Il n'avait rien prévu de précis, il voulait s'organiser.

Ils avaient du temps. Beaucoup trop de temps. Ils attendraient que le jour tombe. Il ne ferait pas nuit avant 21 h 30. Puis il se souvint de toutes les filles légèrement vêtues qui se baladaient sur le port, de très jolies filles, et se dit que passer quelques heures dans un bar, avec des bières fraîches, ne serait pas insurmontable, même en compagnie du Pénitent – ou plutôt en son absence de compagnie.

Il roula un peu, pour tuer le temps, et trouva une place dans une rue sombre où il n'y avait pas de système de vidéosurveillance apparent. Ils se garèrent et descendirent vers le port, comme le feraient deux amis en vacances venus admirer les beaux bateaux amarrés le long du ponton. Il observa les noms sur les proues étincelantes. *TIO CARLOS. SHAF. FAR TOO. FREDERICA. CONTENTED.* Il faisait chaud, l'air ne circulait pas, les drapeaux étaient au repos.

Lawrence Powell n'avait pas menti : *Contented* était un superbe yacht. Beaucoup plus long, large et volumineux que les autres, et encore plus brillant. Deux hommes en uniforme blanc s'activaient sur le pont arrière – l'un avec une serpillière et un seau, l'autre avec un chiffon pour astiquer les chromes. Celui qui nettoyait le sol était chauve, avec un tatouage dans le cou. L'autre était brun, aux cheveux courts, et travaillait cigarette au bec.

Lucas Daly prit en douce des photos d'eux avec son portable, puis les envoya par texto à Lawrence Powell.

Ils s'installèrent à une table en terrasse, avec vue dégagée sur le yacht. Le Pénitent étudia le menu plastifié, tandis que Daly regardait l'heure. La course commencerait dans quinze minutes.

Le Pénitent commanda un Coca, des lasagnes et des frites. Daly commanda une bière. Il avait l'estomac noué. Il était conscient que boire n'était pas une bonne idée, il fallait qu'il ait les idées claires dans la soirée. Mais il avait le temps.

Leurs boissons arrivèrent. Son téléphone vibra, c'était Lawrence Powell.

Le brun, à g., c'est Macario. Le chauve, à d., c'est Barnes.

— Tout baigne, annonça-t-il au Pénitent.

Il s'éloigna du bar pour passer un coup de fil. Il revint cinq minutes après, termina sa bière et en commanda une autre. Il consulta son application consacrée aux courses, essaya de trouver du réseau pour la dixième fois, mais la connexion était trop lente.

Vingt minutes plus tard, alors qu'il attaquait sa troisième bière et que le Pénitent se goinfrait, il alluma une cigarette et appela son bookmaker.

— C'est Lucas Daly. Vous avez les résultats de la course de 14 h 15, à Brighton ?

— Un instant. Ouais. Premier le 7, Connemara, deuxième, le 4, Kentish Boy, troisième le 10, Voyeur.

Daly se figea.

— Vous êtes certain que c'est celle de 14 h 15, à Brighton ?

— Ouais.

Il tira sur sa cigarette en tremblant.

— Et Fast Fella ?

— Fast Fella ? Je vérifie.

Daly tira longuement sur sa cigarette.

— Merde, fais chier.

— Un souci, boss ? s'inquiéta le Pénitent.

Le bookmaker reprit la ligne.

— Il est resté dans les starting-blocks.

— Quels starting-blocks ?

— Fast Fella a refusé de courir. Il n'a pas pris le départ.

— S'il n'a pas couru, je vais être remboursé ?

— Malheureusement non. Il était bien au départ. Tous les paris sur ce cheval sont perdus.

— Merde, merde, merde, s'emporta Daly en raccrochant.

Le Pénitent le dévisagea.
— Mauvaise nouvelle ?
Daly hocha la tête et sortit une nouvelle cigarette.
— Mauvaise nouvelle.
— Désolé.

47

Peu après 14 h 30, Roy Grace se gara devant sa librairie préférée, City Books, sur Western Road. L'endroit, qui n'était pas très grand, était rempli d'étagères du sol au plafond et sentait le livre neuf. Grace adorait cette librairie indépendante. Quand il avait du temps devant lui – ce qui était rare dernièrement –, il venait se perdre dans les rayons.

— Vous avez des ouvrages sur les débuts de la mafia new-yorkaise ? demanda-t-il à une jeune femme brune à l'allure sérieuse, qui se trouvait derrière le comptoir. À côté d'elle, un homme aux cheveux blancs tapait sur un clavier d'ordinateur, concentré. Il leva la tête et sourit à Grace.

— Commissaire, ravi de vous revoir ! Les premiers gangs de New York ? Jusqu'à quand voulez-vous remonter ? Aux années 1850, avec le gang irlandais des Lapins morts, ou plus tard, avec celui de la Main blanche, et Al Capone, celui de la Main noire ?

— Je dois couvrir toute la période.

Dix minutes plus tard, il repartait avec un sac contenant cinq livres, qu'il posa sur la banquette arrière du véhicule. Il mit le contact et remonta Shirley Drive, passant devant les terrains de jeu de Hove, sur la gauche, tandis que Guy Batchelor comptait les numéros sur la droite.

Trois cents mètres plus loin, il s'écria :

— Chef, c'est ici !

Ils se garèrent devant une élégante villa. Une Mercedes SLK Sport occupait l'une des places, dans l'allée, devant un garage intégré, l'autre place était vacante. Ils descendirent et se dirigèrent vers la porte d'entrée. Grace sonna.

Une musique agressive résonnait dans la maison.

— *The Number of the Beast*, dit Guy Batchelor.

— Iron Maiden ? demanda Grace.

Le capitaine hocha la tête.

— Je ne savais pas que tu étais amateur, Guy.

— C'est ça, d'avoir une ado à la maison...

Grace sourit. Une femme pieds nus, en robe de chambre en soie couleur crème, ouvrit la lourde porte en chêne. Elle était plus petite qu'à la télévision. Sans maquillage, son visage paraissait un peu trop pâle. Ses longs cheveux bruns étaient enroulés dans une serviette en turban. Il ne reconnut pas immédiatement la superbe présentatrice qu'il avait si souvent vue à la télé. Elle semblait nerveuse, un peu effrayée. Pas du tout sûre d'elle, contrairement à l'impression qu'elle dégageait à l'écran.

— Bonjour, dit-elle en fronçant les sourcils. Qui êtes-vous ?

— Vous êtes bien Sarah Courteney ?

— Oui.

Grace et Batchelor lui montrèrent leur carte de police.

— Commissaire Grace et capitaine Batchelor, de la police judiciaire du Sussex et du Surrey. Pourrions-nous discuter un instant avec vous ?

Elle consulta sa montre.

— C'est à propos de la tante de mon mari, j'imagine.

— Absolument, répondit Grace.

— Horrible histoire. J'ai du mal à y croire. Bon, entrez. Je n'ai que quelques minutes à vous accorder. Mon chauffeur arrive, pour m'accompagner au studio d'enregistrement. Entrez, ne restez pas là. Je suis assiégée par la presse.

— Ah oui. Je suis fan de ce que vous faites, d'ailleurs ! dit Grace en rougissant, conscient de se comporter comme une groupie.

— Merci beaucoup ! répondit-elle avec un grand sourire, sincère et chaleureux.

Ils entrèrent dans un hall où flottaient des odeurs de pot-pourri. Il était décoré d'une magnifique table ancienne, avec deux chaises à haut dossier et une horloge de parquet. Des photos de la présentatrice étaient accrochées aux murs. Sur l'une d'elles, elle posait avec Fatboy Slim, sur une autre aux côtés de son mari, avec le commentateur sportif Des Lynam, avec Dame Vera Lynn, ou David Cameron. La musique, qui venait de l'étage, était encore plus forte à l'intérieur.

— Désolée pour le vacarme, dit-elle en grimaçant. Mon fils est rentré du campus pour l'été. C'est comme ça toute la sainte journée.

Elle les conduisit dans le salon.

— Je peux vous offrir quelque chose à boire ?

— Non merci, on ne restera pas longtemps.

Grace scruta l'élégant salon, spacieux, mais confortable. Il était meublé presque entièrement d'antiquités et donnait sur une pelouse entretenue avec soin et une piscine. De grands canapés Chesterfield en cuir marron se faisaient face, devant une cheminée en marbre, séparés par un bahut ciselé qui servait de table basse. Un immense écran avait été placé dans une armoire en acajou transformée en meuble de télévision. Une vitrine se trouvait dans un coin ; le manteau de la cheminée était couvert d'invitations. La pièce était clairement masculine, avec quelques touches féminines. Mari dominant, songea Grace. Le peignoir de Sarah Courteney s'ouvrit un peu ; elle le referma d'un geste pudique. Grace remarqua un hématome sur sa poitrine. Son mari, qui avait sans doute torturé quelqu'un, battait-il aussi sa femme ?

— Avez-vous du nouveau ?

— Nous avons réalisé quelques progrès, mais pas encore d'arrestation.

— Ces gens sont des monstres. J'espère que vous les attraperez.

— Nous en sommes convaincus.

— Je n'arrive pas à croire qu'ils aient fait ça.

— Est-ce que votre mari et vous étiez proches de Mme McWhirter ? lui demanda Batchelor.

— Pas vraiment, et je le regrette. Je me suis toujours très bien entendue avec elle, et nous étions assez proches, mais elle ne s'entendait pas avec Lucas.

— Pourquoi ?

— Le truc, c'est que Lucas ne s'entend pas avec son père.

— C'est ce que j'ai cru comprendre, dit Grace. Quel est le problème ?

— Son père a réussi dans la vie. Difficile de lui succéder. Je pense qu'il exerce beaucoup de pression sur Lucas, et mon mari est lui aussi une forte tête. Ça fait des étincelles.

— C'est souvent problématique quand des membres d'une même famille travaillent dans la même branche.

Elle haussa les épaules.

— Le fait est que mon mari n'est pas aussi doué que son père. Il a perdu beaucoup d'argent, prêté par son père, dans ses tentatives pour se diversifier. Vous savez sans doute que le commerce des antiquités n'est plus ce qu'il était. Lucas a ouvert un grand bar-restaurant à Brighton, qui a fait faillite. Il a perdu de grosses sommes dans d'autres affaires qui, pour une raison ou une autre, n'ont pas marché. Quand il en est venu aux antiquités, Daly était l'un des plus grands noms du Royaume-Uni. Ils avaient six boutiques à Brighton et deux à Londres. Maintenant, ils n'en ont plus qu'une.

Grace hocha la tête.

— Quelles relations votre mari entretenait-il avec Aileen ?

— Je pense que Gavin disait du mal de Lucas à sa sœur. Il l'avait convaincue de le rayer de son testament.

— Pourquoi avait-il fait cela ?

Elle hésita.

— Je ne voudrais pas parler à la place des principaux intéressés.

— Vous n'êtes pas obligée.

— Je pense qu'il voulait que Lucas retrouve le sens des réalités. S'il héritait d'une grosse somme de la part de sa tante, il gaspillerait tout.

— Les familles et l'argent, dit Grace en grimaçant.

— Peut-être que ce terrible événement rapprochera Lucas et son père.

— Mais Aileen et vous, vous vous entendiez bien, c'est ça ?

— Oui, nous nous entendions très bien. Je lui rendais visite régulièrement et elle m'offrait un verre de porto ! Elle était encore férocement indépendante, et en pleine forme, à 98 ans. Son frère a une santé incroyable pour 95 ans. Ils ont de bons gènes dans cette famille, c'est sûr. Et ils ont eu une vie tourmentée.

— Que s'est-il passé ?

— Ils sont nés à New York. Leur père était ce qu'on appelle un gangster, haut placé au sein du gang de la Main blanche. Une nuit, leur mère a été assassinée. Les hommes sont passés par la chambre de Gavin, puis ont tué la mère avec une arme à feu et ils ont enlevé le père. Gavin et Aileen ne l'ont plus jamais revu. Quelques mois plus tard, une tante les a emmenés en Irlande, pour les mettre à l'abri, loin de New York. Alors qu'ils étaient adolescents – elle devait avoir une petite trentaine d'années –, elle a rencontré un homme de Brighton, ils se sont mariés et ont déménagé ici.

Grace repensa aux livres dans la bibliothèque et à la conversation qu'il avait eue avec Gavin dans le jardin. Il s'approcha de la vitrine et regarda les trophées.

— Qui les a gagnés ? Vous ou votre mari ?

Elle rougit.

— Ils sont tous à moi. Ce sont surtout des récompenses pour mon travail, quelques compétitions de tennis et un gala de salsa. Je prends des cours. C'est une bonne façon de rester en forme. Mon nom, c'est Daly. Courteney est celui sous lequel je suis connue à la télévision.

Elle les invita à s'asseoir, puis s'installa dans le canapé en face d'eux, croisa ses pieds nus et les interrogea du regard.

— Il faut que l'on discute avec votre mari, dit Grace. Il est absent pour le moment, c'est ça ?

— Pour le week-end.

— Où est-il ? enchaîna le capitaine Batchelor.

— À Marbella. Week-end de golf entre hommes.

— Il joue souvent, non ? poursuivit Grace.

Elle hésita.

— Le golf est un moyen pour lui de rencontrer des gens.

— De quel club est-il membre ?

Elle sembla soudain très mal à l'aise.

— Eh bien, vous savez, il ne joue que rarement. Je ne suis pas sûre qu'il fasse partie d'un club. Je veux dire, il joue dans différents clubs.

— C'est un sport très onéreux, fit remarquer Batchelor. J'ai failli renoncer à ma carte de membre parce que je ne joue pas assez souvent. Ce serait plus avantageux pour moi de payer à chaque fois.

— Est-ce que votre mari joue souvent en Espagne ? demanda Grace.

— Non, euh... Pas du tout. Nous... nous avions un pied-à-terre à Puerto Banús et nous avons encore des amis là-bas, ajouta-t-elle en jouant avec son alliance.

Elle ne dégageait pas du tout la même assurance qu'à l'écran. Grace était quasiment sûr qu'elle leur mentait pour couvrir son mari. Mais dans quel but ?

— Le golf n'accapare donc pas trop votre mari ? conclut Grace avec un sourire.

— Non, confirma-t-elle en regardant l'heure.

— Nous n'en avons plus pour très longtemps. Quand rentre votre époux ?

Elle hésita.

— Dimanche. Mais tard.

Guy Batchelor lui tendit une carte de visite.

— Pourriez-vous lui demander de nous appeler quand il sera de retour ? Dès qu'il aura un instant.

— Bien sûr, dit-elle en posant la carte sur la table basse.

— Si je peux me permettre, vous êtes une excellente présentatrice, dit Grace.

— Merci beaucoup !

— Vous travaillez tous les vendredis soir, n'est-ce pas ?

— Eh bien, ça varie, mais, le mois dernier, j'ai présenté le journal régional tous les vendredis, après les informations nationales de 18 heures et de 22 heures.

— J'imagine que, les soirs d'été, votre mari joue au golf pendant que vous travaillez, lâcha Grace aussi nonchalamment que possible.

Elle rougit.

— Eh bien, pas si souvent que ça.

— Savez-vous s'il a joué vendredi dernier, par hasard ?

Elle regarda de nouveau sa montre.

— Vendredi dernier… Non, il est allé chez son père. Gavin était bouleversé par la mort d'Aileen. Je pense que Lucas a dîné avec lui.

— Avez-vous dû relater ce fait divers ? demanda Batchelor.

— Non, j'ai préféré ne pas le faire. Je n'étais pas sûre de tenir le coup, nerveusement.

Les deux enquêteurs se levèrent.

— Merci d'avoir pris le temps de répondre à nos questions. Nous discuterons avec votre mari dès son retour.

— Je lui transmettrai vos coordonnées.

★

— Il n'y avait pas un seul trophée de golf, fit remarquer Grace, une fois dans la voiture.

— Peut-être qu'il joue très mal. Pourquoi toutes ces questions, chef ? Désolé, mais je ne vous suis pas.

— Je pense qu'il ne joue pas au golf du tout. Les golfeurs ont tous des trophées, ne serait-ce qu'une cuillère en bois.

Batchelor se gara, sortit de la voiture, prit une Silk Cut et tendit le paquet à son supérieur.

— Vous en voulez une ?

— Non, pas maintenant, mais ne te gêne pas pour moi.

— Vous avez arrêté ?

— Il y a longtemps, oui, mais je fume encore parfois, quand je bois un verre, le soir. J'adore fumer, c'est comme ça !

— Pourquoi son employé et sa femme nous ont-ils dit qu'il était parti en week-end pour jouer au golf, alors ?

Roy regarda Batchelor tirer sur sa cigarette et exhaler un rond de fumée parfait.

— Je me suis toujours demandé comment on faisait.

Le capitaine sourit et en dessina deux autres, rapprochés. L'espace d'un instant, on aurait dit des menottes.

— Je suis impressionné !

— Ça fait toujours son petit effet, dans les soirées.

— Ensuite, tu sors une baguette magique et tu les transformes en acier ?

— Ça dépend de la soirée…

— Bref. On peut affirmer que Lucas Daly n'est pas allé à Marbella pour jouer au golf, on est d'accord ?

— On est une nouvelle fois sur la même longueur d'ondes. Ou peut-être devrais-je dire sur le même *fairway*.

— Ou dans le même *bunker*.

48

À 19 heures, Lucas Daly et le Pénitent virent Tony Macario et Ken Barnes fermer le portail du pont supérieur du *Contented* et descendre sur le quai.

C'étaient des durs à cuire. Ils n'étaient pas grands, mais costauds. Même de loin, Daly remarqua la longue cicatrice sous l'œil droit de Macario. Les deux hommes portaient un jean et un tee-shirt blanc floqué au nom du yacht. Ils se dirigèrent vers les bars. Macario était en tongs, et Barnes, le chauve tatoué, en baskets.

— Ils vont revenir ou est-ce qu'on les suit ? s'enquit le Pénitent.

— Ils ont tout intérêt à revenir, ne bouge pas.

Daly se leva et les suivit discrètement. Les gros bras parcoururent 150 mètres, tournèrent à gauche dans une ruelle grouillant de bars et de restaurants, puis à droite et entrèrent dans un pub irlandais, le O'Grady. Le logo de Guinness était gravé sur les portes et les fenêtres. Daly les regarda se frayer un chemin jusqu'au comptoir. Quand ils furent servis, il retourna auprès du Pénitent.

Dix minutes plus tard, ils s'installaient au même bar, suffisamment loin de Macario et Barnes, qui essayaient de draguer un groupe d'adolescentes assez peu intéressées. Daly pria pour qu'ils ne repartent pas avec l'une d'elles, car cela compliquerait les plans qu'il venait de mettre au point.

Une heure et demie plus tard, les filles quittèrent le bar, malgré les protestations des deux hommes, déjà bien éméchés. Peu après 23 heures, Macario et Barnes sortirent à leur tour en titubant et se dirigèrent vers le port. Daly et le Pénitent, qui les suivaient, les virent acheter des pizzas à emporter.

Les deux hommes retournèrent vers le *Contented* avec des cartons en polystyrène, montèrent à bord et disparurent derrière les portes saloon.

Il était près de 23 h 30. La soirée était chaude, les rues de plus en plus bondées. Daly et son homme de main s'installèrent dans le bar d'en face. Il commanda un Metaxa pour calmer ses nerfs et un Coca pour le Pénitent. Dix minutes plus tard, il déclara :

— OK, on passe à l'abordage.

— Sabordage ? s'inquiéta le Pénitent.

Dali sourit et lui tapa dans le dos.

— On va jouer à *La croisière s'amuse.*

— La croisière s'amuse ?

— C'est un feuilleton.

— Connais pas.

Dali montra du doigt le *Contented.*

Le Pénitent sourit.

— Ah, désolé.

49

Le quai était désert, hormis un jeune couple qui s'embrassait à pleine bouche, qui ne remarquerait sans doute rien. Lucas Daly avait besoin d'une cigarette pour calmer ses nerfs. Il en plaça une entre ses lèvres, puis essaya de l'allumer, mais son briquet était vide.

— Merde.

Il s'approcha du couple et les dérangea sans ménagement.

— L'un de vous parle anglais ?

Ils se retournèrent tous les deux.

— Nous *sommes* anglais, dit le garçon. Qu'est-ce que vous voulez ?

— Vous n'auriez pas un briquet, par hasard ?

— Bien sûr !

Il en sortit un de sa poche et alluma la cigarette de Daly.

— Merci, mec, dit ce dernier en le lui arrachant des mains.

— De rien, putain.

Daly s'éloigna. Quand il eut terminé sa cigarette, le couple avait disparu. Il tendit des gants chirurgicaux au Pénitent et en enfila une paire. Le Pénitent le suivit à bord – le portail n'était pas fermé. Le pont du bateau sentait le luxe, le teck, la cire et le cuir. Le yacht tanguait légèrement.

Daly ouvrit les portes du patio et entra dans l'immense salon arrière. Celui-ci était meublé de banquettes en cuir blanc, avec, au centre, un bar et des tabourets recouverts du même cuir blanc. Les étagères étaient chargées de bouteilles d'alcool et ça sentait la pizza.

Derrière le bar se trouvaient quelques marches en bois brillant, avec une rampe en cordage. Ils entendirent des commentaires de foot ; une télévision était allumée à l'étage inférieur. Lucas fit signe au Pénitent de garder ses distances. Il s'approcha. En contrebas, il découvrit une grande salle à manger. Une table, entourée de douze chaises en cuir blanc, faisait face à un immense écran de télévision, sur lequel passait un match. Macario et Barnes mangeaient les pizzas à même le carton, dos à lui, et se rinçaient le gosier avec de la bière en canette.

Daly signifia au Pénitent que leurs cibles étaient en bas, et lui fit comprendre, par gestes, qu'il s'occuperait de Macario, et qu'il lui laissait Barnes.

Le Pénitent hocha la tête.

Les deux hommes s'avancèrent à pas de loup, aussi vite que possible. Au moment où Macario mordait dans sa part de pizza, Daly lui asséna un coup dans la nuque, avec le tranchant de la main. Macario tomba de la chaise et s'affala. Le Pénitent força Barnes à se lever.

— Bordel de... glapit Barnes.

Le Pénitent l'étrangla, tout en lui écrasant le pied.

Le chauve hurla de douleur.

— Désolé, dit le Pénitent.

— Vous êtes qui, vous ? croassa Barnes d'une voix tremblante.

— Je suis M. Vénère, et voici mon ami, M. Très Vénère. Et toi, tu t'appelles bien Ken Barnes ?

Ce dernier garda le silence.

— Ça te défriserait de me répondre ?

Toujours rien.

— Écoute-moi bien. Mon ami a un fer à boucler. Il pourrait le chauffer et te friser les poils là où je pense. Ça te plairait ?

Barnes semblait terrorisé.

— Fais-lui un peu plus mal, Augustine. Je ne le trouve pas très coopératif.

Le Pénitent lui écrasa de nouveau le pied, encore plus fort. Barnes hurla, en pleurs.

— Si tu peux crier, tu peux parler, pas vrai ? Bon, comment tu t'appelles ?

— Ken Barnes.

— Il va falloir que tu me donnes quelques infos, du genre, est-ce que vous vous êtes bien amusés à Brighton, la semaine dernière ? C'était marrant de torturer une vieille dame avec un fer à boucler ?

— Ce n'était pas moi.

— Ah bon ?

— Non, ce n'était pas moi. J'étais… j'étais… bégaya-t-il, en laissant sa phrase en suspens.

Daly fit signe au Pénitent de lui écraser le pied. Cette fois, on entendit les os craquer et Barnes poussa un cri déchirant.

— But de Barcelone, fit remarquer le Pénitent en désignant la télé.

— C'est lui, c'est lui qui a fait ça, le connard.

— Ton ami M. Macario ?

— Oui.

Daly hocha la tête, puis regarda le gars qui était toujours inconscient.

— Il ne parle pas beaucoup, hein ?

— J'ai été embauché pour le cambriolage. Pour porter les meubles, c'est tout.

— Embauché par qui ? Ton boss, Eamonn Pollock ?

Barnes garda le silence. Daly se tourna vers le Pénitent.

— Tu devrais lui marcher sur le pied.

— Non ! Par pitié ! Je vous dirai tout ce que vous voulez.

— Je préfère ça. Tu finiras par tout nous dire de toute façon. Moins tu feras d'histoires, moins tu auras mal. Voici la liste de ce que je veux savoir. Un, où est la Patek Philippe ? Deux, où est le reste du mobilier ? Trois, où est le coffre-fort, sur ce bateau, et comment est-ce qu'on l'ouvre ? Quatre, où est ton patron, Eamonn Pollock ?

— Je n'ai jamais entendu parler de montre, je le jure. Je ne me souviens pas d'en avoir vu une.

— Tu ne te souviens pas d'avoir demandé et obtenu le code du coffre-fort ?

Il secoua la tête.

— Tu sais forcément quelque chose, je ne te crois pas. Et tu sais pourquoi ? Parce que tu mens très mal.

— L'autre gorille m'a fracturé le pied.

— Et il t'écrasera l'autre dans une minute. La vieille dame, c'était ma tante. La montre appartenait à mon grand-père. Je ne peux pas faire revenir ma tante, parce qu'elle est morte. Mais je récupérerai cette montre. Et tu sais où elle est.

Barnes répondit par la négative.

Daly saisit le menton du malfrat pour l'obliger à le regarder droit dans les yeux.

— Écoute-moi bien, Ken. Si tu ne me dis pas où est la montre, mon ami te tuera. C'est aussi simple que ça. Je te donne dix secondes pour réfléchir.

Daly regarda sa montre. Dix secondes plus tard, il se tourna vers le Pénitent et fit un geste de rotation. Barnes se retrouva pendu par la cheville droite, la tête en bas.

— Tu réfléchis mieux comme ça ? lui demanda Daly.

— J'ai trop bu, bafouilla-t-il. Remettez-moi à l'endroit. Je...

— Peut-être que tu devrais boire un peu plus pour te rafraîchir la mémoire ?

Il secoua la tête. La peur se lisait dans son regard.

— Je reviens dans une seconde, dit Daly en montant les quelques marches.

— Désolé de t'avoir pendu la tête en bas, dit le Pénitent.

Quelques instants plus tard, Lucas réapparut avec une bouteille de Scotch dans une main et un entonnoir en plastique dans l'autre.

— Installe-le sur le pont, indiqua-t-il au Pénitent. Et ouvre-lui la bouche.

L'homme de main obéit. Barnes essaya de se libérer, mais le Pénitent posa un genou sur sa poitrine et l'immobilisa, tout en tenant fermement sa tête. Daly s'agenouilla, dévissa le bouchon de la bouteille, enfonça l'entonnoir dans sa bouche et entreprit de faire couler le whisky.

L'homme s'étouffa.

— Je verse trop vite ?

Barnes tenta de secouer la tête, mais le Pénitent l'en empêchait. Moins de cinq minutes plus tard, la bouteille était vide. Les yeux de Barnes commençaient à se révulser. Daly jeta un coup d'œil à Macario, qui reprenait conscience, puis se tourna de nouveau vers Barnes.

— Où est la montre, la Patek Philippe ? Où est le coffre-fort ? Et où est ton patron, Eamonn Pollock ?

— Le coffre-fort est dans la chambre, baragouina Barnes avant de perdre connaissance en murmurant quelque chose d'incompréhensible.

*

Quinze minutes plus tard, Tony Macario ouvrit les yeux et découvrit son collègue, suspendu par les chevilles et balancé par un colosse contre un poteau à rivets.

Puis il réalisa, malgré son état d'ébriété et sa migraine, qu'il était ligoté aux pieds et aux mains.

Barnes fut relâché et s'écrasa sur le sol. Du sang se mit à couler de son crâne.

— Ton copain n'est pas bavard, constata Daly. Peut-être que tu peux nous aider. Nous avons ouvert le coffre-fort, mais il était vide.

Daly fit une pause pour renifler.

— C'est quoi cette odeur ? Tu t'es chié dessus ou quoi ?

Macario secoua la tête.

— Pas de souci, ce sera le cas dans une minute.

Il sortit son briquet et le fit cliquer plusieurs fois.

— Tu aimes jouer avec le feu, toi, pas vrai ?

— Le feu ?

— Oui. Brûler les gens, tout ça.

— Je n'ai jamais brûlé personne.

Daly le fusilla du regard.

— Withdean Road, à Brighton ? La vieille dame que tu as brûlée ? Qui t'a mis sur le coup ? Eamonn Pollock, pas vrai ?

Macario le fixa, impassible, avant de répondre :

— Withdean Road ? Jamais entendu parler de cette rue.

— C'est pas ce que ton copain nous a dit. Selon lui, c'est toi qui as eu l'idée de torturer la vieille dame pour obtenir le code du coffre-fort et ceux de ses cartes bancaires. Nous aurait-il menti ? T'aurait-il chargé pour sauver sa peau ?

— Il a quoi ? L'enculé.

— Je préfère ça.

— Mon idée ? Il a fallu que je le supplie d'arrêter de la torturer.

— Raconte-nous tout ça. Mon ami n'aime pas faire de mal, c'est vrai. Avec mon père, on n'en a rien à foutre des antiquités et des peintures. On veut la montre. C'est sentimental, tu connais le sens de ce mot ?

Macario acquiesça.

— Ton pote nous a dit qu'il ne savait pas où se trouvait M. Pollock. Et toi ?

— Je ne sais pas. Il ne nous dit rien. C'est la vérité.

— Ah bon ? Il vaut combien, ce bateau ? 10 millions ? 20, 50, 100 ? Vous en avez la responsabilité quand il n'est pas là, et vous n'avez ni adresse ni numéro de téléphone pour le contacter ? J'ai l'air stupide ou quoi ? Tu crois que je suis né de la dernière pluie ?

— Non.

Daly retourna au bar, embarqua un litre de vodka Grey Goose et vida la moitié dans le gosier de Macario, toujours à l'aide de l'entonnoir.

Dix minutes plus tard, encouragé par Daly, Macario expliquait que son patron était peut-être à New York, mais il ne savait pas où.

— Et où se trouve le reste de la cargaison ? Qu'avez-vous fait des antiquités et des tableaux ? Ils valent 8 millions. Ils ne se sont pas évaporés, si ?

Il approcha le briquet des yeux de son prisonnier.

— Figure-toi que je te cramerai le visage avec plaisir.

— Entrepôt, hangar, ce genre d'endroit, baragouina-t-il.

— Quel entrepôt ? Sur les docks ? Sur le port de Shoreham ou de Newhaven ?

Il secoua la tête.

— Zone industrielle. Lewes… Près du tunnel.

— Quelle destination ?

— L'étranger.

Il perdit connaissance. Aidé du Pénitent, Daly détacha Macario, puis Barnes. Ils laissèrent les deux hommes inconscients et quittèrent le bateau. Ils traversèrent le quai en direction d'une silhouette sombre, qui les attendait en fumant une cigarette.

— Monsieur Ben Laden ? demanda Daly.

Le Marocain sourit.

50

Allongé sur le canapé à côté de Roy Grace, pattes en l'air comme une étrange fourmi morte, Humphrey ronflait. Grace lui caressa le ventre.

— Eh, fiston, moins fort, j'entends plus la télévision !

Humphrey l'ignora.

Dans *Gangs of New York*, que Glenn Branson lui avait prêté, Daniel Day-Lewis avait des envies de meurtre. Sur la table basse étaient empilés quatre volumes sur les débuts de la mafia new-yorkaise, achetés à la librairie City Books. Le cinquième, sur la jeunesse d'Al Capone, reposait sur ses genoux. Le son du babyphone était monté au maximum, pour qu'il puisse entendre la respiration de Noah. Son fils dormait à poings fermés depuis la tétée de 21 heures.

Grace gratta le ventre d'Humphrey.

— Chut, mon garçon ! Je ne peux pas monter le son, je ne voudrais pas réveiller ta maîtresse et Noah, OK ?

Le chien péta en silence. Quelques secondes plus tard, Grace remarqua l'odeur nauséabonde.

— Hé ! C'est pas *fair play* !

Il frappa gentiment le chiot et se boucha le nez jusqu'à ce que l'odeur se dissipe. Puis il le tapota une nouvelle fois.

— Interdit de péter, hein ? Sinon, moi aussi je peux jouer à ce jeu-là.

Soudain, une main ferme se posa sur son épaule. Il leva les yeux et découvrit Cleo, cheveux attachés, en peignoir bleu clair.

— Tu regardes quoi ?

— C'est pour le boulot. Ça va ? Tu as besoin de quelque chose ?

— Oui. Je veux perdre mes kilos de grossesse et mes varices. Je veux arrêter d'être épuisée tout le temps et de mauvais poil à cause du manque de sommeil, gémit-elle. Je suis désolée, mais ils ne disent jamais à quel point on se sent moche, dans les livres que j'ai lus.

Elle l'embrassa sur le front. Il lui prit les mains et les serra tendrement.

— Si j'avais une baguette magique, je te délivrerais de tous ces maux.

— Merde, Roy, pourquoi personne ne m'a jamais dit ce que c'était vraiment, d'avoir un bébé ?

— Parce que sinon personne n'aurait d'enfant.

Elle hocha la tête.

— C'est tellement vrai !

Elle changea de sujet.

— Où est-ce que tu ranges tes menottes ?

— Mes menottes ?

— Oui.

— J'ai une paire dans mon sac d'intervention, mais je ne m'en sers pas souvent.

Elle le regarda d'un air bizarre.

— Tu les as donc toujours sur toi ?

— Oui.

— Je me disais que, peut-être, on pourrait s'en servir, dès que j'aurai moins mal.

Il sourit.

— C'est le livre que tu lis qui t'inspire ?

— J'en suis au second tome, répliqua-t-elle, mutine.

— Je ne suis pas sûr, pour les menottes. Je les ai passées à des poignets crasseux. Peut-être qu'on pourrait utiliser des liens en soie, non ?

— Je pense qu'on devrait tester toutes sortes de choses. Mais je ne voudrais pas t'empêcher de travailler. Commence par arrêter les méchants. Tu t'occuperas de moi après.

Elle l'embrassa de nouveau sur le front.

— Mais pas ce soir, j'ai encore bien mal et je suis trop fatiguée.

Il la regarda monter à l'étage.

— Je t'aime, dit-il.

— Même en surpoids ?

— J'adore tes poignées d'amour.

— Tu mens plutôt bien. Et ton poisson rouge est d'accord, dit-elle en le désignant.

Posé sur l'une des étagères noires, à l'autre bout de la pièce, dans son aquarium, Marlon ouvrait et fermait régulièrement la bouche. Grace était soulagé de voir qu'il avait survécu au déménagement.

Il l'avait installé ici, car Glenn retournait chez lui pour s'occuper de ses enfants. Et la vente de la maison était imminente. Il fallait qu'il mette tout dans des cartons et qu'il les stocke jusqu'à ce que Cleo et lui trouvent une nouvelle maison.

Il se concentra sur le film, choqué par la brutalité du gang des Lapins morts. À en croire ces images, entre les années 1850 et la Grande Dépression, la vie dans certains quartiers de New York devait être un enfer. Ce n'est pas pour rien si l'un d'eux avait été surnommé Hell's Kitchen.

Gavin Daly était une force de la nature. Grace se demanda si lui aussi serait aussi énergique et lucide à 95 ans – s'il vivait jusque-là, ce qui n'était pas garanti. L'espérance de vie des policiers était relativement courte. Son père, mort trois ans après sa retraite, confirmait malheureusement les statistiques.

Il se tourna vers le babyphone et écouta la respiration de Noah. Vivrait-il assez longtemps pour connaître ses petits-enfants ?

Aileen McWhirter aurait vécu plus de cent ans, si elle n'avait pas été assassinée. Cela le rendait triste.

Il savait que la civilisation n'était qu'un vernis. Il suffisait de lire, de regarder ou d'écouter les infos pour comprendre que nombreux étaient ceux qui, sur cette planète, vivaient un vrai cauchemar. Il était conscient de la chance qu'il avait d'être né en Angleterre et d'avoir grandi dans un pays plutôt calme, malgré les dangers, les menaces terroristes, les criminels.

Il faisait partie des rares personnes en mesure de faire quelque chose pour les citoyens de Brighton et Hove, et pour le Sussex, qu'il aimait tant. Aileen McWhirter aurait dû mourir paisiblement dans son sommeil, dans plusieurs années. Son frère et elle avaient eu une enfance mouvementée, ils méritaient de mourir en paix. Au lieu de cela, elle avait succombé à d'horribles blessures dans un hôpital.

Il était plus déterminé que jamais à trouver les criminels et à les mettre sous les verrous. Et avec un peu de chance, pour toujours, s'il ne tombait pas sur un juge permissif.

Il regarda de nouveau Marlon, et fut distrait par la perspective du déménagement, par tous les souvenirs accumulés dans cette maison. Puis il se concentra sur le film.

51

Quelqu'un d'autre pliait bagage, et ce n'étaient pas les souvenirs qui lui faisaient mal. À part une photo de son père et de sa mère, Amis Smallbone n'avait aucun bibelot. Il n'avait plus de photo de ses ex-femmes, ni de ses enfants, que leur mère avait emmenés avec elle en Australie, vingt ans auparavant.

Ce qui lui faisait mal, c'était le passage à tabac. Chaque mouvement était douloureux. Et il était furieux d'avoir des dents cassées. Juste avant son arrestation, il y avait treize ans de cela, il avait dépensé une fortune pour se faire refaire le râtelier. Aujourd'hui, avec cinq dents en moins et une mâchoire fracturée, il souffrait le martyre. Son dentiste lui avait conseillé de se faire opérer. Mais il n'avait pas le temps de passer sur le billard, donc il carburait au Nurofen et au whisky. Il s'offrirait une nouvelle bouche quand il toucherait l'argent du cambriolage. D'ici là, il fermerait son clapet.

À minuit passé, il n'avait pas sommeil. Cigarette au bec, il vérifia qu'il n'avait rien oublié dans les placards de ce studio en demi sous-sol. C'était sa dernière nuit dans ce trou à rats, songea-t-il, soulagé. Il passerait le week-end chez son pote Benny Julius, dans son manoir sur Dyke Road. Ce n'était pas loin de son ancienne villa, devant laquelle, en des jours plus fastes, il avait garé sa Ferrari....

Tout ce qu'il possédait désormais, c'était une grande valise de mauvaise qualité, à moitié vide. Génial, non ? À 62 ans, il n'avait plus que quelques vêtements et un kit de lessive.

Il posa la photo de ses parents sur un tee-shirt plié. Maurice Smallbone était un homme grand, large d'épaules, avec un beau visage et des cheveux bruns, coiffés en arrière, qu'il avait teints jusqu'au dernier jour. Sa mère aussi était grande et élégante. Pourquoi ne mesurait-il, lui, qu'1,55 m ? Pourquoi Dieu lui avait-il filé de si mauvaises cartes dans la vie ?

Pourquoi Roy Grace s'était-il acharné sur sa personne pendant toutes ces années ? S'il n'avait plus rien, c'était parce que Grace avait décidé de le détruire. Le commissaire lui avait dit à l'époque que ce n'était pas une affaire personnelle, mais c'était faux. Amis Smallbone l'avait bien compris. Un codétenu lui avait appris que le père de Grace avait consacré la majeure partie de sa carrière à traquer Maurice Smallbone et que celui-ci avait regretté ne pas l'avoir tué.

C'était donc une histoire personnelle, entre Grace et lui. Après la prison, le flic ne l'avait pas lâché. Il l'avait accusé d'avoir gravé des menaces sur la voiture de sa copine, l'avait enlevé après un enterrement et l'avait largué en haut d'une falaise, à sept bornes de chez lui, sous une pluie battante.

Grâce à ce type, non seulement il n'avait plus de vie, mais ses anciens amis ne voulaient plus le voir, comme s'il était un paria, un *has-been*. Son père régnait sur la pègre de Brighton. Tout le monde avait peur de lui, tout le monde le respectait. Personne n'osait se frotter à Maurice Smallbone, pas même la police, qu'il avait dans sa poche, au sommet de sa gloire.

Qu'est-ce qui avait foiré ?

Le commissaire Roy Grace le regretterait toute sa vie. On ne vole pas douze ans d'une vie impunément – sans compter toutes les merdes qui vont avec. Le médecin de la prison lui avait conseillé de ne pas se mettre en colère, à cause de l'hypertension. Rien à foutre. Il écrasa son mégot et se ralluma une nouvelle clope. Puis il remarqua une autre photo encadrée de son père, devant le palais de justice de Lewes. Les bras écartés, comme si le monde lui appartenait. Il rayonnait. En réalité, une bonne partie du monde lui appartenait. Ce cliché avait été réalisé dix minutes après son acquittement. Le jury, corrompu, l'avait déclaré non coupable d'un nombre incalculable de chefs d'accusation.

Amis Smallbone n'avait pas été aussi chanceux que son père. À cause du commandant Roy Grace. Qui avait été promu depuis. Qui était devenu père, aussi. Et, lundi, Smallbone serait son voisin. Il louerait la maison à deux étages juste à côté de celle de sa blondasse, Cleo Morey. Son conseiller pénitentiaire, qui avait validé le changement d'adresse, lui avait demandé comment il paierait le loyer. Smallbone lui avait expliqué que son copain Henry Tilney, qui lui était redevable, paierait pour lui jusqu'à ce qu'ils montent une nouvelle affaire – vente de voitures d'occasion. Le gars n'avait pas moufté.

Roy Grace pensait que sa pute et leur bébé étaient à l'abri, dans leur résidence sécurisée ?

Smallbone sourit. Comme le veut le proverbe : « Si vous ne pouvez pas les battre, rejoignez leurs rangs. »

Vivement lundi !

52

Roy Grace organisa la réunion du samedi matin dans la salle de conférences, seul endroit adapté à la taille de son équipe. Tout le monde était présent, même Glenn Branson. Il avait confié ses enfants à sa belle-sœur, qui les accompagnerait à la plage. Roy était content de revoir son ami.

Bella Moy prit la parole :

— Selon notre expert, Hector Webb, il est probable que la plupart des objets volés aient été exportés à l'étranger dans un container. Je liste les bateaux susceptibles de transporter des containers depuis les ports de la région.

Bella avait regardé Norman Potting à deux reprises, pendant son exposé. Roy était de plus en plus curieux de savoir si ces deux-là avaient, ou non, une liaison.

— J'ai discuté avec le capitaine du port de Shoreham hier après-midi, dans son bureau, reprit-elle. Nous avons passé en revue les navires ayant embarqué après 20 heures, le mardi 21. La marchandise dérobée chez Aileen McWhirter n'a pas pu partir avant, étant donné que les cargos ne sortent du port que quatre heures avant et après la marée haute. Les départs suivants sont ceux de 2 h 38, le 22, puis 15 h 03, le même jour.

Elle interrogea de nouveau Potting du regard, qui lui répondit par un clin d'œil. Mais non… Bella et cette vieille fripouille étaient-ils ensemble ? Cela dit, plus rien ne le surprenait vraiment.

Bella montra une liasse de documents.

— Tous les navires transportant plus de 500 tonnes brut doivent allumer leur système d'identification crypté, prolongement de l'*Identification Friend or Foe* pratiqué par la Marine Royale en temps de guerre. Il a été généralisé après le 11-Septembre et fonctionne comme en aéronautique.

— Que se passe-t-il s'ils ne l'allument pas ? demanda Dave Green.

— Ils doivent avoir une raison valable. Par exemple, à proximité des côtes de Somalie, où des pirates sévissent, ils peuvent l'éteindre, mais seulement dans des situations comme celle-là. J'ai répertorié tous les navires ayant quitté le port après 20 heures le 21 août, et détaillé leur chargement. Le *Torrent* transportait des déchets métalliques, *Anke Angela* de l'avoine, le *Walter Hamman* des engrais…

— Connais-tu les destinations finales, Bella ? l'interrompit Glenn Branson.

— Oui.

— Beau travail, la félicita Grace. Première chose à faire : vérifier que ces navires n'aient pas dévié de leur trajectoire officielle. Second point : vérifier, avec Interpol, que les marchandises déchargées correspondent à celles embarquées. Communiquez-leur l'inventaire des objets volés chez Aileen McWhirter.

— Oui, chef.

— Et du côté des camions voyageant par ferry ? demanda le lieutenant Alec Davies.

— J'attends qu'on me transmette leur liste, dans un rayon de 150 km autour de Brighton, répondit Bella. C'est titanesque. Dernière chose, chef, nous analysons toujours les immatriculations des Porsche noires dans la région. Pour le moment, aucun des propriétaires n'est fiché. J'aimerais élargir les paramètres de recherche.

— D'accord pour l'échelle nationale. Rien n'est plus simple que de vendre une voiture d'occasion.

Le lieutenant Jon Exton leva la main. Il avait devant lui une pile de magazines.

— Chef, voici des exemplaires de la *Gazette des Antiquités*. Je pense qu'on devrait tous la lire. Une famille criminelle turque possède un excellent réseau de distribution sur les marchés aux puces londoniens. Cette revue répertorie les foires et marchés, ainsi que le calendrier des ventes aux enchères au Royaume-Uni et à l'étranger. On devrait se renseigner afin de connaître tous les lieux de revente potentiels.

— Merci, Jon, dit Grace. Distribue-les.

Exton tendit un exemplaire à Potting.

— Désolé, Norman, il n'y a pas de fille dénudée en page trois. J'imagine que ça ne va pas beaucoup t'intéresser.

Il y eut quelques éclats de rire. Roy Grace sourit.

Potting grimaça.

— Jon, tu connais la blague de la femme mariée à un anthropologue ?

Grace remarqua un nouvel échange de regards entre Norman Potting et Bella Moy.

— Non, répondit Exton.

— L'avantage, c'est que plus elle vieillira, plus il la trouvera intéressante.

Tout le monde pouffa, sauf Branson. Grace était content de les voir sourire. Il savait qu'une équipe complice obtenait de meilleurs résultats. Mais il était inquiet pour son ami. Il fallait qu'il veille à l'impliquer.

— Glenn, je te charge d'entrer en relation avec Interpol Espagne. Je veux savoir s'il y a eu des morts suspectes dans la région de Marbella ce week-end, si quelqu'un a été attaqué, OK ?

— Je peux aller me renseigner sur place, chef ? Ça me ferait du bien, un week-end au soleil.

Grace sourit.

— Pas pour le moment.

Puis il se tourna vers l'analyste, Annalise Vineer.

— A-t-on remarqué des cambriolages au mode opératoire similaire ?

— Oui, à Newcastle et à Glasgow. J'essaie d'en savoir davantage.

Grace interrogea son équipe du regard.

— Autre chose ?

Personne ne se manifesta.

— Ce soir, la réunion aura lieu à 17 heures. S'il n'y a rien de particulier, je vous donnerai votre soirée, je vous veux frais demain matin, OK ?

Personne ne formula d'objection.

53

Sa journée commençait à 5 heures. C'était agréable, quoiqu'un peu paradoxal, qu'en vieillissant, il ait de moins en moins besoin de dormir, songea Gavin Daly. Oh, oui ! Le grand Shakespeare le savait bien.

Dormir ! Peut-être rêver !
Oui, là est l'embarras. Car quels rêves peut-il nous venir dans ce sommeil de la mort,
Quand nous sommes débarrassés de l'étreinte de cette vie ?
Voilà qui doit nous arrêter.

Il s'était arrêté. Trois nuits par semaine, ces quatre-vingt-dix dernières années, il avait rêvé de la nuit où sa mère avait été abattue et son père enlevé. Dans ce rêve, le même chaque fois, il voyait le sang gicler, et la statue de la Liberté disparaître dans le brouillard des Narrows. Puis venait la promesse.

Un jour, papa, je reviendrai et je te trouverai. Où que tu sois, je te sauverai.

Il se remémora les mots d'Hamlet.

Cette région inexplorée, d'où nul voyageur ne revient.

Il ne pouvait pas mourir sans avoir retrouvé son père. Ce n'était pas trop tard. Tant qu'il y a de la vie, il y a de l'espoir.

54

— Tu as toujours envie de poisson ? s'enquit Roy Grace.

— Plus que jamais ! s'exclama Cleo. J'ai envie d'huîtres et d'une grosse sole meunière !

— Je pensais que les envies se limitaient au temps de la grossesse, dit Grace avant de s'excuser auprès de Marlon, qui nageait dans son aquarium. Ne le prends pas personnellement, mec !

— Je ne suis pas censée manger des fruits de mer pendant l'allaitement. Tu en prendras et je les dégusterai par procuration ! dit-elle avec un sourire coquin. À ce qu'on dit, ils décuplent la libido.

— Je n'ai pas besoin d'huîtres. Te regarder suffit à décupler ma libido.

— Mes envies ne se sont pas calmées, bien au contraire. J'en ai de nouvelles, maintenant.

— Ah bon ?

— J'ai lu des trucs intéressants.

— Toujours dans le même roman ?

— J'en suis au troisième tome. Je suis allée faire du shopping cet après-midi et j'ai acheté quelques trucs qu'on pourra tester, quand je serai de nouveau d'attaque.

Elle lui jeta un regard entendu.

— Tu as emmené Noah dans un *sex-shop* ?

— Il a adoré ! Au milieu de tout ce rouge et ce rose, il était ravi !

— Il a deux mois et tu lui montres déjà le mauvais exemple !

Elle réfléchit, puis fronça les sourcils.

— Je te plais encore, n'est-ce pas ? Même grosse avec des vergetures ? J'ai lu quelque part que certains hommes étaient dégoûtés du sexe après la naissance de leur premier enfant.

Il la prit dans ses bras et l'embrassa.

— Tu es sublime.

Elle l'était vraiment. Elle portait une robe en lin beige, des bottines à talons vertigineux, et ses cheveux, blonds comme les blés, brillaient et embaumaient.

— J'ai tout le temps envie de toi. Encore plus qu'avant.

Il l'embrassa de nouveau.

On sonna à la porte. Elle s'éloigna de lui à contrecœur.

— Voilà les darons !

Grace consulta sa montre. Il était 18 h 45. Les parents de Cleo, qu'il appréciait beaucoup, arrivaient toujours avec quinze minutes d'avance. Ce soir, ils babysittaient leur petit-fils et Roy et Cleo profitaient d'une première soirée en amoureux, depuis la naissance de Noah.

★

Même s'il était communément admis que l'été se terminait à la fin du mois d'août, Roy Grace considérait septembre comme le mois le plus agréable de tous. En général, il n'aimait pas sortir pendant une enquête. Tenté de consacrer une nuit à l'affaire McWhirter, il avait en fin de compte décidé d'emmener Cleo au restaurant.

Celle-ci lui avait semblé un peu à cran la veille au soir – la réalité les rattrapait. Sandy n'avait jamais accepté le fait que les morts puissent être plus importants qu'elle. Le fait que son travail passe avant leur vie commune. À l'époque, il avait essayé de lui expliquer ce qu'il avait appris à l'école de police, quand un formateur leur avait lu un extrait du code moral du FBI, rédigé par J. Edgar Hoover, le premier directeur :

Il n'est de plus grand honneur, ni de plus lourde tâche, pour un officier, que de se voir confier une enquête sur la mort d'un être humain.

Il ne cesserait jamais de se battre pour les victimes d'homicide. Il travaillerait nuit et jour pour identifier et faire incarcérer les criminels. Pour le moment, il avait plutôt réussi.

Mais, maintenant, il était père. Et bientôt marié, à nouveau. Et ça le rongeait. Deux personnes, son fils et sa future épouse, avaient désormais plus besoin de lui que les victimes.

Ce soir sur Gardner Street, alors qu'il tenait la main de cette femme magnifique dont il était si fier, il ne regrettait pas d'avoir décidé de sortir. Ils passèrent devant la boutique de Luigi, où, quelques mois plus tôt, Glenn Branson s'était autoproclamé styliste et l'avait convaincu de dépenser plus de 2 000 livres de fringues. Il portait d'ailleurs de nouveaux habits aujourd'hui : un blouson d'aviateur léger sur un tee-shirt blanc col tunisien, un pantalon ajusté en toile bleue et des mocassins en daim beige. Les hommes se retournaient sur Cleo. Roy Grace n'y voyait aucun inconvénient. Il n'était pas sûr qu'ils la dévisageraient ainsi s'ils savaient ce qu'elle faisait dans la vie – ils le découvriraient peut-être un jour, s'ils avaient la malchance d'être autopsié.

Ils traversèrent les ruelles du quartier des Lanes, qu'il aimait tant, passèrent devant des restaurants et des bars bondés, puis arrivèrent sur Brighton Place, dominée par la façade en silex d'une institution : le Sussex Pub. Le restaurant English, avec sa terrasse délimitée par des cordages, se trouvait juste en face.

— Dehors ou dedans ? leur demanda l'hôte d'accueil.

— J'ai réservé une table en terrasse, répondit Cleo d'une voix assurée, tout en jetant un coup d'œil à Roy.

Celui-ci confirma d'un hochement de tête enthousiaste.

On les conduisit à la seule table libre. Cleo savait que Roy aimait s'installer dos au mur.

— Je te laisse la place du policier, mon chéri.

Il lui serra fort la main. La plupart des policiers n'étaient à l'aise dans les bars et les restaurants que s'ils étaient dos au mur, avec une vue dégagée sur la salle et toutes les entrées. Pour Grace, c'était vital.

Ils s'installèrent. Derrière Cleo, la foule se promenait, entre East Street, rue très prisée, et les Lanes. Grace prit la carte des vins reliée en cuir et l'ouvrit. Alors qu'il cherchait un vin blanc que Cleo et lui appréciaient tout particulièrement, il reconnut soudain deux passants.

— Nom de Dieu !

Il se cacha derrière le menu pour que ses collègues ne soient pas embarrassés, même si quelque chose de machiavélique en lui avait bien envie qu'ils soient démasqués.

— Qu'est-ce qui se passe ? s'enquit Cleo.

Il attendit quelques instants, puis baissa la carte et désigna un couple, bras dessus bras dessous, qui s'éloignait d'eux.

— J'ai cru qu'ils venaient dîner ici !

Elle les observa. L'homme dégarni portait une veste marron et un pantalon gris. La femme avait une coupe courte chic et une jolie robe rose.

— C'est qui ?

— Norman Potting et Bella Moy ! Tu as dû les croiser à la morgue, au fil des années.

— Ils ne sont pas très bien assortis, du moins vus d'ici.

— Ils ne le sont pas de près non plus, crois-moi !

— C'est elle qui s'occupe de sa vieille mère et qui n'a pas de vie sociale ?

Il hocha la tête.

— Et lui s'est marié combien… quatre fois ?

— Ouais.

Le serveur apparut. Grace commanda deux verres de champagne et des olives.

— C'est horrible.

— Horrible, mais il a quand même réussi à décrocher Bella !

— Décrocher Bella ? répéta-t-elle. Qu'est-ce que c'est que cette façon de parler ? Pourquoi est-ce que les hommes considèrent les femmes comme des trophées ? Tu ne penses pas qu'on devrait plutôt dire : Pauvre Bella, désespérée au point de fréquenter un vieux coureur de jupons ?

Il éclata de rire.

— Tu as raison.

— Pourquoi sont-ils ensemble, Roy ?

— J'imagine que, pour la plupart des gens, la vie est un compromis. Que disait le philosophe que tu m'as conseillé de lire, il y a quelques mois ? La plupart des hommes vivent des existences de calme désespoir, ou quelque chose comme ça.

— Oui. Faisons en sorte que cela ne nous arrive jamais, Roy.

Il la regarda droit dans ses yeux vert clair.

— Cela ne nous arrivera jamais.

— Tu me le promets ?

— Je te le promets.

On leur servit le champagne. Roy leva son verre et trinqua.

— Non au désespoir !

— Non au désespoir !

Quelques instants plus tard, Roy allait commander une demi-douzaine d'huîtres quand il aperçut le regard lubrique de Cleo. Il opta pour une douzaine.

55

À 11 heures, le lundi matin, assis à son bureau, Gavin Daly feuilletait son vieux Rolodex, à la recherche d'un nom. Dehors, son jardinier faisait un bruit de tous les diables avec la vieille tondeuse à gazon, et dessinait des bandes régulières sur la pelouse.

Une heure plus tôt, on lui avait confirmé que le coroner l'autorisait à enterrer sa sœur le lendemain, comme prévu.

Il fut interrompu dans ses pensées quand Betty, sa gouvernante, toqua à la porte et entra dans la pièce avec, sur un plateau, un verre à vin, une bouteille ouverte de corton-charlemagne, un bourgogne blanc, un cigare Robaina déjà coupé et une coupelle d'olives vertes.

Chaque jour, il buvait deux verres de vin blanc et deux doigts de whisky. De tout, avec modération : telle était sa philosophie. Tous ceux qui avaient atteint un âge respectable, dans son entourage, ou dont il avait lu la biographie, avaient un secret. Pour certains, c'était la sobriété. Pour d'autres, le célibat. Les pauvres ! La vie avait dû leur sembler encore plus longue ! Ce qu'ils ignoraient tous, c'était qu'Henry Allingham, l'Anglais qui avait battu tous les records de longévité en décédant à 113 ans, attribuait sa longévité aux « cigarettes, au whisky et aux folles parties de jambes en l'air », avait-il déclaré le jour de ses 112 ans, lors d'une interview radio.

Chaque matin, Betty lui servait son premier verre, et il trinquait silencieusement à Henry Allingham, avant d'allumer son cigare.

Devant lui se trouvait la une du *Daily News* de février 1922, dans une pochette plastique. Il remercia Betty, but une gorgée de vin et attendit que la porte se referme. Puis il parcourut de nouveau son carnet d'adresses, et trouva le numéro de téléphone qu'il cherchait. Celui d'un généalogiste du nom de Martin Diplock, auquel il avait souvent eu recours, dans le temps, pour vérifier l'origine de certaines antiquités.

Il le composa et découvrit, comme il s'y attendait un peu, que le numéro n'était plus attribué. Au cas où l'homme serait encore vivant, il fit une recherche sur Internet. Il eut l'agréable surprise de tomber sur un petit site Web, avec un mail et un numéro à l'étranger. Il le composa et laissa sonner trois, quatre, cinq fois...

Puis il entendit un clic, et la voix très distinguée de Diplock.

— Tu es encore vivant ? lança Daly.

Il y eut une pause.

— Qui est à l'appareil ?

— Gavin Daly !

— Ça alors ! On dirait que toi aussi !

— Plus ou moins.

— Ça fait vingt ans, non ?

— Vingt longues années, oui.

— Eh bien, que me vaut le plaisir de ton appel ?

— Il me faudrait un arbre généalogique. Tu es toujours en activité ?

— Je vis à Tenerife, je suis à la retraite depuis quinze ans. Mais je travaille à l'occasion. C'est facile de garder contact grâce à Internet. Pourquoi ?

— Il y a peu de chances que tes recherches aboutissent, mais sait-on jamais. J'ai suffisamment vécu pour savoir qu'il n'est pas de coïncidences.

— Tu connais cette citation d'Einstein ?

— Un truc sur la main de Dieu ?

— Presque. Les coïncidences sont une manière, pour Dieu, de rester anonyme.

Daly sourit et but une gorgée de vin.

— Ça me fait plaisir de t'entendre, Martin. Comment va Jane ?

— Bien. En pleine forme. Le soleil, c'est bon pour les vieux os.

— Mais mauvais pour les vieux meubles.

— Dis-moi, que voudrais-tu vérifier ?

— Il s'agit d'un certain Eamonn Pollock. Il réside en ce moment à Marbella, sur un yacht, le *Contented.* Comme je te l'ai dit, pas sûr que tu trouves quoi que ce soit. Mais je te paierai généreusement pour que tu me dises s'il a, d'une façon ou d'une autre, un lien de parenté avec un certain Mick Pollock, qui vivait à New York dans les années 1920. Je pense qu'il était irlandais et qu'il faisait partie du gang de la Main blanche.

— Tu aurais d'autres détails ?

— À l'époque, Mick n'avait plus qu'une jambe. Il avait perdu l'autre à cause de la gangrène, après avoir été blessé dans un échange de coups de feu. Tout le monde l'appelait le Cul-de-jatte.

— Pollock le Cul-de-jatte. Autre chose ?

— Malheureusement, non. Tu pourrais réaliser un arbre généalogique aussi complet que possible ?

— Je vais faire de mon mieux, mais je ne te promets rien.

— Donne-moi ton adresse pour le règlement.

— Je ne veux pas être payé. Pour te dire la vérité, je m'ennuie, un petit défi n'est pas pour me déplaire. C'est urgent ?

— À notre âge, tout est urgent, Martin.

56

Comme la plupart de ses collègues, Roy Grace était mal à l'aise dans les prisons. D'une part parce que les détenus vouaient une haine pathologique à la police, d'autre part parce qu'il devait obéir à quelqu'un. Dans tout autre environnement, il maîtrisait la situation. Mais dès lors qu'il entrait dans une prison, il dépendait du directeur et des gardiens.

Quand des policiers se retrouvaient incarcérés, ils étaient traités par leurs codétenus comme l'étaient les pédophiles. Dans la région du Sussex, il y avait deux prisons : la prison ouverte de Ford, de catégorie D, où étaient envoyés les délinquants présentant peu de risques pour la société, ainsi que les détenus en fin de peine, afin de faciliter leur réinsertion. L'autre, la prison de Lewes, de catégorie B, était un lieu angoissant. Enfant, Roy Grace passait souvent devant, avec ses parents. À l'époque, l'endroit le fascinait et le terrifiait.

La prison était bâtie comme une forteresse, avec ses hauts murs en silex et ses minuscules fenêtres à barreaux. Quand il était petit garçon, son père lui avait dit un jour que c'était là que les méchants étaient enfermés. À l'époque, il imaginait les méchants comme des monstres qui arrachaient la tête des gens.

Aujourd'hui, il savait que la réalité était un peu différente. Il savait aussi que si les choses tournaient mal, pour une raison ou pour une autre, alors qu'un flic se trouvait à l'intérieur, il aurait du mal à sortir indemne.

Après s'être enregistré, et s'être délesté de ses deux téléphones, Grace fut soulagé d'être accueilli par Alan Setterington, représentant du directeur, qui lui avait réservé un bureau pour l'interrogatoire. Setterington était un homme mince et musclé, qui faisait du vélo de course tous les dimanches. Il portait un costume élégant et une cravate claire sur sa chemise de fonction.

Comme dans toutes les prisons, chaque porte était refermée avant l'ouverture de la suivante, et ainsi de suite au fur et à mesure de la progression dans des couloirs sombres et aveugles. Les revêtements étaient froids, les murs décrépits. Entre les portes blindées étaient accrochées quelques affiches de conseils sanitaires et des seaux à incendies.

Alan Setterington lui prépara un café, puis alla chercher l'indic qui avait accepté de collaborer avec Grace. Contre quelques faveurs, bien sûr. Donny Loncrane entra, vêtu de la tenue verte réglementaire. À 55 ans, il en faisait dix de plus – trop d'excès, trop de drogues. Roy Grace fut choqué de le voir si vieilli. Cela faisait vingt ans qu'il n'avait pas vu le voleur de voitures, informateur à ses heures. Setterington ferma la porte derrière lui et s'éclipsa.

Grand, dégingandé, cheveux courts grisonnants rabattus en avant, Loncrane n'en menait pas large. Il tendit à Grace une main humide qu'il venait de laver, puis s'assit en face de lui.

— Bonjour, commissaire.

Ses vêtements sentaient le sale.

Grace secoua la tête.

— Qu'est-ce que tu fabriques encore ici ? La dernière fois que je t'ai vu, tu m'avais dit que tu te tiendrais à carreau.

Loncrane haussa les épaules.

— Eh ben, c'était mon intention. Le problème, voyez-vous, c'est que j'adore les grosses bagnoles.

— C'est pas nouveau.

— Le truc, c'est qu'elles sont plus difficiles à braquer aujourd'hui. Celles qui valent le coup, les Audi, BMW, Mercedes, Ferrari, Bentley... Dans le temps, j'arrivais à les démarrer en trente secondes. Vous savez combien il me faut aujourd'hui ?

— Dis-moi.

— Avec tous les systèmes de sécurité, près de quatre heures. Le seul moyen, c'est d'immobiliser le conducteur avec un coup de *taser* et de le virer de la bagnole, ou de cambrioler sa baraque.

— Je croyais que tu préparais un diplôme en fitness et nutrition. Tu avais l'intention d'ouvrir une salle de gym, Donny.

Londale soupira.

— Ouais, c'était le plan.

— Pourquoi ça n'a pas marché ?

— C'est pas facile, quand on sort. Il n'y a pas grand monde pour aider un vieux truand comme moi. Il faut des références, des prêts de la banque, ce genre de choses. Je n'ai pas le meilleur CV du monde, conclut-il avec un sourire fataliste.

Grace sourit à son tour. Donny Loncrane n'était pas bête. Mais il n'avait pas eu de chance dans la vie. Son père avait été arrêté pour trafic de drogue quand sa mère était enceinte de lui – c'était leur quatrième enfant. Sa mère était une junkie. Lui avait toujours été obsédé par les bolides. Il avait fait de la prison à 14 ans pour vol de voiture. À 17 ans, il menait la grande vie, braquait des voitures de luxe sur commande pour le crime organisé londonien.

— Tu sais, ce n'est jamais trop tard, Donny.

Il hocha la tête.

— J'ai des rêves, avoua-t-il tristement.

— De quoi tu rêves ?

— J'aimerais me remarier, vivre dans une jolie maison. Avoir des enfants. Une belle voiture. Mais ça ne se passera jamais comme ça.

— Pourquoi pas ? Tu n'as que 55 ans. Je suis certain que tu peux recommencer à zéro.

Il haussa de nouveau les épaules, désabusé.

— J'ai peut-être 55 ans, mais surtout 107 chefs d'accusation à mon actif. Personne ne me connaît, en dehors de la prison, à part les autres délinquants. Et vous savez quoi ? Je ne suis pas mal ici. J'ai la télé, je ne paie pas l'électricité, la bouffe est OK, les copains sont là.

— Je ne peux rien faire pour toi ? lui demanda Grace.

— Vous pourriez me donner les clés d'une Ferrari 458. Je n'en ai jamais conduit. Bon, qu'est-ce que vous vouliez me demander ?

— Cette fois, tu n'es pas ici juste pour vol de voiture. Tu as aussi volé des antiquités, n'est-ce pas ?

Loncrane confirma.

— Comme je disais, ces jours-ci, c'est plus simple de cambrioler la maison devant laquelle la caisse est garée. Une fois à l'intérieur, on trouve parfois des trucs chouettes.

— Évidemment.

Grace ne put s'empêcher de sourire face à cette logique implacable.

Loncrane le fixa quelques instants.

— Sauf votre respect, vous auriez fait un bon cambrioleur, si vous n'aviez pas été flic, commissaire.

— Je suis flatté.

— Non, je suis sérieux. Vous avez le sens du détail. Les cambriolages, ça demande une bonne organisation et le sens du détail. Bref, vous n'êtes pas venu ici pour des conseils professionnels. Que puis-je faire pour vous ?

— Il y a eu un cambriolage avec violence, il y a quinze jours, sur Withdean Road, à Brighton. Ils ont embarqué pour 10 millions de meubles et d'œuvres d'art, chez une vieille dame qui s'appelait Aileen McWhirter, qui a été torturée et a succombé à ses blessures. 10 millions, c'est beaucoup. Tu n'aurais pas entendu parler de ce coup, par hasard ?

Loncrane garda le silence quelques secondes.

— Et si c'était le cas ? reprit-il.

— 200 livres cash, Donny, et je dirai du bien de toi au directeur.

— Je pensais que le tarif était 10 % de la valeur…

Grace sourit.

— Ça, c'était avant que notre budget ne soit réduit à peau de chagrin.

Dans le temps, les informateurs pouvaient recevoir jusqu'à 10 % de la valeur de la marchandise volée. La paye était bonne parce que balancer était risqué, en particulier en prison. Loncrane allait devoir donner à ses codétenus suspicieux une raison plausible pour justifier cette convocation.

Le prisonnier lui jeta un regard inquiet.

— Vous savez ce qu'on fait aux balances, ici ?

— J'ai ma petite idée.

— On les ébouillante. On met des lames de rasoir dans leur assiette. Ce n'est pas vraiment recommandé.

Loncrane se tut, et Grace pensa que son indic allait changer d'avis. Mais celui-ci leva trois doigts.

— OK, 300, marché conclu. On donne l'argent à qui ?

— Je vous transmettrai le numéro d'un compte en Suisse, dit-il sans ciller.

Grace faillit le croire.

— Mon petit doigt me dit que, si j'étais vous, commissaire, je m'intéresserais à un certain Eamonn Pollock, qui pourrait être derrière cette affaire.

Roy Grace le fixa. Les 300 livres n'existaient pas, il allait devoir justifier cette dépense auprès de ses supérieurs. En espérant que ce soit un bon investissement.

— Pollock, ça me dit vaguement quelque chose, dit-il en fronçant les sourcils.

— Il y a des années, il traficotait avec Amis Smallbone.

— Amis Smallbone ?

— Yep, ils étaient comme cul et chemise, à une époque.

— Dis-m'en plus sur Pollock.

— C'est une belle enflure qui entube tout le monde. Il vit à l'étranger, à Marbella. Avant, il habitait Brighton. Bien m'as-tu-vu, il aime les montres de luxe, il ne refourgue que des trucs de valeur. En dessous de 10 000 livres, ça ne l'intéresse pas. Il prête aussi de l'argent, à des taux exorbitants. Il a toujours échappé au radar de la police, je ne sais pas comment. Il s'est fait beaucoup d'ennemis. On m'a dit qu'il vivait sur un bateau à Marbella, et que sa sécurité était assurée par des hommes de main. Il faut être désespéré pour faire appel à lui.

— Un vrai gentleman, j'ai l'impression.

— Un homme adorable.

Après avoir récupéré ses portables et passé le portail de la prison, Grace appela Emma-Jane Boutwood pour lui demander d'élaborer un organigramme autour d'Eamonn Pollock.

Puis il tourna à droite et descendit la rampe du parking visiteurs. Pollock. Le nom lui disait quelque chose, mais il ne retrouvait pas quoi.

57

Le lieutenant Susi Holiday accepta l'appel, alors qu'ils roulaient sur Portland Road, à Hove, non loin de l'endroit où un cycliste était passé sous les roues d'un camion, quelque temps auparavant.

— Le vieux presbytère, à Ovingdean, tu vois où c'est ? demanda-t-elle à Dave Roberts qui conduisait.

— Non, répondit-il en fronçant les sourcils.

— J'ai l'impression que c'est encore un G5.

Elle nota l'adresse dans le GPS, qui lui demanda de faire demi-tour.

— Je croyais qu'on avait eu notre quota pour cette année, objecta Roberts.

— Les morts ne savent pas compter, répliqua-t-elle, cynique.

L'état-major les contacta de nouveau. Susi Holiday répéta à l'intention de son collègue :

— Ils ont été prévenus par une certaine Carol Morgan. Elle loue un cottage et se fait du souci pour son locataire.

Ovingdean était un village à l'est de Kemp Town, dans l'arrière-pays, derrière l'école de Roedean, entouré de magnifiques vallons. Dave Roberts s'imaginait bien y prendre sa retraite, s'il pouvait se le permettre.

— On a le nom du locataire ?

— Lester Stork. Drôle de nom, ajouta-t-elle en souriant.

— Lester Stork ? C'est un sac à merde.

— Ah bon ?

— Receleur à la petite semaine. C'est l'un des premiers voyous que j'ai arrêtés quand j'ai commencé dans la police. Il doit être vieux comme Mathusalem, je suis surpris qu'il soit encore vivant.

— Rien n'est moins sûr.

Ils tournèrent à gauche en bord de mer et passèrent la marina, Roedean, puis tournèrent de nouveau à gauche avant Saint-Dunstan, célèbre hospice pour vétérans aveugles. Ils grimpèrent jusqu'au village, et le GPS leur indiqua qu'ils étaient arrivés.

Sur leur gauche, ils découvrirent un imposant corps de ferme en silex, typique de la région, avec un grand paddock à l'arrière.

— C'est ici ! s'exclama Susi face au panneau qui indiquait : ANCIEN PRESBYTÈRE.

Roberts s'engagea dans l'allée circulaire et se gara juste devant le porche. Une bourrasque décoiffa la superbe femme qui s'avançait vers eux – 45 ans environ, longs cheveux blonds ondulés, jodhpur, bottes cavalières et doudoune sans manches – en guidant un cheval qui rechignait à la suivre.

— Henry ! le houspilla-t-elle d'une voix aristocratique, que Susi lui envia en secret.

Elle remarqua la voiture de police et les deux officiers en uniforme qui mettaient leur casquette et leur fit signe.

— Tout va bien, il est d'humeur récalcitrante ce matin, c'est tout.

— Madame Carol Morgan ? s'enquit Susi Holiday.

— Oui, c'est bien moi. Merci d'être venus. Vous avez fait vite. Je pensais qu'il vous faudrait un jour ou deux !

— Heureusement que ce n'est pas le cas. Vous êtes inquiète à propos d'un locataire, c'est ça ?

— Absolument. Je loue un petit cottage, à l'arrière, depuis cinq ans, dit-elle en indiquant la maison. Mon locataire est étrange, mais très gentil, je n'ai rien à redire, il est particulièrement discret. Mais, hier soir, j'ai entendu sa camionnette juste avant minuit. Elle fait un bruit tout à fait reconnaissable – mon mari John pense qu'il faut changer le pot d'échappement. Puis, ce matin, quand je me suis levée, j'ai remarqué que le moteur tournait. Je suis allée nourrir Henry à 7 heures. La porte d'entrée était fermée. J'ai sonné, mais personne n'a répondu. J'ai essayé un peu plus tard, à midi, et j'ai décidé de vous appeler. J'espère ne pas vous faire perdre votre temps.

— Pas du tout, la rassura Susi Holiday. Vous avez très bien fait.

— Je n'étais pas sûre, voyez-vous. Il y a deux semaines, j'ai lu un article dans l'*Argus* sur les fausses alertes…

— Ma collègue a raison, madame Morgan, confirma le lieutenant Roberts. Votre locataire s'appelle Lester Stork ?

Le cheval rua. La femme tira d'un coup sec sur les rênes.

— Henry !

Elle se tourna de nouveau vers les policiers.

— C'est exact. Lester Stork.

— Pourriez-vous nous montrer le cottage, s'il vous plaît ? suggéra Susi Holiday.

— Oui, bien sûr. Je vais d'abord attacher Henry. Suivez-moi.

Elle attacha le cheval à une barrière en bois, puis contourna la maison et s'engagea dans un sentier en pente. Le cottage en briques rouges et le garage accolé avaient été construits après la maison. Une camionnette Renault blanche et rouillée était garée devant. Ils entendirent distinctement que le moteur tournait.

Dave Roberts regarda par la fenêtre du conducteur, puis ouvrit la portière, qui n'était pas verrouillée, et jeta un coup d'œil à l'intérieur. Il n'y avait pas grand-chose : un bidon d'essence, une clé en croix et un vieux journal. L'arrière était vide. Par mesure de précaution, au cas où les empreintes digitales auraient une importance, il sortit son mouchoir, et l'utilisa pour éteindre le contact.

Il avança sous le porche, sonna, puis toqua à la porte. Pas de réponse. Il s'agenouilla, ouvrit la boîte aux lettres et renifla. Aucune odeur suspecte. À gauche de la porte, une fenêtre donnait sur un petit salon, où trônait un vieux téléviseur éteint.

— Il est rentré à minuit, madame Morgan ?

— Oui, un peu avant.

— Avez-vous un numéro de téléphone pour le joindre ?

Elle le leur donna. Susi le composa et tomba sur sa messagerie après plusieurs sonneries. Une voix pleine d'entrain annonça : « Vous êtes bien sur le portable de Lester Stork. Peut-être que je suis occupé, peut-être que je suis mort. Tentez votre chance, laissez-moi un message ! »

Tous trois firent le tour de la maison. La porte de la petite cuisine était également verrouillée. À l'arrière, les rideaux étaient tirés. Tout au fond, côté garage, il n'y avait pas de fenêtre. Ils retournèrent sous le porche. Roberts observa le verrou de la porte d'entrée.

— Vous avez un double des clés, madame Morgan ?

— Oui, mais je ne sais plus où je l'ai mis.

— Ça ne vous dérange pas si l'on passe en force ?

Elle secoua la tête.

— Allez-y.

L'officier prit son élan et se jeta contre la porte. En vain. Il tenta une nouvelle fois, plus fort. Toujours rien. Il fronça les sourcils.

— Elle doit être blindée.

Il s'approcha de la fenêtre, sortit une paire de gants, puis brisa la vitre avec une matraque. Il passa la main et chercha la poignée, mais celle-ci était bloquée.

— Zut alors ! jura-t-il, avant de s'excuser. La fenêtre est équipée d'un système de fermeture à clé.

Carol Morgan sourit. Pas facile d'entrer par effraction ici.

— Il a dû la faire installer lui-même, précisa-t-elle.

Il cassa le reste de la vitre avec sa matraque, puis s'introduisit dans la petite pièce, qui empestait le tabac froid, comme si un million de cigarettes avaient été fumées en vase clos. Deux tableaux encadrés représentant des chevaux étaient accrochés au mur. Les meubles, peu nombreux, étaient anciens, et la moquette très élimée.

— Monsieur Stork ! C'est la police ! Monsieur Stork ?

Il patienta quelques instants, puis se dirigea vers le hall. Et s'arrêta net.

Cela faisait des années qu'il n'avait pas vu le malfrat, mais il n'eut aucun mal à le reconnaître. Avec sa frêle silhouette, Lester Stork aurait pu être jockey, dans une autre vie. Il portait une jaquette élimée, une chemise beige froissée, un pantalon gris et des chaussures noires de piètre qualité. C'était comme s'il avait voulu monter à l'étage, mais n'y était jamais arrivé. Il était affalé sur les premières marches, les yeux grands ouverts, dans le vague, perruque brune de travers.

Le lieutenant s'agenouilla, retira son gant et toucha le visage. Il était glacé. Il chercha le pouls, même s'il était évident que l'homme était mort depuis plusieurs heures. Il observa son visage et sa position, pour déterminer s'il y avait des traces de lutte, mais n'en trouva aucune. Sauf que. Pourquoi aurait-il verrouillé la porte d'entrée derrière lui en laissant le moteur tourner ?

— Peut-être que le vent a claqué la porte. Mais pourquoi laisser son moteur en marche quand on rentre chez soi à minuit ? s'interrogea-t-il à voix haute.

— Sans doute prévoyait-il de ressortir, suggéra Susi Holiday.

— Et où un homme de 75 ans irait-il un dimanche soir à minuit ? rétorqua-t-il.

— Pas en boîte de nuit, c'est sûr.

— Pas non plus à l'église, dit Dave Roberts avant de demander par radio l'intervention d'un gradé et d'un représentant du coroner.

Pendant qu'il passait l'appel, Susi se dirigea vers la pièce à l'arrière, qui n'était guère plus grande qu'un box. Elle alluma la lumière et comprit immédiatement pourquoi les rideaux étaient tirés.

L'endroit était rempli d'antiquités : des statuettes en bronze, des vases en porcelaine, un service à thé en argent, une belle horloge, plusieurs tableaux, un plateau en or. Elle repensa au cambriolage qui avait eu lieu moins de quinze jours plus tôt, sortit son téléphone et prit quelques photos. Elle appela le centre opérationnel pour obtenir une adresse mail et transféra les clichés, en les accompagnant d'un court message :

On a trouvé cette cache chez un receleur DCD. Au cas où ça viendrait de Withdean Road...

58

— Je fais parfois des choses horribles, dit-elle.

— Je vous écoute.

Il y eut un long silence. Plusieurs minutes passèrent, puis le Dr Eberstark répéta :

— Quelles sont ces choses horribles, Sandy ?

Allongée sur le divan, tournée de façon à ne pas croiser son regard, elle répondit :

— J'ai passé une annonce dans le journal local pour annoncer la mort de leur bébé.

— Le bébé de Roy Grace ?

— Roy et sa pute.

— Mais vous n'êtes plus avec lui. C'est vous qui l'avez quitté, n'est-ce pas ?

— Je ne pensais pas qu'il me remplacerait par une connasse de ce genre.

Le Dr Eberstark resta impassible. Quelques minutes plus tard, il la relança :

— À quoi vous attendiez-vous, après neuf ans ? À ce qu'il reste célibataire toute sa vie ?

Sandy garda le silence.

— J'ai fait une autre chose horrible, avoua-t-elle.

— Qu'avez-vous fait ?

— J'ai saccagé la voiture de l'autre connasse. Comment elle s'appelle, déjà ? Cleo. À l'aide d'un burin, j'ai gravé sur le capot : SALE FEMME DE FLIC. TON GOSSE EST LE PROCHAIN SUR MA LISTE.

— Neuf ans après l'avoir quitté ?

— Presque dix.

— Quelle était votre intention ?

— Parfois, j'ai l'impression d'être le scorpion de la fable.

— Quelle fable ?

— Celle du scorpion qui demande à la tortue de l'aider à traverser une rivière. La tortue répond : « Je ne peux pas, tu pourrais me piquer et me tuer. » Le scorpion dit : « Écoute, je ne suis pas bête. Si tu me portes et si je te pique, on mourra tous les deux. Toi empoisonnée, et moi noyé. » Ce à quoi la tortue répond : « C'est logique ! » Ils entreprennent alors de traverser la rivière et, au beau milieu, le scorpion pique la tortue. La tortue, agonisante, commence à couler. Elle se tourne vers le scorpion et lui demande : « Pourquoi as-tu fait ça ? On va mourir tous les deux. » Et le scorpion de répliquer : « Je sais, je suis désolé, je n'ai pas pu m'en empêcher, c'est dans ma nature. »

— Donc vous pensez être le scorpion ?

Elle garda le silence.

— C'est ce que vous aimez vous dire pour justifier votre colère ?

— Ce n'est pas rationnel, je sais. Je devrais être heureuse qu'il ait rencontré quelqu'un, mais ce n'est pas le cas.

— Aimeriez-vous le récupérer ? Représente-t-il le passé, quelque chose que vous ne pouvez pas retrouver ? Personne ne peut revivre le passé.

— Peut-être que je suis psychopathe et que je devrais être internée, dit-elle.

— Le fait que vous en ayez conscience me laisse croire que vous ne l'êtes pas. Vous ne savez pas quoi faire de toute cette colère en vous, alors vous la projetez sur lui, et sur la femme qui, selon vous, l'empêche de revenir vers vous.

Elle réfléchit en silence.

Quelques instants plus tard, changeant de sujet, il lui demanda :

— Lors de notre dernière séance, vous vouliez me dire quelque chose à propos de votre enfant. Voulez-vous m'en parler maintenant ?

Elle haussa les épaules

— Le truc, c'est que je ne suis pas sûre qu'il soit de Roy.

— Ah bon ?

— À l'époque, j'avais une relation extraconjugale avec l'un de ses collègues.

59

— Eamonn Pollock n'est plus en odeur de sainteté depuis des lustres ! déclara Glenn Branson. Donny Loncrane n'avait pas tort : les antiquaires le détestent.

Grace entrait dans l'enceinte du crématorium des Downs. Sur les deux établissements multiconfessionnels de Brighton, Roy Grace préférait le crématorium municipal, celui de Woodvale, qui avait un petit air de paroisse villageoise, au milieu de la campagne. Mais l'établissement privé, celui des Downs, était souvent choisi par les familles aisées.

Si Roy mettait un point d'honneur à assister aux obsèques des victimes d'homicide, il avait aussi un autre mobile : observer les gens qui y participaient, au cas où le criminel soit suffisamment détraqué pour s'y montrer. Ceux qui avaient tué Aileen McWhirter étaient de grands malades.

Il gara la Ford banalisée de façon que Glenn et lui voient l'arrivée du cortège.

La procession n'était pas longue. De la première limousine sortirent Gavin Daly, son fils Lucas, et Sarah, l'épouse de ce dernier. De la deuxième émergèrent un couple avec deux enfants en bas âge – sans doute Nicki et Matt Spiers, la petite-fille d'Aileen

McWhirter et son mari, et leurs deux enfants, Jamie et Isobel. De la suivante sortirent plusieurs personnes âgées, parmi lesquelles Grace reconnut la gouvernante de Gavin Daly. Il se demanda si les deux autres n'étaient pas la gouvernante et le jardinier d'Aileen.

Derrière eux apparut Carolyn Randall, une femme que Grace connaissait et appréciait beaucoup, pour son honorable travail au sein de la plateforme *Crimestoppers*, œuvre caritative que la défunte soutenait sûrement. Puis il reconnut le directeur du comité de collecte de fonds pour l'hospice des Martlets. Branson détacha sa ceinture de sécurité, glissa une main dans la poche de sa veste et en sortit une enveloppe qu'il tendit à Grace.

— Voilà à quoi il ressemble, Eamonn Pollock.

Grace secoua l'enveloppe et observa la photo. Il s'agissait d'un homme d'une obésité morbide, de 65 ans environ, avec une abondante touffe de cheveux ondulés gris et un air d'autosatisfaction insupportable. Il portait un smoking blanc et tendait une coupe de champagne, comme pour trinquer avec le photographe.

— Que sait-on sur lui ?

— Il figure sur plusieurs organigrammes d'enquêtes policières, mais n'a été inculpé qu'une fois, pour recel de montres et d'horloges. C'était dans les années 1980. Il a écopé de deux ans avec sursis.

Grace tiqua.

— Montres et horloges ?

Branson hocha la tête.

— Je pense qu'on devrait avoir une petite discussion avec lui.

— Ouais, et je n'aurais rien eu contre un aller-retour à Marbella, en temps normal.

Il haussa les épaules, soudain abattu. Grace lui serra fort la main.

— Ça va, mec ?

Branson acquiesça, les larmes aux yeux.

— Ari avait-elle exprimé ses dernières volontés ?

— Je sais qu'elle ne voulait pas être incinérée. Je vais respecter cela. J'ai demandé aux pompes funèbres un emplacement au cimetière de Woodingdean. Tu viendras à l'enterrement ?

— Bien sûr. Tu as déjà la date ?

Le commandant secoua la tête.

— J'attends le feu vert du coroner.

Un jeune couple sortit d'une petite Audi, puis détacha un bébé d'un siège, à l'arrière.

Grace regarda l'heure – la cérémonie commencerait cinq minutes plus tard.

— On y va ?

— OK.

Alors qu'ils claquaient les portières, sous un soleil agréable, le téléphone du commissaire sonna.

— Roy Grace, j'écoute !

C'était le chef des techniciens de scène de crime, Dave Green, qui semblait enthousiaste.

— Roy, je me suis dit que tu aimerais savoir que l'on a trouvé une minuscule goutte de sang à l'intérieur d'un radiateur double paroi.

— Celui auquel Aileen McWhirter a été attachée ?

— Oui. Elle est microscopique, mais suffisante pour que l'on puisse en extraire l'ADN.

Grace repensa à la plaie sur la phalange de ce frimeur de Gareth Dupont, et à ce que Donny Loncrane lui avait confié la veille.

— Tu peux demander une analyse en urgence ?

— L'échantillon est en route pour le labo.

Il y avait seulement deux ans, il fallait attendre plusieurs semaines pour avoir des analyses ADN. Aujourd'hui, on pouvait les obtenir en moins de vingt-quatre heures.

— Bien joué, Dave !

— Merci, chef, attendons les résultats.

— Bien entendu.

Il raccrocha. Il allait annoncer la nouvelle à Glenn Branson, qui se trouvait près de la porte de la chapelle, quand le téléphone de son collègue sonna.

— C'est moi, répondit Branson. Désolé, mais la communication n'est pas bonne. Pourriez-vous répéter ?

Il tendit l'oreille, puis son visage s'illumina.

— Merde, alors ! Vraiment ? Son identité est confirmée ?

Grace dévisageait son ami, qu'il n'avait pas vu aussi gai depuis longtemps. Deux minutes plus tard, le commandant raccrochait et se tournait vers Roy Grace.

— Je pense que ça va te plaire !

60

De retour des funérailles, à 16 heures, Gavin Daly trouva sa maison encore plus vide que d'habitude, et particulièrement déprimante. Assis dans son bureau, il se servit un grand verre et alluma un cigare. Il descendit le vin en une gorgée, puis regarda par la fenêtre.

La famille d'Aileen l'avait invité au restaurant, mais il voulait être seul. À 18 heures, il se rendit dans la salle à manger et s'assit, avec l'*Argus* ouvert devant lui, prêt à dîner. Il était un peu éméché.

« Si nous ne pouvons pas noyer notre chagrin dans l'un des meilleurs vins du monde, à 95 ans, quand le pourrons-nous ? » aimait-il demander aux gens, notamment à sa gouvernante, qui lui reprochait parfois de boire trop. Mais il savait qu'elle gardait une bouteille de sherry cachée dans un placard de la cuisine – et qu'elle la remplaçait régulièrement.

Betty lui avait préparé son dîner préféré, qu'il dégustait au moins deux fois par semaine : du saumon fumé de chez Springs, un fumoir de la région, servi avec une belle tranche de citron et des œufs brouillés. Il était convaincu que sa bonne santé était en partie liée à sa consommation régulière de poisson gras. Même si son espérance de vie ne l'intéressait guère, à présent. Il aurait tout aussi bien pu passer l'arme à gauche. Il termina son repas plus vite que d'habitude pour retourner dans son étude.

À la lueur de la lampe de bureau, il sortit d'un tiroir l'enveloppe Kraft qui contenait une photo de la Patek Philippe cassée. Il fut surpris de découvrir que celle-ci était vide. Il fronça les sourcils. Où avait-il pu l'égarer ? Il visualisait très bien la montre : le remontoir tordu, les aiguilles bloquées depuis 1922, l'homme sur la lune invisible pour toujours, derrière le quartier jaune sur fond bleu étoilé. Puis il repensa aux chiffres écrits à la main, à l'encre passée, au dos du *New York's Daily News*.

953704042404

Regarde bien les chiffres, lui avait dit le messager qui lui avait donné le revolver, la montre et la page de journal.

Il but du vin et coupa un nouveau cigare. Il cherchait une réponse évidente. Tellement évidente que cela faisait quatre-vingt-quinze ans que ni lui ni les experts ne trouvaient le sens caché du message.

Pourtant, il était là. Il le savait. C'était comme si son père le lui murmurait à l'oreille, d'outre-tombe.

— *Hé, mon petit, tu es réveillé ?*

— *Ouais, mon grand ! Je peux voir ta montre ?*

Le temps jouait contre lui. Certains disaient que la vie est un cadeau. Peut-être. Ou une malédiction. Selon lui, la vie était un voyage. Un voyage circulaire. Il était de retour à New York, enfant, en 1922. Il repensait à la nuit où sa mère avait été abattue et son père enlevé. Il se souvint de sa promesse.

Un jour, papa, je reviendrai et je te trouverai. Où que tu sois, je te sauverai.

Il se répétait souvent cette citation d'Hemingway, dans *Mort dans l'après-midi*, qu'il ne comprenait pas tout à fait, mais qui s'appliquait à lui.

Il y a certaines choses qu'on ne peut apprendre rapidement, et pour les acquérir il nous faut payer lourdement de notre temps, qui est tout ce que nous possédons. Ce sont les choses les plus simples, et, comme il faut toute une vie humaine pour les connaître, la petite connaissance nouvelle que chaque homme tire de la vie lui est très coûteuse, et c'est le seul héritage qu'il ait à laisser.

Gavin Daly se demandait souvent ce que la vie lui avait apporté.

Une fortune, mais personne avec qui la partager. Une fortune qu'il léguerait à la famille de la petite-fille d'Aileen. Sur les conseils d'un notaire, il s'était résolu à en laisser une infime partie à son fils Lucas, afin que celui-ci ne puisse pas remettre en cause le testament. Quel était le sens de tout cela ?

Bien sûr, il s'était amusé. Pendant des décennies, il avait été le roi des antiquaires de Brighton.

Et maintenant ?

C'était de l'histoire ancienne. Plus rien n'avait d'importance. Dans quelques années, il tirerait sa révérence. D'ici dix ou vingt ans, son nom serait complètement oublié, comme s'il n'avait jamais existé. Qui se souvient de ses arrière-grands-parents ? Pas grand monde. C'est la vie.

Le téléphone sonna.

— Gavin ?

C'était Julius Rosenblaum, escroc new-yorkais à la voix sirupeuse, qui s'était enrichi en revendant des montres vintage à l'origine douteuse. Daly l'avait contacté car Rosenblaum était, entre autres, spécialisé dans les accessoires de marine rares. Toutes sortes de pièces d'horlogerie retrouvées dans des épaves, ou volées, étaient passées entre ses mains, en toute discrétion.

— Gavin, suite à la conversation que nous avons eue ce matin… Un gars avec un accent anglais m'a appelé pour savoir si j'aimerais voir une montre à gousset Patek Philippe des années 1910. Il la vendra au plus offrant, sachant qu'il en veut au moins 3 millions de dollars.

— Allons bon.

— D'après moi, il y a plusieurs trucs qui clochent. Il ne savait pas vraiment d'où elle venait. Quand je lui ai posé des questions sur les défauts de la montre, il m'a répondu avec une terminologie approximative. Quand on possède un objet aussi rare, c'est qu'on s'y connaît un peu, non ?

— Normalement, oui. A-t-il laissé un numéro de téléphone ?

— Non, mais il va venir me la montrer demain matin. Il n'avait pas de disponibilité le reste de la journée.

— Tu pourras prendre des photos et me les faxer ou me les envoyer par mail ?

— Naturellement.

— Prends une photo de lui, aussi.

— Aucun problème, j'ai un système de vidéosurveillance.

— Il t'a donné son nom ?

— Robert Kenton.

— Robert Kenton ?

— Tu le connais ?

— Jamais entendu.

— C'est peut-être un pseudo.

— En effet.

Gavin le remercia et raccrocha.

Il hésita à appeler le commissaire Grace, mais s'abstint. Il préféra se servir un nouveau verre, et rallumer son cigare.

61

— Nous avons du nouveau ! annonça Glenn Branson en rejoignant la réunion du soir, après être sorti quelques instants pour prendre un appel. Chef, le coup de fil que j'ai reçu juste avant la cérémonie, vous vous souvenez ? Les deux corps repêchés dans le port de Puerto Banus, non loin du *Contented*, yacht qui, selon votre indic, appartient à un truand digne d'intérêt… Le zodiac retourné… Vous voyez ?

Grace regardait la feuille accrochée de travers sur le tableau blanc. Il s'agissait de l'organigramme d'Eamonn Pollock. Réalisé sur ordinateur, il ressemblait à l'un de ces arbres généalogiques que l'on trouve dans les livres d'histoire, sauf que les portraits étaient modernes, avec les hommes en bleu et les femmes en rouge.

— Eamonn Pollock est un receleur connu de nos services, poursuivit Branson.

— Exact. En association avec un autre copain à nous.

Grace désigna l'un des liens.

— Regardez bien. Vous connaissez la théorie des six degrés de séparation ? Eh bien, ici, il n'y en a qu'un. On sait qu'Amis Smallbone était impliqué dans un deal portant sur une cargaison de montres, dans lequel Pollock était receleur. J'ai épluché le dossier. Smallbone a été inculpé, mais relâché par manque de preuves.

Il se tourna vers Annalise Vineer.

— Beau travail, Annalise.

— Ton indic méritait sa récompense, chef, enchaîna Branson.

— Dis-nous.

L'équipe était tout ouïe. Roy Grace jeta un coup d'œil à Bella Moy, puis à Norman Potting. Ils avaient beau être collègues, ils avaient le droit d'être heureux. Il leur souhaitait bonne chance.

— Le coup de fil, c'était mon contact à Interpol Espagne. Ils ont identifié les deux corps. Le premier est celui d'Anthony Joseph Macario, l'autre gars s'appelait Kenneth Oliver Barnes. De nationalité irlandaise, même si le nom Macario ne le laisse pas forcément supposer. Annalise, tu pourrais sortir leurs fiches ?

— Oui.

— Bon travail, Glenn. On a donc le brocanteur véreux, Ricky Moore, qui pourrait être à l'origine du cambriolage, et qui a été torturé vingt-quatre heures après la découverte d'Aileen McWhirter. Ensuite Lucas Daly se rend à Marbella pour « jouer au golf », même s'il n'y a aucune preuve qu'il ait jamais tenu un club de sa vie. Eamonn Pollock est cité par mon indic. Deux corps sans vie sont repêchés non loin de son yacht. Si on trouve un lien entre Macario, Barnes et Withdean Road, ou avec Pollock, on aura bien avancé.

Grace regarda le lieutenant Alec Davies, l'un des plus jeunes de son équipe.

— Alec, je te charge de déterminer si Lucas Daly a voyagé seul ou accompagné. Contacte les compagnies aériennes comme EasyJet. Elles devraient pouvoir te répondre.

— D'accord, chef.

— Norman, j'aimerais que tu fasses un aller-retour à Marbella.

— Oui, chef. Peut-être que je devrais être accompagné d'un membre de l'équipe ? ajouta-t-il avec un regard en biais vers Bella.

— Désolé, mais notre budget ne nous le permet pas.

— N'oublie pas ton seau et ta pelle, Norman, il paraît que les plages sont superbes, plaisanta Guy Batchelor.

— La dernière fois que je suis allé en Espagne, j'ai mangé une paella pas fraîche, ça m'a valu une sacrée turista, ronchonna Norman.

Le portable de Grace vibra. Il allait refuser l'appel, mais se ravisa.

— Roy Grace, j'écoute, dit-il à voix basse.

Deux minutes plus tard, il raccrochait, enthousiasmé par la tournure que prenaient enfin les événements.

— Tu as une bible sur toi, Norman ?

Les trente-cinq membres de l'équipe rirent plus ou moins discrètement.

— J'ai dû la laisser sur un banc d'église, chef, répliqua Potting.

Les policiers devaient jurer sur la Bible quand ils demandaient un mandat de perquisition auprès d'un magistrat.

— Heureusement que j'en ai une dans mon bureau, annonça Grace. Je pense qu'on devrait demander un mandat au cas où notre ami ne serait pas là quand on frappera à la porte, pour lui tirer les oreilles.

— Les oreilles de qui, chef ? s'enquit Guy Batchelor.

Roy Grace sourit.

— Pas celles de Mickey. On m'a appelé à propos des empreintes digitales. Une statuette en bronze trouvée chez Lester Stork appartenait à la sœur de Gavin Daly – et ce n'était pas le seul objet de valeur.

— Et on a identifié des empreintes ?

Grace était aux anges.

62

À 22 h 35, Roy Grace avait enfin toutes les cartes en main. Norman Potting avait obtenu un mandat de perquisition auprès du magistrat Juliet Smith. Grace, qui voulait être présent, avait formé un groupe d'intervention. L'un des membres portait un imposant bélier jaune, un autre le matériel pour forcer l'encadrement de la porte. Lorna Dennison-Wilkins et son unité spéciale de recherches étaient également de la partie.

Ils sortirent de leurs véhicules devant le port de plaisance de Brighton, au niveau de la falaise en craie blanche. Une forte brise soufflait en provenance de la Manche. Les mâts s'entrechoquaient, les cordes d'amarrage grinçaient et les coques des yachts crissaient contre les défenses fixées aux quais. Ils se tenaient face à un immeuble moderne.

— Appartement 324, chef ? demanda le chef de l'équipe d'intervention.

Grace se tourna vers Potting, qui vérifia dans son carnet et répéta :

— 324.

Il y avait plusieurs places de parking devant l'immeuble. À l'emplacement 324, Grace remarqua une Porsche noire cabriolet. Il mémorisa la plaque minéralogique.

La première étape, lors d'un raid en appartement, consistait à entrer dans le bâtiment sans se faire repérer. Lorsque l'opération était prévue assez à l'avance, ils obtenaient en général une clé ou le code auprès du gardien, mais, ce soir, ils n'avaient pas eu le temps. Grace dispatcha trois membres de son équipe pour couvrir les issues de secours.

Norman Potting sonna à deux interphones et attendit. Puis il en essaya deux autres. Une jeune femme répondit d'une voix enjouée :

— Oui ?

— C'est FedEx, dit Potting.

— FedEx ?

— Appartement 221 ?

— Oui, c'est bien moi !

— J'ai une livraison FedEx pour vous.

— Ah ! De la part d'Amazon ?

— Oui.

Ils entendirent un cliquetis. Il poussa la porte et entra.

— Il y a un nom sur le colis ? ajouta la femme à l'interphone.

Mais personne ne prit la peine de lui répondre. L'équipe s'engagea rapidement dans le couloir et emprunta l'escalier, plutôt que l'ascenseur. Tous se regroupèrent devant une porte du troisième étage. Grace perçut une légère odeur de curry. Tous les yeux étaient tournés vers lui.

Seul Potting et lui ne portaient aucune protection, pas même un gilet pare-balles. Il retint donc son collègue et lança aux autres :

— Go !

Un officier sonna. Trente secondes plus tard, il sonna une nouvelle fois.

Ils patientèrent, puis crièrent à l'unisson :

— POLICE ! C'EST LA POLICE !

Ils se mirent sur le côté pour laisser la place à l'officier chargé de défoncer la porte avec le bélier. Lorsqu'elle céda, ils se précipitèrent en hurlant « POLICE », selon la procédure habituelle visant à déstabiliser la cible. Grace et Potting fermaient la marche. L'appartement était moderne, meublé de façon minimaliste, plongé dans l'obscurité, avec une immense baie vitrée et une vue sur les yachts amarrés.

Quelques instants plus tard, un membre de l'équipe d'intervention cria :

— Chef, par ici !

Suivi de Norman Potting, Grace accourut, traversa un salon-salle à manger, entra dans une chambre et s'arrêta net.

Un lit à baldaquin *king size* remplissait presque entièrement la pièce éclairée par des lumières tamisées. Au centre du lit se trouvait Gareth Dupont, allongé sur le dos, pieds et mains ligotés aux colonnes par des rubans de soie. Son érection était, en toute objectivité, impressionnante. Une voix féminine, rocailleuse, chantait en italien sur la chaîne hi-fi.

Une femme portant un masque vénitien noir un peu effrayant, chaussée de cuissardes brillantes, brandissait un bâton au bout duquel était attachée une plume rouge vif. Complètement nue par ailleurs, elle avait un corps sexy, mais n'était plus toute jeune. Grace remarqua des hématomes sous la clavicule droite. Une femme de l'équipe d'intervention lui tendit une robe de chambre.

— Vous jouez à touche-pipi ? demanda Norman Potting à Gareth Dupont.

— Ce n'est pas drôle, protesta le téléconseiller. Elle n'a rien à voir avec tout cela.

Grace refusait d'y croire. Il avait déjà vu ces bleus quelque part, et aurait préféré que ce ne soit pas le cas. Avec difficulté, il se concentra sur le suspect.

— Gareth Ricardo Dupont, dit-il, la preuve ayant été apportée, vous êtes suspecté de cambriolage et du meurtre d'Aileen McWhirter. Vous avez le droit de garder le silence, mais cela pourra nuire à votre défense lors de votre procès si elle repose sur des éléments sur lesquels vous aurez refusé de vous expliquer. Tout ce que vous direz pourra être retenu contre vous. Est-ce clair ?

— Vous avez bien choisi votre moment.

— Nous mettons un point d'honneur à tomber à pic ! répliqua Norman Potting.

Incapable de résister à une bonne blague, il ajouta :

— Et nous n'aimons pas les gens qui font bande à part.

Grace fixait toujours la femme masquée. Il aurait aimé qu'elle conserve sa dignité et son anonymat. Toute cette histoire ne la concernait pas.

Mais Sarah Courteney enleva son masque.

63

Installé à son poste d'observation, à l'étage de sa nouvelle maison, Amis Smallbone attendait que Roy Grace rentre chez lui. L'obscurité était totale. Il était minuit et demi.

La décoration contemporaine de cet appartement n'était pas du tout à son goût, mais l'endroit était beaucoup mieux que le trou à rats qu'il venait de quitter.

Le lendemain était prévue la livraison de deux kits électroniques. Le premier était une radio de la police obtenue par l'intermédiaire d'un technicien corrompu, et le second, commandé grâce à un ami d'Henry Tilney, était un appareil capable d'intercepter n'importe quel appel téléphonique, sur un téléphone fixe ou portable, dans un rayon de 200 mètres, et n'importe quel mail ou SMS.

Il avait hâte de mieux connaître ses nouveaux voisins.

Mais ce dont il avait le plus hâte, c'était de voir la tête que ferait le commissaire en découvrant qu'il vivait là. L'enquêteur l'avait harcelé pendant des années, c'était à son tour de l'être.

Les possibilités pour lui pourrir la vie étaient infinies. Comme s'il lisait dans ses pensées, un bébé se mit à pleurer. Le bébé de Roy Grace.

Smallbone se servit un généreux verre de whisky et alluma une autre cigarette. Puis il se raidit. Un homme en costume-cravate, attaché-case bombé à la main, poussait le portail de la résidence.

— Hé, Noah ! souffla Smallbone à voix basse. Voilà papa !

64

Gavin Daly se servit un nouveau verre de whisky Midleton et ralluma son cigare. À minuit et demi, il était complètement éveillé et fulminait. Le coup de fil de Julius Rosenblaum avait ranimé le feu qui brûlait en lui. Il se sentait investi d'une mission.

Sur son bureau se trouvait une pendule Ingraham de près d'un mètre de haut et, à côté, son outillage d'horloger. Chaque pièce était enveloppée dans du velours. Un peu plus loin gisait le Colt .32 à six chambres, qui lui avait été donné sur le quai 54. Il était lourd et froid, et sentait l'huile avec laquelle il le nettoyait amoureusement chaque année, le jour anniversaire de la disparition de son père.

À l'intérieur du cabinet en acajou se trouvait un gong en cuivre rond. Il était creux, composé de deux disques vissés. Il le sortit avec précaution, le posa et entreprit de dévisser les disques.

Le mécanisme n'avait pas été touché depuis plus de cent cinquante ans, lors de sa fabrication. Il lui fallut du temps pour effectuer ce travail de précision. La sueur perlait à son front. Quand il eut terminé, il posa les disques, prit le revolver et compara leurs tailles. Elles correspondaient parfaitement.

Il se rendit dans la cuisine, constata avec soulagement que Betty était dans sa chambre, sans doute endormie, et subtilisa deux lingettes, avant de retourner dans son bureau.

Il enveloppa le revolver dans les lingettes, fixa le tout avec du Scotch, puis plaça l'arme à l'intérieur de l'un des disques. Il replaça l'autre, puis secoua le gong. Aucun bruit.

Il entreprit de remettre le gong dans la pendule et de réassembler les pièces du carillon. Il était important que la pendule semble en état de marche pour quiconque l'observerait.

Il termina son minutieux travail un peu avant 3 heures du matin. Mais il n'était pas fatigué. Toujours en rage. Depuis cette nuit de février 1922, il n'avait jamais été si furieux.

Il écrasa un minuscule mégot de cigare dans le cendrier, puis relut la page du *Daily News*.

Les quatre noms écrits dans la marge.

L'un d'eux en particulier.

Pollock.

Mick Pollock.

Pollock le Cul-de-jatte.

Puis il relut la liste de noms qu'il avait griffonnée d'une main tremblante, dans son carnet. Les noms que lui avait donnés le généalogiste Martin Diplock.

Coïncidence ? La main de Dieu ? Ou l'heure de son père avait-elle enfin sonné ?

65

À 4 heures du matin, Noah se mit à pleurer – il avait faim. Épuisé, Grace s'extirpa du lit et suivit Cleo dans la chambre du bébé.

Elle alluma la lumière.

— Va te recoucher, mon chéri, dit-elle en sortant Noah de son berceau.

— Je vais rester un peu avec toi.

En fait, il était complètement éveillé. Il avait du mal à croire que la douce Sarah Courteney avait une liaison avec cette petite merde de Gareth Dupont. Et il espérait pour elle que son mari ne le saurait jamais.

Cleo porta Noah dans leur chambre, s'assit au bord du lit et entrouvrit sa chemise de nuit de façon à dégager son sein droit. Roy observa le tableau, fasciné. Cette petite créature était leur fils. Son fils. Un jour, il jouerait au football avec lui. Au cricket. Ils iraient nager ensemble. Peut-être faire du vélo. Cet être si fragile qui tétait avidement le sein de Cleo… Ils l'avaient fabriqué. L'avaient mis au monde. Ils étaient responsables de lui pour toujours.

Cleo avait une petite irritation au-dessus de la poitrine. Ses cheveux voilaient en partie son visage, tourné vers Noah avec un amour si profond que

Grace en eut les larmes aux yeux. Les petits cheveux fins de Noah, rabattus sur son front, lui firent penser au personnage de Bill Cutting interprété par Daniel Day-Lewis dans *Gangs of New York*.

Au cours de sa carrière, Grace avait été confronté à un certain nombre de monstres. Mais les assassins ne pouvaient pas être stigmatisés. Certains tuaient dans le feu de l'action, dans un moment de jalousie, et passaient le reste de leur vie à regretter ces quelques minutes de folie. D'autres, dépourvus de tout sens moral, tuaient pour un sac de riz. Et puis il y avait les prédateurs, qui tuaient pour le plaisir.

Dans tous les cas, il y avait un dénominateur commun : une famille dysfonctionnelle.

Grace espérait pour Noah que leur foyer ne se déchirerait jamais. Cleo s'était mise en colère deux jours plus tôt, parce qu'il travaillait trop. En observant la femme et l'enfant qu'il aimait, il réalisa que, même s'il adorait son boulot, s'il devait aujourd'hui choisir entre sa carrière et son rôle de père, il démissionnerait aussitôt de la police.

Puis le visage d'Aileen McWhirter lui traversa l'esprit, tel un fantôme. Suivi par l'image de Sarah Courteney, incroyablement sexy, au moment où elle retirait son masque dans la chambre de Gareth Dupont. Le baisait-elle ? Baisait-elle l'homme qui avait volé et assassiné la tante de son mari ? Quelle était la nature de leur relation ?

Différents scénarios étaient envisageables. Gareth Dupont l'avait-il ciblée pour obtenir des informations sur les habitudes de la vieille dame ? Il repensa à son entrevue avec la présentatrice télévisée. Elle leur avait dit qu'elle était proche de la tante de son mari. Elle semblait bouleversée par sa mort. Larmes de crocodile ?

Non. Son mari la battait, ce qui la rendait vulnérable. Gareth Dupont avait-il joué sur ce terrain-là ? C'était le scénario le plus probable. Il l'avait appelée pour essayer de fixer une entrevue, sans son mari, mais elle lui avait répondu qu'elle était en déplacement pendant deux jours, pour le pilote d'une nouvelle émission.

— Je pense que nous avons de nouveaux voisins, dit soudain Cleo.

— Ah bon ?

— La maison d'à côté était à louer.

— Les propriétaires sont à Dubaï, c'est ça ?

— Pour deux ans, je crois. Le panneau a été retiré et j'ai vu des lumières ce soir.

— Tu ne les as pas rencontrés ?

— Non. Pour le moment, je les trouve très discrets.

— Tu penses qu'on devrait les inviter à prendre un verre ?

Elle haussa les épaules.

— Ça se fait. Un jour où tu seras disponible, ajouta-t-elle.

Il acquiesça.

— Recouche-toi, mon chéri. Tu as l'air épuisé.

— Je réfléchissais, dit-il en souriant.

— À quoi ?

— Noah a de la chance d'avoir une mère aussi fantastique.

— Son père n'est pas mal non plus !

— Parfois.

— Ouais, parfois, répéta-t-elle avec un petit sourire.

Noah fit un rot.

Roy s'installa pour lire au lit, et prit le bouquin qu'il avait commencé. C'était sur les premiers gangs de New York.

Au milieu de la première page du chapitre, il tomba sur un nom qui le fit tressaillir.

66

Aujourd'hui, Gavin Daly sentait le poids des années. Il avait veillé jusqu'à 5 heures du matin, pour appeler ses anciens contacts aux États-Unis, d'abord à New York, puis à Denver, dans le Colorado, et enfin à Los Angeles. Il était prêt pour son premier verre de vin et son premier cigare de la journée. On sonna à la porte d'entrée. Quelques minutes plus tard, sa gouvernante le sollicitait.

— Un policier aimerait vous parler, monsieur Daly.

Il hocha la tête.

— Faites-le entrer. Je vais le recevoir ici.

Roy Grace passa la porte de l'étude. Daly se leva et esquissa un sourire qui se voulait accueillant.

— Commissaire, quelle bonne surprise ! Avez-vous du nouveau ?

— J'aimerais m'entretenir avec vous, monsieur Daly.

Celui-ci lui fit signe de prendre place dans l'un des canapés en cuir rouge.

— J'étais sur le point de boire un verre. Que diriez-vous d'un bourgogne blanc ?

— Ç'aurait été volontiers, mais pas pendant le service, monsieur. Je prendrai une tasse de café.

L'enquêteur semblait aussi fatigué que le vieil homme. Daly demanda à Betty de leur apporter un café et la bouteille de vin. Il se cala dans son fauteuil et pivota pour faire face à Roy Grace.

— Du nouveau ?

— Nous avons procédé, hier soir, à l'arrestation d'un suspect impliqué dans le cambriolage de votre sœur.

— C'est une excellente nouvelle. Pouvez-vous me dire son nom ?

— Avez-vous d'autres éventuels suspects, de votre côté, monsieur ?

— Non.

— Exception faite de Ricky Moore, vous voulez dire.

Grace observa les yeux de son interlocuteur.

— Exception faite de Ricky Moore, confirma celui-ci.

— J'aimerais que vous gardiez l'information pour vous.

— Bien entendu.

— L'homme que nous avons interpellé s'appelle Gareth Dupont. Ce nom vous dit-il quelque chose ?

Daly secoua la tête.

— Gareth Dupont ? répéta-t-il.

Grace le fixait toujours.

— Je ne peux pas en dire plus pour le moment, mais nous avons la preuve qu'il était sur les lieux. Votre sœur n'a-t-elle jamais mentionné son nom ?

— Jamais.

— J'essaie de déterminer s'il avait une raison légitime de se trouver dans la maison.

— Pas que je sache.

— Je me demandais si vous pouviez m'en dire davantage sur la montre volée dans le coffre-fort de votre sœur, afin de nous aider à l'identifier. Comme vous le savez sans doute, c'est extrêmement difficile sans photo. Nous connaissons la marque et nous avons une description, mais plusieurs pièces pourraient correspondre.

Daly secoua la tête.

— Non, elle était unique. Enfin, presque. Vous y connaissez-vous un peu en horlogerie, commissaire ?

Grace regarda la lourde montre de l'armée suisse que Sandy lui avait offerte pour son trentième anniversaire, le jour de sa disparition. Son bracelet en cuir était élimé.

— Très peu, en fait.

— Eh bien, il est admis que Patek Philippe & Cie, entreprise fondée en 1851, a inventé la montre de poche, qui deviendra la montre de poignet, que nous portons tous aujourd'hui. Ils ont inventé le remontage automatique, le quantième perpétuel, l'aiguille des millisecondes, le chronomètre et la répétition minutes, ce qui rend les Patek Philippe si précieuses. L'une d'elles, connue sous le nom de Supercomplication Henry Graves, a été adjugée 11,3 millions de dollars, il y a quelques années.

— Celle dérobée dans le coffre-fort de votre sœur était-elle unique ?

— À la vérité, je n'ai jamais su comment mon père, un simple docker, avait acquis une montre de cette valeur. D'accord, il faisait partie d'un gang, mais le gang existait avant tout pour protéger les droits des Irlandais sur les docks de Manhattan et de Brooklyn. À l'époque déjà, la montre possédait une très grande valeur. Souvenez-vous que certains quartiers de New York étaient hors-la-loi. J'aime à penser qu'il l'a gagnée lors d'une partie de poker, ou qu'elle a servi à rembourser une dette, mais je sais que mon père était brutal. Il fallait l'être pour survivre. Il est possible qu'il l'ait acquise d'une tout autre façon…

Les deux hommes sourirent sans s'appesantir sur le sous-entendu.

— Pour répondre à votre question… Il y a quelques années, quand j'ai réalisé que la montre avait une telle valeur, j'ai essayé de trouver son origine. J'ai contacté Patek Philippe à Genève et je leur ai donné le numéro de série. Ils m'ont répondu qu'il ne correspondait à rien. Le numéro était un faux.

Grace fronça les sourcils.

— Ce qui veut dire que la montre était une contrefaçon ?

— C'est d'abord ce que je me suis dit, avant de découvrir une pratique courante. À l'époque, toutes les montres étaient fabriquées sur commande, et il fallait plusieurs mois de travail pour une seule montre. Les meilleurs apprentis fabriquaient parfois une copie personnelle, en secret, bien sûr. J'imagine que c'est ce qui s'est passé.

— Est-ce que cela diminue sa valeur ?

— Loin de là. C'est une pièce importante, inscrite dans l'histoire de l'horlogerie.

— Vous n'avez jamais pris de photos ?

— Oh, si, je les ai quelque part, mais je crois qu'elles ont été déclassées, ou jetées. Je les ai cherchées partout. Et, comme vous le savez, celle d'Aileen a disparu.

Grace changea soudain de sujet.

— Comment s'est passé le week-end de golf de votre fils ?

— Pour être honnête, je n'en sais rien. Lucas et moi ne sommes pas proches.

Roy Grace poursuivit :

— Connaissiez-vous Anthony Macario ou Kenneth Barnes ?

— Non.

Il avait répondu trop vite, comme s'il s'attendait à cette question. En observant ses yeux, Grace vit qu'il lui mentait. Daly se gratta le nez, ce qui renforça sa conviction.

— Leurs corps ont été repêchés au large de Puerto Banús, hier matin, près d'un Zodiac retourné. Il faut en général deux à trois jours pour qu'un corps remonte à la surface dans ces eaux relativement chaudes. Votre fils était à Marbella vendredi. J'aime bien prêter une attention particulière aux coïncidences.

Grace fit une pause quand la gouvernante entra avec un plateau sur lequel se trouvaient une bouteille de vin, un verre, une tasse et une sous-tasse, du café et un petit pot de lait. Pendant qu'elle faisait le service, il observa la pièce.

Des étagères couvertes de livres, des bustes, dont certains sur colonnes, et une vue sur de magnifiques jardins. Son regard s'attarda sur la pendule marquetée en acajou avec un cadran à chiffres romains, posée sur le bureau du vieil homme.

Quand la gouvernante fut partie, Grace but une longue gorgée de café.

Daly le fixait, ouvertement hostile.

— Qu'insinuez-vous, commissaire ?

— Votre café est excellent, dit celui-ci en reposant la tasse en porcelaine sur la sous-tasse. Très belle horloge, ajouta-t-il avec un geste vers la pendule.

Daly jeta un œil à l'objet, puis considéra l'enquêteur avec une expression étrange, décidément très mal à l'aise, songea Grace.

— C'est une Ingraham. Faite à la main en 1856. Un très beau spécimen. Je l'envoie à un client new-yorkais.

— Vous travaillez toujours ?

— Oh, oui ! Rester actif, c'est le secret. Il faut continuer à faire ce qu'on aime. Vous êtes jeune. Un jour, vous comprendrez.

Gavin Daly caressa amoureusement l'horloge.

— Elle a été fabriquée par un artisan au savoir-faire unique. Aujourd'hui, plus personne ne maîtrise cet art.

La passion céda la place à la colère.

— J'aimerais que vous me disiez ce que vous insinuez.

— Eh bien, prenons l'exemple de Ricky Moore. Votre sœur a été torturée avec des cigarettes et un fer à boucler. Quelques heures plus tard, Moore est kidnappé et torturé avec un appareil similaire. C'est peut-être une simple coïncidence, commenta-t-il avec un sourire désarmant. Ensuite, votre fils se rend à Marbella et, quelques jours plus tard, deux cadavres sont repêchés. Nos collègues espagnols pensent que la mort remonte à vendredi soir ou samedi.

Grace saisit sa tasse, souffla et but une nouvelle gorgée.

— Et qu'est-ce que cela aurait à voir avec Lucas, nom de Dieu ?

— J'espérais que vous pourriez me le dire.

— On se parle très peu.

Grace reposa la tasse, puis désigna le buste de T. E. Lawrence, qu'il reconnut parce que Cleo l'avait étudié dans le cadre de ses cours du soir et l'avait encouragé à lire certains de ses écrits.

— Vous le possédez pour une raison précise, je présume.

— Aucun des bustes n'est là pas hasard. Ce sont tous de grands Irlandais dont j'admire l'œuvre.

— Alors vous vous souviendrez qu'il a dit un jour : « Être célèbre, c'est avoir une casserole accrochée à la queue. »

Daly fronça les sourcils.

— Je ne connais pas cette citation. Qu'est-ce qu'elle signifie ?

— Elle signifie que j'entends tinter les casseroles de votre fils à chacun de vos mouvements, monsieur Daly.

Le visage empourpré, Daly se leva et désigna la porte.

— Dehors, monsieur Grace ! Commissaire, inspecteur, quel que soit votre rang : dehors ! Si vous voulez nous parler, à mon fils ou à moi, je vous communiquerai le numéro de mon avocat.

— Je peux terminer mon café ?

— Non. Sortez immédiatement de chez moi et inutile de revenir sans mandat.

La gouvernante raccompagna Roy Grace. Il la remercia pour le café et rejoignit sa voiture, sourire aux lèvres. Il repartait avec beaucoup plus d'informations qu'il n'aurait osé l'espérer.

67

— Ils sont du XIXe siècle, dit Lucas Daly en désignant une paire de vases chinois en forme de balustre aux deux professionnels chinois en costume, calmes et polis.

Les Japonais et les Chinois faisaient partie des rares personnes au monde encore prêtes à investir dans les antiquités.

— Ils sont cantonais, précisa-t-il. Tout à fait exquis ! Nous les avons acquis auprès du duc du Sussex, qui a été contraint de vendre une partie de son héritage pour financer la maintenance de son château. D'après ce qu'il nous a dit, ils ont été achetés à Canton par son arrière-arrière-grand-père, qui a aidé John Nash à meubler le pavillon royal. Ce sont des pièces vraiment exceptionnelles, je pense que vous êtes d'accord avec moi.

Il n'y avait pas de duc du Sussex. Lucas Daly les avait achetés à Lester Stork, sans lui poser de questions, pour 100 livres.

— Combien ? lui demanda l'un des professionnels, avec lesquels il avait déjà fait affaire.

— 2 500 les deux. C'est très rare de trouver une paire en si bon état, voyez-vous...

— Lucas ? l'interrompit son assistant, Dennis Cooper, qui portait une chemise hawaiienne encore plus affreuse que d'habitude.

— Je suis occupé.

— C'est votre père, il dit que c'est urgent !

— Dis-lui que je suis avec des clients importants.

Quand il se retourna vers les deux Chinois, ceux-ci se dirigeaient vers la porte.

— Hé ! leur cria-t-il. Faites-moi une offre !

— Votre tête ne me revient pas, lui répondit l'un d'eux.

— Allez vous faire foutre ! dit-il quand ils eurent fermé la porte derrière eux.

Dennis Cooper s'approcha de son patron en chaise roulante et lui tendit le téléphone. Celui-ci le prit sans ménagement.

— Papa, je suis occupé.

— Imbécile ! s'exclama Gavin Daly. Sombre idiot. Tu étais censé obtenir des informations, pas les tuer.

— Qu'est-ce que tu veux dire ? répondit Lucas Daly à voix basse, en s'éloignant de son assistant.

— Je t'avais demandé d'aller à Marbella pour découvrir où se trouvait la montre. Je ne t'ai pas demandé de tuer qui que ce soit. Tu avais la tête ailleurs, ou quoi ? Pourquoi les as-tu assassinés ? Je veux récupérer ma montre. Je ne veux pas de sang sur les mains.

— Je n'ai tué personne.

— Ah bon ? Et comment se fait-il que les corps de Tony Macario et Ken Barnes aient été retrouvés flottant dans le port de Puerto Banús ?

— Aucune idée.

— Vraiment ? Vous êtes pourtant allés les voir, toi et ton gorille, Boris Karloff, non ?

Lucas Daly chercha une riposte, mais la repartie n'était pas son fort.

— Oui oui, enfin, on a discuté avec eux, ils étaient un peu bourrés… Ils rentraient de boîte. Quand on les a quittés, ils se portaient bien. Ils nous ont dit qu'Eamonn Pollock était à New York. En fouillant le bateau, nous avons trouvé le coffre-fort, mais il n'y avait rien à l'intérieur.

— Je viens juste d'avoir une visite du commissaire chargé de l'enquête, Lucas. Il a clairement laissé entendre qu'il pense que je suis impliqué dans ces deux homicides.

— Ils étaient bourrés, peut-être qu'ils sont passés par-dessus bord.

— Tu as regardé le ciel, ce soir-là ?

— Le ciel ? Pourquoi ?

— Est-ce que tu as regardé le ciel, quand tu étais là-bas ? Une fois que vous êtes repartis, Boris et toi.

— Il ne s'appelle pas Boris. Il s'appelle Augustine Krasniki.

— Qu'est-ce que tu as vu dans le ciel ?

— Je ne pense pas avoir regardé, papa.

— Dommage. Tu sais ce que tu aurais vu ?

— Non, quoi ?

— Des éléphants roses.

— Eh bien, le ciel était nuageux ce soir-là.

— Très drôle. Écoute. Je vais peut-être devoir me rendre à New York dans les meilleurs délais.

— New York ? Pourquoi ?

— Parce que je pense que la montre est là-bas. Si c'est le cas, je sais qui l'a en sa possession.

68

Son amour pour Brighton coulait dans ses veines. Au mariage de Roy Grace, Dick Pope, son témoin, avait déclaré en plaisantant que si Roy venait à être autopsié, on découvrirait le mot Brighton tatoué sur ses os.

Pendant plus de dix ans, leur équipe de football, les Albion, également connue sous le nom de Seagulls, n'avait pas eu de stade et jouait dans un stade d'athlétisme. Mais depuis un an, grâce à un mécène, Tony Bloom, et à American Express, elle profitait désormais de l'Amex Stadium, qui, selon un large consensus, était l'un des plus beaux stades d'Europe.

L'équipe jouait rarement le mercredi mais, ce soir, le match était important. Coincé dans les bouchons sur l'A27, Roy Grace admirait, non sans une certaine fierté, l'architecture de l'édifice. Le stade était un atout pour la ville. Il avait aussi ravivé l'intérêt de Grace – et de milliers de supporters – pour le football.

Dix minutes plus tard, garé sur le trottoir entre deux voitures de police, il était escorté par Darren Balkham, policier chargé en particulier des affaires footballistiques, qui portait une veste jaune fluo et une casquette, jusqu'au centre d'observation de la police, dans les tribunes nord.

En hauteur, juste derrière les cages, la pièce offrait une vue imprenable sur le terrain, très éclairé, et les gradins. Le match avait commencé. Le score était de 0-0.

Plus de vingt mille des vingt-sept mille supporters présents aujourd'hui étaient des abonnés. L'attribution des sièges faisait l'objet de longues réflexions pour minimiser les risques d'affrontement. La tribune est était réservée aux familles. Non loin se trouvaient les fans modérés. Les ultras avaient été placés dans la tribune nord, près du poste d'observation. Les visiteurs étaient regroupés dans les tribunes sud.

Les techniciens devant les écrans de vidéosurveillance pouvaient, à partir des quatre-vingt-sept caméras, zoomer sur tout fauteur de troubles jusqu'à lire l'heure à sa montre.

Balkham présenta Roy Grace à Chris Baker, l'officier chargé de la sécurité, qui portait un élégant costume gris.

— Vous cherchez quelqu'un dans la foule ? Un certain Lucas Daly ?

— Exact, confirma Grace.

— Il n'est pas abonné, j'ai vérifié. Vous ne savez pas avec qui il est venu ?

— Non. J'ai essayé de le joindre dans la journée, sa femme m'a dit qu'il serait ici.

Baker le conduisit vers les moniteurs et Grace s'installa à côté d'un technicien.

Les caméras visaient surtout à éviter tout débordement de la part des hooligans, mais permettaient aussi à la police de surveiller d'éventuels suspects. Ils en apprenaient beaucoup en découvrant avec qui les truands allaient au stade.

Avec l'aide du technicien, Grace entreprit de passer en revue les 27 000 spectateurs. Il ne lui fallut qu'une quinzaine de minutes pour repérer Lucas Daly au douzième rang, dans la tribune ouest. Il portait une veste d'aviateur avec col en fourrure, un col roulé, un jean, et une écharpe aux couleurs des Seagulls. Roy le reconnut grâce aux photos qu'il avait vues dans le salon de Sarah Courteney.

Il reconnut également les hommes assis à ses côtés. Le premier, Ricky Chateham, était un arnaqueur professionnel. Officiellement, il vendait des distributeurs de boissons, ce qui ne l'empêchait pas d'être connu pour son implication dans divers trafics de marchandise volée. Il était aussi soupçonné de fournir en drogues plusieurs boîtes de nuit de la région mais, jusqu'à présent, ils n'avaient pas assez de preuves pour l'interpeller. Selon le registre du stade, c'était lui qui était abonné et qui disposait des trois sièges occupés. L'autre homme était Leighton Lloyd, pénaliste connu pour défendre les voyous de Brighton. *Pratique*, songea Grace. Daly aurait sans doute bientôt besoin d'un avocat.

Le match était très moyen. Après deux cartons jaunes, Gus Poyet, l'entraîneur, avait piqué une crise, protestant contre le renvoi sur le banc de touche d'un de ses joueurs.

La foule avait immédiatement entonné son chant contestataire : « L'arbitre est un vendu ! »

Mais Roy Grace ne suivait pas le match. Il observait Lucas Daly qui, lui non plus, ne suivait pas l'action. Il était plongé dans d'intenses discussions avec ses deux voisins. Grace regrettait de ne pas avoir à ses côtés un expert capable de lire sur les lèvres.

Dix minutes après le coup de sifflet final, il quitta son poste d'observation, se dirigea vers les sorties de la tribune ouest et attendit. Tous les supporters passeraient devant lui pour rejoindre les parkings, les arrêts de bus ou la gare.

Dans le flot, sa cible, flanquée de Chateham et de l'avocat, s'arrêta à moins de dix mètres de lui pour allumer une cigarette. Grace s'approcha en tendant sa carte de police.

— Lucas Daly ? Commissaire Grace. Je suis en charge de l'enquête sur le meurtre de votre tante. Vous ne voyez pas d'inconvénient à ce qu'on échange un mot ou deux ?

Ricky Chateham reconnut Grace et passa son chemin, mal à l'aise. L'avocat s'arrêta et interrogea Daly du regard.

— On se retrouve sur le parking, Leighton, lui intima Daly.

Puis il regarda l'enquêteur droit dans les yeux, sans révéler ni surprise ni émotion.

— Oui ?

Lucas Daly devait avoir un peu plus de 45 ans. Grace chercha des ressemblances physiques avec son père. En vain. Alors que le patriarche avait pris du caractère en vieillissant, Lucas Daly était élégant, mais sans relief, juste un type pas commode avec une expression indéchiffrable sur le visage et le charisme d'un réfrigérateur débranché.

— Vous avez passé un bon week-end ?

Daly fronça les sourcils, avant de répondre :

— Pas mal.

— Les golfs sont chouettes, autour de Marbella ?

— Mes parties de golf ont-elles un lien avec ma tante, commissaire... je n'ai pas retenu votre nom ?

— Grace. Oui, peut-être y a-t-il un lien.

Son interlocuteur lança des coups d'œil alentour, visiblement gêné.

— Vous étiez à Marbella ce week-end, n'est-ce pas ?

— Et même si c'était le cas ?

— Pour jouer au golf, non ?

— Oui.

— Avec qui avez-vous voyagé ?

— Seul. J'ai retrouvé des amis qui vivent là-bas.

— Des expatriés ?

— Peut-être bien.

— Vous n'y êtes pas allé seul, hein ?

Daly soutint son regard, et chercha désespérément une réponse.

— Que voulez-vous dire ?

— Vous avez voyagé avec un certain Augustine Krasniki, vous avez pris deux allers-retours avec EasyJet.

— Ah oui, lui ! dit-il, le regard fuyant. C'est mon assistant, voyez-vous.
— Votre caddie ?
— Voilà, c'est ça.
— Vous êtes un bon golfeur ?
— Moyen.
— Quel est votre handicap ?
Daly tira sur sa cigarette. Grace observa ses pupilles.
— 12.
Roy Grace avait tenté de se mettre au golf, quelques années auparavant, mais avait renoncé, Sandy lui ayant reproché de ne pas passer assez de temps avec elle. Il savait qu'un handicap 12 était impressionnant. Il fallait jouer régulièrement pour atteindre un tel niveau. Et quand on jouait régulièrement, on finissait par remporter des trophées. Que l'on exposait.
— Dans quel club jouez-vous ?
— Celui d'Haywards Heath, en général. Je suis désolé, mais en quoi est-ce que cela concerne ma tante ? Feu ma tante.
— Est-ce que les noms d'Anthony Macario et Kenneth Barnes vous disent quelque chose, monsieur Daly ?
Daly cligna des yeux, comme assailli par un nuage de fumée.
— Non, jamais entendu parler d'eux.
Grace hocha la tête.
— Donc ni vous ni votre père, n'y êtes pour quelque chose si on les a repêchés dans le port de Puerto Banús, n'est-ce pas ?
L'espace d'un instant, Grace pensa que Daly allait lui mettre un coup de poing. Il se prépara à esquiver. Lucas Daly se contenta de lever le bras pour désigner la direction dans laquelle marchait la foule.
— Jamais entendu parler d'eux. Je peux y aller ? J'aimerais sortir du parking avant la meute.
— Vous pouvez y aller, mais n'oubliez pas ceci : personne n'est au-dessus de la loi, OK, monsieur Daly ? Je vous présente mes condoléances. Ce qui

est arrivé à votre tante ne devrait jamais arriver, mais vous devez savoir que nous avons une politique de tolérance zéro envers les justiciers.

Daly tira de nouveau sur sa cigarette.

— Qu'insinuez-vous, commissaire Grates ?

— Grace, rétorqua-t-il. Je n'insinue rien. Mais je ne pense pas que vous soyez allé à Marbella pour jouer au golf et je ne laisse pas les gens se faire justice eux-mêmes.

— Mon père et moi respectons la loi.

— Bien.

— Puis-je vous demander si vous avez progressé dans l'enquête et si vous êtes sur le point de récupérer les biens volés ? En particulier la montre, qui compte énormément pour mon père ?

— Nous avançons, répliqua Roy Grace.

— Eh bien, mon père et moi avançons aussi. Au cas où vous ne tiendriez pas votre parole – ne le prenez pas personnellement. Nous verrons qui récupère la montre en premier, commissaire Grace. Plus on attend, moins on a de chances de la retrouver, pas vrai ?

— Ce ne sera pas facile de revendre une montre rare de cette valeur, quelle que soit sa provenance, fit remarquer Grace.

— C'est ce qui m'inquiète, commissaire. Peut-être que celui qui l'a volée n'y connaît rien en joaillerie et la refilera pour quelques livres.

— C'est pour ça que vous êtes allé à Marbella, hein ? Pour éviter que la montre ne s'envole vers d'autres horizons… Anthony Macario et Kenneth Barnes se sont interposés et vous vous êtes arrangé pour qu'ils se noient. Je brûle ?

— Vous êtes en plein âge de glace, ouais ! Je vous conseille d'arrêter d'assister aux matchs de foot aux frais des contribuables et de vous remettre au boulot.

69

Il était 22 h 15 quand Roy Grace atteignit la sortie du parking du stade. Il y avait eu un accident sur l'A27. Il lui fallut quarante minutes supplémentaires pour arriver enfin chez Cleo.

Il tapa le code, traversa la cour pavée et observa la maison mitoyenne, plongée dans l'obscurité. Il était curieux d'en savoir plus sur leurs nouveaux voisins qui, apparemment, se couchaient tôt, ce qui était une bonne nouvelle. Dans un petit lotissement comme celui-ci, un voisin couche-tard et amateur de musique serait un cauchemar.

Il poussa la porte de chez lui, sans savoir que derrière les rideaux d'à côté, à l'étage, quelqu'un le regardait, les yeux brûlant de haine, tandis qu'une cigarette se consumait dans un cendrier, à côté d'un verre de whisky.

Tout était calme. Une lumière tamisée était allumée à l'étage. Humphrey se jeta sur lui. Il le caressa tout en lui intimant de ne pas faire de bruit. Puis il retira ses chaussures et passa par le salon sur la pointe des pieds pour dire bonjour à Marlon, avant de gagner la cuisine. Cleo lui avait préparé une assiette de cabillaud avec de la purée et des haricots verts, protégée par du cellophane. Elle avait noté les instructions sur la durée du réchauffage, en ajoutant : bisous.

Grace suivit les consignes, donna un biscuit à Humphrey, trouva une bouteille de rosé dans le frigo et se servit un verre. Il donna un second biscuit à Humphrey, puis posa l'assiette sur un plateau, se rendit dans le salon et s'installa sur le canapé juste à côté du chien, qui ne le lâchait pas d'une semelle. Il lui promit une promenade et alluma la télé à faible volume, pour voir s'il y avait quelque chose d'intéressant. C'est alors qu'il remarqua les menottes.

Elles se trouvaient à l'autre bout de la table basse, avec un mot écrit à la main :

Pour bientôt, bisous.

Il sourit, et zappa sur Sky News. Quand il eut terminé son repas, il prit un autre livre sur les débuts du gang de la Main blanche et parcourut l'index, à la recherche d'un nom en particulier. Il y avait six occurrences. Il lut chaque page. Plus il avançait, plus il était convaincu.

Il fut distrait par Humphrey qui, soudain, s'assit et aboya une fois.

Il se retourna et découvrit, en bas de l'escalier, Cleo qui tenait à la main plusieurs liens de soie et n'arborait rien d'autre qu'un sourire lascif.

70

— Qu'est-ce qui te fait sourire, vieux ? demanda Glenn Branson.

Il était 8 h 25. Grace, qui était à son bureau, leva les yeux. Il tenait à la main un sandwich au bacon à moitié entamé.

— Les minutes du procès d'hier. Ça se présente bien pour nous.

Branson fit tourner la chaise devant le bureau et s'assit à califourchon, mains sur le dossier. Il grimaça. Pendant l'arrestation de Carl Venner, Branson avait été blessé par balle – sans gravité, fort heureusement.

— Ça me fait bien plaisir. Je détesterais qu'il s'en sorte.

— Comment ça va, toi ?

— Je limite les dégâts. Ari a fait du bon boulot : les gosses ne me font plus confiance. J'ai découvert une alliée inattendue en la personne de sa sœur, qui, en fait, n'était pas fan d'Ari. Loin s'en faut.

— Et le petit ami, dans tout ça ?

— Il a eu le culot de venir chercher des affaires et de m'engueuler pour avoir fait changer les serrures ! Je lui ai dit que, s'il voulait ses affaires, il pouvait commencer à fouiller les poubelles du quartier. Les gamins avaient envie de le voir, tu le crois, toi ?

— Bien sûr que je le crois. Il leur manque. Souviens-toi, leurs vies ont été complètement chamboulées. Pendant un an, c'était lui, la figure paternelle. Il va falloir que tu remontes la pente petit à petit. Un jour, tes gosses réaliseront à quel point tu es génial.

— Tu crois ?

— C'est sûr. Donne-leur trente ans pour qu'ils s'habituent au fait que tu laisses traîner les jaquettes des CD et que tu oublies de nourrir les poissons rouges.

— Je me demande pourquoi je t'apprécie, dit Branson. Parfois, tu me fais penser à ce bâtard de Popeye Doyle dans *French Connection*.

— Ce n'est pas lui qui menotte sa copine au lit ?

— Si, dans la scène d'ouverture. Ou peut-être est-ce elle qui le menotte.

Grace sourit.

— En voilà un sourire lubrique.

Grace acquiesça, en se remémorant les prouesses de la nuit précédente.

— Oui, très !

— Cleo aime bien ça, non ?

Grace haussa les épaules.

— Tu es cinéphile. Tu apprécies les films de Woody Allen, non ?

— Pas tous, mais certains, oui.

— Tu te souviens de ce qu'il dit dans *Tout ce que vous avez toujours voulu savoir sur le sexe... sans jamais oser le demander* ?

Branson réfléchit, puis hocha la tête.

— Oui ! Quelqu'un demande si baiser, c'est sale. Et l'autre répond : « Seulement quand on le fait correctement ! »

Grace sourit, puis tira sur un bout de bacon coincé entre deux dents. Branson posa son menton sur ses bras croisés.

— Fut un temps où on faisait ça bien, avec Ari. Le problème, c'est que ça passe. Une fois que tu as des enfants, ça passe. Sois vigilant, malgré ton grand âge ! conclut-il en agitant un index.

— Merci pour le conseil.

Grace regarda sa montre.

— OK, on commence dans deux minutes, annonça-t-il.

71

Grace commença la réunion de 8 h 30 en révélant l'hypothèse qu'il avait échafaudée toute la nuit.

— Lucas, le fils de Gavin Daly, est allé à Marbella. Selon la liste des passagers fournie par la compagnie aérienne, il était accompagné d'un certain Augustine Krasniki. D'après Interpol, Krasniki est recherché pour plusieurs chefs d'accusation dans son pays natal, l'Albanie. Il aurait, entre autres, arraché les yeux d'un homme. Grâce à notre législation européenne ultralibérale, ce monstre est en liberté et nous lui offrons la Sécurité sociale. Nos mêmes sources à Interpol nous ont indiqué que deux personnes ont été retrouvées mortes dimanche matin : Anthony Macario et Kenneth Barnes.

Il se tourna vers Annalise Vineer.

— Tu as quelques informations sur eux, n'est-ce pas ?

L'indexeuse regarda ses notes.

— Oui, chef. Tous deux travaillaient sur le *Contented*, le yacht d'Eamonn Pollock, amarré dans le port de Puerto Banús. Nous savons que Pollock est fiché pour trafic de pièces d'horlogerie. Macario a pris plusieurs années pour des cambriolages avec violence et pour trafic de drogue, il y a dix-sept ans, à Manchester. Ken Barnes est en liberté conditionnelle depuis deux ans, après avoir écopé de dix ans pour vol à main armée dans une entreprise de construction de Worthing. Il avait pris en otage une jeune femme de 20 ans et avait menacé de la tuer. Des gens charmants, pour résumer, chef.

Il y eut quelques gloussements.

— Ce n'est donc pas une grosse perte, trancha Norman Potting.

Ignorant la remarque, Grace remercia l'indexeuse et parcourut les notes que son assistante lui avait préparées.

— Je pense que Lucas Daly est allé à Marbella pour tenter de récupérer la montre de son père. La mort des employés du yacht coïncide avec sa visite.

Norman Potting leva la main.

— Chef, j'aimerais comprendre comment cette histoire a pu se terminer par un double homicide.

— C'est exactement ce qui m'échappe, Norman, avoua Grace. Peut-être pour pouvoir fouiller le bateau ? J'espère que tu en découvriras plus qu'Interpol en te rendant sur place.

— Pourquoi ne se sont-ils pas contentés de les ligoter, dans ce cas ? objecta Guy Batchelor.

— Parce que Krasniki est un psychopathe ? suggéra Potting. Vous avez entendu ce dont il est capable.

Grace repensa aux marques sur la poitrine de Sarah Courteney.

— Il y a deux ans, Daly a été arrêté pour violences conjugales, puis relâché car elle a refusé de porter plainte. C'est une brute. Peut-être que Krasniki et lui sont allés trop loin.

Il agita une liasse de papiers.

— J'ai reçu le rapport de l'autopsie pratiquée par le coroner de Marbella. C'est intéressant.

Il marqua une pause. Le bout de bacon coincé entre ses dents le dérangeait, mais il ne pouvait pas le retirer devant son équipe, donc il essaya de l'ignorer.

— En résumé, Macario avait deux os du pied cassés, ainsi qu'un hématome, ce qui laisse penser qu'on le lui aurait écrasé. Il avait également des marques au niveau de la nuque, et Barnes, des bleus dans le cou. Ces blessures ne collent pas avec une noyade accidentelle.

— Si Daly et Krasniki les ont tués, est-ce parce qu'ils avaient obtenu l'information qu'ils voulaient ou parce qu'ils ne l'avaient pas obtenue ? demanda Guy Batchelor.

— Ce genre d'exécution laisse supposer qu'on voulait les réduire au silence, suggéra Grace.

— Que savaient-ils ? insista Batchelor.

C'était une bonne question. Le bacon commençait à le distraire vraiment – il avait désespérément besoin d'un cure-dent. Il essaya pour la vingtième fois de le déloger avec la langue. En vain.

— Peut-être voulaient-ils les empêcher de révéler à leur patron qu'ils étaient à ses trousses. Peut-être que ce sont juste deux psychopathes, comme l'a résumé Potting. Peut-être que Daly a perdu son calme.

— Ne pourrait-on pas interroger Daly père ? demanda Glenn Branson.

Grace secoua la tête.

— Je pense qu'il a une longueur d'avance sur nous. Nous devrions surveiller son fils. J'ai l'impression qu'il va nous mener jusqu'à la montre. Et si on trouve la montre, on trouvera le voleur.

— Eamonn Pollock ? suggéra Branson.

— C'est notre principal suspect, confirma Roy Grace. Gareth Dupont est en garde à vue et il va falloir essayer de le faire parler. Il a déjà fait une première déposition, mais nous avons mis au point une stratégie pour les interrogatoires de ce matin. Sa garde à vue a été prolongée. Dommage qu'on ne puisse pas lui offrir de réduction de peine. Cela dit, je pense que notre stratégie sera payante.

— Qu'est-ce que vous avez en tête ? sonda Potting.

— Récapitulons ce que nous savons sur Lucas Daly. C'est une simple hypothèse. Rien n'a été prouvé pour le moment. Ricky Moore, le brocanteur véreux que Lucas Daly considère comme responsable du cambriolage et du meurtre de sa tante, finit en soins intensifs avec de graves brûlures. Lucas Daly va à Marbella et, surprise ! Macario et Barnes sont retrouvés au fond du port.

Il interrogea Potting du regard.

— Je vous suis, chef.

— Sachant comment Lucas Daly se venge, je me ferais discret, et je n'aimerais pas que le petit mari soit au courant, si je baisais sa femme. Pas vous ?

— Si.

— Les suspects dans des affaires d'homicide ne peuvent pas être libérés sous caution. Si nous arrivons à mettre Dupont en détention provisoire, nous le menacerons de tout raconter à Lucas Daly. Je pense qu'il passera aux aveux. En prison, on ne peut pas se cacher. Mais un problème subsiste. Nous n'avons pas assez d'éléments pour le mettre en détention provisoire. Il nous faudrait la preuve qu'il était présent dans la maison. Quand nous sommes allés à son bureau, il nous a menti sur la marque de sa voiture. Il nous a dit qu'il possédait une Golf GTI. Or, une Porsche noire était garée devant son immeuble. La plaque d'immatriculation est au nom d'une boîte de *leasing* à Londres.

Il se tourna vers Bella Moy.

— C'est pour ça que notre recherche n'a rien donné. J'ai contacté la compagnie, qui m'a confirmé que la voiture était bien cédée en crédit-bail à un certain Gareth Dupont, à la même adresse. Mais cela ne nous suffit pas.

Il leva les yeux vers son équipe.

— Il a laissé ses empreintes sur une statuette en bronze, il a passé un coup de fil depuis son portable, il conduit une Porsche noire similaire à celle présente devant la maison une semaine avant le cambriolage… et ça ne suffit pas ? s'étonna Guy Batchelor.

Grace secoua la tête.

— La localisation par triangulation ne suffit pas. On peut dire qu'il se trouvait dans un rayon de 300 mètres autour de la maison, c'est tout. Et ce n'est pas assez. Quant à l'empreinte digitale, un avocat rétorquerait qu'il a pu toucher la statuette chez Lester Stork. Il nous en faut davantage.

— Chef, intervint l'enquêtrice Jacqueline Twamley, que sait-on sur la mort de Lester Stork ?

— Selon Philip Keay, du bureau du coroner, il est décédé d'une crise cardiaque.

— Sans doute la joie de pouvoir manipuler tant de trésors ! lâcha Norman Potting. Est-ce vraiment une coïncidence que Dupont baise la femme de Lucas Daly, chef ? N'y aurait-il pas connivence ?

— Je n'exclus pas le fait qu'elle puisse être impliquée, il faut qu'on l'interroge. Je suis quasiment sûr que son mari la bat, elle aurait donc un mobile. Sauf que j'ai eu l'impression qu'elle aimait beaucoup la vieille dame.

Il se tourna vers Guy Batchelor, qui confirma.

— Je suis d'accord, chef. Je crois qu'elle a été ciblée par Dupont. Elle était malheureuse en amour. Dupont est un charmeur. Je pense qu'ils se sont rencontrés quelque part et qu'il a décroché le gros lot. Je vais lui parler et voir ce qu'elle en dit.

Le plus jeune membre de son équipe, le lieutenant Jack Alexander, leva la main.

— J'ai trouvé quelque chose à propos de la Porsche, chef.

— Quoi donc, Jack ?

Ce dernier exposa sa découverte. Quand il eut terminé, l'atmosphère dans la pièce changea du tout au tout.

— Ça, jeune homme, c'est du pur génie ! s'exclama Roy Grace.

72

Comme la plupart des salles d'interrogatoire de la police du Sussex, celle située dans le centre de garde à vue, derrière la Sussex House, était équipée d'une caméra de vidéosurveillance fixée au mur. En filmant les suspects, les policiers étaient en mesure d'étudier leur langage corporel et d'évaluer leur crédibilité.

C'était une pièce carrée, neutre, avec une table en métal boulonnée et des chaises inconfortables. La fenêtre donnait sur une autre pièce, dominée par une nacelle circulaire futuriste dans un matériau gris-vert, imitation marbre. Grace s'était toujours dit qu'elle avait dû être conçue par un fan de *Star Trek*.

Mal rasé, chemise froissée, le suspect était assis à côté de son avocat, Leighton Lloyd, encore plus élégant qu'au match de foot. Fin et sec, les cheveux ras, il était connu pour défendre la pègre de Brighton.

Grace avait choisi son équipe avec soin. Bella Moy et Guy Batchelor étaient rompus aux interrogatoires. Batchelor, qui avait précédemment interrogé Dupont à son bureau, le mettrait sans doute mal à l'aise. Bella jouerait le rôle du *good cop*. Il était clair que le suspect avait un faible pour les femmes.

Installé dans la petite salle d'observation mitoyenne – une pièce aveugle et étroite –, Grace avait pris place face à un moniteur. Il y avait deux chaises disparates et un plan de travail sur lequel était regroupé le matériel d'enregistrement. Les images à l'écran étaient ternes, délavées.

Grace renifla. Dans cette salle, ça sentait toujours les pieds ou le kebab. Il vérifia la poubelle : elle était vide. L'interrogatoire commença. Guy Batchelor demanda à Gareth Dupont de leur raconter ce qu'il avait fait le mardi 21 août, dans la soirée.

— Eh bien, j'étais chez moi, je travaillais.

— Vous travailliez ?

— Je suis téléconseiller.

— Vous rendez visite aux gens ou vous les appelez ?

— Je leur téléphone.

— Mais vous êtes allé sur Withdean Road pour parler à Aileen McWhirter, c'est bien cela ?

Dupont secoua la tête

— Non, j'étais chez moi, sur la marina.

— Vous avez déjà entendu parler de la géolocalisation par triangulation, monsieur Dupont ?

Leighton Lloyd leva la main.

— Excusez-moi, mais qu'est-ce que cela a à voir avec mon client ?

— Laissez-nous un instant, vous comprendrez, maître, dit Guy Batchelor.

Il s'adressa à Dupont :

— Alors, ça vous dit quelque chose ?

Dupont secoua la tête.

— Je vais vous expliquer. Tous les téléphones portables, qu'ils soient en activité ou en veille, communiquent avec des antennes-relais. Elles sont programmées pour entrer en contact avec les appareils toutes les quinze minutes. Vous savez, un peu comme E.T. : « Téléphone maison ! » À partir du signal reçu, nous pouvons déterminer les deux autres antennes les plus proches et procéder à une triangulation. Vous êtes bien chez l'opérateur O2 ?

Dupont acquiesça à contrecœur.

— Il y a deux antennes sur Dyke Road Avenue, non loin de Withdean Road, poursuivit le policier. La troisième est près de l'A23, à 300 mètres au nord de Withdean Road. D'après l'opérateur, vous étiez dans ce quartier entre 19 heures et 19 h 30 le mardi 21 août. Vous n'étiez donc pas chez vous. Comment expliquez-vous cela ?

Dupont réfléchit, puis hocha la tête.

— Ah, oui ! Je suis passé voir une amie qui n'habite pas loin.

— Pourrait-elle témoigner en ce sens ?

Le suspect eut soudain l'air mal à l'aise. Grace comprit qu'il faisait allusion à Sarah Courteney. Il vérifierait si elle était à la télévision ce soir-là.

L'avocat regardait une carte sur son téléphone.

— J'ai la zone sous les yeux, dit-il. Elle ne couvre pas seulement Withdean Road. C'est un quartier résidentiel très dense.

— Gareth, dit Bella Moy avec un sourire chaleureux. Il y a quelque chose que nous ne comprenons pas vraiment : comment vos empreintes digitales se sont-elles retrouvées sur une statuette en bronze appartenant à Aileen McWhirter ?

Dupont rougit.

— Je revends parfois des antiquités, dit-il. Pour arrondir les fins de mois. C'est pas facile de vivre avec un salaire de téléconseiller, de nos jours, ajouta-t-il, de plus en plus nerveux. Mais où se trouvait cette statuette ? demanda-t-il.

— C'est à vous de nous le dire, asséna Guy Batchelor.

Leighton Lloyd posa une main sur le bras de son client.

— Pas de commentaire, intervint-il.

— Voilà, pas de commentaire, répéta Dupont.

Il se tourna et murmura quelque chose à son avocat. Leighton Lloyd secoua la tête.

— Monsieur Dupont, reprit Guy Batchelor, il y a quelque chose qui m'intrigue. Quand nous sommes passés vous voir avec mon collègue, le commissaire Grace, à votre bureau, vendredi dernier, nous vous avons demandé quelle voiture vous conduisiez. Vous nous avez répondu une Volkswagen Golf GTI. Depuis, nous avons découvert que vous conduisez en réalité une Porsche cabriolet. Pourriez-vous me dire pourquoi vous nous avez menti ?

Grace remarqua que Dupont se décomposait.

— Eh bien, avec mon copain Andre Severs, on échange parfois nos voitures. Quand il veut impressionner une nana, il emprunte la Porsche. Vous voyez ce que je veux dire ?

— Non, trancha Guy Batchelor. Je ne vois pas du tout ce que vous voulez dire. Je veux savoir pourquoi vous avez menti à deux officiers de police.

— Pour ne pas passer pour un m'as-tu-vu, peut-être...

Batchelor échangea un regard avec Bella Moy, puis se tourna de nouveau vers Dupont :

— Dites-moi, est-ce que vous connaissez bien Withdean Road ?

Dupont secoua la tête.

— Pas du tout. Je n'y suis jamais allé.

— En êtes-vous sûr ? insista Batchelor.

Le suspect hocha la tête, puis se reprit :

— Attendez, les matchs de foot avaient lieu au Withdean Stadium jusqu'à l'année dernière, non ?

— Exact.

— Je suis fan des Seagulls, voyez-vous, mais le stade n'est pas tout à fait sur Withdean Road.

— Donc vous n'étiez pas dans cette rue le mardi 21 août, dans la soirée, n'est-ce pas ?

— Je vous le confirme.

Les deux enquêteurs se consultèrent du regard.

— Revenons à votre Porsche, proposa Bella Moy. C'est une belle voiture, très chère, j'imagine, et presque neuve, d'après la plaque d'immatriculation.

Dupont haussa les épaules.

— L'assurance doit coûter cher, non ?

— Assez.

— De nos jours, les compagnies d'assurances exigent toutes sortes de garanties, pour les véhicules haut-de-gamme, m'a-t-on dit. Il faut notamment les équiper d'un traceur. Vous en avez un sur votre Porsche ?

Dupont jeta un coup d'œil anxieux à son avocat.

— Oui, c'est bien le cas.

— Ils sont malins, ces appareils, intervint Guy Batchelor. Ils localisent la voiture et ses moindres mouvements. Tout est enregistré. L'équipementier, c'est NavTrak, pas vrai ?

Dupont hésita, il n'aimait pas la direction que prenait cet interrogatoire.

— Oui.

— Ils ont eu la gentillesse de nous communiquer le détail des déplacements de votre Porsche ces quatre dernières semaines. Nous connaissons chaque trajet, chaque arrêt et sa durée. Mardi 14 août, vous étiez devant la maison d'Aileen McWhirter, sur Withdean Road, à Brighton, de 18 h 43 à 19 h 21. Comme vous dites ne pas connaître cette rue, j'imagine que vous étiez perdu, je me trompe ?

— Très drôle, trancha Dupont.

— Vous étiez de nouveau devant cette maison, pour des périodes plus courtes, les soirs du mercredi 15 août, jeudi 16 août, vendredi 17 août, samedi 18 août et lundi 20 août, la veille du cambriolage, martela Guy Batchelor. Pourriez-vous nous donner vos raisons ?

Dupont lança un regard désespéré à Leighton Lloyd.

— Puis-je m'entretenir en privé avec mon avocat ?

Batchelor et Moy éteignirent les appareils d'enregistrement, y compris la vidéosurveillance, et les laissèrent seuls dans la pièce. Ils rejoignirent Grace et visionnèrent rapidement l'interrogatoire. Dix minutes plus tard, l'avocat leur demandait de revenir.

— Mon client est d'accord pour faire une déposition, annonça-t-il. Il reconnaît les informations du traceur, mais cela ne prouve en aucun cas qu'il se trouvait dans la maison. Ce point est important, vous devez le prendre en compte.

Les deux enquêteurs hochèrent la tête. Batchelor fit signe à Dupont de commencer.

Celui-ci posa les mains sur la table, confiant.

— Alors… J'ai été contacté par une connaissance, qui m'a annoncé que je pouvais me faire beaucoup d'argent en tant que chauffeur. Deux gars devaient venir de l'étranger pour cambrioler une belle villa. Ils avaient besoin d'un chauffeur connaissant le coin. J'ai fait en sorte qu'une camionnette les attende à l'aéroport. J'avoue avoir conduit cette camionnette, mais je ne suis jamais entré dans la maison.

— Pas même pour les aider à déplacer les meubles ? Il y en avait des volumineux.

— Je les ai aidés à les charger, mais à l'extérieur.

— Vous êtes absolument certain de ne pas être entré dans la maison ? insista Bella Moy.

— Absolument certain.

Batchelor fronça les sourcils.

— Il va falloir que vous nous aidiez à comprendre quelque chose, monsieur Dupont. Une goutte de sang a été retrouvée sur le radiateur auquel Mme McWhirter était enchaînée. Le rapport du laboratoire, que nous venons de recevoir, montre qu'il s'agit de votre ADN.

Batchelor regarda les mains de Dupont. La croûte était partie, mais il restait une petite marque rouge.

Dupont vacilla. Il cacha son doigt sous son pouce, comme s'il pouvait gommer la trace.

Leighton Lloyd leva la main.

— Mon client n'a pas d'autre commentaire à faire.

73

Lucas Daly passait une journée de merde, et il ne savait pas que les choses allaient empirer.

Devant son magasin, sous une légère bruine, il fumait une cigarette. Il retourna à l'intérieur et composa une nouvelle fois le numéro. Boîte vocale. Quelques jours plus tôt, il pouvait encore laisser des messages, mais il n'avait plus cette possibilité.

Cette messagerie est pleine. Veuillez renouveler votre appel ultérieurement.

— Connard. Sale connard.

Il n'y avait pas eu un seul client aujourd'hui. Pas un seul coup de fil. Pas même quiconque pour lui revendre un objet à lui. Il était 15 h 30. Les bières bues au déjeuner ne faisaient plus effet et il était trop tôt pour l'apéritif. Lucas était d'une humeur massacrante.

Appelle-moi. Appelle-moi, espèce de connard. Si tu m'obliges à me déplacer, je te tordrai le cou.

Il sortit acheter deux cafés à emporter, pour son assistant et pour lui. De retour à la boutique, il s'assit à son bureau et parcourut sa boîte mail qui était remplie de spams, de relevés bancaires et de factures qu'il n'était pas en mesure de régler. Il observa les gens

– des touristes pour la plupart –, qui se promenaient dans le quartier et passaient devant sa vitrine.

— Entrez, venez m'acheter quelque chose, bande de débiles !

Mais personne n'entrait. Il s'en fichait un peu. À moins d'un miracle, à moins qu'un fou rachète son stock, il ne gagnerait jamais la somme d'argent dont il avait besoin pour se sortir du pétrin.

Dans son fauteuil roulant, Dennis Cooper remplissait des grilles de Sudoku. Daly n'y voyait pas d'inconvénient. Il n'était pas d'humeur à bavarder. D'autant qu'il ne comprenait pas la moitié de ce que disait Cooper, ce philosophe qui citait des gens aux noms bizarres dont il n'avait jamais entendu parler.

Augustine Krasniki, qu'il employait surtout pour déplacer les pièces les plus lourdes, se trouvait dans son appartement, juste au-dessus. Sans doute regardait-il la retransmission d'un match de foot.

Daly parcourut les résultats des courses sur son téléphone. En quatre courses, il n'avait eu qu'un cheval placé. Mais, un cheval, ça ne l'intéressait pas. Il lui fallait le tiercé, et dans l'ordre.

Ou ce coup de téléphone qu'il attendait.

Il se raidit quand une silhouette apparut dans la rue. L'homme se déplaçait à l'aide d'une canne.

— Qu'est-ce qu'il fout là, bordel ?

Cooper leva les yeux.

— Doux Jésus, une visite royale !

Quelques instants plus tard, le père entrait, aussi mal luné que le fils.

— Salut, papa.

Gavin Daly ne répondit pas à son fils.

— Tu sais qu'ils ont arrêté quelqu'un ? Gareth Dupont. Tu le connais ?

Lucas secoua la tête.

— J'ai reçu un coup de fil du commissaire Grace. Dupont est accusé du meurtre d'Aileen et du cambriolage. Il va être placé en détention provisoire à la prison de Lewes.

— C'est une bonne nouvelle.

Gavin Daly explosa.

— Comment ça ? Je veux récupérer la montre. Il faut qu'on trouve quelqu'un, en taule, qui puisse lui parler. Dupont doit savoir où elle se trouve.

— Je croyais que tu étais sûr qu'elle était à New York.

— Moi aussi, mais je n'ai plus de nouvelles, ce qui n'est pas bon signe.

— Peut-être que ta récompense donnera à un détenu l'envie de lui parler.

— Peut-être.

Gavin Daly observa la pièce. Et son regard se posa soudain sur la paire de vases chinois que Lucas n'avait pas réussi à vendre.

— Qu'est-ce qu'ils font ici, bon sang ?

— Ils sont beaux, n'est-ce pas ? Je les ai eus à un prix incroyable : 100 livres les deux. Ils en valent au moins 2 000, se vanta Lucas.

— Vraiment ?

— Oh oui, papa ! Ils sont cantonais, XIXe siècle.

— Je le sais.

Lucas sourit, très fier.

— Tu vois, tu m'as transmis ton talent.

— C'est ce que tu penses ?

Gavin Daly saisit l'un des vases et l'examina de près.

— Mon talent ?

— Ouais.

— À qui est-ce que tu les as achetés ?

— Un gars que je n'avais jamais vu auparavant. Il est entré hier dans le magasin et m'a demandé de faire une offre. Il ne connaissait pas leur vraie valeur.

— Toi non plus. Tu les aurais revendus pour 2 000 ?

— Sacré bénéfice !

— Dynastie Ming. Quelques éclats, mais, aux enchères chez Sotheby's ou Christie's, ils partiraient pour un peu plus de 100 000.

— Tu déconnes ?

Lucas entrevit soudain une solution à tous ses problèmes.

— Nom de Dieu !

Un bruit aigu retentit, et la porcelaine ancienne éclata en mille morceaux.

Lucas ouvrit la bouche, incrédule.

— Papa, tu l'as fait tomber ! Merde alors, tu l'as lâché !

— Qu'est-ce que je peux être maladroit ! dit Gavin en saisissant le second, qui s'écrasa au sol quelques secondes plus tard.

— Oups !

L'espace d'un instant, Lucas Daly se demanda si son père n'était pas ivre ou, pis, victime d'une dégénérescence du système nerveux. Mais celui-ci n'était ni choqué, ni même surpris. Son visage n'exprimait que de la colère.

— Qu'est-ce que tu peux être con, Lucas !

— Moi ? Regarde ce que tu viens de faire. Tu es fou ?

— Fou, non. Furieux, oui. Et déçu. Déçu par la bêtise de mon fils. Ces vases appartenaient à ta tante. Celui qui les a volés ne connaissait pas leur valeur et les a refilés à un revendeur à la petite semaine. Et toi, tu les lui as achetés.

Il secoua la tête.

— Je n'en crois pas mes yeux ! s'exclama Lucas.

— Tu les as payés 100 livres, c'est quoi, ton problème ?

— Ils en valaient 100 000 et tu viens de les détruire.

— Tu sais ce qu'on dit des entreprises familiales, Lucas ? La règle des trois générations, tu la connais ?

— Quelle règle ? dit-il en contemplant ses espoirs envolés.

— La première génération monte l'affaire. La deuxième fout la merde. La troisième met la clé sous la porte. Tu as réussi à sauter une génération. Félicitations.

Le père sortit du magasin. Deux hommes en costume entrèrent. Lucas reprit espoir, mais paniqua dès qu'il les reconnut.

L'un d'eux, 1,80 m, taillé comme une armoire à glace, le crâne rasé, avait un visage cabossé. L'autre, un peu plus petit, était tiré à quatre épingles. Les paupières tombantes, les yeux cernés, les cheveux brossés en avant, il fumait le cigare.

Lucas ordonna à Cooper :

— Dis à Krasniki de descendre, vite !

— Monsieur Daly, ravi de vous voir, dit le petit en tirant lentement sur son cigare.

— Je suis désolé, mais il est interdit de fumer dans les lieux publics.

Le gars regarda Cooper, puis tira de nouveau sur son cigare et exhala la fumée.

— Est-ce que l'infirme y voit un inconvénient ?

Lucas Daly essaya d'endiguer sa rage. Il n'avait pas la main, dans cette partie.

— L'agressivité ne va que dans un sens, elle ne crée que davantage d'agressivité répondit sèchement Cooper.

— Vraiment, Quasimodo ? Peut-être pourrait-on dire la même chose de l'argent. Il ne va que dans les poches de ton patron, et ne revient jamais vers nous. Vous voyez ce que je veux dire ?

— Je ne m'appelle pas Quasimodo.

— Alors ce n'est pas à toi que je parlais, ma belle.

Il se tourna vers Lucas Daly.

— Vous avez une très jolie femme.

Il sortit un rasoir à l'ancienne de sa poche, et le déplia.

— Je ne pense pas que Sarah Courteney puisse présenter des journaux télévisés le visage lacéré.

— Elle n'a rien à voir avec tout ça.

— Ce qui est vraiment dommage, dit le gars en se tournant vers son collègue.

Le crâne rasé hocha la tête.

— Dommage.

Il s'adressa de nouveau à Daly.

— Le truc, c'est que vous devez 50 000 livres à mon boss. Je suis chargé de vous convaincre de le rembourser. C'est mon boulot. Les innocents doivent parfois souffrir, vous voyez ce que je veux dire ? Mais, aussi, c'est de sa faute. Sarah Courteney n'aurait jamais dû se maquer avec un salopard comme vous. Regardez votre infirme. Qu'est-ce qui lui est arrivé ? Accident de moto ? Tombé d'un toit ? Pourquoi accepte-t-il de travailler avec un vaurien ?

— J'étais dans l'armée, je servais en Afghanistan, blessure par balle à la colonne vertébrale, répliqua Dennis Cooper. Pour répondre à votre question.

— Ah, super ! Un héros !

Son expression passa de l'arrogance à la crainte quand il aperçut Krasniki qui brandissait une batte de base-ball derrière Lucas Daly, prêt à en découdre.

— Mon patron vous demande de partir, dit-il. Il ne vous aime pas beaucoup, vous m'en voyez désolé.

— Allez vous faire foutre, lança le crâne rasé.

Ils échangèrent un regard incertain.

Krasniki s'avança vers eux, menaçant.

— Peut-être que vous n'avez pas bien entendu. Sortez.

Les deux hommes s'exécutèrent. Krasniki attendit qu'ils aient passé la porte. Ils hésitèrent et s'éloignèrent.

— Bien joué, dit Lucas Daly.

Quelques instants plus tard, son téléphone portable sonna. Il ne connaissait pas le numéro.

— Lucas Daly, j'écoute.

— Encore un coup comme ça et tu te retrouves en fauteuil roulant. Tu as une semaine pour rassembler l'argent. Jeudi prochain, à 17 heures, je serai dans ta boutique. Je ne veux pas croiser Boris Karloff. Compris ?

L'interlocuteur raccrocha.

74

Le monde avait bien changé pendant son séjour en prison. Technologiquement plus que culturellement. Amis Smallbone devait se mettre au goût du jour, s'il ne voulait pas passer pour un dinosaure.

Pourquoi les modes d'emploi étaient-ils désormais rédigés par des gens dont l'anglais devait être la troisième ou la quatrième langue ?

Il avait en partie réussi à assembler le scanner pour écoute téléphonique, qu'il avait payé cher. Il pensait ouvrir la boîte, sortir l'appareil et bingo !

Mais il avait dû commencer par installer le logiciel sur son ordinateur grâce au CD fourni. Il n'avait pas vraiment suivi toutes les instructions, qui semblaient contenir un piège à chaque étape, pourtant, au final, il avait réussi à le faire marcher. Pour le moment, il n'avait rien capté d'intéressant. Il avait écouté une conversation banale entre Cleo et une amie, à propos de l'allaitement et de douleurs aux mamelons.

Pitié !

Ce qui l'intéressait, c'étaient les horaires de Roy Grace. Il voulait déterminer quand le commissaire était absent, quand Cleo et Noah étaient seuls à la maison.

Que faire ? Il n'avait pas encore décidé. Qui torturer ? Qu'est-ce qui peinerait le plus Roy Grace ? De voir sa chère Cleo défigurée ou leur bébé mort ? Les deux ?

Un agréable frisson lui parcourut l'échine. *Les deux.*

75

Roy Grace et Guy Batchelor étaient assis dans le break Ford Focus banalisé, sur Shirley Drive, non loin de la maison de Sarah Courteney, de l'autre côté de la rue, ce qui leur donnait une vue dégagée sur la propriété. La Mercedes SLK était garée dans l'allée, à côté du Range Rover Sport noir de son mari. Lucas Daly étant présent, ils n'avaient pas sonné à la porte. Grâce au programme de la BBC, ils savaient qu'elle présenterait le journal régional de 18 h 30, ce qui voulait dire qu'elle n'allait pas tarder à se rendre au studio.

Dix minutes plus tard, leurs prévisions se concrétisèrent. Elle passa la porte et, d'un pas rapide, sous le crachin, se dirigea vers sa voiture. Elle sortit de la propriété et tourna sur Old Shoreham Road.

Grace la suivit, la rejoignant au niveau des feux. Elle était en train de téléphoner au volant, ce qui était interdit.

Le feu passa au vert ; elle tourna à droite. Il la rejoignit au croisement avec Sackville Road, alluma les gyrophares, la doubla, et freina de façon à s'arrêter devant le garage de Harwood. Elle se gara à son tour.

Il sortit de son véhicule, se dirigea vers la voiture et s'installa à côté d'elle. Il respira de plaisantes odeurs de cuir et un parfum féminin.

— Il est interdit de téléphoner au volant, dit-il avec un sourire.

— Je suis désolée, dit-elle en posant son portable sur le tableau de bord. Mon kit mains-libres ne fonctionne pas. Est-ce pour cela que vous m'avez arrêtée ?

— Non, et je ne dirai rien aux gars de la circulation.

— Merci. En général, ce n'est pas moi qui conduis, mais je vais avoir besoin de la voiture après le travail pour retrouver une amie.

— J'ai préféré avoir une discussion avec vous loin de votre domicile, après ce qui s'est passé mardi soir.

Elle rougit.

— J'ai cru mourir de honte.

— Votre vie privée ne m'intéresse pas. Si c'était le cas, j'aurais sonné chez vous en présence de votre mari.

— Merci de ne pas l'avoir fait.

Elle éteignit le moteur. Roy Grace se tourna vers elle.

— Si ce n'est pas trop indiscret, puis-je vous demander depuis combien de temps vous êtes en couple avec Gareth Dupont ?

— C'est personnel, répliqua-t-elle. Et je ne peux pas m'arrêter longtemps, je prends l'antenne à 18 h 30.

— Je le sais et je n'ai pas l'intention de vous mettre en retard. Mais Gareth Dupont est suspecté du meurtre de la tante de votre mari, et vous étiez dans son lit il y a un peu plus de quarante-huit heures.

— Cela fait-il de moi un suspect ?

— Pas pour le moment, non.

— Est-il possible que je le devienne ?

— Pardonnez mon indiscrétion, mais est-ce que votre mari vous bat ?

Les mains tremblantes, elle ouvrit son sac à main et en sortit un paquet de cigarettes.

— Ça ne vous dérange pas si je fume ?

— J'aime bien l'odeur.

Elle lui tendit une Marlboro Light, qu'il refusa. Elle en alluma une, ouvrit la fenêtre et expira la fumée.

— C'est un salaud, si vous voulez la vérité, commissaire.

— Est-ce pour cela que vous avez une liaison avec Gareth Dupont ?

— Je l'ai rencontré à mon cours de salsa. Il a été gentil avec moi, il m'a fait rire. Cela faisait longtemps qu'un homme n'avait pas été gentil avec moi.

Grace se souvint du trophée, à son domicile.

— Est-il votre partenaire de danse ?

— Oui.

— Puis-je vous redemander depuis quand vous le fréquentez ?

— Trois mois environ. Depuis début juin, quand il est arrivé au club de danse.

— Vous a-t-il parlé de la tante de votre mari, Aileen McWhirter ?

Elle tira longuement sur sa cigarette, puis fit tomber les cendres par la fenêtre.

— Je ne me souviens pas… sauf que… En fait, oui, maintenant que vous l'évoquez. J'ai un jour mentionné que mon beau-père était Gavin Daly. Gareth semblait enthousiaste. Il m'a dit que c'était l'un des plus grands antiquaires du pays, et m'a confié sa passion pour les antiquités. Je pense qu'il s'y connaît un peu.

— Avez-vous parlé montres, ensemble ?

— Montres ?

— Je pense à une montre en particulier, une Patek Philippe.

Elle tira de nouveau sur sa cigarette.

— Non.

— En êtes-vous sûre ?

Grace observa ses pupilles.

— Certaine. Une Patek Philippe, dites-vous ? Elles sont exceptionnelles, non ? Comment disent-ils, dans la publicité ? *Jamais vous ne posséderez complètement une Patek Philippe. Vous en serez juste le gardien pour les générations futures.*

Grace sourit.

— Il n'a donc jamais parlé d'une Patek Philippe, n'est-ce pas ?

Elle secoua la tête.

— Non.

Puis elle leva le poignet gauche.

— Je m'en rappellerais. J'adore les montres.

— Elle est très élégante, mais je vous avoue que je ne m'y connais guère.

— C'est une Cartier, dit-elle. Une Tank.

— J'ai déjà entendu parler de la marque. Elle est très belle.

— Merci.

Il cherchait depuis quelque temps un cadeau à offrir à Cleo. Pour la faire sourire, lui remonter le moral en cette période éprouvante. Pourquoi pas une jolie montre… Une Cartier ?

— Je peux vous demander combien coûte ce genre de bijou ?

Elle hésita. Il observa ses pupilles.

— Environ 3 000 livres, je pense.

Elle mentait et il se demanda pourquoi. Sans doute était-ce un cadeau de son mari, peut-être estimait-elle la valeur sans la connaître.

— OK, je ne veux pas vous mettre en retard. Merci.

Il descendit de la Mercedes et retourna dans sa voiture. Guy Batchelor l'interrogea du regard.

Grace secoua la tête.

— Il semblerait qu'ils se soient rencontrés à un cours de salsa.

— Elle est innocente ?

— Oui, ou alors c'est une menteuse hors pair.

— Qu'est-ce que vous en pensez ?

— Dupont l'a ciblée. Cela ne fait aucun doute.

76

Son portable sonna. Appel international.

Il décrocha.

— Allô ?

— Écoute-moi bien. Je suis sur une ligne sécurisée et tu devrais faire comme moi.

— Ma ligne est sécurisée aussi.

— Ce numéro n'a pas changé depuis des semaines.

— Tu es le seul à le connaître.

— Je veux que tu en changes pour la prochaine fois.

— La prochaine fois, on n'aura pas besoin de téléphone. On sera dans la même pièce, et je t'étranglerai, gros porc !

— Mollo, mollo ! Écoute-moi bien. On a un gros problème. Gareth Dupont est en détention provisoire à Lewes.

— C'est pas un scoop.

— Tu comprends ce que cela signifie s'il est écroué ? S'il passe le reste de sa vie en prison ? Cette petite merde fera n'importe quoi pour sauver sa peau. Il dénoncera Smallbone. Smallbone est le maillon faible.

— Mais tu es où, bordel ?

— Peu importe. L'essentiel, c'est que tu réduises Smallbone au silence. Définitivement. Tu vois ce que je veux dire ?

— Je veux ma part du *deal*.

— Tu la toucheras quand Smallbone sera mort.

— Et tu penses que je vais te faire confiance ? Après tout ça ?

— Personnellement, je n'attends pas grand-chose des gens. C'est le secret, pour être heureux. Tu devrais faire comme moi. Bye bye !

Il entendit un clic, puis plus rien. Il regarda son téléphone, furieux. Puis il réalisa que le salopard avait raison sur un point : Amis Smallbone.

77

Gavin Daly se réveilla en sursaut, sans trop savoir où il était. Il entendit un bruit strident, pensa d'abord que quelqu'un faisait un trou dans un mur, puis réalisa que c'était une sonnerie – celle de son téléphone. Il se trouvait dans son bureau, il avait dû s'endormir dans son fauteuil. Le cigare était au bord du cendrier, à côté du verre de whisky – les glaçons avaient fondu depuis longtemps. Il avait mal à la tête. Trop d'alcool, ce soir.

Reprenant ses esprits, il décrocha.

— Gavin Daly, j'écoute.

— Gavin, c'est Julius Rosenblaum. Excuse-moi de t'appeler si tard. J'espère que je ne te réveille pas. Je voulais te prévenir immédiatement, dit le revendeur new-yorkais de sa voix sirupeuse.

Daly regarda sa montre. Il était 23 h 30.

— Eh bien, tu ne me déranges pas vraiment, je suis toujours dans mon étude.

Il était encore un peu désorienté, mal réveillé, mais il savait que c'était l'appel qu'il attendait.

— Le gars dont je t'ai parlé, monsieur Alias, qui m'a appelé mardi à propos de la Patek Philippe, est venu me voir cet après-midi.

— Et ?

— J'ai des photos de lui et de la montre, grâce à ma caméra de vidéosurveillance. Je viens de te les envoyer par mail. Tu veux regarder si c'est ta montre ?

— Oui, Julius. Tu me laisses quelques minutes ?

— Prends ton temps.

— Tu es toujours au bureau ?

— Pendant dix minutes encore, ensuite je dîne à l'extérieur. Je te donne mon numéro de portable, au cas où.

— Merci. Alors, que penses-tu de la montre ?

— Je ne l'ai vue qu'en photo, mais elle me semble authentique. Elle est un peu abîmée, la couronne est tordue et le verre ébréché, et il y a une entaille au dos.

— J'ai l'impression qu'on parle de la même, dit Daly.

— Quand je lui ai demandé d'où elle venait, il m'a répondu qu'elle était dans sa famille depuis le début des années 1920.

— Allons bon...

— Il l'aurait reçue des mains de son grand-père.

— Comme c'est émouvant... Tu me redonnes son nom ?

— Robert Kenton. Ça te dit quelque chose ?

Daly réfléchit.

— Non.

— Lorsque je lui ai demandé si d'autres personnes étaient intéressées, il est resté évasif, m'a dit qu'il attendait des offres pour la semaine prochaine, et qu'il choisirait la meilleure mercredi soir. J'ai répété que j'étais extrêmement intéressé, je l'ai brossé dans le sens du poil, il m'apporte la montre lundi matin à 11 heures. Si tu peux venir à New York, je te ferai entrer dans la pièce, tu pourras la voir de tes propres yeux. Si c'est la tienne, je n'aurai qu'à appuyer sur un bouton, toutes les portes se verrouilleront et la police débarquera.

— Merci beaucoup.

— Regarde les photos et rappelle-moi.

Daly se leva tant bien que mal de son fauteuil et se dirigea vers son bureau. Il s'assit, se connecta et ouvrit le fichier zippé. Quelques instants plus tard, les images de vidéosurveillance apparaissaient. Il vit d'abord un homme qui passait une porte. Il devait avoir 65 ans environ. Bedonnant, les cheveux courts, gris, bouclés, il portait un blazer bleu à boutons argentés, une chemise blanche et une cravate à motifs cachemire. Sur l'image suivante, on voyait mieux son visage. Sur la troisième, il vit la Patek Philippe.

C'était la sienne, il en était convaincu. Le remontoir était tordu, le verre endommagé. Mais, pour en être sûr, il chercha partout la photo qu'il avait de la montre. Il fouilla les tiroirs, parmi les vieux papiers, en vain. Quand l'avait-il vue pour la dernière fois ? Il souffrait parfois de pertes de mémoire. À deux reprises, récemment, il avait égaré des documents importants. Il finirait par la retrouver. Ce n'était pas si grave. Il regarda de nouveau l'écran, tremblant de rage. Espèce de salopard.

Par curiosité, il entra le nom Robert Kenton dans Google. Il y avait plus de vingt occurrences. Il limita sa recherche aux images. Aucun des portraits n'était ressemblant. Il eut une autre idée et tapa Eamonn Pollock.

Après quelques clics, il découvrit la une d'un vieil exemplaire de l'*Argus*, datant de 1992.

CONDAMNATION DU DIRECTEUR D'UNE ŒUVRE DE BIENFAISANCE DE BRIGHTON

Il lut l'article en entier. Eamonn Pollock, directeur d'une grande œuvre de charité pour enfants handicapés, avait été condamné pour trafic de marchandises volées, dont des montres. Mais ce n'était pas l'histoire qui l'intéressait. C'était la photo. Vingt ans plus tôt, il était un peu moins obèse, ses cheveux étaient plus foncés, mais c'était bel et bien le même homme.

Celui qui venait de rendre visite à Julius Rosenblaum, sous le nom de Robert Kenton.

L'homme qui, comme l'avait découvert le généalogiste Martin Diplock, était de la même famille que l'un des gars qui étaient entrés dans sa chambre une nuit, en 1922, avaient assassiné sa mère et enlevé son père.

Et maintenant, il venait de voler la montre de son père.

78

Les sentiments étaient partagés, en ce vendredi matin, lors de la réunion de l'opération Fondrière. L'équipe était heureuse qu'un suspect, Gareth Dupont, ait été arrêté pour le meurtre d'Aileen McWhirter, mais l'heure n'était pas à la fête. Tous savaient que le cerveau de l'affaire était en cavale. Eamonn Pollock était leur suspect numéro un, mais ils n'avaient aucune preuve, aucun élément pour le localiser sur la scène de crime.

La Cybercrim avait remarqué que Dupont avait passé plusieurs appels en Espagne en juillet et en août. Mais les numéros changeaient régulièrement et les portables étaient intraçables, car il s'agissait de téléphones à carte, qui n'indiquaient même pas la province espagnole. Les ordinateurs privé et professionnel de Dupont ne contenaient aucune information intéressante. Tous leurs espoirs reposaient sur Norman Potting, qui s'était rendu à Marbella pour rencontrer l'équipe qui enquêtait sur la mort des deux expatriés irlandais, Kenneth Barnes et Anthony Macario, et pour en savoir davantage sur Eamonn Pollock. Potting était connu pour sa ténacité.

Le podologue auquel Grace avait fait appel lors d'une précédente enquête – avec beaucoup de succès – devait rejoindre l'équipe d'un instant à l'autre.

— J'ai demandé à Haydn Kelly de venir ce matin, dans la mesure où il a des informations importantes concernant Barnes et Macario. Il ne va pas tarder. Il siège au conseil d'administration de la faculté de chirurgie et a eu la gentillesse d'accepter de nous rejoindre juste après.

On toqua à la porte. C'était l'expert. Grace lui fit signe d'entrer.

Visage agréable, cheveux coupés ras, 45 ans environ, Haydn Kelly semblait très détendu. Il portait un costume en lin bleu marine, une élégante chemise blanche, une cravate vert émeraude et des mocassins en cuir naturel. Il aurait aussi bien pu sortir tout droit d'une villa sur la Côte d'Azur. Mais, dès qu'il se tourna face au groupe, il adopta une attitude professionnelle.

— Bonjour à toutes et à tous, je suis heureux de vous revoir. La police de Marbella m'a envoyé les moulages des empreintes de pas de Kenneth Barnes et Anthony Macario. Je vais vous expliquer comment j'en ai conclu qu'elles étaient similaires aux empreintes de basket relevées au domicile de Mme McWhirter.

Kelly consacra cinq minutes à expliquer ses calculs et analyses.

Grace le remercia.

— OK, trois personnes se trouvaient sur la scène de crime. Deux sont mortes et la troisième est au bord du gouffre. J'ai demandé à le rencontrer de façon informelle, pour voir s'il a des noms à me donner, en échange de quelques privilèges.

— Pourquoi pas un jacuzzi dans sa cellule ? proposa Dave Green.

— Si seulement ! regretta Roy Grace.

Les policiers n'avaient plus le droit d'accorder des faveurs aux prisonniers. S'ils le faisaient, c'était de manière officieuse avant que les prévenus ne soient en prison.

Bella Moy signala qu'un membre de l'équipe avait repéré, chez un antiquaire de Lewes, un miroir Arts déco dérobé chez Aileen McWhirter. Le commerçant l'avait acheté à un homme qui s'était présenté à l'improviste dans sa boutique. La description n'était pas complète, mais il s'agissait vraisemblablement de Lester Stork.

— Ça ne m'étonnerait pas plus que ça, fit remarquer Grace.

— Je présume que c'était avant sa mort, plaisanta Guy Batchelor. Ou a-t-il fait une affaire mortelle ?

Certains ricanèrent.

Grace se tourna vers Peregrine Stuart-Simmonds, leur expert en antiquités.

— Vous avez du nouveau, n'est-ce pas ?

— Absolument. J'ai dressé la liste des ventes aux enchères à venir dans le monde entier pour les trois prochains mois et je l'ai affichée là-bas, dit-il en désignant l'un des tableaux blancs. J'ai également obtenu tous les catalogues. Le problème, c'est qu'ils peuvent être complétés jusqu'au dernier moment. J'ai aussi communiqué les détails que nous avons sur la Patek Philippe et je suis confiant : on me contactera si quelqu'un tente de la mettre en vente. Dans le même temps, j'ai appelé tous les revendeurs spécialisés en horlogerie. Entre les salles des ventes et les revendeurs, j'espère obtenir des informations bientôt.

Glenn Branson leva la main.

— Monsieur Stuart-Simmonds, vous nous avez dit qu'il était probable qu'un certain nombre de pièces aient été prévendues à des collectionneurs privés. Est-ce que cela peut être le cas de la montre ? Peut-elle disparaître de la circulation ?

— Eh bien, le truc, c'est qu'il faut des informations détaillées pour vendre sur commande. Dans l'opération qui nous concerne, quasiment tout ce qui a été volé figurait dans l'inventaire de l'assurance. Les pièces qui ne l'étaient pas refont surface sur le marché local. La montre n'était pas assurée. Selon moi, les cambrioleurs n'en connaissaient pas l'existence au préalable.

— Vous pensez qu'il est possible que le cerveau de l'affaire n'en ait toujours pas connaissance ? s'enquit Guy Batchelor.

— Tout à fait. Il se pourrait aussi, bien sûr, que la personne qui l'a volée ignore sa véritable valeur.

Grace restait en retrait. Il pensait au coffre-fort à double fond et à sa brève conversation avec Sarah Courteney, dans la voiture. Elle avait réagi bizarrement quand il lui avait demandé le prix de sa montre. Peut-être était-elle gênée qu'elle coûte si cher. Elle lui avait dit qu'elle s'entendait très bien avec Aileen McWhirter, qu'elle lui rendait souvent visite. La vieille dame lui avait-elle montré la Patek Philippe ? Dans ce cas-là, Sarah Courteney aurait-elle, par inadvertance, mentionné son existence à Dupont ? S'agissait-il d'une confidence sur l'oreiller ? Il se souvint d'une affiche de la Seconde Guerre mondiale : « Certaines indiscrétions font couler des navires. »

Sarah Courteney avait une bouche magnifique, pulpeuse, presque irréelle. Parlait-elle trop ?

79

Roy Grace n'avait jamais eu l'ambition de devenir riche. À plusieurs reprises, il avait visité de superbes résidences, lors d'événements caritatifs ou dans un cadre professionnel. Sandy était membre de l'Association de défense du patrimoine britannique. Le week-end, ils visitaient souvent des manoirs et des châteaux. Il appréciait les jardins, l'architecture et les œuvres d'art, mais trouvait toujours suspect que quelqu'un ait réussi à amasser autant d'argent. Il ne fallait pas remonter bien loin, dans la plupart des familles aristocratiques, pour tomber sur des arnaqueurs sans vergogne.

C'était ce qu'il avait à l'esprit, tandis que s'ouvrait le portail en fer forgé de la demeure de Gavin Daly. Il avança dans l'allée plantée de hêtres sur 500 mètres, puis découvrit la maison, au loin. C'était une bâtisse d'exception, avec un portique composé de quatre colonnes s'élevant presque sur toute la hauteur du bâtiment. Sans être calé en architecture, il savait que l'âge des pierres et les proportions classiques de la façade témoignaient de l'authenticité de ce manoir – ce n'était pas un pastiche moderne.

Il n'avait aucune idée de sa valeur. Probablement 10 millions. Mais toutes leurs recherches sur Gavin

Daly montraient qu'il ne s'était livré à aucune activité criminelle. Il était malin, opportuniste, mais ce n'était pas un escroc. Grace compatissait. Il était seul, en fin de vie, sa sœur avait été assassinée… Sa fortune lui apportait-elle du réconfort ou de la joie ?

Près d'une fontaine raffinée, ornée de statuettes, se trouvait une limousine Mercedes bleu foncé d'un certain âge. Son chauffeur en uniforme était lui aussi d'un âge certain.

Sous les caméras de vidéosurveillance, Grace sonna sans savoir si le propriétaire le laisserait entrer, après leur altercation. Deux ou trois minutes plus tard, la gouvernante lui ouvrit et le salua, de son accent campagnard, chaleureux.

— Bonjour, monsieur, je vais vous conduire auprès de M. Daly.

Le policier remarqua une grosse valise dans l'entrée, puis suivit la gouvernante, qui frappa à la porte du bureau de Gavin Daly. Grace pénétra dans la pièce. L'odeur de tabac froid semblait incrustée dans le mobilier et les lambris en chêne. Il avait toujours aimé cette odeur, peut-être parce qu'elle lui rappelait son père, qui fumait parfois le cigare. Gavin Daly portait une élégante veste, parfaitement repassée, une chemise à carreaux, un pantalon à pinces et des godillots en daim. Il se leva.

— Que puis-je faire pour vous, commissaire ? demanda-t-il, l'air embarrassé.

Il s'avança avec sa canne, lui tendit une main anguleuse, puis lui fit signe de s'asseoir dans un canapé et prit place sur celui d'en face.

— Vous ne voyez pas d'inconvénient à ce que je vous rende visite ainsi, monsieur ?

— Non. Pardonnez-moi si j'ai été discourtois la dernière fois. Tout ceci est très stressant, je suis sûr que vous comprenez.

— Absolument, monsieur.

Grace remarqua qu'il jetait un coup d'œil inquiet à sa montre.

— Vous avez un avion à prendre ?

— Oui. Je rentre en France. À Nice. Je vais passer le week-end dans ma villa. J'ai besoin de faire une pause, dit-il en décochant un sourire plus affable que d'habitude.

— Je comprends. C'est agréable d'avoir cette chance. Si je vivais dans une maison aussi belle que la vôtre, je ne sais pas si j'arriverais à en partir.

Le dos droit, Daly esquissa un sourire.

— Avez-vous du nouveau pour moi, commissaire ?

— Nous avons récupéré un miroir Arts déco qui, selon nous, appartenait à votre sœur. J'aimerais que vous l'identifiiez à un moment ou un autre. Est-ce envisageable ?

Daly hocha la tête, enthousiaste.

— Mais ce n'est pas la raison de ma venue. La situation est un peu délicate.

Grace fixa la table basse qui les séparait. Il était 9 h 30 et il avait très envie d'un café, mais n'y aurait sans doute pas droit.

Daly le dévisagea, curieux.

— Nous savons à quel point la montre était en sécurité, dans le coffre-fort à double fond. Nous sommes quasiment certains qu'il y avait un informateur.

— Le brocanteur véreux ?

Grace secoua la tête.

— Je ne pense pas que votre sœur lui ait montré le coffre-fort, si ?

— Jamais de la vie, dit-il avec emphase en regardant de nouveau l'heure. Elle a cédé sous la torture.

— C'est une possibilité, mais j'aimerais vous demander quelque chose. Votre sœur était amie avec Sarah Courteney ?

— Elles étaient très proches. Aileen l'aimait beaucoup. Elle ne s'est jamais entendue avec mon fils, Lucas, mais Sarah lui rendait visite régulièrement, lui tenait compagnie.

— Pensez-vous que votre sœur lui ait, un jour, montré la montre ?

Son visage s'assombrit.

— Êtes-vous en train de dire que Sarah aurait quelque chose à voir avec tout cela ?

Pour Grace, la décision était difficile à prendre. Il fixa de nouveau la table basse, comme si la solution était gravée dans le bois.

— Il n'y a pas de façon délicate de le dire : il semblerait que votre belle-fille ait une liaison, dit-il en surveillant la réaction de Daly.

Daly haussa les épaules.

— Tant mieux pour elle. Elle mérite mieux que mon fils.

Surpris et soulagé, Grace poursuivit :

— L'homme qu'elle fréquente n'est autre que Gareth Dupont. Et il est accusé du meurtre de votre sœur.

S'ensuivit un long silence. Grace vit Daly serrer les poings.

— Ceci explique cela, finit-il par dire.

— Pensez-vous qu'ils soient de mèche ?

Daly secoua la tête.

— Pas une seconde. Sarah est une personne honnête. Je pense que Dupont s'est servi d'elle et lui a soutiré des informations. En avez-vous parlé avec ma belle-fille ?

— Oui, et je suis plutôt d'accord avec vous.

— Je dirais qu'elle a été utilisée, exploitée. Lucas la traite comme de la merde. C'était une proie facile pour un salopard de l'acabit de Dupont.

Grace dévisagea son interlocuteur.

— À quelle heure est votre vol pour Nice ?

— 13 heures.

— Bon voyage, je vous tiendrai au courant s'il y a du nouveau.

— Je vous en remercie.

*

Grace quitta le domicile de Daly avec deux préoccupations. Il ne comprenait toujours pas pourquoi Sarah Courteney avait réagi ainsi, quand il lui avait demandé le prix de sa montre. Alors qu'il se garait devant la Sussex House, autre chose le tourmentait : la valise de Gavin Daly dans le hall d'entrée. Quelques mois plus tôt, il avait vu une émission sur les propriétaires d'une résidence secondaire en France ou en Espagne. Toutes disaient que c'était idéal, grâce aux compagnies *low cost*. Le secret, c'était de ne pas prendre de bagages, juste un bagage à main, pour ne pas perdre de temps lors de l'enregistrement.

La valise qu'il avait vue était conséquente. Gavin Daly serait obligé de la mettre en soute, à moins qu'il ne bénéficie d'un jet privé. Mais ceux qui voyageaient souvent, et qui en avaient les moyens, ne trimballaient pas de lourdes valises, n'est-ce pas ? Sauf, bien sûr, si Daly lui avait menti sur sa destination

Son téléphone sonna. C'était Peregrine Stuart-Simmonds.

— Roy, je pense que ceci va vous intéresser. Je viens d'avoir un appel de Richard Robbins, un ami antiquaire dans le quartier des bijoutiers, à Chicago. C'est un homme d'une grande intégrité. Il a entendu dire qu'une Patek Philippe correspondant à votre description cherchait preneur à New York.

— A-t-il des noms ? Notre équipe pourrait-elle parler à quelqu'un ?

— Nous avons plusieurs noms. Je suis sur le coup. Je voulais juste vous tenir au courant.

— Merci.

Roy Grace raccrocha, appela le CO1 et demanda qu'une recherche soit faite sur tous les passagers embarquant pour New York dans la journée. Il leur donna un nom en particulier : Gavin Daly.

80

Six étages plus bas, sur Widenmayerstrasse, à Munich, les hurlements de la sirène se rapprochaient. C'était une chaude journée de fin d'été ; la fenêtre entrouverte du cabinet du Dr Eberstark laissait passer l'air et, de fait, les bruits de la circulation.

Le psychiatre de Sandy fronça les sourcils.

— Avez-vous l'intention de lui dire que vous êtes vivante ?

— À Roy ?

— Oui, à Roy.

— Non.

Une brise agréable souffla, tandis que le véhicule d'urgence passait sous les fenêtres.

— Vous êtes donc morte ?

— Sandy Grace est morte. Pas moi.

Le Dr Eberstark était un homme de petite taille, 55 ans environ, qui avait le chic pour se rapetisser : il portait un costume trop grand, comme s'il l'avait acheté en pensant que sa croissance n'était pas terminée. Il se tenait voûté dans le fauteuil, en face du divan, et ses larges montures noires mangeaient son visage de rapace.

— Légalement, vous l'êtes.

— Légalement, je suis Frau Lohmann.

Il la dévisagea.

— Vous m'avez dit avoir acquis votre nationalité allemande en soudoyant quelqu'un. Était-ce légal ?

Elle haussa les épaules.

— Personne n'est mort.

Le psychiatre la fixa quelques instants.

— Personne n'est mort, mais quelqu'un a dû être blessé, non ?

Elle sombra dans l'un des longs silences dont elle était coutumière.

— Qui ?

— Votre époux, Roy. Ne vous êtes-vous jamais demandé ce que votre disparition a pu lui faire ?

— Si, bien sûr, souvent. Au début, tout le temps, mais...

Quelques secondes plus tard, il la relança.

— Mais quoi ?

— C'était la solution la moins désastreuse. Selon moi.

— Le pensez-vous encore aujourd'hui ?

— Ma vie est un immense gâchis. J'imagine que c'est pour cela que je suis ici. Les gens ne voient pas un psy quand ils sont heureux, si ? Avez-vous des patients heureux ?

— Concentrons-nous sur vous.

Elle sourit.

— Je suis une catastrophe ambulante, n'est-ce pas ?

Il avait des petits yeux perçants, un regard froid, qui ne trahissait aucune émotion. Mais quand il faisait de l'humour, son regard pétillait. C'était le cas à présent.

— Je ne dirais pas cela, pas encore. Mais, selon moi, vous en serez une si vous poursuivez ce projet d'achat immobilier.

Elle plongea dans un nouveau silence qui dura jusqu'à la fin de la séance.

81

— De quoi s'agit-il ? demanda Gareth Dupont qui mâchait son chewing-gum à l'arrière de la Ford banalisée, l'air renfrogné.

Il était rasé, portait un jean propre et une chemise bleue repassée sous un blouson en daim. Les prisonniers en détention provisoire pouvaient conserver leurs propres vêtements jusqu'à ce qu'ils soient écroués.

— Je me suis dit que tu apprécierais quelques heures à l'extérieur de la prison, fit Roy Grace, assis sur le siège passager.

Il était midi et il devait raccompagner Dupont avant 17 heures. Guy Batchelor quitta la place de parking devant le bloc de garde à vue. La police devait être discrète quand elle faisait sortir un détenu pour éviter que les autres ne le découvrent. Pour les prévenus soupçonnés d'être des balances, la vie devenait un enfer et leurs codétenus représentaient un danger potentiel.

Dans le cas présent, la raison officielle était que Gareth Dupont devait montrer aux policiers les autres villas qu'il avait cambriolées dans la région, dans l'espoir d'obtenir une réduction de peine. Pour minimiser les risques, ils l'avaient d'abord fait transférer au bloc de garde à vue, derrière la Sussex House.

— J'aimerais surtout ne pas être en prison.

— C'est ton choix, non ?

Batchelor s'approcha du portail électrique et attendit qu'il s'ouvre.

— Je n'ai pas touché à la vieille dame. Je n'ai aucune responsabilité là-dedans.

— Quelle est ta part de responsabilité, alors ?

Gareth leva les mains. Elles étaient menottées.

— Vous ne pourriez pas les enlever ? Je ne vais pas m'enfuir.

— Très chic de ta part, ironisa Grace. Voyons à quel point tu coopères... Peut-être pourrons-nous faire encore mieux que cela. Que dirais-tu d'un repas décent ?

Dupont haussa les sourcils, visiblement intéressé.

— Et vous ne pourriez pas m'avoir une meilleure cellule ?

— Celle avec la baignoire à débordement ? Je crois que celle avec le lit à baldaquin est déjà prise.

— Ah ah ! Je partage ma cellule avec un débile qui pue et qui ronfle comme un ours. Il pue vraiment, vous voyez ce que je veux dire ? Il est dégueulasse.

— Je vais voir ce que je peux faire, mais je ne te promets rien. Je n'ai pas les cartes en main mais, si tu nous aides, je parlerai au directeur. Qu'est-ce qui te ferait plaisir pour déjeuner ?

— Un Big Mac, c'est possible ?

— Avec des frites et du Coca ?

— Je n'en demandais pas tant.

— Je serais ravi de t'offrir ce repas, si tu nous aides, Gareth.

Ils se dirigèrent vers l'A27, puis tournèrent sur Dyke Road Avenue, qui formait l'épine dorsale de Brighton et Hove, avec, de part et d'autre, certains des immeubles les plus chers de la ville, même si plusieurs avaient été convertis en maisons de retraite. Ils s'arrêtèrent devant un portail en fer forgé qui menait à une imposante bâtisse en briques rouges. Une Bentley et une Ferrari étaient garées dans l'allée.

— Tu reconnais celle-ci ? demanda Grace.

Dupont secoua la tête.

— Elle a été cambriolée il y a trois ans. Beaucoup de tableaux et de l'argenterie georgienne. Personne n'a été arrêté. Tu étais dans le coup ?

— Non.

— Sûr ? Il vaudrait mieux, pour toi, que tu te dénonces avant le procès. Le juge pourrait se montrer plus clément. Dans le cas contraire, les peines seraient cumulées.

— Je ne vois pas trop ce qu'on peut ajouter à une condamnation à perpétuité. Non, je n'ai pas cambriolé cette maison. Et je n'ai pas torturé la vieille dame. Vous devez me croire.

— Pourquoi devrais-je te croire ?

— Parce que… Oh, et puis merde, soupira-t-il. Ces trous du cul n'avaient aucune raison de la torturer. J'avais le code du coffre-fort et je savais qu'il y avait un double fond.

— Tu connaissais l'existence de la Patek Philippe ?

— Oui.

— Vraiment ? Qui t'en avait parlé ?

— Je ne peux pas vous le dire. Il me tuerait.

— *Il* ? Ce n'est pas plutôt *elle* ?

— *Il* ! affirma-t-il.

Grace comprit qu'il disait la vérité.

Il fit signe à Batchelor de reprendre la route et se tourna vers Dupont.

— C'est donc une coïncidence, cette liaison avec la femme de Lucas Daly et le cambriolage de la tante de son mari ?

Dupont haussa les épaules.

— Je lui ai peut-être soutiré quelques informations.

— Tu l'as ciblée ou est-ce que vous vous êtes rencontrés par hasard ?

— Vous savez quoi ? Je crois au hasard. Parfois, dans la vie, on a la chance.

Batchelor tourna sur Tongdean Road, une route bordée d'arbres, encore plus sélecte que Dyke Road

Avenue. Certaines des maisons étaient cachées par des murs, d'autres par des haies. Ils passèrent devant une villa à colonnades blanches, aux allures de temple grec, puis tournèrent à gauche sur Tongdean Avenue, souvent considérée comme la rue la plus prestigieuse de la ville. Batchelor dépassa trois voitures d'auto-école qui s'entraînaient à faire des créneaux, puis se gara à droite devant un manoir protégé par un portail, qui, comme toutes les maisons de ce côté de la rue, bénéficiait de sublimes vues sur Hove et sur la Manche.

— Et cet endroit ? demanda Grace. Il y a quatre ans, les propriétaires ont été attaqués par deux hommes masqués, à minuit, alors qu'ils attendaient l'ouverture du portail. Ils ont été ligotés et menacés avec un briquet, jusqu'à ce qu'ils lâchent les codes du coffre-fort et des cartes bancaires.

Dupont secoua la tête.

— Pas moi, désolé.

— Réfléchis un peu. D'ailleurs, j'ai une autre mauvaise nouvelle pour toi.

— Ah bon ?

— Mes collègues ont retrouvé la camionnette louée à Ipswich. J'imagine que tu pensais que louer dans une ville aussi éloignée jouerait en ta faveur, c'est ça ?

Dupont garda le silence.

— Les techniciens ont prélevé tes empreintes digitales et celles de tes potes Macario et Barnes. Tu encours quinze à vingt ans de prison. Juste une mise en garde amicale : ne te fous pas de notre gueule. On passe un marché ?

— Quel marché ?

— On est à dix minutes maximum du McDonald le plus proche. Où se trouve la marchandise que tu as volée chez Aileen McWhirter et qui t'a embauché pour ce travail ? N'était-ce pas un certain Eamonn Pollock ?

— Je pensais que le *deal* c'était que je ne parle pas de l'affaire sans mon avocat. Je croyais que vous vouliez juste me montrer des maisons cambriolées.

— On n'est pas obligés d'en parler, et on n'est pas obligés de t'offrir un Big Mac. On peut te reconduire directement dans ta cellule, si tu préfères.

— Je suis vulnérable en prison, je le sais. J'aimerais bien manger un burger, mais je ne balancerai personne. Alors, si c'est ça votre plan, vous pouvez me reconduire tout de suite.

Le téléphone de Grace sonna. Il leva l'index et décrocha. C'était Norman Potting.

— Tout va bien sur la Costa del Sol ?

— *Costa del Crime*, chef, gloussa son collègue. J'ai deux choses à vous communiquer. Parlons d'abord des autopsies de Ken Barnes et Anthony Macario. Les hommes sont morts noyés et présentaient un fort taux d'alcoolémie, ce qui est la cause probable de leur décès, le Zodiac retourné étayant cette hypothèse. Mais le coroner n'aime pas les blessures des deux hommes. Il semblerait qu'ils se soient battus avant la noyade. Rien n'a été signalé à la police, et personne, cette nuit-là, n'a vu ni entendu quoi que ce soit sur les yachts voisins, ou dans les appartements surplombant le port. La police espagnole continue son enquête. Pour le moment, on en est là.

— OK, merci. Et le second point ?

— La police locale a vérifié la liste des passagers ayant pris l'avion depuis Malaga et le nom de Eamonn Pollock est sorti du lot.

— Où est-il allé ?

— Jeudi dernier, le 30 août, il a effectué un vol Malaga-Madrid. Il a sans doute dormi à Madrid. Le 31 août, il embarquait pour New York.

Grace savait que Dupont était derrière lui et qu'il écoutait tout. Il sortit de la voiture, ferma la portière et s'éloigna. Le vent soufflait fort.

— Génial, Norman. Il faut qu'on trouve son adresse à New York. Quand j'y suis allé, l'année dernière, la compagnie m'a demandé cette information avant l'embarquement.

— Je l'ai, chef, répondit Potting, encore plus satisfait que d'habitude. Il est descendu au Ritz Carlton, 50 Central Park South.

— Super !

Grace raccrocha. Donny Loncrane lui avait parlé d'Eamonn Pollock. Une semaine après le cambriolage, celui-ci s'envolait pour New York. Une semaine plus tard, Peregrine Stuart-Simmonds signalait qu'une Patek Philippe passait entre les mains des antiquaires new-yorkais. Son téléphone sonna de nouveau.

C'était le lieutenant Exton, en direct du CO1.

— Chef, j'ai du nouveau à propos de Gavin Daly. Vous nous avez demandé quel vol il prenait aujourd'hui. C'est un British Airways pour New York, JFK, départ à 13 h 50.

Grace regarda sa montre. 13 h 20.

— Bien joué, John.

Il remonta dans le véhicule et se tourna vers Gareth Dupont.

— Que disais-tu sur le hasard ? Sur le fait que, parfois, dans la vie, on a de la chance ?

Dupont hocha la tête.

— Eh bien, tu as raison. Parfois, on a de la chance.

— Cela veut dire que vous allez m'offrir un burger ?

— Ah non, désolé, changement de plan. Nous allons devoir te ramener à la prison immédiatement. Navré, Gareth, ce n'est pas *ton* jour de chance : c'est le mien.

82

Peu après 13 heures, Roy Grace et Guy Batchelor se garaient devant la maison de Lucas Daly et Sarah Courteney, sur Shirley Drive. Grace demanda à Batchelor de l'attendre dans la voiture. Il se dirigea vers l'entrée et sonna.

Quelques instants plus tard, Sarah Courteney lui ouvrait, vêtue d'un jean et d'un tee-shirt. Elle rougit.

— Bonjour commissaire, dit-elle en souriant.

— Je viens de passer à la boutique, on m'a dit que Lucas était absent pour le week-end. Il est reparti jouer au golf ?

Elle semblait nerveuse, mais son regard était franc. Elle s'apprêtait à dire la vérité.

— Non, il est en déplacement professionnel.

— À New York ?

Elle hésita.

— Oui.

— Je dois lui parler. Savez-vous où il séjournera ?

— Non, dit-elle.

Grace voyait bien qu'elle ne mentait pas.

— Il m'a dit qu'il m'appellerait en arrivant. Son départ était un peu précipité, pour tout vous dire. Vous voulez entrer ?

Il entra et elle ferma la porte derrière lui.

— Je peux vous offrir un thé ou un café ?

— Non merci, dit-il.

C'était vraiment une très belle femme. Comment avait-elle pu s'acoquiner avec une crapule comme Gareth Dupont ? Peut-être était-elle prête à tout pour échapper à l'emprise de son mari violent.

— Va-t-il souvent à New York ?

— Non, enfin…

Elle parut soudain mal à l'aise.

— Son père, mon beau-père, a des contacts dans le monde entier. Pour certaines ventes aux enchères, il se déplace à l'étranger, pour acheter ou vendre. Ou pour voir des pièces susceptibles de l'intéresser.

— C'est ce qu'il fait actuellement à New York ?

— D'après ce que j'ai compris. Mais il me parle peu de ses affaires. Nous menons chacun notre vie, comme vous l'avez sans doute remarqué, dit-elle d'un air entendu.

Cette fois, c'est Roy qui rougit.

— Je ne suis pas ici pour émettre un jugement sur votre vie privée.

— Merci, répondit-elle.

83

Comme à chaque fois qu'il entrait dans le QG des gradés, à Lewes, dans l'est du Sussex, Roy avait l'impression de redevenir un petit garçon nerveux convoqué dans le bureau du directeur.

Le commissaire principal Peter Rigg, son supérieur immédiat, était un homme élégant au teint éclatant, cheveux blonds, coupe conservatrice, accent aristocratique, parfois caustique. Il était plus petit que Roy, mais se tenait très droit et faisait donc plus que sa taille. Il portait un costume de couleur foncée bien coupé, une chemise à rayures et la cravate d'un *gentlemen's club*. Son bureau était décoré de photos encadrées de voitures de course – passion qu'il partageait avec Grace et qui leur avait donné l'occasion d'en discuter, dans des circonstances plus détendues. Sur son bureau se trouvait une photo de Nikki, sa très belle épouse blonde, que Grace avait rencontrée lors d'une réception, et de leurs deux enfants, un garçon et une fille.

— Merci de me recevoir aussi vite, dit Grace.

— J'espère que tu as d'autres bonnes nouvelles à m'annoncer, dit le commissaire principal d'un ton supérieur. Je te félicite pour l'arrestation de Dupont. Je t'écoute.

— Eh bien, il y a eu du nouveau ces dernières heures, et New York est dans notre ligne de mire. Il faut que j'y aille de toute urgence, avec une petite équipe, car je pense que l'on ne pourra pas changer le cours des choses depuis Brighton.

Grace lui résuma la situation.

Il s'attendait à un laïus sur les directives de réduction budgétaire, mais Peter Rigg le surprit :

— Combien de personnes souhaiterais-tu emmener avec toi ?

— Deux au moins : dans l'idéal, un capitaine et un lieutenant. J'ai un bon contact à la police de New York, il est d'ores et déjà dans la boucle, mais je ne sais pas comment les choses vont s'enchaîner, et je ne veux pas dépendre de lui seul.

— Ton collègue Branson semble tout désigné.

— Oui, il est doué, mais il a de graves problèmes : sa femme vient juste de mourir. J'aimerais embarquer le lieutenant Exton, qui a fait preuve d'une intelligence exceptionnelle.

— Quand voudrais-tu partir ?

— Dès que possible. Il y a des places au départ de demain.

— Je vais en toucher un mot au grand chef. Sur le principe, je suis d'accord, Roy. Je te conseille de revenir avec de bons résultats et je pense que, dans le climat actuel, il vaudrait mieux que les médias ne soient pas au courant.

— Je n'ai aucune intention de prévenir la presse. Je dois pouvoir créer la surprise.

— Deux autres choses. Je sais que tu as déjà travaillé avec les États-Unis, mais ne prends aucune initiative sans avoir consulté la police de New York – je te fais confiance. D'autre part, j'ai demandé une promotion, alors ne fais rien qui puisse m'embarrasser, OK ?

Grace sourit.

— Bonne chance, chef. Et ne vous inquiétez pas. Mon rôle, à New York, se limitera à de la coordination.

— Bonne chance à toi aussi, Roy.

C'est le cœur gros que Roy rejoignit sa voiture. Il n'avait vraiment pas envie de partir. Il avait envie d'être chez lui, pour aider Cleo et passer du temps avec son fils. À chaque fois qu'il quittait sa maison, Noah lui manquait. L'idée de s'éloigner de lui plusieurs jours l'attristait profondément, mais il n'avait guère le choix.

84

Ses voisins étaient en train de se disputer et le bébé pleurait ! Amis Smallbone était aux anges.

Mais, ce qui l'emballait le plus, c'était ce que Roy Grace venait d'annoncer à Cleo.

— *Tu dois vraiment y aller ?*

— *Oui. Je suis le seul à avoir une relation privilégiée avec le NYPD et on va vraiment avoir besoin d'eux cette fois.*

— *Et j'ai vraiment besoin de toi ici. Maintenant que les polices du Surrey et du Sussex ont fusionné, il doit bien y avoir quelqu'un pour y aller à ta place, non ?*

Assis dans un grand fauteuil, Smallbone fumait une cigarette en buvant du whisky. Il écoutait la conversation dans son casque Bose. Le commissaire partait aux États-Unis, le lendemain, à 11 h 30, laissant derrière lui sa chère Cleo et leur fils Noah.

Oh oh.

Ce n'était pas malin. Pas malin du tout. Tant d'options s'offraient à lui... Défigurer Cleo avec de l'acide. Tuer cet horrible couineur. Tuer Cleo. Massacrer le bébé. Lui briser la colonne vertébrale, le paralyser à vie. Regarder Roy Grace pousser son fils dans un petit fauteuil roulant.

Il était vraiment gâté.

Il écoutait avec attention, malgré les hurlements du bébé.

— *Cleo, ma chérie, il faut que tu comprennes. C'est moi qui connais Pat Lanigan, du NYPD. Son aide va être essentielle.*

— *Il sait que tu as un fils de deux mois ?*

— *Je ne serai absent que quelques jours, je te le promets.*

— *Je te connais. Ce sera au moins une semaine. Voire deux. Ton travail est important, Roy, mais ta présence ici pour m'aider l'est aussi.*

— *On ne pourrait pas demander à ta mère ou à ta sœur de venir ?*

— *Je peux demander à ma mère, mais, d'ici quelques jours, on s'entretuera. Charlie est à Shanghai pour son nouveau boulot.*

— *Cleo, cette enquête est très importante pour moi. Si j'envoie quelqu'un et qu'il merde, je ne me le pardonnerai jamais. Tu sais ce que c'est.*

— *Pourquoi ne pas envoyer Glenn ? C'est ton bras droit, il a déjà fait ça pour toi.*

— *Parce que sa femme doit être enterrée mercredi.*

Il y eut un long silence. Le bébé se tut. Cleo reprit la parole :

— *Qui emmènes-tu avec toi ?*

— *Je voulais emmener Jon Exton, mais cet idiot ne s'est pas rendu compte que son passeport n'était plus valide depuis mai. J'ai donc demandé à Guy Batchelor et à une nouvelle recrue très compétente, le lieutenant Alexander. Je te revaudrai ça à mon retour.*

Oh oui, se dit Amis Smallbone. *Tu lui revaudras ça en achetant un magnifique cercueil pour votre fils. Et je viendrai à l'enterrement, en embuscade, sourire aux lèvres, pour que tu saches qui te fait souffrir. Je veux que tu te souviennes de moi pour toujours et à jamais.*

Il écrasa sa cigarette, en alluma une nouvelle, ajusta le volume de son casque d'une main tremblante et se délecta de la joute verbale.

85

Alors qu'il venait de passer la douane à l'aéroport international de Newark, Roy Grace envoya un SMS à Cleo.

Je viens d'atterrir. Bisous.

Puis il appela son équipe et discuta avec le lieutenant Alex Davies, qui lui résuma ce qui s'était passé pendant les quelques heures où il était injoignable. Il n'avait rien d'important à signaler.

Guy Batchelor et Jack Alexander avaient chargé leur valise sur des chariots. De plus en plus pessimiste, Roy Grace regardait les derniers bagages passer pour la cinquième ou sixième fois sur le tapis roulant. Et il attendait, dépité, que Cleo lui réponde. Noah et elle lui manquaient déjà terriblement.

Le tapis s'arrêta.

— Merde !

— Ça nous est arrivé, à Lena et à moi, l'année dernière, en vacances en Turquie, lui annonça Guy Batchelor. On a attendu notre bagage pendant trois jours.

— Merci, c'est hyper rassurant.

Il était 17 heures à New York, 22 heures en Angleterre. Dans l'avion, les trois enquêteurs avaient discuté stratégie, puis s'étaient relaxés après le repas. Guy Batchelor et Jack Alexander avaient regardé un film, mais Grace était trop tendu pour décompresser ou dormir. Il culpabilisait à propos de Cleo et de Noah, ce qui l'empêchait de se concentrer sur l'enquête. À présent, il était lessivé. Il se traîna jusqu'au bureau des bagages de British Airways, fit la queue, puis présenta sa contremarque. L'employé entra les détails dans l'ordinateur et lui annonça la mauvaise nouvelle :

— Désolé, mais je ne le trouve pas.

— Super.

Son téléphone bipa. Il avait reçu un message.

Génial ! Maintenant, monte dans le prochain avion pour Londres. Tu nous manques trop, à Noah et à moi. Bisous.

Il lui répondit :

Ils ont perdu ma valise.

Elle renchérit :

Juste retour des choses ! Bisous.

Il conclut :

Je t'appelle quand j'arrive à l'hôtel. Je t'aime. Bisous.

Quelques instants plus tard, elle lui répondit :

Moi aussi, je t'aime. Mais je ne sais pas pourquoi. Bisous.

— Le mieux, monsieur, serait que vous nous appeliez vers 20 heures, après l'arrivée du prochain vol en provenance du Royaume-Uni.

— Le mieux, répliqua Roy Grace, serait que *vous* m'appeliez pour m'annoncer que vous avez retrouvé ma valise.

*

Galvanisé par les textos de Cleo, Roy reprit du poil de la bête. Il fut d'autant plus heureux quand il découvrit le commandant Pat Lanigan qui les attendait, tout sourire.

55 ans environ, Lanigan était un type imposant, avec des épaules carrées et une musculature impressionnante. Cheveux grisonnants, il avait un visage agréable, quoique marqué. Il portait une veste à carreaux sur un polo, un jean et des godillots. C'était le genre de gars avec lequel personne n'avait envie d'en venir aux mains. Il serra Grace dans ses bras, regarda son attaché-case et lui demanda pourquoi il voyageait aussi léger.

— Ne m'en parle pas ! plaisanta Grace en le présentant à ses collègues.

— Je vais m'en occuper, ne t'inquiète pas, dit-il de son accent nasal.

Il sortit son badge et se dirigea vers les portes que Grace et ses coéquipiers avaient passées dix minutes plus tôt. Il revint avec un sourire triomphant.

— Ton bagage sera livré à ton hôtel avant 22 heures.

— Tu es le meilleur !

Grace reprit confiance en leur mission.

— Pas de problème. Je leur ai juste expliqué que le chef de la police d'Angleterre comptait réceptionner sa valise dans les meilleurs délais. Ça, c'est réglé, ajouta-t-il en pinçant la joue de Roy Grace.

— Comment va Francene ? demanda Grace.

— Très bien ! Si on a le temps, elle serait ravie de te revoir. Il paraît que tu es papa ! Félicitations !

Roy Grace, qui s'était toujours promis de ne jamais être le genre de père qui se balade avec des photos de son enfant dans son portefeuille, ne put s'empêcher de sortir une photo de Noah de sa poche intérieure, et de la montrer à son collègue new-yorkais.

— Il est beau ! Ce sera une forte tête, comme son papa. Il te ressemble beaucoup !

Guy Batchelor et Jack Alexander regardèrent la photo et Grace ressentit soudain une intense fierté. Ce petit garçon au visage fripé que tout le monde admirait, c'était la chair de sa chair !

*

La voiture personnelle de Pat Lanigan, un 4 × 4 Honda, était garée juste devant l'aéroport, avec une carte du NYPD en évidence derrière le pare-brise.

Cinq minutes plus tard, ils roulaient sur l'autoroute, en direction de Manhattan.

— Je me suis dit que vous voudriez faire simple, ce soir. Nous commencerons demain à 9 heures, rendez-vous dans mon bureau. Vous me direz tout ce dont vous avez besoin. Des experts en antiquités de la brigade criminelle sont sur le coup. Ils ont des contacts dans les ventes aux enchères et des indics qui leur fournissent des informations confidentielles. Un autre enquêteur va se joindre à nous, il ne fait pas partie de cette section, mais il connaît des gens dans le milieu. Il s'appelle Keith Johnson, il va vous plaire.

Se tournant vers les deux enquêteurs à l'arrière, il demanda :

— Vous êtes déjà venus à New York ?

— Oui, plusieurs fois, répondit Batchelor. Ma femme travaillait dans le tourisme.

— Moi, jamais, dit Jack Alexander. Si on a le temps, j'aimerais bien passer chez Abercrombie & Fitch.

Grace se demanda ce qui allait pouvoir rapporter à Cleo. Ils avaient regardé *Breakfast at Tiffany's* à la télévision récemment. Il trouverait peut-être quelque chose d'abordable chez Tiffany ?

— On prendra le temps, décréta Lanigan. C'est une ville formidable, vous savez. Les gens sont super ici. On va arrêter ces bâtards, et on pourra s'amuser après. Première chose, Roy : on a vérifié les adresses inscrites sur les formulaires du service de l'immigration d'Eamonn Pollock, Gavin Daly et Lucas Daly. Aucun d'eux ne s'est présenté à l'hôtel indiqué. Mais on a plusieurs moyens de trouver l'hôtel d'un suspect. Ils ont tous fourni de fausses adresses, mais ils ont dû laisser l'empreinte de leur carte bancaire à l'arrivée. J'ai demandé à mon équipe de vérifier si cette information pouvait être obtenue avant le *check-out*. Si on peut y accéder, on retrouvera nos gars comme ça.

— Et dans le cas contraire ?

— Plan B.

— C'est-à-dire ?

— Ils sont riches, les Daly et Pollock, non ? Ils ne sont pas descendus dans un hôtel minable. Nous commencerons par les cinq-étoiles de Manhattan et nous passerons les listes au peigne fin.

— Ça roule.

— Bon, je vous ai réservé des chambres au Hyatt Grand Central, qui est très bien situé. Ensuite, j'avais l'intention de vous emmener chez Mickey Mantle, tu te souviens Roy ?

— Oui, on a mangé là-bas la dernière fois, je me souviens. Mickey, c'était une star du base-ball.

— Vous auriez adoré. On y mange bien. C'est simple, les burgers sont délicieux, tout est excellent... Mais c'est fermé. Je connais un bon italien. Vous aimez les pâtes ?

— Ça me semble être un bon plan, dit Grace.

86

Amis Smallbone avait, lui aussi, un bon plan. Il était 22 h 30. Un peu plus tôt dans la journée, il avait vu Roy Grace embrasser sa chère Cleo sur le pas de la porte, traverser la cour avec sa valise et passer le portail. C'était une belle journée ensoleillée. Vers midi, Cleo était sortie promener le bébé dans son landau et était rentrée en milieu d'après-midi. Lui n'avait pris qu'une courte pause pour réchauffer au micro-ondes une tourte au bœuf pour le déjeuner et des petits pois surgelés au dîner. Le reste du temps, il avait observé la cour et la porte d'entrée de ses voisins, depuis son fauteuil, dissimulé derrière des rideaux.

Peu après 16 heures, une femme élégante entre deux âges s'était présentée chez Cleo. C'était sa mère. Elle l'appelait maman. Maman était restée pendant deux heures. Maman reviendrait le lendemain, vers 10 heures, avec papa pour emmener Cleo et Noah visiter des maisons à la campagne.

Ce qui voulait dire que leur logement serait vacant pendant plusieurs heures. Parfait. Peut-être irait-il faire un tour même si, grâce aux plans, il connaissait déjà la disposition des pièces.

Il se servit un whisky et s'alluma une cigarette.

Noah Grace. Qu'est-ce que ton père avait prévu de t'apprendre dans la vie ?

Il repensa à son père, Maurice. Sans affection, mais avec respect. Il n'avait jamais oublié cet épisode de son enfance. Il devait avoir 6 ou 7 ans. Son père lui avait dit de monter sur la table de la cuisine, lui avait bandé les yeux et lui avait ordonné de sauter dans ses bras.

Pétrifié, Amis avait hésité quelques instants. Son père l'avait encouragé.

— Saute, Amis. Laisse-toi tomber en avant, je te rattraperai.

Il avait fini par le faire. Son père ne l'avait pas rattrapé. Le choc avait été si brutal qu'Amis s'était cassé deux dents et fracturé le nez.

Son père avait retiré le foulard et lui avait essuyé le visage.

— Que cela te serve de leçon, mon fils. Ne fais confiance à personne, pas même à ton propre père.

Smallbone n'avait jamais oublié ce moment. Sa mère avait tout vu, impuissante. Son mari la battait, elle le craignait. Elle acceptait sans broncher tout ce qu'il faisait à leurs enfants sous prétexte de les « endurcir ».

Quand il eut 14 ans, son père lui demanda de l'accompagner lors des tournées de collecte des dettes. Ils frappaient aux portes d'appartements miteux. Des femmes en pleurs ou des hommes effrayés leur ouvraient. Ils les obligeaient à soulever les matelas, à vider les tasses et les boîtes de thé, à la recherche de pièces et de billets. Son père lui disait que c'étaient tous des menteurs. Qu'il fallait être droit. C'est-à-dire collecter son dû. Car la vie ne lui donnerait rien, il devrait se servir. Ils présenteraient toujours de fausses excuses. *Mon mari est malade, il ne peut plus travailler. Mon mari a perdu son travail. Je n'ai pas pu travailler parce que mon enfant est malade.*

Parfois, le petit Amis Smallbone avait pitié de ces gens. Et quand il se confiait à son père, celui-ci le giflait.

Ils me rendent malade, tu comprends ? Si tu es faible, ils en profiteront. Si tu as pitié, tu finiras par te faire bouffer. Si tu ne comprends pas ça, ils te chieront dessus et te pourriront la vie.

Amis avait retenu la leçon. À l'âge de 18 ans, il collectait seul les loyers. Seul avec un rasoir de barbier dans sa poche, qu'il sortait pour un oui ou pour un non, devant les hommes comme devant les femmes. Parfois, il s'en servait par plaisir, pour voir le sang couler sur une joue. Il frappait à la porte, rasoir ouvert à la main. Il proposait : *Ruban rouge ou le loyer ?*

Un ruban rouge sur le visage de Noah, ce serait bien. Les pleurs du sale gosse l'avaient réveillé, la nuit précédente. Et si Cleo trouvait son fils en sang, dans le berceau ? Et s'il lui dessinait, au scalpel, un sourire jusqu'aux oreilles ? Le sourire de l'ange, le sourire du Joker.

Il aimait cette idée.

Plus il y pensait, plus elle lui plaisait. C'était encore mieux, et plus simple, que de tuer Noah. Il porta un toast à son génie. Car c'était une idée de génie !

87

Réveillé à 6 heures, en ce dimanche matin à New York, Roy Grace appela Cleo. Elle avait l'air abattu. Elle se trouvait dans la voiture de ses parents, en route vers la première des quatre maisons qu'ils avaient repérées. Elle lui expliqua que Noah avait hurlé toute la nuit.

— Je suis désolé, ma chérie, dit-il.

— Oui, répondit-elle simplement.

— Je te rappelle dans la journée. Je t'aime.

— Moi aussi.

Il enfila sa tenue de jogging, descendit du onzième étage en ascenseur, puis déboucha sur la 42e Rue et tourna à droite. La matinée était fraîche et agréable. La ville paraissait immense. Beaucoup plus vaste que dans son souvenir. Les bâtiments étaient hauts comme les parois d'un canyon. Il traversa deux rues, tourna à droite et se dirigea vers Central Park en remontant la Cinquième Avenue. Il passa devant des boutiques, doubla un véhicule chargé de la propreté et vit, à gauche, le magasin Abercrombie & Fitch dont Jack Alexander avait parlé la veille.

Il passa en courant devant le cube de l'Apple Store et respira les odeurs des chevaux stationnés le long de

Central Park. Sans se soucier du feu rouge, il traversa la rue déserte et courut sur le trottoir pavé de la Cinquième Avenue, à la recherche d'une entrée dans le parc.

Il était concentré. La Patek Philippe était ici. Eamonn Pollock, Gavin et Lucas Daly aussi.

Les Daly auraient dû collaborer avec la police. Il aimait bien Gavin Daly. Il avait toujours éprouvé de la compassion pour ceux qui survivaient à des tragédies, et Daly n'avait, apparemment, jamais rien fait de répréhensible. Ce qui n'était pas le cas de son fils. Chez lui, le ver était dans le fruit. Grace n'avait pas oublié les hématomes sur la poitrine de Sarah Courteney.

Mais c'était Eamonn Pollock qui l'inquiétait le plus. À 95 ans, Gavin Daly n'était pas venu à New York pour récupérer une montre de famille, quelle que soit sa valeur. Il lui aurait suffi de communiquer toutes les informations dont il disposait à l'équipe de Grace.

Il y avait une autre raison. Une raison pour laquelle Ricky Moore avait été torturé. Une raison pour laquelle deux membres de l'équipe du cambriolage avaient trouvé la mort à Marbella.

Une raison pour laquelle Gavin Daly et son fils avaient débarqué à New York à l'improviste. Il avait un mauvais pressentiment. Il passa devant le lac de Central Park, puis courut, à travers les chemins, vers le Réservoir, déterminé à essayer d'en faire le tour sans s'arrêter.

La montre n'était qu'un prétexte. La vengeance était la véritable raison de ce voyage. Gavin Daly voulait remettre un très vieux compteur à zéro.

88

À 6 h 30 du matin, Gavin Daly était allongé, calé contre des coussins, dans sa chambre d'hôtel au quatorzième étage. Réveillé à 2 h 15, il avait été incapable de se rendormir. Il n'avait pas réussi à régler la climatisation. Il avait eu trop chaud, puis trop froid, et le système cliquetait à chaque changement de cycle.

Il était submergé par les souvenirs. Il était de retour dans sa ville natale. Cette ville qui, à plus d'un titre, lui donnait l'impression d'être véritablement chez lui. Il était ici pour tenir la promesse qu'il avait faite sur le *Mauretania*.

Il commanda un thé English Breakfast au *room service* avec du lait, pas de crème. Puis il se souvint que les Américains le servaient très dilué, donc il rappela et commanda un sachet supplémentaire. Et il referma les yeux.

Il s'était réveillé empreint d'une profonde tristesse, en pensant à sa seconde femme, Ruth, avant de réaliser qu'il avait pleuré dans son rêve. Il se souvenait très bien d'elle. Certains disent qu'il est impossible d'aimer deux fois, mais il n'était pas sûr que ce soit vrai. Il avait aimé Sinead, jusqu'au jour où, dix ans après leur mariage, un détective privé lui avait montré des photos d'elle, dans une chambre d'hôtel avec son amant, un antiquaire de Brighton. Il lui avait fallu longtemps avant de refaire confiance à une femme. Puis il avait rencontré Ruth, avec ses cheveux roux, ses taches de rousseur, et le plus beau sourire de la Terre.

Il avait l'impression de la tenir dans ses bras. Il adorait se coller à elle, serrer son corps élancé, et rester ainsi, joue contre joue, ses longs cheveux caressant son visage, enivré par son parfum et son amour pour elle. C'était le cadeau le plus précieux du monde depuis qu'il avait perdu son père. Mais elle était de santé fragile.

On lui avait d'abord diagnostiqué un cancer des ovaires. Et, quelques années après son hystérectomie, un cancer généralisé. Elle avait consulté les meilleurs spécialistes du monde. Pour elle, il avait affrété des jets privés pour les États-Unis, la Suisse, la Thaïlande. En vain.

L'argent donne accès au confort et au luxe, mais pas à ce qui est le plus précieux : la santé. Ironie du sort. Allongé dans ce grand lit, dans cette immense suite, il possédait des propriétés, des actions, il était en mesure de s'offrir à peu près tout ce qu'il voulait, mais cela ne rimait à rien. Une seule chose lui importait désormais.

Son angine de poitrine se réveilla soudain. Il attrapa la fiole de trinitrine, posée à côté de son lit. La douleur s'estompa en quelques minutes. On sonna à la porte.

Il se leva, et reprit ses esprits. Il se sentait raide, tremblant, vieux. Trop vieux. Ses yeux étaient fatigués. Il prit sa canne, car il ne faisait pas confiance à ses jambes ni à son équilibre, fit entrer le serveur, attendit qu'il ait posé le plateau, signa le reçu et lui glissa plusieurs dollars de pourboire.

Puis il s'approcha de l'immense fenêtre et ouvrit les rideaux. Il avait vue sur Central Park. La journée serait magnifique, comme l'avait annoncé une petite carte posée sur son oreiller, la veille au soir. Un léger brouillard flottait au-dessus des arbres. Il vit un homme, guère plus grand qu'une fourmi, faire son jogging.

Gavin n'avait jamais été sportif. Il avait de bons gènes. Ruth avait mené une vie extrêmement saine, à base de salades et de poisson, un verre de vin, lors des grandes occasions. Elle pratiquait le yoga au quotidien, le tennis et le cyclisme, et pourtant, elle n'avait pas fait de vieux os. Il avait aussi enterré Sinead, cette garce. Il pouvait partir en paix, elle ne viendrait pas danser sur sa tombe. Lucas en revanche le ferait peut-être.

Il tenta de régler la climatisation, enfila un peignoir, et se concentra sur l'énorme paquet FedEx, tamponné par la douane, qu'il avait adressé à un antiquaire de New York spécialisé dans l'horlogerie. Le paquet lui avait été livré la veille, à son hôtel, par le destinataire, Jordan Rochester, un très vieil ami à lui, qui avait eu l'obligeance de réserver la chambre à son nom et d'utiliser sa propre carte bleue.

Gavin Daly était là incognito. Surtout pour le commissaire Grace et ses collègues du NYPD. Il ne voulait pas être localisé tant qu'il n'aurait pas terminé ce qu'il avait à faire ici.

Par précaution, il accrocha le panneau NE PAS DÉRANGER à la porte et la verrouilla. Il mit les deux sachets de thé dans la théière et, en attendant qu'il infuse, entreprit d'ouvrir le paquet.

Dix minutes plus tard, il but une gorgée de thé et sortit la pendule Ingraham de son nid de bourrage et de la boîte en polystyrène qu'il avait préparée quinze jours plus tôt.

Il saisit avec précaution le gong et sépara les deux moitiés.

Et, pour la première fois depuis qu'il avait atterri, il sourit.

89

Le taxi jaune traversait le pont de Brooklyn. C'était une belle matinée, le ciel était parfaitement dégagé. Tassé à l'arrière du véhicule avec ses collègues, Grace contemplait les eaux brillantes de l'East River. À moins d'un kilomètre de là, le 11 septembre 2001, les tours jumelles s'étaient effondrées. Pat Lanigan avait perdu un cousin dans les attentats.

Quelques minutes plus tard, le chauffeur, qui parlait très peu anglais, s'arrêta. Grace reconnut le QG de la police de Brooklyn, où il était allé lors de sa précédente visite. Lanigan, qui faisait actuellement partie de la brigade de lutte contre la mafia, travaillait ici. Sur le trottoir opposé se trouvait un bâtiment carré avec un panneau jaune FOURNITURES SCOLAIRES BARCLAY et un parking dont le système d'ascenseurs extérieurs ressemblait à un Lego géant.

Ils descendirent du véhicule, réglèrent la course, entrèrent dans le gratte-ciel moderne et donnèrent leur nom au gardien. On leur donna des badges VISITEURS et ils prirent l'ascenseur jusqu'au dixième étage.

Pat Lanigan les accueillit. Il portait un polo jaune, un pantalon décontracté beige et des baskets. Grace fut soulagé de voir qu'il avait opté pour une tenue informelle, tout comme ses collègues britanniques.

L'enquêteur ouvrit une porte verrouillée par code, et les guida dans un labyrinthe de couloirs moquettés, jusqu'à un *open space* composé de bureaux vides. Ils passèrent devant une bannière étoilée, puis une carte de Brooklyn en noir et blanc, avec un système de grille et de numérotation, et devant d'autres cartes des *boroughs* de New York.

Au mur était accroché un arbre généalogique intitulé « Crime Organisé – Famille Colombo – Faction Persico ». Des flèches reliaient les cases *boss, acting boss, consigliere, caporegime,* soldats dignes d'intérêt ou encore associés dignes d'intérêt. Grace parcourut les noms, puis suivit ses collègues dans le bureau de Lanigan. Aux murs, Grace remarqua la photo d'un avion que Lanigan avait piloté quand il servait dans l'US Navy, plusieurs photos de groupe sur lesquelles figurait Lanigan et une bannière colorée proclamant : DÉFENDONS LA LIBERTÉ.

Le commandant leur proposa de prendre place autour de la table et leur offrit du café. Quelques minutes plus tard, ils étaient rejoints par trois enquêteurs. Au grand dam de Roy, eux étaient tirés à quatre épingles.

Keith Johnson, épaules carrées, la quarantaine bien entamée, moustache et barbe taillées, un air sérieux, portait un costume beige et une cravate marron foncé. Linda Blankson, qui devait avoir 38 ans environ, latino, avait une silhouette de mannequin. Ses cheveux bruns encadraient un visage sévère, mais plaisant. Elle portait un tailleur pantalon noir et un chemisier blanc. Elle pianotait sur son téléphone.

Aaron Cobb paraissait le moins commode : 35 ans environ, cheveux courts, coiffés en avant, il ressemblait un peu à Ryan Gosling. Il leur serra la main poliment, puis s'assit autour de la table, sans prendre la peine de jeter son chewing-gum, avec l'air résigné d'un homme écœuré d'être au bureau un dimanche matin.

Grace exposa les circonstances qui les avaient amenés là. Quand il eut terminé, Cobb posa la première question, avec un accent de Brooklyn encore plus prononcé que celui de Lanigan.

— Nous sommes très heureux de vous aider, mais pourquoi avez-vous fait le déplacement ? dit-il en fixant Grace, tout en mâchant. Vous nous avez donné toutes les informations. J'ai l'impression que vous ne nous faites pas confiance, asséna-t-il avant d'enfoncer un doigt dans son oreille droite pour la curer.

— Ce n'est pas le cas, se défendit Grace. Nous sommes ici pour vous conseiller et vous seconder, et je pense que nous détenons des informations essentielles.

Lanigan avait beau être le plus âgé, ce n'était pas forcément le plus gradé. Grace ne savait pas comment la police américaine fonctionnait à ce niveau.

— Je ne comprends toujours pas, insista Cobb en relisant ses notes. Eamonn Pollock, Gavin Daly, Lucas Daly… Nous savons à quoi ils ressemblent. Nous allons les trouver.

Grace croisa le regard de Pat Lanigan, qui semblait désolé.

— Pour le moment, si je puis me permettre, Pollock est le seul suspect, objecta Grace. Je pense que Gavin Daly et son fils Lucas sont ici avec des desseins criminels. Leurs mobiles et leur relation sont très complexes. Nous sommes là pour vous aider à comprendre ce qui va peut-être se passer. Pour prendre des précautions si nous voulons procéder à des arrestations.

— Pourquoi pensez-vous que nous ne pouvons pas y arriver seuls ? demanda Keith Johnson d'une voix claire et forte, avec un accent du Midwest.

— Je n'ai pas dit ça, répéta Grace. Mais, selon moi, l'affaire va au-delà d'un vol de montre et d'une simple arrestation. J'ai un pressentiment.

— Ça m'intrigue ! dit Linda Blankson, de façon brusque, mais polie.

— Par quoi on commence ?

— Par chercher Eamonn Pollock, Gavin Daly et Lucas Daly. En toute discrétion, précisa Grace.

90

Dimanche midi. Des odeurs de déjeuner flottaient dans l'air. La plupart des gens étaient en train de manger, se dit Amis Smallbone, dépité. À 13 h 30, le dimanche, les familles se mettaient à table. Quand il était petit, c'était la tradition. Rôti de bœuf ou de porc, gigot d'agneau ou poulet. Il l'avait maintenue lui-même jusqu'à ce qu'il épouse Christine. Cette salope de Chrissie.

Il but une gorgée de whisky. Il était un peu ivre, mais pas de façon agréable. Il voulait se donner du courage, mais c'était trop tôt dans la journée.

Chrissie, Tom, Megan et lui. À une époque, ils formaient une famille. Elle cuisinait bien, Chrissie. Il fallait l'avouer. Mais elle était nulle au lit. Toujours à rejeter la faute sur lui. À se moquer de son manque de virilité. Au début, elle était contente. Elle lui avait dit que ça lui plaisait, qu'elle n'aimait pas les grosses bites, que ça lui faisait mal. Après leur divorce, elle avait obtenu la garde des enfants et s'était enfuie avec eux en Australie, à Melbourne.

Peut-être n'aurait-il pas dû la battre si souvent, même si elle le méritait. Est-ce que ça aurait changé quelque chose ? Il n'avait pas vu, ni eu de nouvelles de ses enfants depuis vingt ans. Était-ce vraiment important ? Il leur souhaitait bonne chance.

Après Chrissie, longtemps après, il avait rencontré Theresa. Le véritable amour de sa vie. Leur relation était vraiment unique. Il l'avait demandée en mariage, lui avait annoncé qu'il voulait passer le reste de sa vie avec elle, fonder une famille, et elle avait accepté. Tout était prêt pour la cérémonie. L'église était réservée, tout était organisé, les faire-part étaient imprimés. Il était enfin heureux.

Et Roy Grace s'était abattu sur lui et avait tout fait foirer. Le matin du mariage, à 5 heures, le raid avait été lancé.

Il avait supplié Roy Grace de le laisser se marier – il pourrait faire ce qu'il voulait après. Mais est-ce que le connard l'avait écouté ? Non.

Grace avait choisi ce jour-là pour l'humilier au maximum, Amis Smallbone en était certain. Il aurait pu l'arrêter quelques jours avant, ou après. Il avait choisi ce moment délibérément. Et il ne l'avait pas laissé passer de coup de fil. Tout excitée, Theresa s'était coiffée, habillée, puis s'était rendue à la mairie, où elle avait attendu un futur mari qui ne viendrait pas, car il se trouvait en garde à vue, sans téléphone. Ils avaient fini par se marier en prison, mais ce n'était pas le sujet.

Gareth Dupont avait été arrêté et inculpé. Il le balancerait pour obtenir une réduction de peine, aucun doute là-dessus. Ce n'était qu'une question de temps avant qu'il ne se retrouve de nouveau derrière les barreaux. Quand on commet un délit pendant la période de liberté provisoire, on retourne directement à la case prison. Il prendrait dix ans au moins. Mais, cette fois, il entraînerait Grace dans sa chute. Le calvaire du flic le réconforterait, dans le trou à rats où il croupirait jusqu'à la fin de ses jours.

Il termina son verre, se leva, vacillant, et quitta cette pièce qui donnait sur la cour et la porte d'entrée de Roy Grace, pour se rendre sur le palier. Il ouvrit la trappe menant aux combles, attrapa le dernier barreau d'une échelle et la déplia, jusqu'à ce qu'elle touche le sol moquetté.

Puis il entreprit de la gravir. Arrivé en haut, il trouva un interrupteur et deux faibles ampoules éclairèrent les combles, révélant des poutres en bois inclinées, de la laine de verre jaune souillée par des crottes de rats, un ballon d'eau chaude, des toiles d'araignées, et une vieille valise vide couverte de poussière. Il se mit à genoux et respira les odeurs de bois sec et de poussière.

En prenant appui sur les poutres, il progressa avec difficulté, à cause de l'alcool, jusqu'à la trappe qui donnait sur le toit. Il l'ouvrit. Un air frais s'engouffra. Il se hissa et se retrouva sur une étroite passerelle métallique. De là, il avait une vue dégagée sur les toits, la jetée et la Manche. Mais, surtout, il avait un accès direct à la maison de Grace.

Ce qui l'inquiétait un peu, c'était la fragilité de la rampe. Les sept maisons étant issues de la reconversion d'un hangar en U, le toit pentu était ininterrompu et la passerelle de secours courait sur toute la longueur. La structure métallique, visiblement construite dans un deuxième temps, zigzaguait entre les cheminées. Pour atteindre la maison de Roy Grace, il devait négocier un délicat virage à gauche et passer sous une antenne satellite qui bloquait le passage.

Il réussit les manœuvres et trouva la trappe, identique à la sienne. Conscient qu'il se trouvait là debout en plein jour, il regarda autour de lui. Des bâtiments, surtout des bureaux, le surplombaient. Il était peu probable que quelqu'un soit à la fenêtre un dimanche midi, mais il ne voulait pas prendre de risques.

Quand il passerait à l'action, il ferait nuit. Il se repérerait grâce à la lumière des lampadaires. Mais il fallait qu'il compte ses pas et qu'il mémorise chaque virage, surtout le passage compliqué sous l'antenne satellite. Il veillerait à ne pas se précipiter.

Roy Grace serait encore à New York. Cleo et le petit monstre seraient à la maison.

Il aurait tout son temps ! Ce qu'Amis Smallbone ignorait, c'était que quelqu'un l'observait. Quelqu'un qui avait l'intention de le tuer.

91

Keith Barent Johnson montra son badge du NYPD à la réceptionniste de l'hôtel Plaza, sur Central Park South.

La jeune femme vérifia dans son ordinateur, puis secoua la tête.

— Eamonn Pollock ? Pouvez-vous épeler son nom ?

— E-a-m-o-n-n P-o-l-l-o-c-k, fit Johnson.

Elle chercha de nouveau.

— Non, il n'est pas chez nous.

Grace produisit une photo du suspect.

— Elle remonte à une vingtaine d'années. Le visage vous semble-t-il familier ?

— Non, je suis désolée. Mais je peux en faire une copie et la montrer à mes collègues.

— Merci, dit Grace en lui tendant la photo.

Les deux détectives l'interrogèrent à propos de Lucas et Gavin Daly. Sans succès.

Roy Grace regarda sa montre : 11 h 15. Johnson et lui ratissaient les hôtels depuis une heure et demie, tout comme Guy Batchelor, Jack Alexander et leurs coéquipiers new-yorkais. Il n'était pas exclu que Pollock et les Daly soient accueillis chez des amis, ce qui réduisait à néant les chances de les retrouver. Mais ils ne devaient pas baisser les bras.

Remontant Central Park South, ils passèrent des calèches, des pousse-pousse et des vélos à louer, puis entrèrent dans l'hôtel Marriott Essex House.

— M. Pollock ? répéta la jolie réceptionniste, après avoir observé la carte de police de Keith Johnson.

Elle entra le nom dans l'ordinateur, puis secoua la tête.

Grace se pencha en avant pour lui montrer la photo. Elle l'étudia, puis répondit de nouveau par la négative, avant de la montrer à un collègue.

Il fronça les sourcils.

— Oui, je reconnais cet homme. Il séjourne bien dans notre hôtel.

— Eamonn Pollock ? répéta Roy Grace. C'est son nom ?

Il tapa quelque chose, puis tourna l'écran vers Grace.

— Alvarez. Professeur Alphonse Alvarez.

— Quelle adresse vous a-t-il donnée ?

Le réceptionniste vérifia à l'écran.

— Université de Los Angeles, Brentwood, Californie.

Grace tapota la photo.

— Mais vous êtes sûr que c'est lui ?

— Oh oui, certain.

92

Si ce n'était pas magnifique ! De derrière les voilages, Amis Smallbone observait l'obscurité et la pluie battante. Le vent se levait. Ce qui voulait dire qu'il couvrirait le bruit de ses pas. Même si, un soir comme celui-là, peu de gens se promèneraient le nez en l'air. Personne ne verrait rien.

Du moins quand il aurait terminé les préparatifs.

Il était 22 heures. Les parents de Cleo avaient raccompagné leur fille chérie et leur petit-fils encore plus chéri cinq heures plus tôt. Cleo avait fait du thé et ils avaient discuté des maisons. Il y en avait une qu'ils avaient aimée, non loin de Henfield. Elle était un peu au-dessus de leur budget.

Les parents avaient proposé de les aider financièrement. Si c'était pas mimi, tout ça ! Offriraient-ils encore leur aide quand leur petit-fils serait défiguré ?

Smallbone avait fait ses bagages. Quand on commencerait à le chercher, il serait parti depuis longtemps, en Espagne, avec la petite somme qui lui restait, pour récupérer son dû auprès de ce gros porc de Pollock. Et il vivrait la grande vie jusqu'à ce qu'on le coince. Lawrence Powell lui devait un service. Il l'avait aidé à se procurer une nouvelle identité. Avec un peu de chance, il aurait quelques années de liberté, puis serait tellement vieux ensuite que tout lui serait égal. La vieillesse est une prison, autant la passer en taule. Là-bas, au moins, on prendrait soin de lui.

Et il aurait quelque chose pour se réconforter : le commissaire Grace penserait à lui à chaque fois qu'il regarderait son fils défiguré.

Il fouilla dans l'un des cartons de matériel commandé sur Internet et en sortit une combinaison noire. Dans un autre, il trouva des lunettes de vision nocturne et un couteau de chasse, tranchant comme un rasoir. Puis il ouvrit une boîte de cirage noir et, à l'aide d'un chiffon, s'en couvrit le visage jusqu'à ce que seul le blanc de ses yeux ressorte.

Ses yeux brûlants de haine.

*

Dans la rue, Cassandra Jones, la webdesigner qui vivait en face de chez Cleo, descendit de son VTC. Elle revenait d'une soirée au Komedia Club de Brighton, suivie de quelques verres de vin entre amis.

Elle avança jusqu'à l'entrée, tête baissée sous la pluie, un peu éméchée. Elle tapa le code, poussa le portail et, sans se poser de questions, remercia l'étranger qui se trouvait juste derrière elle et le lui tint ouvert.

Le battant se referma en heurtant la roue arrière de son vélo.

— Désolé, dit l'homme, taillé comme une armoire à glace.

93

Eamonn Pollock, en peignoir de bain, était allongé contre les oreillers rebondis de son grand lit, dans une somptueuse suite d'hôtel. Il venait de recevoir un massage appuyé, douloureux mais revigorant, et sirotait à présent un verre de Bollinger, portant un toast à lui-même, à son intelligence.

Pourtant il n'était pas aussi satisfait que d'habitude. Il était contrarié d'avoir perdu ses deux lieutenants, comme il aimait à les appeler. Des employés fidèles, ça ne se trouve pas sous le sabot d'un cheval, quelle que soit leur solde – et le fait est qu'il les payait grassement.

Il se consola, car il avait de quoi se réjouir. Il venait de dire bonne nuit à l'adorable Luiza, Brésilienne de 24 ans, *pole dancer*, qu'il avait hâte de revoir dans quelques jours, pour enfouir son visage entre ses seins. À 65 ans, la vie lui réservait encore quelques délices. Quel plaisir d'être riche ! Et quel plaisir de l'être encore plus le lendemain !

Mais, à présent, il attendait avec impatience son souper. Il avait commandé un repas à la carte, en *room service*. Du caviar Beluga, un homard grillé et une indécente *key lime pie*, petite douceur qu'il s'offrait toujours quand il était à New York. Pas de quoi culpabiliser : Luiza lui avait dit qu'elle adorait son ventre.

Et lui adorait ce qu'elle savait faire avec sa langue ! Ce simple souvenir l'excita.

Plus tard, il appellerait une agence d'*escorts* raffinée. Ou peut-être regarderait-il un film avant de s'endormir, car le lendemain serait une journée chargée et extrêmement profitable. Oh oui !

Il sortit de son nid de coton la montre de poche Patek Philippe, posée sur le chevet, et la caressa de ses mains grassouillettes. Il observa le boîtier, qui, bien qu'endommagé à deux endroits, avait l'air aussi neuf qu'à l'époque. Le remontoir était tordu et le verre fendu avait interrompu la course des fines aiguilles noires à 4 h 05, quatre-vingt-dix ans plus tôt. La minuscule trotteuse était, elle aussi, immobile.

Pendant quelques instants, il étudia les phases de la lune. Puis il lut l'inscription gravée sur le cadran. Patek Philippe, Genève.

Il tenait dans les mains une pièce historique.

Soudain, tout lui sembla logique. Ce n'était pas par culpabilité que son oncle avait rendu au petit Gavin cette montre récupérée sur Brendan Daly juste avant qu'ils ne l'assassinent, lui et ses trois complices. C'était son destin ! La montre devait faire ce voyage, pendant quatre-vingt-dix ans, pour se retrouver aujourd'hui entre ses mains.

Son destin !

On sonna à la porte.

— J'arrive ! s'égosilla-t-il comme un enfant excité. J'arrive, j'arrive, j'arrive !

Il se leva et enfonça ses pieds – que Luiza aimait embrasser, même s'il avait dû se faire amputer d'un orteil à cause du diabète – dans les chaussons offerts par l'hôtel, puis trotta jusqu'à la porte. Il vérifia dans le judas et fut heureux de découvrir le serveur souriant qui lui avait apporté la bouteille de champagne, un peu plus tôt. Il retira le chaînon de sécurité et ouvrit la porte.

— Bonsoir, professeur Alvarez, comment allez-vous ?

— Très bien, merci !

Professeur Alvarez ! Il aimait quand le personnel de l'hôtel l'appelait ainsi. Il se sentait classe.

— Voulez-vous que je dresse le couvert, professeur Alvarez ?

— Très volontiers !

Pollock alla chercher un pourboire dans le portefeuille qui se trouvait dans sa chambre. Il était de meilleure humeur, maintenant que le dîner était servi. Il se mit à fredonner sa chanson préférée de Dr Hook : *Ne vous méprenez pas ! Je suis riche et je suis un beau salopard !*

C'était vrai. Le lendemain, il serait encore plus riche de 2 millions de livres, au bas mot !

Dans la pièce à côté, il entendait les cliquetis de la vaisselle que le serveur manipulait. Il salivait. Quel festin ! À la télévision, il aperçut des gyrophares et des voitures de police. Il y avait eu une fusillade dans le Bronx. Tout cela lui était bien égal.

Il retourna dans le salon, en serrant du bout des doigts un billet de 20 dollars, tel un spécimen présenté pour inspection. Il aimait s'assurer que les serveurs voient à quel point il était généreux, qu'ils ne se contentent pas d'enfoncer le billet dans leur poche sans même le regarder.

Au seuil de la porte, il pila net. Le billet de 20 dollars tomba sur la moquette. Le serveur lui tendit le reçu, dans un carnet en cuir, et un stylo. Mais Eamonn Pollock l'ignora. Il fixait l'homme qui se trouvait au fond du salon. Vêtu d'une veste en cuir légère, d'un jean et de bottines noires, il s'était installé sur le canapé et sortait une cigarette de son paquet. Pollock fusilla du regard le serveur, puis l'homme. Il griffonna son nom comme un automate, remarqua l'hésitation du *groom*, mais il n'avait qu'une envie : qu'il s'en aille.

— Bonne soirée, professeur, dit le serveur, avec un sourire forcé.

— Casse-toi, lui répondit Pollock.

L'employé claqua ostensiblement la porte derrière lui.

L'homme sur le canapé alluma sa cigarette.

— C'est une chambre non-fumeurs, et qu'est-ce que tu fous là, bordel ?

— Tu sais pourquoi je suis ici, mon gros. Je veux savoir pourquoi tes gorilles ont tué ma tante. Et pourquoi tu t'es enfui avec la montre. Tu pensais vraiment que je ne te retrouverais pas ?

— Assassiner ta tante n'a jamais fait partie du plan. Elle n'aurait jamais dû mourir. Et c'est 500 dollars de contravention, quand on fume dans cette chambre. Éteins-la ou j'appelle la sécurité.

— Vas-y. Demande les deux flics qui se trouvent dans le hall, près des ascenseurs.

Pollock pâlit.

— Quels flics ?

94

Roy Grace était nerveux. Il n'aimait pas ne pas avoir le contrôle et, en l'occurrence, il ne maîtrisait rien. Il faisait confiance à Pat Lanigan, et Keith Johnson et Linda Blankson semblaient coopératifs et compétents. Aaron Cobb, en revanche, avait de nouveau insinué, lors de la réunion de fin d'après-midi, que leur présence n'était pas indispensable. Sur son terrain, Grace aurait pu gérer cet électron libre. Hors de sa juridiction, à l'étranger, tout ce qu'il pouvait faire, c'était essayer de le rallier à sa cause. Qui plus est, il était désormais clair qu'Aaron Cobb était le plus gradé des quatre.

Eamonn Pollock était sous surveillance à son hôtel, mais quand Grace avait demandé à Cobb pourquoi deux officiers seulement couvraient l'ensemble du bâtiment, celui-ci lui avait répondu d'un ton sec qu'il n'avait que deux personnes disponibles.

À 18 heures, ils n'avaient toujours pas localisé Gavin et Lucas Daly. Leur enquête dans les hôtels new-yorkais se poursuivrait dans la nuit, mais Cobb avait laissé entendre que Grace, vu son âge avancé, devait être fatigué et avait sans doute besoin d'une longue nuit pour être frais le lendemain. Batchelor déclara que Grace avait aussi besoin d'une cigarette et d'un alcool fort, et qu'il connaissait l'endroit parfait.

Les trois policiers du Sussex se rendirent à pied de leur hôtel au Club Carnegie, situé sur la 56e Rue, soit quatorze pâtés de maison plus loin. En chemin, Roy appela Cleo. Il était tard à Brighton, elle semblait fatiguée, mais heureuse d'entendre sa voix. Noah allait bien, il avait été adorable toute la journée et il dormait. Elle lui annonça surtout qu'elle avait visité une maison qu'elle aimait beaucoup et qui plaisait aussi à ses parents. L'agence immobilière lui enverrait la fiche technique dans la matinée. C'était une ferme avec un demi-hectare de terrain, au beau milieu des champs. Et, ajouta-t-elle tout excitée, il y avait un poulailler !

Pour des raisons indéfinissables, Grace avait toujours rêvé d'avoir des poules. Il avait été élevé comme un petit citadin, à Brighton, mais l'idée de ramasser et de manger des œufs frais, de son propre poulailler, le séduisait. Il savait que Cleo avait trouvé la maison de ses rêves et il en était ravi.

— J'ai hâte de la visiter ! s'exclama-t-il.

— Elle va te plaire, je te le promets !

— Est-ce qu'il y a d'autres personnes intéressées ?

— D'après l'agent, un jeune couple y retourne pour une deuxième visite mardi. Quand est-ce que tu penses être de retour ?

— Je ne sais pas, ma chérie. Avant la fin de la semaine, j'espère.

— Fais le maximum !

— Vous me manquez terriblement ! Embrasse Noah de ma part et dis-lui que son papa se languit de lui.

— Je n'y manquerai pas !

Il raccrocha, puis regarda l'heure. Il attendait un appel de Peregrine Stuart-Simmonds, pour savoir avec quels revendeurs Eamonn Pollock avait pris rendez-vous le lendemain. Mais il était tard, maintenant. Ce n'était pas une bonne nouvelle que l'expert ne l'ait pas appelé.

Cinq minutes plus tard, alors qu'il poussait la porte du club, Roy ressentit un élan de nostalgie en respirant les riches arômes de fumée de cigare. Fut un temps où tous les bars sentaient ainsi, et il adorait ça. Dans celui-ci, tout en longueur, deux hommes étaient assis sur des tabourets, au comptoir, des verres devant eux. Ils fumaient de gros cigares et regardaient un match sur un gigantesque écran de télé. La pièce avait un caractère sélect, avec ses canapés et ses fauteuils en cuir.

Une charmante serveuse, qui lança un sourire séducteur à Jack Alexander, leur désigna une table dans un coin et leur apporta la carte. Grace jeta un coup d'œil et opta pour un Manhattan, cocktail dont il avait abusé la dernière fois qu'il était à New York, avec Pat Lanigan. Le décalage horaire était en train de le rattraper, mais peu importe. Le cocktail pouvait avoir deux effets : soit le mettre KO, soit rallumer la chaudière. Son téléphone sonna. C'était l'expert.

— Commissaire Grace, j'espère que je ne vous dérange pas. Excusez-moi d'appeler si tard, j'attendais des informations. Il semblerait qu'Eamonn Pollock rende tout le monde fou, à New York.

— C'est-à-dire ? demanda Grace.

— Il n'a confirmé aucun de ses rendez-vous. Je ne sais pas où il va aller. Peut-être a-t-il déjà vendu la montre à un collectionneur privé.

— Génial, soupira Grace.

Dès qu'il eut raccroché, il appela Pat Lanigan.

— Nous savons qu'il est dans sa chambre d'hôtel en ce moment même, dit l'Américain. Nous pourrions l'arrêter sur-le-champ.

— Mais, s'il n'a pas la montre sur lui, nous n'avons aucun mobile. Personnellement, je ne la cacherais pas dans le coffre-fort d'une chambre d'hôtel. Je la mettrais en sécurité dans une banque.

— Bien vu, dit Lanigan. Qu'est-ce que tu veux qu'on fasse, Roy ?

— Il faudra le suivre demain matin. J'aimerais que vous preniez toutes les dispositions nécessaires pour ne pas le perdre de vue.

— Je vais transmettre à Aaron Cobb.

Ce nom n'était pas pour le rassurer. Leurs verres arrivèrent et il piqua une cigarette à Guy Batchelor. Cela faisait plusieurs semaines qu'il n'avait pas fumé et il prit plaisir à savourer cet instant.

95

Noah pleurait. Amis Smallbone l'écoutait dans son casque. Il regarda sa montre : 23 h 30. Le sale gosse avait mis en place une routine. Il criait, maman venait le rassurer et l'allaitait pendant une vingtaine de minutes. S'ensuivaient trois heures de calme, interrompues par quelques gazouillis. Maman semblait épuisée. Quand elle l'aurait nourri et remis dans le berceau, elle retournerait se coucher et s'endormirait aussitôt.

Il serait prêt à passer à l'action.

Il pleuvait des cordes et le vent forcissait. Les conditions météorologiques ressemblaient plus à un équinoxe d'automne qu'à une nuit d'été indien, ce qui l'arrangeait à tous points de vue. Ses vêtements et son équipement étaient prêts. Les lunettes de vision nocturne n'étaient pas mal, mais pas aussi nettes qu'il l'avait espéré. Il prendrait donc une petite torche. Il ne l'allumerait que pour choisir ses outils.

Il étudia une dernière fois les plans de la maison de Grace. Exception faite d'un débarras agencé différemment, l'intérieur était symétrique au sien. Il avait fait des recherches sur Google pour savoir comment les aveugles s'y prenaient et s'était entraîné chez lui, dans le noir, toute la semaine, même ce soir.

Il allait peut-être se cogner aux meubles, marcher sur un objet au sol, mais les lunettes devraient lui permettre de repérer ces obstacles. Le chien ne lui poserait pas de problème. Chaque soir, Cleo le laissait sortir sur la petite terrasse où il faisait ses besoins. Ce soir, Smallbone lui avait envoyé, depuis l'escalier de secours, une pièce de bœuf bourrée de barbituriques – de quoi assommer un cheval. La veille, il avait fait un test, sans les barbituriques. Le chien avait dévoré le morceau et l'avait dévisagé, dans l'espoir d'avoir du rab.

C'était un moyen simple et efficace de neutraliser les chiens de garde, auquel il avait eu très souvent recours quand il était jeune. Il s'était introduit dans un grand nombre de maisons, par le passé, et quasiment toujours la nuit.

Il retira tous ses vêtements, puis enfila une combinaison intégrale, jusqu'au cou, destinée à réduire les risques de chute de peaux mortes ou de cheveux, qui pourraient conduire à son identification. Par-dessus, il enfila un polo col roulé, un bas de jogging et un sweat à capuche noirs. Puis il mit un bonnet de bain en Lycra noir et des bottines de surfeur en Néoprène, noires également.

Ensuite, il ajusta sa ceinture et y glissa la pochette en nylon à fermeture Éclair qui contenait ses outils : un coupe-verre et une ventouse, de quoi crocheter une serrure, un tournevis, un burin, un petit marteau, des pieds-de-biche fins, mais très résistants, un petit rouleau de chatterton, une bouteille de chloroforme et du coton. Il s'introduirait par la trappe du toit, mais ne savait pas encore à quel point elle serait sécurisée. Si le système était similaire au sien, ce serait un jeu d'enfant, mais il était peu probable que Grace ne l'ait pas renforcé. Si c'était le cas, les outils lui offriraient toutes sortes de solutions.

Un dernier objet se trouvait par terre : un rasoir de barbier. La meilleure invention du siècle. Il le mit dans sa pochette, vérifia le tout, puis la ferma et se rendit dans la salle de bains pour examiner son apparence.

Il eut du mal à se reconnaître dans le miroir. Un visage noir, avec des yeux de panda, le fixait. Il sourit. *Parfait.*

Il retourna à son poste, se servit un whisky pour se donner du courage et alluma une dernière cigarette. Il consulta de nouveau l'heure. 23 h 50. Il mit le casque et écouta. La tétée était presque terminée.

Il fuma la cigarette jusqu'au filtre. Il était désormais 23 h 55. Il l'écrasa dans le cendrier, termina le whisky, se leva et se souhaita bonne chance.

Alors qu'il gravissait l'échelle vers les combles, il entendit un bruit en bas. Il paniqua.

Le vent, se dit-il pour se rassurer. Il s'agrippa au plancher et se hissa dans les combles.

Au rez-de-chaussée, quelqu'un ferma la porte d'entrée sans un bruit.

96

C'était bizarre, sans Roy, songea Cleo qui, allongée au lit, regardait les photos et les informations sur le cottage à vendre. Elle l'adorait. En dépit de son mauvais état, elle le trouvait chaleureux.

Elle espérait que Roy ressentirait la même chose. Elle avait hâte de le lui montrer. Tout était à refaire, d'où son prix abordable. Il était loin de la route, entouré de champs, avec des vues à couper le souffle sur la vallée et les collines des Downs. C'était l'endroit idéal pour élever Noah, et Humphrey serait au paradis.

Elle posa la brochure de l'agence immobilière sur le chevet et repensa avec appréhension au couple qui voulait revisiter ce bien. Il fallait que Roy se dépêche de revenir. Pas seulement pour la maison. C'était la première fois qu'ils étaient séparés depuis la naissance de Noah et il lui manquait terriblement.

Épuisée, elle ferma les yeux, sans trouver le sommeil. Elle avait mis la télévision, mais pas trop fort, juste pour avoir de la compagnie. C'était un ancien épisode de la série *Frasier*, qui la faisait toujours sourire. Elle prit le troisième tome de *Cinquante Nuances de Grey* mais, après avoir lu quelques lignes, elle se rendit compte qu'elle était trop fatiguée. Elle reposa le livre et but une gorgée d'eau.

Elle vérifia que le babyphone était bien allumé. Elle monta le volume de manière à entendre Noah respirer, puis le baissa un peu.

Elle aurait dû réviser ses cours du soir. Plusieurs livres de philosophie étaient empilés sur le chevet, mais elle n'avait pas envie de s'y plonger, ces temps-ci. Le vent soufflait fort et elle sentit un courant d'air provenant de la fenêtre mal isolée. Au loin, une sirène hurlait. Elle était sur les nerfs, ce soir. Elle se faisait du souci pour leur fils. Pour leur avenir. Elle se souvint d'une citation de Sophocle, lue quelques jours plus tôt : « Tout est bruit pour qui a peur. »

Et, ce soir, elle avait peur de tout et de rien.

Elle frissonna. Elle fut tentée de ressortir la couette d'hiver, mais on n'était que début septembre. Humphrey, qui dormait normalement dans un panier à la cuisine, s'était assoupi par terre au bout du lit et elle n'avait pas le courage de le mettre dehors. Il se mit soudain à ronfler fort, ce qui la fit sourire. On aurait dit Roy, quand il avait trop bu.

Elle ferma les yeux. Elle avait de si lourdes responsabilités ! Elle savait que la vie changeait à la naissance d'un enfant, mais personne ne lui avait dit à quel point c'était dur. L'infirmière qui était venue la voir pour les six semaines du bébé lui avait dit que c'était normal. Toutes ses amies le lui avaient confirmé. D'un autre côté, personne ne lui avait parlé de l'amour si fort qu'elle éprouverait à chaque fois qu'elle regarderait son fils, à chaque fois qu'elle le tiendrait dans ses bras.

Mais qu'est-ce qu'elle avait mal aux mamelons !

Elle entendit un bruit dans la cour. Sans doute un sac plastique soulevé par le vent. Elle pensa à l'enquête sur laquelle Roy travaillait. Une vieille dame torturée par des cambrioleurs. Dans quel monde vivait-on ? Un monde violent, qui l'avait toujours été et le serait sans doute toujours. Noah et elle avaient de la chance. Grâce à Roy, elle se sentait en sécurité et il faisait tout pour que Noah soit à l'abri du danger.

Elle monta le volume de la télévision. Frasier essayait de se débarrasser de son frère parce qu'il avait un rendez-vous galant avec une ancienne reine de beauté du lycée, qui était devenue une vieille vamp.

Elle sourit. Elle se sentait un peu mieux.

97

Roy Grace grignota la cerise et termina son deuxième Manhattan, puis écrasa son deuxième mégot. Les hommes au bar fumaient toujours des cigares, les yeux rivés à l'écran. Batchelor et Alexander discutaient des Albion et de leurs espoirs footballistiques pour la saison prochaine, tandis que Grace, plongé dans ses pensées, lisait sur son iPhone la fiche relative à la maison que Cleo avait visitée.

Cleo et Noah lui manquaient, mais il était minuit et demi en Angleterre, beaucoup trop tard pour appeler. Il se faisait du souci pour le lendemain. Le commissaire principal lui avait fait confiance, il fallait qu'il soit à la hauteur. Le fait qu'Eamonn Pollock ait fourni une fausse adresse sur son formulaire prouvait qu'il était en ville pour des raisons inavouables. Peut-être devrait-il aller à l'hôtel maintenant et monter la garde avec les Américains. Mais il fallait qu'il se repose. Le mieux, c'était encore de manger un bout, de se coucher tôt, et de filer à l'hôtel de Pollock aux aurores.

Guy Batchelor appela la serveuse pour commander une nouvelle tournée, mais Roy s'interposa.

— L'addition, s'il vous plaît, dit-il d'une voix ferme. Vous ne me remerciez pas maintenant, mais vous me remercierez demain, à 6 heures du matin.

— 6 heures du matin ? répéta Batchelor, horrifié.

— Vous voulez toujours une nouvelle tournée ?

— Je ne crois pas.

98

Amis Smallbone ouvrit la trappe qui menait sur le toit. Le vent violent et la pluie lui fouettèrent le visage. Dans l'après-midi, il serait en Espagne, au soleil, loin de ce temps de merde. Il mit ses lunettes et se hissa sur l'étroite plateforme métallique. Il recouvra son équilibre, puis se répéta *in petto* le trajet jusqu'à la maison de Grace. Quatorze pas sur cette issue de secours, avec une seule rampe pour se stabiliser. Un pas de côté à gauche et passage sous l'antenne satellite. Huit pas de plus pour atteindre la trappe de la maison de Grace.

Ensuite, si tout se passait bien, il serait sur place. Trouverait le bébé et lui collerait un sourire de Joker pour le restant de ses jours ! Ce rêve qu'il nourrissait depuis douze longues années devenait réalité, il était à quelques mètres du succès.

Il serra la rampe et contempla les toits de Brighton. Il était minuit passé, tout le monde dormait.

La grille métallique vibrait comme si quelqu'un d'autre se trouvait sur la passerelle. Il se retourna, mais c'était difficile de voir quoi que ce soit. Il se remit en route. *Treize, douze, onze, dix, neuf.* Sa vision était moins bonne que la dernière fois. Il se retourna de nouveau, puis se concentra.

Huit, sept, six.

Une main lui agrippa l'épaule.

Il fut pris de vertige. Il se retourna et découvrit une immense silhouette encagoulée. Paniqué, il gesticula et parvint à se libérer de l'étreinte. Il se mit à courir droit devant lui, la passerelle vibrant sous ses pas. Et heurta l'antenne satellite de plein fouet.

Il tituba, KO. Son pied gauche se retrouva dans le vide et il tomba en hurlant, la tête la première sur le toit détrempé et glissant. Il tenta de se retenir aux tuiles, mais il dérapait, la cour se rapprochait de plus en plus. Il chercha une prise en vain, hurlant de peur.

Puis il tomba en chute libre.

99

Cleo fronça les sourcils. L'écran s'était brouillé, alors que Frasier arrivait à son lycée avec l'ancienne reine de beauté à son bras. Elle changea de chaîne, sans succès.

Elle entendit un bruit au-dessus d'elle, comme si un cheval faisait du toboggan sur le toit. *Une tuile doit s'être détachée*, songea-t-elle. Elle perçut ensuite un bruit sourd, comme si un sac de pommes de terre était tombé par terre. Elle fut tentée de sortir du lit et de regarder par la fenêtre, mais elle avait froid. C'était sans doute juste une tuile… Elle regarderait le lendemain.

Dans le tumulte, elle crut percevoir un murmure porté par le vent. Peut-être était-ce juste son imagination, mais elle venait d'entendre quelqu'un dire « désolé ».

100

Cassandra Jones détestait les lundis matin, et celui-ci était particulièrement difficile. Elle avait bu trop de vin la veille et elle avait un rendez-vous important à Londres avec un nouveau client à 10 heures. Pourquoi avait-elle accepté ce quatrième verre ? Par quelle étrange logique l'alcool nous faisait-il croire qu'on se sentirait mieux le lendemain ?

Elle prit une douche, s'habilla, avala un comprimé vitaminé et se força à manger un bol de céréales, puis elle sortit avec son vélo pour se rendre à la gare. L'orage de la nuit était terminé et c'était une belle matinée de fin d'été, ou de début d'automne.

Elle ferma la porte et remarqua, au milieu de la cour, une silhouette allongée. L'espace d'un instant, l'indignation l'emporta. Comment un SDF alcoolique s'était-il retrouvé dans un lotissement privé ?

Elle s'approcha et vit, horrifiée, une tache foncée autour de la tête. Du sang.

C'était un petit homme habillé en noir, avec du maquillage noir et du sang coagulé sur le visage. Un bonnet de bain noir se trouvait non loin de lui et une paire de lunettes spéciales était bloquée au niveau de son menton.

Elle lâcha son vélo et chercha du regard un autre témoin. D'où venait cet homme ? Quelqu'un l'avait-il vu ? Elle s'approcha et tâcha de se souvenir de la formation de secouriste qu'elle avait suivie quelques années plus tôt. Mais, en observant son visage de plus près, elle vit que le front était ouvert comme une noix de coco et que de la matière grise s'était mêlée au sang. Le regard était vide, comme celui d'un poisson sur un étal.

Tremblant de tout son corps, elle retira son sac à dos, sortit son portable et composa le numéro du SAMU.

101

Roy Grace avait réglé son réveil sur 5 heures du matin, ce qui ne l'empêcha pas de se réveiller à 3 heures, complètement alerte. Il était 8 heures au Royaume-Uni.

Cleo était probablement réveillée, et il fut tenté de l'appeler. Mais, au cas où elle se serait rendormie après une tétée, il décida d'attendre un peu. Et il fallait qu'il dorme davantage, car la journée serait sans doute longue et difficile.

Il réarrangea les oreillers et s'allongea. Il se tourna à droite, à gauche, se coucha sur le dos, et lâcha l'affaire. Il avait peur qu'Eamonn Pollock ne leur file entre les doigts. Il était convaincu que ce suspect était la clé de leur enquête et qu'il aurait tôt ou tard la montre en sa possession. Ce serait le meilleur moment pour le coincer.

Aaron Cobb lui inspirait de moins en moins confiance : il n'acceptait pas de s'en remettre à lui. Il voulait aller à l'hôtel et repérer les issues de secours, car Pollock l'avait sans doute fait avant lui. L'enjeu était trop important – l'homme ne prendrait aucun risque.

Il se leva, se doucha et se rasa. Puis il lut la trentaine de mails reçus. Rien d'important. Deux concernaient la saison du club de rugby de la police, qu'il présidait, et un autre une formation sur les techniques cognitives d'interrogatoire au Slaugham Manor, le centre de formation et de conférence du Sussex.

Il choisit un tee-shirt, un survêtement et des baskets, et prit l'ascenseur, pour se retrouver dans le hall de l'hôtel désert. Il sortit sur la 42e Rue, encore plongée dans l'obscurité, marcha un peu, puis entama sa course, tournant à droite vers Central Park. La circulation était très peu dense – juste une voiture ou un taxi de temps en temps. Les trottoirs étaient vides. Il courut jusqu'au niveau du Plaza, où il tourna à gauche.

Quelques minutes plus tard, il était devant l'entrée du Marriott Essex House. Il le dépassa, tourna à gauche sur la Septième Avenue, puis de nouveau à gauche sur la 56e Rue et trouva la porte de service de l'hôtel. Il la poussa. À sa surprise, elle s'ouvrit. Il emprunta un long couloir, et arriva devant les ascenseurs.

Un immense vigile le dévisagea avec curiosité. À côté de lui, assis sur des fauteuils et profondément endormis, se trouvaient deux flics en uniforme.

À voix basse, Grace aborda le gardien de sécurité en lui montrant sa carte de police britannique.

— Ils surveillent Eamonn Pollock, suite 1406 ?

— Yep. Ils sont mous du genou, hein ? dit-il en souriant.

Grace prit une photo des policiers et l'envoya à Pat Lanigan, accompagnée d'un message laconique et cinglant.

— Combien y a-t-il d'entrées et de sorties ? demanda-t-il au vigile.

— Deux à cet étage, deux plus bas. Sans compter les issues de secours. Il y en a six, dit-il après mûre réflexion.

Ce qui faisait dix sorties, songea Grace. Deux flics pour les surveiller. Deux flics endormis. Si c'était pas génial !

— Vous pourriez me les montrer ?

— Désolé, mais je n'ai pas le droit de quitter ce poste.

— Ça ne vous dérange pas si j'y vais seul ?

— Je vous en prie.

102

De retour dans sa chambre d'hôtel, peu après 4 heures du matin, Roy Grace se sentit soudain épuisé. Il se déshabilla et se coucha, après avoir programmé son alarme pour qu'elle sonne une demi-heure plus tard. Il s'endormit instantanément, mais fut réveillé par son téléphone.

C'était Glenn Branson.

— Salut vieux, tu dormais ?

— Oui, mais ce n'est plus le cas. Qu'est-ce qui se passe ?

Il regarda l'heure. Il était 4 h 20 à New York, 9 h 20 à Brighton.

— Pas mal de choses, pendant que tu roupilles.

— Dis-moi.

— Eh bien, rien n'est certain, mais il semblerait que quelqu'un ait essayé de cambrioler ta maison cette nuit.

— Chez moi ou chez Cleo ?

— Chez Cleo.

Grace se redressa, effaré.

— Qu'est-ce que tu veux dire ? Que s'est-il passé ?

— Je suis devant chez elle actuellement. On a trouvé un corps. Il semblerait que l'individu soit tombé du toit. Son visage était fardé et il était habillé tout en noir. Il portait des lunettes de vision nocturne et un kit d'outils pour crocheter les serrures.

Glenn ne mentionna pas le rasoir de barbier pour ne pas inquiéter davantage son ami. Grace sentit son sang se glacer.

— Cleo n'a rien ? Tu as vérifié ? Tu sais si Noah va bien ?

— Ils vont bien.

— Il serait tombé du toit ? Vous l'avez identifié ?

— Pas encore. Il n'a rien sur lui, ni portefeuille ni pièce d'identité.

— On est sûr qu'il est mort ?

— Le médecin l'a confirmé. Le représentant du coroner vient d'arriver.

— Tu es sûr qu'il voulait s'introduire chez nous ?

— Il est à quelques mètres de votre maison. Et, si ce n'est pas un cambrioleur, on peut dire qu'il en a quand même bien l'air.

— Je dois parler à Cleo. Je te rappelle.

D'une main tremblante, il composa le numéro de leur domicile, qui sonna occupé. Il l'appela sur son portable, mais tomba sur la boîte vocale. Il tenta de nouveau le numéro de téléphone fixe et elle finit par décrocher.

— J'essayais de te joindre, dit-elle, sous le choc. J'ai entendu un bruit cette nuit. La télé ne fonctionnait plus. Quelqu'un a glissé du toit. Que faisait-il sur notre toit, Roy ? Pourquoi y avait-il quelqu'un sur notre toit, putain ?

Grace reçut un double appel.

— Attends une seconde, ma chérie, je dois vérifier si c'est urgent.

C'était Glenn Branson.

— Roy, Philip Keay, du bureau du coroner, a reconnu l'individu. Je ne suis pas sûr que cela va te plaire : c'est Amis Smallbone.

Cette information lui parut surnaturelle. Il lui fallut plusieurs secondes pour la digérer.

— Amis Smallbone ? Il en est sûr ?

— Absolument certain.

— Je te rappelle dans une minute.

Il reprit la conversation avec Cleo.

— Je rentre dès que possible. Je n'aurai pas de vol avant ce soir, j'atterrirai au plus tôt demain matin. Mais je vais demander à ce qu'un officier surveille la maison jusqu'à mon retour.

— Reviens vite, dit-elle d'une voix cassée.

— Je t'aime, ma chérie. Tout va bien, vous n'avez rien, Noah et toi. Mais je ne veux pas que tu sortes de la maison d'ici mon retour, jusqu'à ce que je comprenne ce qui se passe, OK ?

Il entendit à peine sa réponse, noyée dans des sanglots. Lui-même tremblait. Qu'est-ce qu'il avait l'intention de faire, ce salopard ?

103

Assis au bord du lit, Roy Grace frissonnait, le visage entre les mains. Amis Smallbone et un kit de cambriolage. Il n'y avait pas de doute possible. Smallbone prévoyait de s'introduire chez eux. Pour quoi faire ?

Voulait-il s'en prendre à Cleo, à Noah, aux deux ? Il repensa au message gravé sur le capot de la voiture de Cleo, en juin :

SALE FEMME DE FLIC. TON GOSSE EST LE PROCHAIN SUR MA LISTE.

Smallbone avait nié en être l'auteur. Et quelqu'un avait fait paraître une nécrologie dans l'*Argus*, juste après la naissance de Noah. Grace était quasiment sûr que c'était Smallbone.

Avait-il un complice ? C'était peu probable. Si Smallbone avait voulu organiser un cambriolage, il aurait délégué. Quel que soit ce qu'il avait prévu, il voulait le faire lui-même. Il était mort. Une vermine de moins sur cette planète. Il ne manquerait à personne.

Son téléphone bipa. Nouveau message de la part de Pat Lanigan :

On les a réveillés avec un piment dans le cul !

Roy sourit, puis rappela Glenn Branson.

— Quelqu'un a regardé s'il y avait des traces d'effraction ?

— Tout a été vérifié, tout est sécurisé.

— Cleo est sous le choc, Glenn. Tu peux faire venir quelqu'un ?

— J'ai demandé à une spécialiste de lui tenir compagnie jusqu'à ton retour.

— Merci. Je pensais que tu ne bossais pas, aujourd'hui. Les funérailles d'Ari ont lieu cette semaine, non ? Mercredi ?

— Je n'étais pas au bureau, mais quand j'ai vu l'incident sur le fil d'info interne, je me suis déplacé. La sœur d'Ari surveille les enfants, pas de soucis.

— Merci beaucoup, mec.

— Je t'appelle quand j'en sais plus. Quoi de neuf de ton côté ?

— Sachant qu'il est 4 h 30, un lundi matin, je dirais que ça bouge pas mal, dit Grace, non sans humour.

Après lui avoir résumé la situation, il raccrocha, puis appela Tony Case, qui gérait ses billets d'avion. Il lui détailla les circonstances de l'incident et lui demanda de trouver un retour de toute urgence.

— Ça va coûter cher, dit Tony Case. Je vous avais déniché un super tarif pour des allers-retours, mais ils ne sont ni échangeables ni remboursables.

— Je paierai de ma poche.

Case se dérida.

— Je m'en occupe, Roy. Peut-être que ce ne sera pas nécessaire. Tu es joignable sur ton portable ?

— Oui.

— Laisse-moi une demi-heure.

*

Vingt minutes plus tard, revigoré par une douche et deux cafés, Roy Grace parcourut ses mails. Il n'y avait rien de nouveau sur la tentative de cambriolage.

Il était 5 h 10. Il avait les yeux rouges, mais son cerveau tournait à plein régime. Dans trois quarts d'heure, il retrouverait Batchelor et Alexander dans le hall, puis ils se rendraient à l'hôtel d'Eamonn Pollock.

Il appela le CO1 et demanda à parler à Bella Moy, qui lui confirma qu'il n'y avait rien de nouveau. Il raccrocha. Glenn Branson le rappela aussitôt.

— Ça ne va pas te plaire.

— Ça ne me plaît déjà pas !

104

— Je pensais que, lors de notre dernière séance, vous me parleriez du père de votre fils, dit le Dr Eberstark. Vous m'avez dit que vous aviez eu une histoire avec l'un des collègues de votre mari. Pensez-vous que cet homme puisse être le père ?

— Je ne sais pas, dit Sandy.

— Comment vivez-vous le fait de ne pas savoir ?

Elle garda le silence, puis haussa les épaules.

— C'est difficile. Je ne sais pas si je préférerais que Roy soit le père de Bruno ou pas.

— S'il l'est, ne pensez-vous pas qu'il a le droit de le savoir ?

— Je croyais que je vous payais pour m'aider, pas pour m'interroger.

Le psychiatre sourit.

— Vous êtes tellement dans la retenue, Sandy. Connaissez-vous l'expression : la vérité libère ?

— Comment suis-je censée connaître la vérité ? Je me vois mal demander à Roy ou à mon ancien amant de m'envoyer des échantillons d'ADN.

— Je pense que la plupart des femmes savent ces choses-là. Vous êtes très instinctive. Que vous dit votre instinct ?

— Peut-on changer de sujet ?
— Pourquoi êtes-vous si mal à l'aise ?
— Parce que…
Elle haussa les épaules et replongea dans le silence.
Quelques minutes plus tard, le Dr Eberstark lui demanda :
— Avez-vous réfléchi à propos de la maison que vous pensiez acheter à Brighton ?
— À Hove.
— Hove ?
— L'équivalent de Schwabing, pour Munich.
— Une banlieue chic ?
— À une certaine époque, Brighton et Hove se sont snobées. Brighton était considérée comme une ville animée et branchée, et Hove une banlieue très comme il faut.
— Ah.
S'ensuivit un long silence.
Le Dr Eberstark regarda l'heure, il ne leur restait plus que quelques minutes.
— Donc, cette maison à Hove… Avez-vous pris une décision ?
Elle lui jeta un regard indéchiffrable.

*

Alors qu'elle sortait du cabinet du Dr Eberstark, sur Widenmayerstrasse, elle s'arrêta pour contempler les berges larges et verdoyantes de l'Isar, de l'autre côté de la rue. Elle avait menti au psychiatre. Elle savait qui était le père.

Elle se demandait si c'était enfin le moment de parler à Roy de son fils. Leur fils. Elle était sûre, désormais, que c'était lui le père. Lorsqu'elle avait visité la maison, deux mois plus tôt, elle avait réussi à glisser une brosse à dents et une brosse à cheveux dans son sac à main. À partir de l'ADN, un laboratoire de Berlin lui avait confirmé que son fils était bien celui de Roy, et non de Cassian Pewe.

Elle l'avait fréquenté plusieurs mois, après l'avoir rencontré alors que Roy suivait une formation, mais leur idylle s'était étiolée.

À présent, elle ne savait pas quelle décision prendre pour la maison. Elle avait les moyens de l'acheter, mais était-ce une bonne idée de retourner s'installer là-bas ?

Pour la première fois depuis longtemps, elle sourit. Elle savait ce qu'elle allait faire.

Ragaillardie, elle avança d'un pas et héla un taxi.

105

L'immense vigile était toujours en poste dans le hall de l'hôtel, près des ascenseurs, quand les trois enquêteurs britanniques arrivèrent, peu après 6 h 15. Grace fut soulagé de constater que les deux policiers américains étaient désormais tout à fait réveillés, et pressés de faire un point avec lui. Ils n'avaient rien d'important à signaler. La veille, à 19 h 30, Eamonn Pollock s'était fait servir un dîner dans sa chambre. Selon l'employé, il y avait un homme avec lui. Un peu plus tard, Eamonn Pollock avait sorti le plateau dans le couloir. Et sa chambre était silencieuse depuis. Selon toute vraisemblance, il dormait encore.

Grace demanda à parler au serveur qui avait vu le visiteur de Pollock. Après s'être renseigné par radio, le vigile l'informa que le jeune homme était en repos et ne reprendrait pas avant midi.

Grace invita ses collègues et les Américains à l'accompagner au sous-sol. Il posta Batchelor et Alexander à la surveillance de deux sorties, et il envoya l'un des policiers monter la garde devant la porte de Pollock, l'autre resterait en bas. Il s'installa dans le hall, de façon à avoir une vue dégagée sur l'entrée principale. Puis il demanda à parler au manager.

Il avait du mal à se concentrer depuis que Glenn Branson lui avait annoncé qu'Amis Smallbone louait la maison à côté de chez Cleo. Cette petite merde vivait de l'autre côté de la cloison. Et il les avait mis sur écoute. Comment avait-il pu organiser tout cela ? Son conseiller pénitentiaire aurait dû…

Mais ce n'était pas la faute du conseiller. Il avait sans doute vérifié que l'adresse était acceptable et que le détenu était capable de payer le loyer. Il n'était pas censé savoir qui habitait à côté.

Merde, alors !

Le manager, briefé par Pat Lanigan, apparut.

— Que puis-je faire pour vous ?

Grace lui demanda s'il pouvait visionner les bandes de vidéosurveillance de la nuit, depuis 18 heures, la veille. Il avait vu des caméras devant et derrière l'hôtel, aussi bien à l'intérieur qu'à l'extérieur.

Quelques minutes plus tard, il se retrouvait dans une petite pièce mal aérée, devant une armée de moniteurs numérotés, affichant différentes vues de l'hôtel et de la rue. Il s'assit à côté d'un technicien obèse aux yeux de merlan frit, qui n'avait sans doute pas dormi. Il sentait fort la sueur. L'homme agitait une manette pour changer de caméra et zoomer. Il rappelait à Grace la fois où il était allé à Las Vegas pour assister à une conférence. En traversant un casino pour aller prendre le petit-déjeuner, il avait été marqué par tous ces gens épuisés qui avaient passé la nuit devant des machines à sous.

Grace visionna les bandes en accéléré, mais ne vit aucun visage familier. Il ressortit, soulagé de quitter cette pièce malodorante, retourna dans le hall et prit place de façon à surveiller les allées et venues de chacun.

Il reçut un appel de Tony Case. Ce dernier avait trouvé un vol qui partait de Newark à 21 heures, et arrivait à Heathrow vers 9 heures, le lendemain. Cela lui laissait toute la journée à New York, ce qui était une bonne nouvelle.

Le hall était désert. Une femme nettoyait le sol, et déplaçait régulièrement un plot jaune pour mettre en garde contre d'éventuelles glissades. Un homme d'affaires matinal débarqua dans le hall d'un pas rapide, tirant une petite valise derrière lui. Il se dirigea vers la réception. Grace le suivit des yeux, juste pour se distraire. Il ne ressemblait en rien à Eamonn Pollock et devait avoir vingt ans de moins que leur cible.

Dix minutes plus tard, un jeune couple en tenue de sport demanda à emprunter des vélos. Le jour était désormais levé.

À 8 h 30, Grace commença à s'inquiéter. Pollock était arrivé d'Europe quelques jours plus tôt. Avec les six heures de décalage avec l'Espagne, il devait s'être levé tôt, comme lui-même. Le personnel avait pour mission de le prévenir dès que la suite 1406 passerait un coup de fil. Leur suspect prendrait à coup sûr un petit-déjeuner, tout au moins un thé ou un café.

Pat Lanigan entra dans l'hôtel. Il portait un blouson de sport et une cravate. Il était flanqué d'Aaron Cobb, qui semblait aussi épanoui que s'il avait une rage de dents.

— Comment vas-tu, mon ami ? demanda Lanigan.

— Je trouve Pollock trop calme.

— Peut-être a-t-il pris un somnifère, suggéra Cobb. Ça se fait pour contrer les effets du décalage horaire.

— À sa place, si je devais conclure une vente de deux millions de livres, ou plutôt trois millions de dollars, je ne ferais pas la grasse matinée, répliqua Grace.

Pat Lanigan se dirigea vers la réceptionniste. Grace le vit montrer son badge du NYPD.

— Pourriez-vous de nouveau vérifier l'activité de la suite 1406 ? Merci de demander à tous les services – concierge, femme de chambre, etc.

— Bien sûr, monsieur. Accordez-moi quelques instants.

Elle décrocha le téléphone.

Quelques minutes plus tard, elle lui confirma que la suite 1406 n'avait contacté personne, un membre du personnel avait constaté que le panneau NE PAS DÉRANGER était accroché à la porte.

À 9 h 10, Roy Grace eut un mauvais pressentiment.

— Je pense que quelqu'un devrait aller toquer. Il faut que l'on sache s'il est encore là.

L'enquêteur américain retourna à la réception et demanda cette fois à parler à la directrice de l'établissement.

Cinq minutes plus tard, Grace, Pat Lanigan et la directrice de l'hôtel, une femme élégante, entre deux âges, prenaient l'ascenseur jusqu'au quatorzième étage, puis empruntaient un dédale de couloirs.

Le panneau était effectivement accroché à la poignée, ainsi qu'un sac noir contenant le *New York Times* du jour.

La directrice frappa fort à la porte, attendit quelques secondes, et recommença. Puis elle composa le numéro de téléphone de la chambre, qu'ils entendirent sonner. Grace se faisait de moins en moins d'illusions.

Elle finit par ouvrir la porte avec son passe.

— Professeur Alvares ? Il y a quelqu'un ? Bonjour !

Silence.

Il y avait deux canapés et une table, sur laquelle se trouvait une coupe de champagne vide.

Grace et Lanigan la suivirent dans la chambre. Le lit défait, la télévision allumée, et une serviette blanche gisant au sol indiquaient que la suite avait été occupée. La salle de bains était vide. Le client était parti, avec armes et bagages.

106

La limousine Lincoln que l'hôtel avait mise à la disposition de Gavin Daly s'arrêta sur Madison Avenue, non loin d'une horlogerie Panerai. Le chauffeur descendit et ouvrit la portière arrière en désignant l'immeuble.

— Parfait, dit Daly en posant le bout de sa canne sur le trottoir.

Dehors, il faisait beau et chaud. En se relevant, il sentit le poids de l'objet dissimulé dans la poche de son pantalon. Il était fatigué, en plein décalage horaire, il avait mal dormi, mais il était boosté à l'adrénaline.

— Vous m'attendrez ici ?

— Oui, monsieur. Si je ne suis pas juste devant, patientez quelques minutes, c'est que je suis en train de faire le tour du pâté de maisons.

— Bien sûr.

— Vous pensez en avoir pour une heure, c'est ça ?

— Plus ou moins. Merci.

— Très volontiers, monsieur. Je serai là, monsieur !

Gavin Daly était arrivé en avance, comme Julius Rosenblaum le lui avait conseillé.

Il était 9 h 45 et le rendez-vous entre Eamonn Pollock et l'antiquaire était fixé à 10 h 30. Il s'avança vers la porte d'entrée, coincée entre deux boutiques chics, et étudia les noms sur l'interphone. Il sonna à ANTIQUITÉS DE MARINE J.R., conscient qu'il se trouvait sous vidéosurveillance.

La voix de Rosenblaum grésilla dans l'interphone.

— Entre, Gavin. Prends l'ascenseur jusqu'au deuxième étage.

— Je me souviens ! répondit-il.

Et c'était vrai, même si sa dernière visite remontait à dix ans au moins.

Il y avait un minuscule ascenseur à l'ancienne, avec une porte coulissante en métal. Il appuya sur le bouton et monta jusqu'au deuxième. L'ascenseur s'arrêta brutalement, Daly en sortit et se retrouva dans un couloir étroit. La porte devant lui, équipée d'un judas, portait une plaque indiquant, en lettres dorées, ANTIQUITÉS DE MARINE J. ROSENBLAUM. Elle s'ouvrit sur l'un de ses plus anciens et meilleurs clients. Dans une forme éclatante, Rosenblaum se tenait droit comme un i, avec une posture que Daly avait toujours admirée.

D'allure distinguée, quoiqu'un peu m'as-tu-vu, Julius Rosenblaum avait plus de 80 ans. Ses cheveux blancs étaient soigneusement coiffés et il sentait fort le parfum. Il avait un nez aquilin, des paupières tombantes et un grand sourire. Il portait un costume rayé trois-pièces immaculé et une cravate flamboyante, ainsi qu'une montre Vacherin Constantin très sophistiquée.

— Je suis si content de te revoir, Gavin ! Tu as l'air en pleine forme ! Tu n'as pas changé, tu sais ? ajouta-t-il en l'observant de la tête aux pieds.

— Toi non plus !

— Entre, on a le temps de prendre un café et on a pas mal de choses à se raconter.

Daly s'enfonça dans une moquette moelleuse couleur eau-de-Nil. Dans des vitrines, exposées le long du couloir, se trouvaient des horloges marines, un sablier estampillé Marine Royale sur une plaque en laiton et une cloche de bateau. Daly suivit Rosenblaum dans une petite pièce où une table georgienne servait de réception. Une femme âgée, assise à cette table, dactylographiait. Des revues sur les antiquités étaient empilées à côté d'elle.

— Marjorie, tu te souviens de Gavin Daly, qui habite en Angleterre ?

— Absolument !

Elle lui sourit.

— Tu pourrais nous apporter du café, s'il te plaît ?

Ils s'installèrent dans son bureau. Les murs, décorés de beaux tableaux de maître, conféraient à la pièce un air de musée. La lumière du jour pénétrait par une grande fenêtre en verre dépoli. L'endroit était calme, isolé des bruits de la circulation.

Rosenblaum lui fit signe de s'asseoir et prit place à son tour.

— Alors ?

— Je te remercie de m'avoir prévenu, Julius.

— L'argent a peu d'importance à notre âge, tu vois ce que je veux dire, Gavin ? Franchement, une montre volée, même si elle vaut trois millions, j'en ai autant envie que de me pendre. Je veux juste vivre tranquillement, faire de petites transactions pour garder la main, sinon l'ennui me rendrait fou.

Daly hocha la tête.

— Tu as toujours un yacht ?

Rosenblaum, qui avait servi dans la marine américaine pendant la guerre de Corée, avait toujours été un excellent navigateur. Il avait une fois invité Gavin à faire le tour de Manhattan en bateau.

— Oui, mais il est amarré à Saint-Barthélemy. Il fait bien trop froid à New York, pour moi.

Rosenblaum ouvrit une boîte à cigares et la poussa vers Daly.

— Sers-toi.

— Un peu plus tard, merci.

— OK, on prendra un verre ou deux et on fumera ensemble. Si tu n'as rien de prévu, rejoins-moi dans mon *gentlemen's club*, ce soir.

— Ça me ferait très plaisir.

Rosenblaum sourit.

— J'ai été opéré de la prostate. Je ne peux plus bander. Tout ce qui me reste, c'est un bon cigare et un grand vin.

— Je vois de quoi tu parles, j'ai eu le même problème.

— À vrai dire, c'est un soulagement, Gavin. Avant, j'avais des besoins irrépressibles, comme si j'étais contrôlé par un singe lubrique qui n'en faisait qu'à sa tête. Il voulait baiser tout le temps et n'était jamais satisfait. Aujourd'hui, ça ne me manque pas, et toi ?

— Je continue à me rincer l'œil, confessa Daly, l'air espiègle.

Julius Rosenblaum se fendit d'un sourire jusqu'aux oreilles.

— Le jour où j'arrêterai de me rincer l'œil, rends-moi service, tue-moi. Mais tu n'es pas venu ici pour parler impuissance. On a une demi-heure avant qu'il n'arrive. S'il vient, dit-il en consultant sa montre.

— Qu'est-ce que tu en penses ?

Rosenblaum montra à Daly une caméra orientée vers la table de conférences. Puis il désigna une porte, à l'autre bout de la pièce, ornée d'un grand miroir doré.

— Derrière cette porte se trouve mon équipement de vidéosurveillance. Cette caméra peut zoomer sur tout ce que je pose sur la table. Je l'ai utilisée à plusieurs reprises pour prendre des photos de pièces et vérifier si elles ne figuraient pas dans le registre des objets volés. Et j'utilise ce miroir sans tain pour observer mes visiteurs. Tu serais surpris de savoir ce que l'on découvre en laissant les gens seuls. Je me suis dit que tu aimerais suivre notre rendez-vous depuis cette pièce. Si tu reconnais la montre, tu peux appuyer sur un bouton pour me prévenir, ou entrer. Dans les deux cas, en dix secondes, Eamonn Pollock sera enfermé.

Il retroussa les lèvres.

— Ça te va ?

— Juste une chose, Julius. Qu'est-ce que tu as à y gagner, toi ?

L'Américain leva les mains en l'air.

— Un vieil ami comme toi, Gavin ? s'exclama-t-il. Je sais que tu sauras te montrer généreux.

— Même si l'argent n'a plus d'importance à notre âge ?

— Absolument. Quelques millions entre amis, c'est une bagatelle, n'est-ce pas ? dit-il en souriant d'un air entendu.

107

Eamonn Pollock se sentait comme une merde. Il était assis à l'arrière d'un taxi jaune trop étroit, conduit par le pire chauffeur de New York, un jeune Éthiopien qui hurlait contre quelqu'un au téléphone, conduisait comme un fou, accélérait et pilait à la dernière minute.

Pour ne rien arranger, la sangsue ne le lâchait pas d'une semelle. Ils avaient même dormi ensemble ! Si dormir est le terme adéquat. Dans la nuit, ils avaient filé à l'anglaise, empruntant un ascenseur de service et l'entrée réservée aux fournisseurs. Pollock avait désespérément essayé de dormir dans un fauteuil, dans un hôtel miteux de Midtown, tandis que la sangsue ronflait comme un ours.

Quand le taxi finit par s'arrêter, il remarqua une joaillerie Panerai. Peut-être s'offrirait-il une nouvelle montre, une fois qu'il aurait vendu la Patek Philippe. Un petit cadeau pour fêter ça. Ensuite, il irait acheter une babiole pour Luiza chez Tiffany.

Revenant à la réalité, il sortit de la poche de sa veste un portefeuille, tendit au chauffeur un billet de 20 dollars, et lui dit de garder la monnaie. Alors qu'il ouvrait la portière, le chauffeur lui fit vertement remarquer qu'il en avait pour 23 dollars.

Pollock sortit un nouveau billet. Qu'importe. Si tout se passait bien, dans quelques heures, il serait encore plus riche. Il n'avait pas décidé combien il donnerait à la sangsue, mais il trouverait un moyen de la rouler dans la farine. Il avait passé trente ans de sa vie à baiser des minables, ce n'était pas près de changer.

Tous deux descendirent du taxi.

— Ce serait mieux que tu m'attendes ici, dit Pollock. J'obtiendrai un meilleur prix si je négocie seul, ajouta-t-il en se dirigeant vers la porte.

— Dans tes rêves, répliqua la sangsue en allumant une cigarette.

L'homme tira deux longues bouffées tandis que Pollock sonnait. Quelques secondes plus tard, ils entendirent un bourdonnement et un clic. La sangsue le suivit, sans éteindre sa cigarette.

— Tu ne peux pas fumer à l'intérieur.

— On ne peut plus fumer nulle part, répliqua-t-il dans un nuage de fumée en faisant tomber des cendres par terre.

Ils entrèrent dans l'ascenseur. Eamonn Pollock étant obèse, il y avait à peine de la place pour eux deux.

— Tu ne vas pas fumer là-dedans, quand même !

— Pourquoi est-ce que tu es aussi gros, Pollock ?

— Parce que chaque fois que je baise ta femme elle me file un sucre.

— Ah, je la connaissais déjà ! Sérieux, pourquoi tu es aussi gros ?

Pollock le dévisagea et secoua la tête.

— Pas de questions personnelles, nous sommes ici pour affaires. Restons courtois l'un envers l'autre, OK ?

La sangsue tira de nouveau sur sa cigarette, puis écrasa le mégot par terre, tandis que l'ascenseur s'ébranlait.

108

Quand la secrétaire leur annonça l'arrivée d'Eamonn Pollock, Julius Rosenblaum poussa Gavin Daly par la porte dérobée, puis s'empressa de lui apporter sa tasse de café.

Daly se retrouva dans une pièce à peine plus grande qu'un placard à balais, comprenant une chaise de bureau inconfortable et branlante. Daly s'installa et cala sa canne contre une étagère. Il voyait tellement bien, depuis sa planque plongée dans une semi-obscurité, qu'il avait du mal à croire que personne ne pouvait le voir.

Il but une gorgée de café et se familiarisa avec le bouton de volume que Rosenblaum lui avait montré. En plus du tableau de bord, il y avait un écran télé fixé au mur et des lumières qui clignotaient sur le matériel d'enregistrement. D'anciens meubles de rangement et des boîtes contenant des dossiers en accordéon occupaient le reste de l'espace.

L'air était sec et poussiéreux, ça sentait le vieux papier. Il faisait frais dans le bureau de Rosenblaum, grâce à la climatisation, mais ce réduit était mal aéré. Au moment où la porte du bureau s'ouvrit, il faillit éternuer. La secrétaire apparut. Julius Rosenblaum se leva, puis Eamonn Pollock entra, vêtu d'un costume beige froissé, d'une chemise d'un jaune criard et de vulgaires mocassins marron. Cette vision lui glaça le sang.

Toute sa vie, Gavin Daly avait analysé les visages de ceux qui avaient assassiné sa mère et enlevé son père. Il avait collecté des coupures de presse du monde entier, accumulé des livres dans la bibliothèque de sa sœur et avait, bien sûr, cherché sans répit de nouvelles images sur Internet. Ces visages étaient gravés dans sa mémoire. En découvrant Eamonn Pollock, il eut l'impression de voir un fantôme.

Autant Mick Pollock, le Cul-de-jatte, était grand et maigre, autant Eamonn, son neveu, était tassé et ventripotent. Mais ils avaient les mêmes cheveux ondulés et la même arrogance. Il imagina Eamonn Pollock plus maigre, avec des joues plus plates, sans double menton, et le cul-de-jatte plus gros... Eamonn Pollock était le portrait craché de son oncle.

Daly n'arrivait pas à le quitter du regard. Les nerfs à vif, le cou tendu, les oreilles bourdonnantes, il mourait d'envie d'effacer ce sourire concupiscent du visage de son ennemi juré. Un autre individu entra dans son sillage.

L'espace d'un instant, Gavin Daly crut qu'il hallucinait, que la fatigue lui jouait des tours. Il fixa, sans en croire ses yeux, l'homme musclé, élancé, en blouson en daim et en jean qui entrait d'un pas nonchalant, jaugeant la pièce avec cette suffisance qu'il connaissait si bien.

— Julius, voici mon associé : Lucas Daly, dit Pollock avec un net dédain dans la voix.

Gavin Daly sentit sa poitrine s'enflammer. Il sortit de sa poche ses médicaments et fit fondre un petit cachet sous sa langue. Le souffle court, tremblant de rage, les mains moites, il monta le son.

— Enchanté de faire votre connaissance, monsieur Daly, fit Rosenblaum en fronçant les sourcils.

Il leur fit signe de prendre place à la table de conférences.

— Que puis-je vous offrir, messieurs ? Café ? Thé ?

— Un café pour moi, je vous remercie, dit Eamonn Pollock.

Lucas hocha la tête. Rosenblaum retourna vers son bureau, décrocha le téléphone et passa commande auprès de sa secrétaire.

— Alors, monsieur Pollock, reprit-il, j'imagine que vous avez apporté la montre...

— Absolument !

Pollock se releva, non sans difficulté, détacha sa ceinture, ouvrit la petite sacoche en cuir qui y était accrochée, et sortit une boule de coton, qu'il posa sur la table. Lentement et laborieusement, mais rayonnant par avance, il dégagea la Patek Philippe et l'exposa.

Julius Rosenblaum sortit d'un tiroir une loupe monocle qu'il ajusta à son œil droit. Il s'assit, soupesa la montre et commença à l'examiner.

— Belle pièce, dommage qu'elle soit en si mauvais état. Vous en voulez 3 millions, c'est bien cela ?

— C'est le minimum que je... que nous en attendons.

Pollock jeta un coup d'œil à Lucas Daly, qui acquiesça.

La secrétaire apporta les cafés et se retira.

Rosenblaum continua à étudier la montre en silence. Grâce à une fine lame, il l'ouvrit pour en examiner l'intérieur.

— Elle est très belle, très rare, je vous le concède. Je n'ai pas souvent vu de montre comme celle-là dans ma vie. Mais j'ai quelques doutes. Que pouvez-vous me dire sur son origine, monsieur Pollock ?

— Elle appartenait à mon grand-père, intervint Lucas Daly. Elle a été remise à mon père en 1922.

— Par mon oncle qui l'avait acquise illégalement et souhaitait la rendre à la famille de son propriétaire, ajouta Pollock.

Gavin Daly écoutait, de plus en plus furieux, tandis que la douleur à la poitrine s'atténuait.

— Il y a quelques anomalies, fit remarquer Rosenblaum. J'ai vérifié auprès de Patek Philippe, qui garde trace de toutes les montres fabriquées. Le numéro de série, 049351 – désolé, je suis un peu dyslexique, je lis parfois les chiffres à l'envers. Le numéro de série, 153940 indique qu'elle aurait été fabriquée en 1911 ou plus tard. Or, elle a été fabriquée en 1910. Son numéro devrait donc être compris entre 149100 et 150000. Avez-vous une explication à me fournir ?

— Bien sûr, dit Lucas Daly. D'après ce que j'ai cru comprendre, il était fréquent que les meilleurs apprentis fabriquent, en secret, des duplicatas. Je pense que cela s'applique à la montre de mon père. C'est pourquoi le numéro de série est légèrement en dehors de la fourchette.

— Je vois, concéda Rosenblaum. Mais, en général, à chaque fois qu'une réparation est faite, l'orfèvre appose la date et ses initiales. Je ne vois aucune mention de ce type. De plus, pour les montres de cette valeur, le propriétaire demande souvent que ses initiales soient gravées. Parfois, quand la montre change de mains, les initiales sont effacées, mais cela laisse une trace. Et je n'en vois aucune.

— Vous déconnez ! s'exclama Lucas Daly en sortant de ses gonds. Peut-être a-t-elle été volée par mon grand-père avant que les initiales ne soient gravées. Comment voulez-vous que je le sache ?

Derrière le miroir sans tain, Gavin Daly bouillonnait. Son fils était assis à côté d'un connard mythomane. *Mon oncle l'avait acquise illégalement et souhaitait la rendre à la famille de son propriétaire*... Vraiment ? Son oncle avait assassiné le propriétaire. Et Eamonn Pollock avait tué Aileen pour la récupérer, puis la revendre. Mais qu'est-ce que Lucas venait faire dans cette histoire ?

— C'est peut-être une question bête, dit Rosenblaum en se tournant vers Lucas, mais pourquoi personne, dans votre famille, ne l'a fait réparer ?

— Je pense qu'ils avaient peur que cela affecte son authenticité, répondit Eamonn Pollock.

— Pas du tout, rejeta Lucas. C'est très simple. Mon père et ma tante voulaient garder la montre en l'état. C'était leur seul lien avec leur père, elle avait une immense valeur sentimentale pour eux. Ce n'aurait pas été pareil si elle avait été réparée.

— Et que pensent-ils du fait que vous la vendiez à présent ? demanda Rosenblaum à Lucas, le regard dur.

— Ils sont malheureusement morts tous les deux. Pour ma famille, l'heure est venue de la vendre, hélas, dit-il avec force gestes de désespoir.

Une porte s'ouvrit derrière eux. Tous trois se tournèrent vers Gavin Daly, qui tenait sa canne dans une main et un revolver dans l'autre.

— Alors, comme ça, je suis mort, Lucas ? Je mourrai un jour, chaque chose en son temps, ne t'inquiète pas.

Il visa Eamonn Pollock d'une main tremblante.

— Mais ce salopard crèvera avant moi.

109

Aaron Cobb conduisait une Crown Victoria marron sale dans la circulation dense de la Cinquième Avenue. Sirène et gyrophares allumés, il fonçait vers le sud en insultant tous ceux qui croisaient son chemin, surtout les vélotaxis, qu'il semblait détester.

Pat Lanigan se trouvait à l'avant et Roy Grace à l'arrière. L'habitacle sentait les pieds et le kebab. Roy essaya de joindre Cleo, mais son fixe et son portable étaient sur répondeur, ce qui voulait dire qu'elle était probablement déjà en ligne. Il regarda l'heure : 10 h 20, soit 15 h 20 à Brighton.

— On arrive chez le prochain bijoutier, lui annonça Lanigan.

Cobb se gara devant le Flatiron, qui était l'un des bâtiments préférés de Grace à New York, et resta au volant tandis que Lanigan et Grace se précipitaient vers une petite boutique. Au-dessus de la vitrine était calligraphié le nom du magasin, LA TROTTEUSE, ACHAT ET VENTE DE MONTRES D'EXCEPTION. Dans la vitrine, Grace reconnut des Rolex, des Patek Philippe et des Omega.

La porte était verrouillée. Pat Lanigan appuya sur la sonnette et ils entendirent un clic. Ils entrèrent dans un espace beaucoup plus spacieux que la devanture ne le laissait supposer. Flottaient dans l'air des odeurs de cuir tanné. Il y avait des vitrines hautes et d'autres plus basses. Dans l'une d'elles, Roy vit une étiquette sur laquelle figurait le prix, écrit à la main : il se terminait par une longue série de zéros.

Un homme de 65 ans environ apparut derrière le comptoir, au fond du *showroom*.

— Bonjour, messieurs, que puis-je pour vous ?

Il avait une voix chaleureuse, distinguée, un léger accent étranger et un charme suranné.

Pat Lanigan sortit son badge du NYPD.

— Je cherche M. Turkkan. M. Attila Turkkan.

— C'est moi !

— Commandant Lanigan, je vous ai appelé dans la matinée pour vous annoncer notre venue.

— C'est un bon moment. Comme vous pouvez le voir, c'est très calme, ce matin.

En cette chaude journée, l'homme portait une veste légère, rayée de bleu marine et blanc, une chemise blanche et une élégante cravate en soie assortie à la veste. Il se tenait droit, avait de beaux cheveux argentés coupés court, et une petite moustache fine qui lui donnait des airs d'homme à femmes. Grace lui trouva une ressemblance avec Omar Sharif.

— Voici le commissaire Roy Grace, de la police du Sussex, en Angleterre. Nous aidons son équipe à retrouver une montre volée. Il s'agit d'une montre de poche rare et chère.

Attila Turkkan haussa les sourcils, vexé.

— Messieurs, je suis antiquaire depuis quarante et un ans, et je suis absolument certain de n'avoir jamais acheté ni revendu une montre volée.

— Nous sommes ici pour vous demander de l'aide, c'est tout, précisa Roy Grace. Nous ne vous accusons de rien.

Grace se trouvait dans l'axe d'une lampe puissante, qui éblouissait ses yeux fatigués. Il se décala de quelques centimètres.

Le bijoutier sembla un peu soulagé, mais pas tout à fait à l'aise.

— Puis-je vous offrir un café turc ?

— Désolé, mais nous n'avons pas le temps, fit Lanigan.

— Avant d'acheter une montre, je m'assure à 100 % de son origine. À 100 %, vous entendez ?

Un téléphone sonna, mais il l'ignora.

— C'est comme cela que l'on se construit une réputation, confirma Lanigan.

— Exactement ! Je suis connu dans le monde entier. J'achète au prix fort. Passent entre mes mains les plus belles montres. Tout le monde me fait confiance. Parlez-moi de la montre de poche que vous recherchez.

— C'est une Patek Philippe de 1910.

— Une alerte a été émise à son sujet, je crois. Aucun antiquaire digne de ce nom n'y touchera.

— C'est bien notre problème, monsieur Turkkan, intervint Roy Grace. L'homme qui, selon nous, est en possession de cette montre s'appelle Eamonn Pollock, mais il utilise de nombreux pseudonymes. Le reconnaissez-vous ? lui demanda-t-il en lui montrant une photo.

Turkkan la regarda quelques instants, tandis que Grace surveillait ses pupilles.

L'antiquaire secoua la tête.

— Non, désolé, je ne l'ai jamais vu.

Grace savait qu'il disait la vérité.

— J'imagine qu'il existe des gens moins scrupuleux que vous, fit Roy Grace.

Turkkan éclata de rire.

— Sans aucun doute, mais je ne les connais pas.

— Pas même de réputation ? insista Grace.

— Ils ne font pas partie de mon cercle. On ne vit pas sur la même planète, pour employer une expression plus moderne, ajouta-t-il en souriant.

Grace vit briller une dent en or.

— Je ne peux pas vous aider, messieurs, je suis désolé. Vous pouvez me laisser votre numéro de téléphone. Si ce M. Pollip se présentait dans ma boutique, je me ferais un plaisir de vous appeler instantanément.

Lanigan sortit une carte de visite et la lui tendit.

— Vous pouvez me joindre à n'importe quelle heure du jour et de la nuit.

*

De retour dans la voiture, Roy Grace raya, sur la carte, le cercle correspondant à La Trotteuse. C'était le troisième bijoutier interrogé en quarante minutes. Le troisième d'une longue liste d'antiquaires plus ou moins respectables compilée par Peregrine Stuart-Simmonds, et par les officiers d'une unité spéciale de New York.

Guy Batchelor et Jack Alexander ratissaient d'autres *boroughs* avec Keith Johnson et Linda Blankson.

Grace s'apprêtait à les appeler quand son téléphone sonna. C'était Cleo.

— Mon chéri, Humphrey ne veut pas se réveiller, dit-elle, éprouvée.

— Qu'est-ce que tu veux dire ?

— Il est 15 h 30, ici, et il a dormi toute la journée. Je me fais du souci pour lui.

D'habitude, leur chien se réveillait avant eux et venait tirer sur la couette s'ils laissaient la porte de la chambre ouverte. Il n'avait jamais dormi aussi longtemps. Peut-être était-il malade. Cependant, selon le principe du rasoir d'Ockham, l'explication la plus probable était généralement la bonne. Quelqu'un avait essayé de s'introduire chez eux pendant la nuit. Leur chien ne voulait pas se réveiller. Il y avait forcément un lien.

— Il respire normalement ?

— Il ronfle.

— Ma chérie, c'est peut-être grave. Tu pourrais l'emmener chez le vétérinaire ?

— Bien sûr, et je confie la maison à Noah, c'est ça ?

— Oui, apprends-lui à utiliser l'aspirateur et la machine à laver, tant que tu y es ! Écoute, je suis sérieux, Humphrey a peut-être été drogué. Nous devons le tester avant que la substance ne disparaisse. Si c'est compliqué, je peux demander à un gars de la brigade cynophile de l'accompagner.

— Ça m'aiderait beaucoup.

— OK, je m'en occupe, je te tiens au courant.

— Tu rentres demain matin ?

— Oui. Mon vol est réservé.

— Je suis morte de peur.

— Il ne faut pas, ma chérie. Des gars patrouillent devant la maison et un gardien est en poste devant le portail. La spécialiste de l'aide aux familles est arrivée ?

— Oui, une femme adorable, elle s'appelle Linda Buckley.

— Très bien, il ne va rien t'arriver. Comment va Noah ?

— Noah va bien. Il fait des cacas d'éléphant.

Grace sourit.

— J'ai un double appel, je t'aime.

— Moi aussi, je t'aime.

Il bascula d'une ligne à l'autre.

C'était Glenn Branson qui, à la morgue, assistait à l'autopsie d'Amis Smallbone.

— Il y a du nouveau, Roy. Alec Davies, il est super intelligent, tu avais raison.

Le lieutenant Alec Davies était un jeune officier que Grace avait recruté quelques mois auparavant, un enquêteur passionné promis à un bel avenir.

— Je t'écoute.

— Il a remarqué que l'agence immobilière Rand and Co. avait porté plainte pour effraction samedi soir. Ce sont eux qui louent la maison à côté de chez

Cleo. Il a découvert qu'une seule chose avait été dérobée. Tu es prêt ?
— Prêt.
— Le double des clés de la maison d'Amis Smallbone.
— Qui... et pourquoi ?
— C'est pas tout. Les empreintes de pas relevées chez Rand and Co. viennent d'être analysées par Haydn Kelly, qui les a comparées à celles de chez Smallbone. Ce sont les mêmes.
Grace réfléchit quelques secondes.
— Donc, si Haydn Kelly ne se trompe pas, celui qui a volé les clés s'est introduit chez Smallbone, la nuit où celui-ci est tombé du toit.
— Tu te débrouilles pas mal pour un mec de ton âge.
— Je t'emmerde ! Alors, est-ce qu'il est tombé ou est-ce qu'on l'a poussé ?
— Je te laisse deviner.

110

Des gouttes de sueur roulaient sur le visage d'Eamonn Pollock. Son bronzage méditerranéen avait disparu. Pâle comme un linge, il fixait le revolver pointé sur lui et le vieil homme enragé qui le tenait.

— Papa ! s'écria Lucas Daly en se levant. Baisse cette arme.

— Je ne la baisserai pas avant d'avoir vidé le chargeur sur cet escroc, dit-il en désignant Pollock. Assieds-toi.

Lucas hésita.

— Assieds-toi ! hurla Gavin Daly.

— Papa !

Daly tira. La détonation résonna comme un coup de tonnerre. La balle traversa la table à quelques centimètres de Lucas, et s'enfonça dans la moquette. Des échardes volèrent.

Dans le silence assourdissant qui s'ensuivit, les quatre hommes restèrent immobiles, attendant de recouvrer l'ouïe. Une odeur de poudre flottait dans l'air.

— J'ai dit : assieds-toi ! siffla Gavin Daly.

Lucas obéit.

— Gavin ! Qu'est-ce que tu… intervint Rosenblaum.

— Je te rembourserai les dégâts, Julius. Il faut que tu saches ce qui se trame ici.

— Doux Jésus, Gavin ! Si tu dois te venger, fais-le ailleurs, pas ici, je t'en prie !

Appuyé sur sa canne, Gavin Daly mit de nouveau Pollock en joue.

— L'oncle de ce salopard a assassiné mon père. Cet autre sac à merde, c'est mon fils, malheureusement. Ces jolis cœurs ont tué ma sœur pour lui dérober cette montre.

— Je n'ai jamais voulu... Papa, ce n'est pas ce qui était prévu !

— Peut-être aimerais-tu me dire ce qui était prévu, exactement. Ça m'intéresse. J'aimerais savoir pourquoi ma sœur a été assassinée et pourquoi je vous retrouve à New York en train d'essayer de revendre ma montre. Vas-y, je suis tout ouïe, ton histoire a intérêt à être bonne.

Les deux complices échangèrent un regard.

La porte s'ouvrit et la secrétaire de Rosenblaum jeta un coup d'œil inquiet.

— J'ai entendu... Est-ce que tout va...

Elle s'interrompit en voyant l'arme.

Rosenblaum acquiesça, puis déclara, incertain :

— Juste un petit différend familial, Marjorie.

— Voulez-vous que j'appelle la police ?

— Ce ne sera pas nécessaire.

Elle recula et s'empressa de fermer la porte derrière elle.

— Papa, je peux tout t'expliquer.

— Je t'écoute, répéta-t-il. Mais je sais déjà pourquoi tu es dans ce coup-là, sale petite merde. Tu avais besoin d'argent pour payer tes dettes, c'est ça ?

— Tu refuses de m'aider.

— À ton âge, tu ne penses pas qu'il serait temps que tu te prennes en main ? Au lieu de vivre aux crochets de ta femme et de ton père ? Ou est-ce que tu prévois de liquider un membre de la famille chaque fois que tu as besoin d'argent ?

— Papa, je t'ai dit que ce n'était pas ce qui était prévu. L'affaire a mal tourné. Personne ne voulait s'en prendre à Aileen, il faut que tu le comprennes !

— Je ne comprends qu'une seule chose. Ma sœur est morte et la montre qui était dans son coffre-fort, qui nous appartenait à tous les deux, se trouve sur cette table. Et vous essayez de la vendre.

Daly visa Pollock de son arme.

— Je veux entendre ta version. Toute l'histoire. Qu'est-ce que tu as à me dire ?

— Ne me tue pas ! le supplia Pollock en levant les mains. Je t'en prie, ne me tue pas.

Il suait à grosses gouttes et tremblait de tout son corps.

— Pourquoi pas ? Est-ce que tes hommes de main ont eu pitié de ma sœur ? Je ne crois pas.

— Je dirai tout ce que je sais.

— Remonte au début. Parle-moi du Cul-de-jatte. Raconte-moi ce que tu sais sur la nuit où il a descendu ma mère et enlevé mon père. Qu'est-ce qui se raconte, dans ta famille ? Est-ce que ton oncle se vantait de cette nuit-là ?

— Je connais un peu l'histoire, bredouilla-t-il. Mon père me parlait parfois de mon oncle. J'ai grandi à Brooklyn, jusqu'à ce que mon père se fasse arrêter. Ma mère était anglaise, elle m'a rapatrié en Grande-Bretagne. Mon père m'a dit que mon oncle avait été assassiné quelques années après ton père.

— Mes condoléances, souffla Gavin Daly d'un ton glacial. Ton oncle était un meurtrier, ton père un récidiviste et tu es un assassin. Jolie famille. Vous pourrez fêter vos retrouvailles en enfer.

— Je crois savoir comment ton père est mort.

Gavin Daly le fixa en silence. Les mots résonnèrent dans sa tête. Il se stabilisa avec sa canne.

— Qu'est-ce que tu sais ?

— Tu connais l'expression : faire le saut de l'ange ?

Daly le fusilla du regard.

— Mon père m'a dit qu'ils avaient emmené ton père, Brendan Daly, sur une jetée, un soir.

— Quel soir ? Celui où ils l'ont enlevé ? Ou est-ce qu'ils l'ont gardé prisonnier et l'ont torturé ?

— Je l'ignore.

— Quelle jetée ?

— Celle au bout du hangar à tabac, à côté du pont de Manhattan. Mais toute cette partie de Brooklyn a été refaite.

Gavin digéra l'information. Pour le moment, il n'était guère surpris.

— Il y avait de la neige, reprit Pollock. Mon père disait qu'ils avaient eu de la chance que les flics ne soient pas très malins, sinon, ils auraient compris.

— Compris quoi ?

— Il y avait cinq empreintes à l'aller et quatre au retour.

— Trois et demie, si ton oncle était de la partie.

Pollock hésita à sourire.

— Ton père t'a parlé des chiffres ?

— Quels chiffres ?

— Douze chiffres. 9 5 3 7 0 4 0 4 2 4 0 4. Tu sais à quoi ils correspondent ?

Pollock fronça les sourcils.

— Tu peux les répéter ?

Daly les récita une nouvelle fois. Pollock secoua la tête.

— J'étais sur le point d'embarquer à bord du *Mauretania*, avec Aileen et ma tante Oonagh, quand un messager est venu à ma rencontre. Il m'a donné la montre cassée, ce revolver et une feuille de journal avec quatre noms, dont celui de ton oncle, et ces douze chiffres. Et il a disparu.

Julius Rosenblaum s'immisça dans la conversation.

— Tu peux me les redonner ?

Daly répéta et Rosenblaum les nota.

— Si on les écrit à l'envers, c'est très intéressant !

Il leva la feuille sur laquelle il avait noté les chiffres dans l'ordre, puis inversés.

— À une époque, je connaissais les eaux territoriales qui entourent Manhattan comme ma poche, dit Rosenblaum. Quand il faisait beau, je faisais du bateau, inlassablement. East River, West River... Vers Harlem River, l'été, les arbres, sur les deux berges, cachaient tous les bâtiments. On se serait crus en pleine campagne, à l'autre bout du monde.

Il fouilla dans un tiroir et sortit une feuille enroulée, maintenue par un élastique.

— 4 0 4 2 4 0 4 0 7 3 5 9, lut Rosenblaum. J'ai une idée.

Il déroula la feuille et Gavin Daly vit du coin de l'œil qu'il s'agissait d'une carte marine.

— Si je ne me trompe pas, il manque trois chiffres, quelques lettres et quelques symboles. D'abord, en ajoutant N devant 40, puis degrés après, on obtient 40° nord. En ajoutant le signe prime après 42, on obtient 42'. Puis 404. J'ajoute W devant 073 et degrés après. Prime après 59. Et il nous manque trois chiffres, c'est bien ce que je disais.

— Trois chiffres pour quoi ? insista Gavin Daly.

— Ces coordonnées correspondent au pont de Manhattan, Gavin. Mais il s'agit d'une très grande zone. Il nous faut les trois derniers chiffres.

Gavin Daly jeta un coup d'œil à la montre. Et comprit.

Il les avait sous les yeux depuis quatre-vingt-dix ans.

111

Assis à l'arrière de la Crown Victoria, Roy Grace savait que le temps jouait contre eux. À chaque minute qui passait, les risques augmentaient : Eamonn Pollock pouvait avoir vendu la montre, quitté la ville et les États-Unis.

Une camionnette de livraison bloquait le carrefour.

— Allez, bouge ! hurla Aaron Cobb en se penchant par la fenêtre. Avance, on est à la bourre !

Grace lui en voulait terriblement. Si Cobb avait fait son boulot, ils seraient en train d'effectuer une simple filature. L'escroc pouvait être n'importe où à présent. Peut-être n'était-il pas chez un bijoutier, mais chez un collectionneur privé. Hector Webb lui avait dit que certains nantis prenaient plaisir à acheter des œuvres d'art volées, pour les cacher dans des galeries privées, en sous-sol. Un plaisir coupable que seuls les millionnaires pouvaient s'offrir.

Une chose était sûre : Eamonn Pollock n'était pas idiot. Il avait été filmé par les caméras de vidéosurveillance en entrant dans l'hôtel, mais avait réussi à s'éclipser sans laisser de traces. La seule sortie sans caméra se trouvait au niveau des cuisines. Comment le savait-il ? Mystère. Mais le fait est qu'il s'était enfui par là, et s'était volatilisé.

Guy Batchelor l'appela pour l'informer que, de leur côté, les bijoutiers n'avaient pas rencontré le suspect. Quelques instants plus tard, Jack Alexander lui faisait le même rapport.

Grace fit un rapide calcul mental. Il fallait qu'il soit à l'aéroport de Newark avant 19 heures, ce qui voulait dire qu'il devait quitter Manhattan à 18 heures. Cela lui laissait moins de sept heures et demie pour retrouver Pollock. Batchelor et Alexander resteraient à New York, mais il avait le pressentiment que c'était aujourd'hui ou jamais. S'ils n'interceptaient pas Eamonn Pollock avec la Patek Philippe, ils ne pourraient pas le poursuivre en justice.

Pat Lanigan se tourna vers lui.

— Les autres ont-ils plus de chance que nous ?

— Chou blanc, fit Grace en grimaçant.

C'était mission impossible. Eamonn Pollock avait contacté des bijoutiers vendredi pour faire évaluer la valeur de la montre sur le marché mais, à présent, il ne prendrait pas le risque de tomber dans un piège.

Grace observa un vendeur ambulant de chapeaux et d'écharpes. Un cycliste se fraya un passage en actionnant sa sonnette. Un camion de pompiers avait allumé sa sirène, non loin. Il leva les yeux vers un immeuble composé de milliers de fenêtres. Eamonn Pollock pouvait se trouver derrière n'importe laquelle. Derrière l'une des milliards de fenêtres de cette ville. Un homme et une montre. Une aiguille dans une botte de foin.

112

Visant son fils de son arme, Gavin Daly déclara :

— Prends la carte marine, on s'en va.

Puis il se tourna vers Rosenblaum.

— Désolé pour les dégâts, Julius, envoie-moi la facture. Et je m'excuse d'avance pour ce qui va se passer et les dommages qui s'ensuivront.

Il se pencha, prit la montre et la glissa dans la poche de sa veste.

Eamonn Pollock fit mine de se lever.

— Où tu vas, toi ? aboya Daly en le mettant en joue. Assieds-toi ! Tu vas nulle part. J'ai pas fini avec toi. Tu sais comment on règle les comptes entre Irlandais ? Une balle dans la rotule. Je devrais t'en mettre une dans chaque genou pour ce que ton oncle a fait à ma mère et à mon père. Compris ? Je pense que c'est ce que je vais faire.

Les yeux exorbités, Pollock se mit à trembler.

— Je t'en prie, je te dirai tout ce que je sais.

— Gavin, intervint Rosenblaum.

— Julius, son oncle m'a volé mon enfance. Et, maintenant, ce salopard a détruit mes vieux jours. Tu penses qu'il mérite ma clémence, ce sale vautour ?

— Calme-toi, écoutons ce qu'il a à dire.

Il se tourna vers Pollock.

— Je suis tout ouïe, petit chiard.

— J'ai prêté de l'argent à Lucas. C'est lui qui est venu vers moi, et je l'ai dépanné.

— Comme c'est mignon. Et il ne t'a pas remboursé, je me trompe ?

— C'est vrai, papa, il prête de l'argent aux gens, c'est son métier, intervint Lucas.

— Tu es usurier, c'est ça ?

L'index de Daly tressautait sur la détente.

— Un vrai petit requin ?

Julius Rosenblaum fit un pas vers son bureau.

— Ne bouge pas, Julius. Si tu appuies sur le bouton pour prévenir la police, je te descends. J'en suis capable, tu sais.

— Gavin, il est temps que tu te calmes ! dit Rosenblaum.

— Non, j'ai 95 ans, personne ne peut m'obliger à me calmer.

Il se tourna de nouveau vers Pollock.

— Tu as envoyé deux hommes de main, voire trois, cambrioler une vieille dame de 98 ans qui n'avait jamais fait de mal à personne. Ils l'ont torturée à mort et tu voudrais que j'aie pitié ?

— Ce n'étaient pas mes instructions.

— Vraiment ? Tu avais le code du coffre-fort, mon fils, cette ordure, te l'avait donné, alors pourquoi ont-ils torturé ma sœur ? Ils ont volé l'équivalent de 10 millions de livres d'antiquités et se sont acharnés afin qu'elle lâche les codes de ses cartes bancaires, pour quelques centaines de livres. Ils ont fait ça pour s'amuser ou parce que tu es trop pingre pour les payer décemment ?

Pollock tremblait.

— Non, ce n'est pas ça.

— Lève-toi !

Eamonn Pollock se souleva, chancelant. Gavin Daly remarqua une tache sombre autour de son entrejambe.

— Tu t'es pissé dessus. Quel genre d'homme es-tu ?

— Papa, restons calmes ! tempéra Lucas.

— Calme ? De la part d'un homme qui bat sa femme, c'est la meilleure !

Il se tourna vers Julius Rosenblaum.

— Son épouse est une très jolie présentatrice télé, très intelligente. Quand Lucas la frappe, il s'arrange pour que ce soit sous les clavicules, pour que ça ne se voie pas, afin qu'elle puisse continuer à gagner son salaire. Et c'est lui qui le claque. C'est un brave homme, mon fils. Tu sais ce que je crois ?

Il les visa à tour de rôle.

— Qui se ressemble s'assemble. Eamonn et Lucas, vous faites la paire.

— Je n'ai jamais eu l'intention de m'en prendre à Aileen, il faut que tu me croies, pleurnicha Eamonn Pollock. Il faut que tu me croies.

— Tu as envoyé ces deux hommes, Ken Barnes et Tony Macario, qui travaillent pour toi depuis longtemps. Tu les connais, tu savais ce dont ils étaient capables. Comment veux-tu que je te croie ?

— Par pitié, crois-moi.

Gavin Daly tira. Il y eut une détonation et une explosion de sang au niveau de l'épaule droite de Pollock, qui tomba sur le dos, bouche ouverte, les yeux exorbités.

— Oh, désolé Eamonn, je n'ai pas fait exprès. Tu me crois ?

— Gavin, cria Rosenblaum, sous le choc.

— Papa ! renchérit Lucas.

— Ça, c'était pour ma mère. Et celui-là c'est pour mon père !

Gavin Daly tira une deuxième fois.

Pollock eut un sursaut, comme si un défibrillateur avait été posé sur sa poitrine, et une tache écarlate apparut autour de son épaule gauche.

— Non, non, non !

Eamonn Pollock se tortillait par terre, hurlant de douleur, les mains tendues devant lui, comme s'il pouvait arrêter la balle suivante.

— Gavin ! répéta Rosenblaum. Arrête-toi ! Tu es devenu fou ?

Il s'approcha de nouveau de son bureau.

Daly le visa de son revolver.

— Ne bouge pas.

Il se tourna vers Pollock.

— Non, par pitié, mon Dieu, non, couina Pollock.

Daly visa l'entrejambe.

— Celle-là, c'est pour Ailecn.

— Non ! Non, non, non, je t'en supplie !

Daly tira en plein dans la tache sombre. Pollock hurla comme un animal blessé à mort. Il se releva d'un coup, le visage déformé, les mains sur l'entrejambe. Un gémissement sourd sortit du fond de ses entrailles.

— Mon Dieu, Gavin ! dit Rosenblaum.

Celui-ci visa Lucas.

— Viens, on s'en va.

Son fils était paralysé.

Gavin Daly se dirigea vers la porte.

— Je suis désolé, Julius, que cela ait eu lieu ici.

Les cris de Pollock étaient assourdissants.

Gavin passa la porte en tenant les deux hommes en joue. Puis il jeta un regard vers Pollock qui, blanc comme un linge, le visage déformé, agonisait en transpirant, les yeux révulsés, le souffle court.

— Amuse-toi bien la prochaine fois que tu baises quelqu'un, Pollock.

Son fils tenait la carte marine, ébahi comme un lapin pris dans les phares.

— Toi, tu viens avec moi.

Gavin Daly jeta le revolver par terre.

— Je n'en ai plus besoin, dit-il. Peut-être que mon père me l'avait envoyé pour une raison. Je l'ignore. Mais je sais que je n'en ai plus besoin.

Suivi de Lucas, Gavin Daly passa devant la secrétaire, en état de choc, et se dirigea vers l'ascenseur.

— Papa, c'est complètement fou ! dit Lucas alors que l'ascenseur amorçait sa descente. Tu as perdu la tête ?

— Ferme-la. Tu vas voir ce que je te réserve.

Lucas garda le silence. Quand ils arrivèrent au rez-de-chaussée, Gavin sortit dans la rue animée.

La limousine noire était garée juste devant l'immeuble. Le chauffeur sauta du véhicule et ouvrit la portière arrière.

Lucas monta d'abord et se glissa sur la banquette.

— Comment se passe votre journée, monsieur ? demanda le chauffeur en aidant Gavin à s'asseoir.

— Pas mal.

113

Assis à l'arrière de la limousine, Gavin Daly entendit une sirène. Inquiet, il regarda par-dessus son épaule, à travers le pare-brise teinté. C'était une ambulance. La voiture les doubla.

— Chauffeur, allez tout droit, passez deux pâtés de maisons, tournez à droite et garez-vous où vous pouvez.

— Tu réalises ce que tu viens de faire, papa ? s'exclama Lucas en fixant, terrifié, la porte d'entrée des bureaux de Julius Rosenblaum. Tu sais dans quel merdier tu t'es foutu ?

— Donne-moi la carte marine.

— Pourquoi est-ce que tu as fait ça ? Pourquoi ?

— Tu veux le savoir ? Parce que je n'en ai plus pour très longtemps et que je n'ai pas confiance en la justice. Maintenant, je suis satisfait. J'ai en partie vengé Aileen. En partie seulement. Donne-moi cette carte.

Lucas la lui tendit. Le vieil homme l'étudia, puis il sortit la Patek Philippe et l'observa, avant de se consacrer de nouveau à la carte. La limousine tourna à droite et se gara.

Tout en surveillant son fils du coin de l'œil, Gavin Daly se pencha et dit au chauffeur :

— Vous avez une connexion Internet, ici ?

— J'ai mon iPhone, monsieur.

— J'aimerais que vous me trouviez un club de plongée dans Manhattan.

Gavin Daly sortit son portefeuille et lui tendit deux billets de 50 dollars.

— Ce ne sera pas nécessaire, mais merci. Un club de plongée ?

— Oui, s'il vous plaît.

Le chauffeur attrapa son téléphone, posé sur le siège passager, et tapota le clavier. Au loin, deux sirènes hurlaient. Elles s'arrêtèrent non loin d'eux. Une troisième s'éleva.

— Il y en a toute une liste ! lui annonça le chauffeur en lui passant le téléphone.

Daly la parcourut. Un club attira son attention.

Hudson Scuba. Cours de plongée sur bateau privatisé, en plein cœur de Manhattan.

— Veuillez les appeler, s'il vous plaît.

Quelques instants plus tard, le chauffeur lui tendait de nouveau le téléphone, au moment où une voix masculine, enjouée, répondait :

— Hudson Scuba. Que puis-je pour vous ?

— Je vais vous faire une demande quelque peu inhabituelle, le prévint Gavin Daly. Il me faudrait un bateau de plongée, avec un plongeur expérimenté, dans trente minutes, voire moins. Je ne sais pas combien ça coûte habituellement mais, en plus de votre tarif, je suis prêt à vous donner 10 000 dollars si vous arrivez à organiser cela.

114

Roy Grace était abattu. Le commandant Cobb, au volant de la Crown Victoria, traversait le pont de Brooklyn, en direction des bureaux de Pat Lanigan. Ils s'étaient donné rendez-vous là-bas, avec Guy Batchelor et Jack Alexander, pour discuter de la stratégie à adopter. Pour le moment, il n'en avait pas.

Il avait mal dormi, il se trouvait dans une ville étrangère cent fois plus étendue que Brighton, et il avait beau y être venu plusieurs fois et adorer New York, il était complètement perdu. Il ne savait pas non plus comment utiliser les renforts mis à sa disposition par le NYPD. En Angleterre, il n'aurait pas eu ce genre de problème.

Par la fenêtre, il observa l'Hudson : un hélicoptère décollait d'une plateforme au bord de l'eau, une barge transportait du bois en naviguant à contre-courant. Il contempla les eaux étincelantes d'un bleu cobalt. Tandis que les pneus rebondissaient sur les jointures du macadam, Grace plongea dans ses pensées. Comment Amis Smallbone avait-il pu louer la maison à côté de chez Cleo ? Son conseiller pénitentiaire aurait dû vérifier ce genre de choses. Mais la maison étant au nom de Cleo, personne n'avait fait le lien. C'était ça, le problème. Ils l'avaient échappé belle. Merde.

Il frissonna.

À quoi Cleo et Noah avaient-ils échappé, au juste ? Comment pourrait-il les protéger, à l'avenir ? Que pouvait-il faire ? Démissionner et ne pas les lâcher d'une semelle ? Il en avait bien envie, à présent.

Puis il repensa à ce que Donny Loncrane, son indic à la prison de Lewes, lui avait révélé. Il y avait des années de cela, Amis Smallbone et Eamonn Pollock étaient copains comme cochons. Grace n'y avait pas prêté attention, mais la mort de Smallbone remettait les choses en perspective. Smallbone s'était installé à côté de chez Cleo, et les avait mis sur écoute dans l'intention de leur nuire. Le jour même de sa mort, quelqu'un s'était introduit chez lui après avoir dérobé le double des clés dans les locaux de l'agence immobilière.

Était-ce une simple coïncidence ?

La police scientifique relèverait toute trace d'effraction dans la maison de Smallbone. Qui pouvait souhaiter sa mort ? Quasiment tous ceux qui avaient croisé sa route. Mais, s'il s'était agi d'une vengeance, elle aurait eu lieu au cours des douze années qu'il avait passées en prison. C'était là-bas que se réglaient ces comptes-là.

Si la mort de Smallbone n'était pas accidentelle, il devait y avoir une autre raison.

Voulait-on le réduire au silence ?

La complicité entre Eamonn Pollock et Amis Smallbone, si ancienne soit-elle, entrait-elle en jeu ?

Pat Lanigan reçut un appel, mais Grace était si concentré qu'il le remarqua à peine. Pollock voulait-il réduire Smallbone au silence ? Smallbone était-il impliqué dans le cambriolage ? Était-il chargé de refourguer la marchandise ?

Une personne savait peut-être : Gareth Dupont. Mais parlerait-il ?

Soudain, Pat Lanigan se tourna vers lui.

— Roy, je pense qu'on a retrouvé notre suspect. Des coups de feu ont été tirés chez un antiquaire de Manhattan. La victime est Eamonn Pollock, il est gravement blessé.

115

La limousine roulait le long d'immenses hangars sans charme, en briques et béton. Alors qu'ils passaient devant le portail métallique fermé d'un quai de chargement, Gavin Daly s'écria :

— C'est ici !

Le chauffeur s'arrêta devant l'entrée du quai 92.

— Attendez-nous ici, ça risque d'être long.

— Je serai là, monsieur !

Le chauffeur aida Gavin Daly à sortir du véhicule, avant de lui tendre sa canne. Lucas suivit son père dans un bâtiment ouvert.

Gavin Daly parcourut les noms des entreprises, puis ouvrit la porte d'un restaurant gigantesque. Le plafond était haut, avec une structure métallique apparente. Une magistrale baie vitrée donnait sur la marina, la West River et le New Jersey au loin.

Comme c'était encore le matin, l'endroit était désert. De jolies tables en bois étaient dressées, avec couverts et ketchup. À gauche se trouvait un bar incurvé avec de grands fûts en cuivre. Un barman entre deux âges, à la calvitie naissante, astiquait une pinte. Il sourit.

— Puis-je vous aider, messieurs ?

— Nous cherchons le club de plongée Hudson Scuba. Ils nous ont dit de venir ici.

— Vous êtes au bon endroit. Passez cette porte, tout au fond, ils sont sur un bateau, à quai.

Ils traversèrent le bar. Une fois dehors, Gavin Daly s'arrêta net, assailli par les souvenirs.

Il en eut le cœur brisé.

C'était différent, bien sûr.

Quatre-vingt-dix ans plus tard.

Mais c'était pareil.

Le même endroit.

Les larmes lui montèrent aux yeux.

Il remarqua à peine les yachts et les bateaux accrochés aux pontons. Il fixait l'écrasante superstructure de deux étages du quai 54 qui, au loin, s'élevait au-dessus des eaux boueuses et calmes.

C'était là qu'en 1922 il avait embarqué à bord du *Mauretania*, avec sa sœur et sa tante.

C'était là qu'un messager s'était frayé un chemin dans la foule des voyageurs et lui avait remis un revolver, une montre de poche et la page d'un journal.

Un panneau avec de grandes lettres rouges sur fond blanc annonçait : PROPRIÉTÉ PRIVÉE, SEULS LES PROPRIÉTAIRES ET LEURS HÔTES SONT ADMIS SUR LE QUAI.

Derrière se trouvait un pont suspendu qui menait au dock. Un bateau en fibre de verre, de taille moyenne, avec deux moteurs, mouillait en contrebas. Un homme d'une petite vingtaine d'années, blond décoloré, vêtu d'une combinaison, se trouvait à bord, tandis qu'un autre, plus âgé, lui passait des bouteilles de plongée, des palmes et un tuba, puis une glacière.

— Hudson Scuba ? cria Gavin Daly en s'approchant à pas comptés.

— C'est nous ! répondit le plus âgé, un bel homme bronzé. Vous êtes M. Daly ?

— Oui.

— Je suis Stuart Campbell, et notre plongeur aujourd'hui sera Tommy Lovell.

— Messieurs, je vous remercie d'être au rendez-vous. Quels sont vos moyens de paiement ? Vous acceptez la carte ?

— Absolument.

Stuart Campbell aida Gavin Daly et son fils à monter à bord. Il leur montra une banquette rembourrée à l'arrière.

— C'est le siège le plus confortable, monsieur, et vous serez relativement au sec.

Campbell se pencha sous le gouvernail et en sortit comme par magie un terminal de paiement.

— Ce sera 750 dollars la première heure, 500 les suivantes. Le carburant est en supplément.

Il tendit la machine à Daly.

Le vieil homme glissa son American Express, entra les informations puis rendit la machine à Stuart Campbell.

Celui-ci regarda le montant, sceptique.

— Je pense que vous avez mis un zéro à la mauvaise place, monsieur Daly.

Celui-ci vérifia, puis secoua la tête.

— Non, c'est ce que j'ai proposé à la personne que j'ai eue au bout du fil. Je lui ai promis un bonus de 10 000 dollars si vous me preniez en charge dans les meilleurs délais.

Il posa une main sur le siège pour se stabiliser, car le bateau tanguait.

— C'est très généreux de votre part. Sauf le respect que je vous dois, c'est beaucoup d'argent.

Campbell dévisagea les deux hommes.

— Pouvez-vous me garantir qu'il n'y a rien d'illégal dans ce que nous sommes en train de faire ?

— Cher ami, je peux vous l'assurer. Si c'était le cas, je vous offrirais dix fois plus. Heureux ?

Campbell acquiesça, indécis.

Lucas, toujours renfrogné, prit appui contre l'un des pare-brise latéraux.

— Où voulez-vous aller, monsieur Daly ?

— Sous le pont de Manhattan.

— Le pont de Manhattan ? OK.

— Je vous donnerai plus de détails quand nous y serons.

— C'est vous le chef à bord.

Campbell mit le contact. Tommy Lovell largua les amarres.

Ils dérivèrent quelques instants, puis les moteurs changèrent de régime et le hors-bord prit de la vitesse, tandis que l'eau tourbillonnait derrière eux. Gavin Daly respira les odeurs de sel et de carburant.

Son cœur battait la chamade.

116

La Crown Victoria fonçait sur Madison Avenue, se frayant un passage entre les voitures, sirène allumée. Roy Grace aperçut une multitude de gyrophares à l'horizon.

Quatre grosses voitures, dont deux véhicules de police, bloquaient la circulation. Une ambulance était garée près du trottoir. Ses portes étaient fermées. *Ce n'était pas bon signe qu'elle soit encore là*, songea Grace. Cela voulait dire que les urgentistes intervenaient sur place, ce qu'ils ne faisaient que quand le patient était dans un état grave.

Ils se garèrent à côté de l'ambulance et virent que de la rubalise jaune et noir avait été tendue de chaque côté de la rue. L'accès était réglementé par plusieurs flics du NYPD. Deux hommes en costume, sans doute des enquêteurs, s'entretenaient avec un vieil homme élégant, vêtu avec faste, qui semblait en état de choc.

Lanigan, Cobb et Grace sortirent du véhicule. Les deux enquêteurs new-yorkais montrèrent leur badge à l'officier qui venait à leur rencontre.

Celui-ci désigna l'ambulance.

— Les nouvelles ne sont pas bonnes, confirma-t-il. L'artère fémorale a été touchée. La victime a perdu beaucoup de sang. Ils essaient de le transfuser avant de le transférer à l'hôpital.

— De qui s'agit-il ? s'enquit Pat Lanigan avec un geste vers le vieil homme distingué.

— C'est le propriétaire du bureau dans lequel la fusillade a eu lieu.

— Nous devons lui parler de toute urgence.

— Allez-y.

— Désolé de vous interrompre, dit Lanigan à ses deux collègues. Monsieur, je suis le commandant Lanigan, voici le commandant Cobb et le commissaire Roy Grace, de la police du Sussex, en Angleterre. Nous pensons que l'auteur des coups de feu est un certain Gavin Daly.

L'homme tremblait.

— C'est bien ça. En général, il est très... comment dire... calme, agréable. Il est devenu fou.

— Et vous êtes ?

— Julius Rosenblaum.

— Savez-vous où M. Daly pourrait se trouver actuellement ?

— Je pencherais pour le pont de Manhattan.

— Le pont de Manhattan ? répéta Lanigan.

— Oui, monsieur.

— Sur le pont ?

Rosenblaum secoua la tête.

— Non, en dessous. Son fils est avec lui.

— Et pourquoi se trouverait-il sous le pont de Manhattan ?

— Il cherche son père.

117

Alors qu'ils quittaient la marina, Stuart Campbell mit les gaz. L'Hudson était agité, le bateau sautait sur les vagues.

Gavin Daly s'accrochait à son siège de ses deux mains. À sa gauche étaient stockées plusieurs bouteilles d'oxygène, une bouée de secours et un petit extincteur. Une manivelle de winch reposait au milieu d'une corde enroulée à ses pieds.

Devant eux, la statue de la Liberté s'élevait dans le ciel. Autour de la base en béton, des touristes attendaient de prendre l'ascenseur pour y monter.

Plus ils avançaient vers le large, plus l'eau était agitée. Un vent salé giflait son visage, salissait ses lunettes et lui piquait les yeux, mais Gavin Daly regardait droit devant lui. Il était dans un autre monde. Les souvenirs l'assaillaient. La *skyline* de Wall Street se trouvait à sa gauche. À l'horizon, le pont suspendu des Narrrows.

Quand il était petit, ce pont n'existait pas. Il se rappelait avoir vu la statue disparaître dans la brume et l'obscurité. Le sentiment de s'éloigner de son père, de se détacher de sa vie.

Un jour, papa, je reviendrai et je te trouverai. Où que tu sois, je te sauverai.

Et, aujourd'hui, il était de retour. Enfin. Il tiendrait sa promesse. Rien ne l'arrêterait.

Le bateau commença à dépasser la pointe sud de Manhattan. Gavin Daly reconnut Battery Park, le chantier de Ground Zero et les gratte-ciel autour. Le ferry pour Staten Island passa non loin d'eux. Puis ils atteignirent l'East River, et il contempla Brooklyn, où il avait passé les cinq premières années de sa vie. Un bateau de plaisance avec des dents peintes sur la proue passa à vive allure. Il dut s'accrocher pour ne pas être trop secoué.

La superstructure du pont de Brooklyn apparut, avec ses piles gigantesques. Ils la dépassèrent et foncèrent vers le pont de Manhattan.

Un bateau-mouche passa sous le pont, à bâbord. Il y avait plusieurs bâtiments décrépits à tribord, et une centrale électrique en briques rouges usées, avec une immense cheminée. Et enfin le pont.

Son cœur se serra. Les eaux étaient plus calmes, ici.

Stuart Campbell coupa les gaz et ils glissèrent dans l'ombre du pont. Gavin sentit la décélération.

Il regarda les piles en béton qui plongeaient dans l'eau. Les arches métalliques qui s'élevaient et soutenaient le pont. L'obscurité oppressante de la charpente.

Il frissonna.

Le bateau tanguait au gré des passages d'autres embarcations. Il n'avait pas imaginé que cela se passerait comme ça. Et, pourtant, il était là, il sentait la présence de son père qui l'appelait de sa grosse voix.

Hé, mon petit, tu es réveillé ?

Sa gorge se noua. L'eau était d'un noir d'encre. Peut-être valait-il mieux laisser tomber. Ne pas déterrer ce secret. Était-il en train de commettre une erreur ? Il était allé trop loin. Il fallait qu'il termine ce qu'il avait entamé. Il voulait savoir. Tenir sa promesse.

Lucas le scrutait avec curiosité, mais il décida d'ignorer son fils. Il s'agissait de son père, d'une promesse. Rien d'autre n'avait d'importance. Rien n'en avait jamais eu et n'en aurait jamais.

Le bateau dérivait désormais.

Stuart Campbell examinait le compas de navigation.

— Monsieur Daly, nous sommes exactement aux coordonnées que vous nous avez communiquées. 40, 42, 404, Nord. 73, 59 Ouest. Il nous manque trois chiffres. Les avez-vous ? Nous en avons besoin pour trouver l'endroit exact.

Gavin Daly sortit la Patek Philippe de sa poche. Même s'il connaissait les chiffres par cœur, il voulait les vérifier.

L'aiguille indiquait 4 h 05.

— 405, dit-il.

Stuart Campbell entra les chiffres dans le compas, puis dit :

— La profondeur est de 39 mètres.

Gavin Daly regarda la montre et frémit. Il n'avait jamais remarqué cela auparavant.

La trotteuse indiquait 39 secondes.

118

Le plongeur était dans l'eau depuis quinze minutes. Une balise rose, attachée au bateau, dérivait à quelques mètres d'eux, marquant leur emplacement. Stuart Campbell surveillait l'ancre qu'il avait jetée depuis la proue et qui les empêchait d'être emportés par le courant rapide de la marée descendante.

Le sonar était allumé, mais l'image du lit de la rivière, sur l'écran vert, était indéchiffrable. Gavin Daly voyait parfois passer un poisson et quelque chose de plus gros – sans doute le plongeur.

Campbell lui avait annoncé qu'il n'y avait pas d'anomalie, ce qui voulait dire que le sonar n'avait rien détecté à cet endroit.

La personne qui lui avait fait livrer la montre et les chiffres lui avait-elle fait une mauvaise blague ? Une blague cruelle ?

Il commençait à le penser.

Il attendait en serrant la montre dans ses mains, laissant planer son regard sur des terrains vagues et sur les ruines d'une vieille jetée.

Il se rendit compte que Lucas le surveillait. Ou, plutôt, qu'il observait la montre.

— Elle en a causé, des problèmes, cette petite machine, n'est-ce pas ? dit Gavin Daly en la soupesant.

— Elle est magnifique.

— Magnifique ? Tu ne parles pas de sa vraie beauté. Tu ne vois que sa valeur. C'est ça que tu trouves magnifique.

— Ce n'est pas vrai, papa !

— Tu as tué ma sœur pour elle.

Campbell fronça les sourcils. Peut-être avait-il mal entendu.

— Papa, il faut que tu comprennes…

— Non ! aboya-t-il. Je n'ai rien à comprendre, fiston, OK ?

Gavin Daly perçut un bruit, d'abord très faible. Lucas l'entendit également et leva les yeux, alarmé.

C'était un hélicoptère. L'engin volait à faible altitude au-dessus de la rivière, et se dirigeait vers eux.

— Oh, merde, dit Lucas, paniqué. Merde, merde !

Gavin Daly s'apprêta à jeter la montre par-dessus bord.

— C'est ce qu'il me reste de mieux à faire.

— Qu'est-ce que tu fabriques ? Papa, non ! Tu es fou ?

— On n'en a plus besoin, Lucas. Je n'avais plus besoin du revolver et, maintenant, je n'ai plus besoin de la montre.

— Tu plaisantes ?

— Qu'est-ce qu'elle nous a apporté ? Mon père est mort. Ma sœur aussi. Peut-être que cette montre est maudite. Je devrais la jeter à l'eau, là où elle aurait dû aller il y a longtemps, avec ton grand-père. Sa place est au fond de l'eau.

Le bruit de l'hélicoptère augmenta.

— Non, ne fais pas ça, c'est sentimental. Tu ne peux pas la jeter.

Derrière Lucas, Gavin vit une vedette à coque bleue qui fonçait à vive allure.

Lucas se retourna.

— Oh, merde !

Ignorant l'hélicoptère et la vedette de la police, Gavin Daly poursuivit :

— Qu'est-ce que tu sais des sentiments ? Tu n'en as jamais eu. Tu es né sans.

Les yeux de Lucas brillaient de peur et de cupidité. Son regard oscillait entre la montre et la vedette.

Le bateau de la police, hérissé d'antennes, arrivait sous le pont. Ils virent clairement les lettres NYPD.

Une voix autoritaire s'éleva.

— C'est la police de New York. Levez les mains en l'air, ne bougez pas ! Éteignez les moteurs. Nous venons à votre rencontre.

Stuart Campbell dévisagea Gavin et Lucas Daly, hors de lui.

— Qu'est-ce que c'est que ce bordel ? Vous pouvez m'expliquer ?

Sans attendre de réponse, il sortit un mégaphone d'un placard près du gouvernail et hurla :

— Un plongeur est sous l'eau, je répète, un plongeur se trouve sous l'eau. Merci de rester à une distance raisonnable. Je ne bougerai pas le bateau, je répète, je ne bougerai pas le bateau. Laissez-moi récupérer le plongeur avant toute chose.

Il posa le mégaphone et leva les mains en l'air. Lucas l'imita.

Gavin Daly resta assis, ignorant l'injonction de la police, absorbé dans la contemplation de la Patek Philippe.

— Tu as raison, Lucas, je ne peux pas me contenter de la jeter à l'eau. Ce serait idiot de ma part.

— Monsieur, levez les mains en l'air, dit l'officier dans le porte-voix.

Sous la structure du pont, l'ordre se répéta en écho.

— Tu sais pourquoi ce serait stupide, Lucas ? continua Gavin Daly, indifférent à tout ce qui se passait autour de lui.

— Monsieur, c'est la dernière mise en garde : levez les mains en l'air pour que je puisse les voir.

Aaron Cobb, qui se trouvait sur le pont de la vedette, micro dans la main gauche, visait le vieil homme de son Glock, bras tendu.

Debout à côté de lui, Roy Grace prit le micro et dit :

— Monsieur Daly, c'est le commissaire Grace, je vous prie d'obtempérer.

Gavin Daly brandit la manivelle de winch.

L'index de Cobb se crispa sur la détente.

119

Alors qu'ils dérivaient sous le pont, Roy Grace posa une main ferme sur le bras de l'Américain.

— Il est vieux, il est émotif, lâchez du lest.

— Oui oui, c'est juste un mec sympa qui adore shooter dans les couilles des gens, répondit Cobb sèchement, sans se détourner de sa cible.

Grace regarda autour de la balise, à la recherche de bulles d'oxygène. Le pilote du bateau de police avait accepté de rester à une certaine distance.

— Je vais te dire pourquoi ce serait stupide, Lucas, rugit Gavin Daly. Parce que tu essaierais de la récupérer ! Je vais faire en sorte que tu n'aies pas à t'en donner la peine.

Le plongeur remonta à la surface à quelques mètres d'eux, mais ni Gavin ni Lucas ne le remarquèrent. Le vieil homme posa la montre à ses pieds.

— Non, papa, non ! hurla Lucas qui venait de réaliser ce qui allait se passer. Ne fais pas ça, papa !

De toutes ses forces, Gavin Daly fracassa la montre à l'aide de la manivelle, explosant le verre et le cadran. Il frappa une deuxième et une troisième fois.

Lucas Daly, Stuart Campbell et les policiers le fixaient.

Il ramassa les débris et souleva un gilet de sauvetage derrière lequel s'était logé le remontoir écrasé. Puis il gratta le minuscule croissant de lune et finit par tout jeter par-dessus bord.

— Voilà, dit-il avec un sourire satisfait. Tu es d'humeur sentimentale, maintenant ?

Il leva les mains et se tourna vers les policiers.

— Gavin Daly ! cria Aaron Cobb. Eamonn Pollock est mort dans l'ambulance, il y a trente minutes. Vous êtes en état d'arrestation pour meurtre. Vous avez le droit de garder le silence et tout ce que vous direz sera utilisé contre vous devant les tribunaux. Vous pouvez consulter un avocat avant de parler à la police et disposer d'un avocat pendant les interrogatoires, à présent et dans l'avenir. Si vous n'en avez pas les moyens, un avocat vous sera désigné d'office pour chaque interrogatoire, si vous le souhaitez.

Il lui lut l'ensemble de ses droits.

Grace fixait le vieil homme, en proie à des émotions contradictoires, mais il éprouvait surtout de la sympathie. Sans le connaître vraiment, il le trouvait attachant, quoique dur, aussi. Sans doute avait-il été un homme d'affaires intraitable. Rares étaient ceux qui faisaient fortune en étant doux comme un agneau. Mais il avait du mal à superposer l'image de l'assassin et celle de l'individu triste qu'il avait devant lui.

Le plongeur remonta le masque sur son front et cracha dans le tuba, avant d'appeler le skipper :

— File-moi un coup de main, Stu, j'ai trouvé quelque chose.

Il tomba en arrêt devant la scène, stupéfait – trois hommes les mains en l'air, une vedette de la police.

— J'arrive à un mauvais moment ? demanda-t-il à son collègue en s'accrochant d'une main à l'échelle.

120

Stuart Campbell se tourna vers Cobb.

— Je peux aider mon collègue ?

Le policier acquiesça.

Campbell se pencha et prit l'objet que le plongeur lui passait de sa main gantée. C'était une corde très abîmée, enveloppée d'algues. Tous deux se mirent à tirer dessus, tandis que le plongeur grimpait à l'échelle, remorquant un objet lourd.

Lucas se pencha pour les aider.

Gavin observait, fasciné.

Une masse sombre entourée d'un filet remonta à la surface, accompagnée d'algues et de boue. Il s'agissait d'une bâche. Un bloc de ciment était fixé à l'extrémité, à l'aide d'une vieille corde. Un crabe s'enfuit et plongea dans les eaux noires.

La gorge nouée, Grace contemplait la scène, tout aussi fasciné.

Lucas Daly, Stuart Campbell et Tommy Lovell parvinrent à hisser le tout. De l'eau boueuse s'écoula sur le pont. La masse, tout en longueur, mesurait près de 2 mètres de long.

Gavin Daly tremblait. Le bateau de la police s'était rapproché. Flanqué de Pat Lanigan et d'Aaron Cobb,

Grace résistait à la tentation de rejoindre le vieil homme pour lui tenir la main.

Le plongeur sortit un couteau et entreprit de déchirer le filet. Un membre de la police sauta sur le bateau, fixa une amarre à la poupe, qu'il fit passer autour du taquet de la vedette, et une autre à la proue.

Mais aucun des enquêteurs ne fit un geste. À ce moment-là, du moins, ils savaient qu'ils ne devaient pas intervenir.

Lovell et Campbell retirèrent le filet de pêche, exposant la bâche déchirée. Le plongeur se tourna vers Gavin Daly, comme pour avoir son accord.

Le vieil homme hocha la tête.

Au-dessus d'eux, la circulation rugissait et l'hélicoptère les survolait toujours.

Tel un chirurgien, le plongeur fit une incision nette dans la bâche. De quelques centimètres d'abord, puis sur toute la longueur. Les deux hommes l'ouvrirent délicatement, comme s'ils procédaient à une autopsie.

Gavin Daly tomba à genoux. Grace vit qu'il pleurait à chaudes larmes. Dans la bâche se trouvaient des ossements. Un squelette. Toutes les parties tendres – chair, peau, muscles et cartilages – avaient été, depuis longtemps, dévorées par des prédateurs. Roy Grace avait suffisamment d'expérience pour savoir qu'il ne s'agissait pas du squelette d'un animal.

Il reconnut le tibia, le péroné, le métatarse, le cuboïde et les os cunéiformes, et regretta de ne pas avoir un anthropologue judiciaire à ses côtés pour les renseigner sur ce qu'ils avaient sous les yeux.

Quelques instants plus tard, les deux hommes exposèrent l'ensemble du squelette, et découvrirent un crâne humain. Le rictus semblait leur dire : « Hé, les gars, pourquoi vous avez mis tant de temps ? »

Gavin Daly plongea son visage dans la boue, sanglotant.

Gavin Daly se rapprocha de la bâche et regarda à l'intérieur. Lucas posa une main sur l'épaule de son père. Le vieil homme tendit le bras et récupéra une fine chaînette décolorée au milieu des ossements. Il la posa à côté de lui. Il saisit ensuite une autre chaîne dans le squelette, avec un petit pendentif rouillé. Il la souleva jusqu'à son propre cou.

Grace, suivi par Lanigan et Cobb, monta à bord et s'approcha de lui.

— De quoi s'agit-il, monsieur Daly ? demanda Grace, même s'il connaissait la réponse.

— Qu'est-ce qui se passe ici ? renchérit Cobb d'un ton agressif.

En larmes, le vieil homme se tourna vers Grace et leva le collier. Malgré la rouille, le commissaire vit qu'il s'agissait d'un minuscule lapin.

— Mon père le portait en permanence, il le tenait de son propre père, qui faisait partie du gang irlandais des Lapins morts. Quand j'étais petit, j'admirais ce pendentif et mon père m'avait promis de me le donner, un jour.

Il montra l'autre chaînette.

— Celle-ci était accrochée à la montre de poche.

Il se tourna de nouveau vers le squelette. Puis, d'une main tremblante, anguleuse, couverte de taches brunes, il caressa le crâne.

— Ils l'ont noyé, comme certains noient les chats. Vous êtes des enquêteurs. Il s'agit d'un meurtre. Ils l'ont noyé comme certains noient les chats.

Il prit son visage entre ses mains et sanglota.

Puis il se tourna vers les trois enquêteurs.

— Il y a quatre-vingt-dix ans de cela, j'ai promis à mon père que je reviendrais un jour à New York et que je le trouverais. Voilà ce qui est en train de se passer. C'est mon père, Brendan Daly. Je l'ai retrouvé.

121

Ils prirent sa ceinture, ses chaussures et sa canne, et lui donnèrent les mêmes chaussons qu'aux autres prisonniers, mais dans une pointure beaucoup trop grande. Ils le forçaient à se déplacer péniblement, comme l'aurait fait un homme de 95 ans.

Gavin Daly n'y accordait aucune importance. Il avait déjà l'impression de faire partie des meubles.

On lui avait passé les menottes dès qu'il avait été à terre, et il avait été interrogé par un avocat, puis transféré devant un juge mal luné, qui lui avait refusé la liberté provisoire, de crainte qu'il ne s'enfuie. Il avait été examiné par un médecin pénitentiaire. À présent, il était enfermé dans une cellule du complexe de détention de Manhattan. Selon son avocat, cet endroit était surnommé « le cimetière ».

Mais cela lui était bien égal.

Il avait retrouvé son père et il l'avait vengé. Rien d'autre n'avait d'importance.

Il oscillait entre une immense tristesse et une joie profonde. Pour la première fois de sa vie, il se sentait entier. Assis sur un matelas dur en mousse bleue, il prenait des notes avec un stylo à bille, sur du papier que lui avait apporté un gardien compatissant.

Il y avait une fenêtre à barreaux, en hauteur, à travers laquelle il pouvait entendre le bruit de la circulation. Les taxis, les sirènes, les coups de klaxon. Un lundi soir à Manhattan. Les gens retrouvaient leurs amis dans des bars, dînaient ensemble, se dépêchaient pour ne pas rater le métro et rentrer chez eux. Anxieux.

Il y avait tant de gens anxieux, qui menaient une vie de calme désespoir.

S'était-il fait trop de souci ? Sa vie se résumait-elle à un calme désespoir ? À 95 ans, finir dans une minuscule cellule de prison, où, de sa couchette, il pouvait toucher les toilettes – ou presque. À quoi tout cela rimait-il ?

Les jeunes qui méprisent les vieux oublient une chose importante : plus on vieillit, moins on s'en fait. C'était ça, la grande libération. On ne s'en fait plus du tout, on est libre.

Il était libre comme l'air. Heureux comme il ne l'avait jamais été auparavant. Heureux dans sa petite cellule. Plus heureux qu'il ne l'avait jamais été dans son grand manoir. Il entendit un bruit métallique et la porte s'ouvrit. Le gardien qui s'était excusé de devoir prendre sa ceinture et ses chaussures entra. Il était grassouillet, proche de l'âge de la retraite. C'était un homme qui avait tout vu et qui avait compris que le mieux, dans la vie, c'était de sourire.

— C'est bientôt l'heure d'éteindre, monsieur Daly. Il vous reste cinq minutes pour finir ce que vous êtes en train d'écrire. Je voulais vérifier autre chose : vous ne mangez pas kasher ou halal, si ?

Daly secoua la tête.

— Bon, alors, pour information, votre prochain repas sera le petit-déjeuner. Quelqu'un vous accompagnera à la douche d'abord. Ensuite, vous aurez des céréales, une orange ou un autre fruit, du lait, du pain et de la confiture. Ça vous convient ? Vous n'êtes pas diabétique ou autre ?

— Je n'aurai pas besoin de prendre de petit-déjeuner, répondit-il.

— Eh bien, on vous le servira de toute façon.

Gavin Daly sourit.

Le gardien hésita.

— Nous n'avons pas beaucoup de gens de votre âge, ici. Si vous avez besoin de quoi que ce soit, dites-le-moi. Mais ne sautez pas les repas, parce que vous n'aurez droit à rien d'autre.

Daly sourit à nouveau.

— Merci, j'ai tout ce qu'il me faut. Tout ce dont je n'aurai jamais besoin.

Cette nuit-là, pour la première fois en quatre-vingt-dix ans, il dormit sans rêver.

Il dormit comme un mort.

122

À 8 h 45, Glenn Branson récupéra Roy Grace à l'aéroport de Gatwick.

— Tu veux aller directement au bureau ou passer d'abord chez toi ?

— Chez moi d'abord, je veux voir si Cleo va bien, il faut que je prenne une douche et que je me change. Comment tu vas, toi ? Les funérailles ont lieu demain, c'est bien ça ? Je serai là.

— Ça me fait plaisir, merci. Tu sais, Ari t'aimait bien, en fin de compte.

— Elle avait une drôle de façon de montrer son affection, répliqua Grace en souriant.

— Je sais, concéda Glenn en reniflant. Elle avait de drôles de façons en général.

— Ça va, toi ?

— Ça va. Sa sœur s'occupe des enfants. Elle reste jusqu'à la fin de la semaine, le temps que je m'organise. Honnêtement, c'est au travail que je me sens le mieux. D'ailleurs, il s'est passé beaucoup de choses, pendant que tu flânais aux Amériques.

— Ah ah !

Après un vol inconfortable, coincé au milieu d'une rangée de trois sièges, avec un bébé hurlant deux rangs derrière lui, Grace était épuisé. Même si le bébé avait été calme, il n'aurait pas réussi à dormir. Il s'était promis de ne jamais infliger Noah à des passagers de vols long-courriers, dans la mesure du possible.

C'était une journée humide et fraîche, en Angleterre, qui contrastait avec la douceur agréable qu'il avait connue la veille, à New York. Les essuie-glaces chassaient l'eau du pare-brise, même s'il aurait préféré ne rien voir. Il avait l'impression que Glenn conduisait encore plus vite et plus mal que d'habitude. Quand ils approchèrent d'un rond-point, son collègue accéléra, alors que toute personne normalement constituée aurait freiné. Roy appuya sur un frein imaginaire, tandis que Branson se jetait sous les roues d'un semi-remorque qui avait la priorité. Furieux, le chauffeur klaxonna. Les roues arrière se bloquèrent et ils dérapèrent. Freinant de toutes ses forces, Branson récupéra le contrôle du véhicule, le train arrière chassa de l'autre côté et, par miracle, ils sortirent du rond-point sains et saufs, et se dirigèrent vers la bretelle d'autoroute de la M23.

— Tu as quelques notions de physique ? s'enquit Grace.

— De quoi ?

— Tu es au courant qu'une voiture roulant à 90 km/h sur une ligne droite doit ralentir avant de prendre un virage serré à gauche, sur chaussée glissante ?

— C'était un dérapage contrôlé à la Jeremy Clarkson.

— Ah.

— Je me demande pourquoi tu te fais du mouron. Je n'ai jamais eu d'accident.

— Peut-être que tu te réserves pour le grand jour.

Changeant de sujet, Grace demanda :

— On sait ce qui est arrivé à notre chien, Humphrey ?

Il grimaça quand Branson rejoignit la voie la plus rapide, en frôlant la voiture qui les précédait.

— Non, il leur faudra deux jours. On a trouvé des médicaments dans la salle de bains de Smallbone. Le labo les analyse aussi. On a veillé sur Cleo. La policière spécialisée est restée à ses côtés vingt-quatre heures sur vingt-quatre et on a demandé à la police de proximité de faire preuve d'une vigilance accrue. Mais, d'après ce que l'on sait de Smallbone, il est probable qu'il ait agi seul, tu ne penses pas ?

— Espérons-le.

— OK, il y a du nouveau du côté des empreintes de pas relevées à l'agence immobilière. Haydn Kelly avait déterminé qu'il s'agissait des mêmes que chez Smallbone.

— Oui.

— Eh bien, on les a aussi retrouvées sur le yacht d'Eamonn Pollock à Marbella. La police espagnole nous les a envoyées hier et Haydn Kelly en a informé Norman Potting il y a une heure ! Trois autres personnes, en plus de Macario et Barnes, se trouvaient sur le bateau récemment.

— Et l'une d'elles est allée chez l'agent immobilier et chez Smallbone ?

— Oui, donc si nous pouvions retrouver la chaussure elle-même…

Roy eut soudain une intuition.

— Je sais à qui pourraient appartenir les deuxièmes empreintes.

Il se pencha vers la banquette arrière, prit l'attaché-case et le posa sur ses genoux.

Il sortit une clé USB et la brandit triomphalement.

— Hier, Lucas Daly a avoué être impliqué dans le cambriolage d'Aileen McWhirter. J'ai la vidéo de ses aveux.

— Lucas Daly ? Le neveu ? Impliqué ?

— C'était sans doute le cerveau de l'affaire. Un mec super, comme tu peux le constater.

— A-t-il été arrêté ?

— Non, mais il sera escorté par Batchelor et Alexander pendant son retour en Angleterre. Il a demandé s'il pouvait rester à New York un jour ou deux, le temps de connaître le sort réservé à son père.

— Et en quoi est-ce que ça peut nous aider à identifier les deuxièmes empreintes sur le bateau ?

— Il nous faudra un mandat pour perquisitionner son domicile. Je pense que ça va te plaire. Si nous pouvons déterminer que Lucas Daly était sur le bateau, nous saurons à qui appartiennent les autres empreintes.

— Comment ?

— Lucas Daly est allé à Marbella avec son homme de main. Je pense qu'ils sont impliqués dans la mort de Macario et Barnes. Si les empreintes sont celles de l'homme de main, nous le tenons. N'oublie pas qu'Amis Smallbone et Eamonn Pollock se connaissaient de longue date.

— Je sais. Mais il y a quelque chose qui me gêne. Toutes les empreintes correspondent à des baskets. Chez l'agent immobilier, chez Smallbone et sur le bateau, ce sont des Nike, comme il en existe des milliards. Sur le bateau, il y a aussi des Asics, comme il en existe également des milliards.

— Il y a plusieurs façons de prouver la présence d'un suspect sur une scène de crime, précisa Grace. En plus de la marque, du modèle et de la pointure, on peut comparer l'intérieur de la semelle. Haydn Kelly m'a expliqué ça il y a quelques jours. Si nous pouvons mettre la main sur les baskets, nous pourrons comparer les semelles et relever l'empreinte du pied du suspect. Si ça correspond, l'affaire est pliée. On aura peut-être aussi la chance de prélever de l'ADN à l'intérieur des baskets.

— Génial, ça nous laisse plein d'options.

— Si on survit jusque-là, lâcha Grace en regardant la route avec appréhension.

123

Il était 15 heures, Grace était dans son bureau. Il venait de s'entretenir, par téléphone, avec Haydn Kelly, à propos des empreintes de pas. Il but une gorgée de thé et bâilla. Dans une demi-heure, un commissaire du Surrey voisin, qu'il n'avait jamais rencontré, viendrait réaliser un audit de l'opération Fondrière. C'était une procédure habituelle. Un gradé d'une autre brigade criminelle venait faire le point sur l'enquête et l'équipe qui la menait.

Ce serait long et fastidieux, et Grace s'en serait bien passé aujourd'hui. Surtout qu'à la vitesse où allaient les choses, l'affaire serait vite bouclée. Avec un peu de chance, ils auraient terminé avant la réunion de 18 h 30, et il rentrerait chez lui. Il était sur le point d'envoyer un mail au commissaire principal Rigg pour lui faire un résumé de la situation, quand son téléphone sonna.

C'était Pat Lanigan.

— Salut, comment tu vas, Roy ? Tu es bien rentré ?

— Oui, merci.

— Tout va bien ? Cleo ? Le bébé ?

— Oui, tout le monde se porte bien.

— J'espère que l'autre détraqué agissait seul.

— Moi aussi.

— Bon, je voulais te prévenir immédiatement. Gavin Daly ne s'est pas réveillé ce matin.

Grace ressentit soudain une profonde peine.

— Il est mort ?

— Il semblerait qu'il se soit paisiblement éteint dans son sommeil. Il avait des problèmes cardiaques, peut-être que l'arrestation… C'est pas rien, surtout à cet âge… C'est peut-être ça. J'imagine que nous en saurons plus après l'autopsie.

— Je n'oublierai jamais son expression sur le bateau. Jamais, avoua Grace.

— Oui, c'était quelque chose. Tu sais quoi ? Je pense qu'il savait que c'était sa dernière nuit. D'après le gardien qui s'occupait de lui, il aurait dit qu'il n'aurait pas besoin de petit-déjeuner. Le gars s'était demandé si ce détenu n'avait pas des tendances suicidaires. Il avait gardé un œil sur lui.

— Il n'était pas suicidaire, Pat. Je pense simplement qu'il avait fait ce qui lui restait à faire dans sa vie. Il m'avait raconté son histoire, dans le jardin de sa sœur, il y a deux semaines. J'avais été ému.

— Ah bon ? Avant l'extinction des feux, il avait noté quelques instructions. Il voulait que la dépouille de son père soit enterrée au cimetière de Brooklyn, aussi proche que possible de celle de sa mère. Il voulait que Rosenblaum soit remboursé pour les dégâts occasionnés. Et – ça va te plaire –, il a demandé que quelqu'un te contacte : il s'excuse pour le dérangement.

— C'est très aimable de sa part, déclara Grace en souriant.

— Moi, j'appelle ça une lettre de suicide.

— De toute façon, il est mort, Pat. Qu'est-ce que ça change ? Rien ne le ramènera à la vie et je ne pense pas qu'il aurait voulu revenir. Vivre n'est pas obligatoire !

— *Vivre n'est pas obligatoire !* J'aime bien cette phrase. Je pense que je l'utiliserai la prochaine fois que je m'adresserai à un gros connard.

— Je t'en prie.

124

— Bonjour, lança Roy Grace à son équipe rassemblée dans la salle de conférences. Bienvenue à cette réunion consacrée à l'opération Fondrière, en ce 13 septembre, jour de malchance pour certains – en particulier nos suspects.

Il y eut quelques éclats de rire.

— Mais jour de chance pour nous, poursuivit-il. Nous avons bien avancé. Tout d'abord, Haydn Kelly confirme que Lucas Daly et Augustine Krasniki se trouvaient sur le bateau d'Eamonn Pollock peu avant la mort de Macario et Barnes.

Il se tourna vers Norman Potting, qui avait meilleure mine que d'habitude. Le soleil d'Espagne lui avait fait du bien.

— Nous t'écoutons, Norman.

— La police de Marbella a trouvé un témoin qui se trouvait près du yacht de Pollock, le soir du 31 août. Un homme lui a demandé du feu. Il ne l'a pas distingué clairement, mais il dit qu'il était accompagné, et la corpulence des deux individus laisse penser qu'il s'agissait de Daly et Krasniki. La police espagnole a l'intention de les poursuivre tous les deux. Ce qui ne va pas améliorer les affaires de Daly.

Grace sourit.

Norman Potting poursuivit :

— À partir d'informations fournies par le port de Shoreham, la police espagnole a trouvé, dans un hangar, le container avec les objets volés.

— Excellente nouvelle. Merci, Norman.

Grace regarda ses notes.

— Autre chose d'important. Après le cambriolage, quand nous avons demandé à voir les photos de la Patek Philippe, Gavin Daly avait remarqué que les siennes et celles de sa sœur avaient disparu. La police scientifique les a retrouvées hier soir dans un meuble de rangement verrouillé, dans le bureau de Lucas Daly. Bien joué, Dave, ajouta-t-il à l'intention du chef des techniciens de scène de crime.

Il se tourna vers Bella.

— Comment s'est passé l'interrogatoire ?

— Le lieutenant Exton et moi-même avons interrogé Lucas Daly hier, en présence de son avocat. C'était le premier des trois interrogatoires prévus dans notre stratégie. Il a catégoriquement nié avoir tué Macario et Barnes. Il dit qu'Augustine Krasniki et lui sont allés à Marbella pour essayer de savoir où se trouvaient les objets volés, en particulier la montre. Il avoue avoir maltraité les employés du yacht, mais jure les avoir quittés vivants.

Elle fit une pause pour survoler ses notes.

— Le lieutenant Exton et moi-même avons du mal à le croire. Daly prétend avoir engagé un Marocain pour discuter avec les hommes, voir s'il ne pouvait pas obtenir davantage d'informations.

— Un Marocain ? s'étonna Grace.

Elle hocha la tête.

— Oui, c'est ce qu'il dit. Il prétend avoir donné 500 euros à cet homme pour qu'il « discute » avec Barnes et Macario.

— Tu veux dire : pour les torturer ? intervint Potting.

— C'est ça. Daly pense que ce mystérieux Marocain est allé un peu loin.

— A-t-il le nom de cet homme, ou une description ? intervint Emma-Jane Boutwood.

— Non, dit Bella. Il prétend ne l'avoir vu qu'une fois, dans l'obscurité du quai, près du yacht de Pollock.

— Et qu'en dit le témoin qui a allumé une cigarette pour Daly ? demanda Grace à Potting.

— Il ne l'a pas vu, chef. Le témoin est certain qu'il n'y avait que deux hommes, sans doute Daly et Krasniki.

— Il y a quelque chose qui ne colle pas, dit Roy Grace. Daly et Krasniki sont baraqués. Comment ce Marocain, s'il existe, aurait-il obtenu davantage qu'eux de Macario et Barnes ?

— C'est exactement ce que l'on pense, chef, dit Bella.

— Donc, selon vous, ce Marocain n'existe pas ?

— Exact.

— À moins qu'on le retrouve, je suis de votre avis.

— *Quid* de Krasniki, chef ? demanda Batchelor. A-t-il été arrêté ?

— Non, il a pris la fuite. Il vient d'Albanie, peut-être se cache-t-il là-bas.

— Il a laissé un petit mot dans une enveloppe à l'intention de son boss, ajouta Alec Davies en agitant un bout de papier.

— Que dit-il ? demanda Grace.

— Eh bien, pas grand-chose, chef. Juste : « Désolé. »

125

— Il se trouve que treize était un numéro porte-malheur pour Carl Venner ! s'exclama Roy Grace.

Calé dans un canapé, chez Cleo, il fêtait cette bonne nouvelle avec un vodka martini.

— Qu'est-ce que tu en penses ? demanda-t-il à Marlon.

Son poisson rouge continua à tourner en rond dans son aquarium, indifférent.

— C'est une excellente nouvelle, mon chéri ! s'enthousiasma Cleo, assise à côté de lui.

Elle posa son ordinateur portable et le petit verre de vin blanc qu'elle s'était accordé, l'embrassa sur la joue et le prit dans ses bras. Noah, qui était allongé sur un tapis de jeu, gazouillait joyeusement. Humphrey, endormi sur le canapé d'en face – son endroit préféré –, récupérait de son intoxication.

— Il a été condamné à perpétuité, avec une période de sûreté de dix-huit ans.

— Tu dois être tellement content, dit-elle.

— Et soulagé !

— Quelle semaine !

— J'ai connu pire.

Il sourit et l'embrassa, puis passa un doigt sur la délicate chaîne qu'il lui avait achetée chez Tiffany, à New York, juste avant de prendre l'avion.

Cela lui faisait du bien d'être chez lui un samedi soir, et c'était la première fois qu'il pouvait célébrer, avec Cleo, l'issue favorable du procès Venner. Il retrouvait enfin les deux personnes qu'il aimait le plus au monde. Mais il ne pouvait s'empêcher de penser à ce qui se serait passé si Amis Smallbone n'était pas tombé. Si c'était Krasniki qui l'avait poussé, Grace espérait en secret qu'il ne se ferait pas prendre. Il avait sauvé la vie de Cleo et de Noah, il méritait de rester en liberté.

Cleo reprit son ordinateur portable et lui montra une combinaison à rayures pour bébé.

— C'est adorable, non ? C'est sur le site Zulily. Tu ne penses pas que Noah serait mignon dans cette tenue ?

— Il ressemblerait à un prisonnier ! répliqua-t-il.

Elle fit la moue.

Mais non !

Il regarda les plans de la maison dont Cleo était tombée amoureuse. Une visite était prévue pour le lendemain matin. Même si une ombre planait sur ce projet. Le matin même, ils avaient reçu un courrier leur annonçant que la mystérieuse acquéreuse allemande s'était rétractée, sans explication. Or, ils comptaient sur cette vente pour financer leur nouvelle maison.

— Ma chérie, tu penses que ça vaut vraiment le coup qu'on y retourne demain ?

Cleo sourit et hocha la tête.

— Papa et maman ont proposé de nous prêter l'argent pour le dépôt de garantie.

— Vraiment ?

— Oui. Et quand tu vendras ta maison, on pourra les rembourser.

Il but une gorgée de martini, ferma les yeux, et s'enfonça dans les coussins moelleux.

— C'est très généreux de leur part.

— Ils t'aiment bien, dit-elle. Je ne sais pas pourquoi, mais c'est un fait. Un peu comme moi, ajouta-t-elle avec un sourire coquin.

— On devait se marier cette année, puis il y a eu tous ces contretemps… Tu ne voudrais pas qu'on fixe une date et qu'on s'y tienne ?

— Si, mon chéri. Marions-nous bientôt. *Très* bientôt ?

Ils s'embrassèrent de nouveau. Noah poussa des cris de joie.

— C'est ton tour, dit-elle.

Il posa son verre, se mit à genoux, souleva son fils et le cajola.

— Tu as vu Sarah Courteney ? demanda soudain Cleo. Elle doit vivre un véritable cauchemar.

— C'est sûr que ça ne doit pas être rigolo de partager sa maison avec la police scientifique.

— Je l'ai vue hier soir aux informations, elle était aussi gaie que d'habitude. Elle cache bien son jeu.

— C'est une femme courageuse, répondit-il.

Il se tourna vers son fils.

— Dis-moi, tu n'aurais pas un cadeau pour moi dans ta couche, par hasard ?

L'odeur le lui confirma, et Noah avait l'air très fier de lui.

126

Elle se cala dans le siège de la classe affaires de British Airways, sirotant son deuxième verre de champagne.

Un jeune steward s'approcha d'elle avec une bouteille, pour la resservir.

Il remarqua sa Cartier.

— Très belle montre, dit-il, admiratif.

— Merci, répondit-elle en soulevant son poignet pour qu'il la voie de plus près.

— Sublime ! Les originaux se reconnaissent au premier coup d'œil. Ils ont un je-ne-sais-quoi qui parle de lui-même.

— C'est tellement vrai. Dites, je suis un peu perdue, entre les fuseaux horaires. À quelle heure devons-nous atterrir à Moscou, heure locale ?

Il regarda sa montre, une Hublot en bronze.

— À 15 h 15. Dans un peu plus de trois heures.

— Merci.

Il se tourna vers un autre passager. Sarah Courteney ouvrit son sac, plongea une main à l'intérieur, trouva la pochette en velours, et la souleva de quelques centimètres, soupesant le poids rassurant de la Patek Philippe ébréchée.

Rien ne valait un original.

Aileen la lui avait montrée une fois, il y avait plusieurs années de cela. L'adorable vieille dame n'avait jamais remarqué son absence, quand Sarah l'avait prise avec elle à Dubaï, pour la confier au petit orfèvre qui faisait des copies si exquises.

De toute évidence, Gareth Dupont n'y avait vu que du feu quand il avait volé la montre, lors de cet horrible cambriolage qui l'avait tant choquée. Elle n'avait jamais réalisé que le salopard s'était servi d'elle.

Mais c'était de l'histoire ancienne. Tout comme Lucas, qui passerait sans doute dix ans, peut-être plus, derrière les barreaux, en Espagne et en Angleterre. Bon débarras !

Après un troisième verre de champagne, dans un état agréablement vaporeux, elle se dit que, étant donné tout ce qui s'était passé ces dernières semaines, Aileen aurait été fière d'elle.

Elle avait un acheteur à Moscou, prêt à dépenser deux millions et demi de livres, en cash, et la provenance de la montre ne l'intéressait pas.

Ce qui était une bonne chose. Pas de stress. Pourquoi se soucier de la provenance quand on sait que la montre est authentique ? Comme le steward venait de le dire, les originaux parlent d'eux-mêmes.

Son père lui avait dit qu'il y avait deux choses importantes, dans la vie : la santé et le temps devant soi. Elle était en bonne santé.

Et, du temps, elle en avait.

Remerciements

Deux notes importantes, d'ordre médical :

1. Dans ce roman, l'un des personnages meurt d'hyperthermie maligne. Cette maladie existe, et elle a failli coûter la vie au fils d'un ami. Il s'agit d'un problème héréditaire qui entraîne une hypertonie musculaire et une perturbation des fonctions métaboliques pendant une anesthésie générale. Elle est indétectable tant qu'aucun membre de la famille ne réagit sous anesthésie. Le diagnostic peut être établi par une biopsie musculaire. En Angleterre, ce test peut être effectué au sein de l'unité d'hyperthermie maligne de Leeds. Les personnes ayant réagi positivement peuvent être anesthésiées sous surveillance, avec des anesthétiques autres que ceux susceptibles de déclencher la crise. Cette maladie peut être mortelle si elle n'est pas détectée par un anesthésiste. Pour plus d'informations : www.bmha.co.uk (en anglais).

2. L'un des personnages apprend qu'il souffre d'un cancer de la prostate. Les informations sur cette maladie m'ont gentiment été données par Colin Stokes et John Davies, du Prostate Project (Purbecks

House, Grosvenor Road, Godalming, GU7 1NZ, Angleterre), qui offre soutien et informations : www.prostate-project.org.uk (en anglais), tél : (+44) 01483 419501. Cette œuvre caritative soutient les hôpitaux anglais dans l'amélioration de leurs services. Il existe aujourd'hui des centres d'excellence.

*

Je dois énormément au commandant new-yorkais Pat Lanigan, petit-neveu de Dinny Meehan, chef du gang de la Main blanche, mort assassiné à son domicile, à Brooklyn, le 31 mars 1920. C'est grâce à l'histoire familiale de Pat et à des archives que ce livre a vu le jour. Je dois aussi beaucoup à la police du Sussex, qui m'offre chaque fois son aide enthousiaste et ses conseils. Avant tout, je remercie Martin Richards, commissaire divisionnaire décoré par la reine, pour sa gentillesse légendaire et son soutien inébranlable.

David Gaylor, ancien commissaire à la police judiciaire du Sussex, aujourd'hui retraité, qui m'a inspiré le personnage de Roy Grace, m'aide à ficeler les intrigues, à faire en sorte que Roy Grace raisonne comme les vrais enquêteurs, et me fouette régulièrement pour que je garde le rythme, pendant les sept mois et quelques que dure la rédaction du manuscrit.

Le commissaire Graham Bartlett, divisionnaire de Brighton et Hove, m'a été d'une très grande aide pour ce livre. Le commandant Jason Tingley m'a incroyablement aidé, d'un point de vue créatif et technique, tout comme les commandants Nick Sloan et Trevor Bowles (retraité), le capitaine Phil Taylor, Ray Packham, de la Cybercrim, et le commandant Andy Kille.

Mille mercis au commissaire John Boshier, au commandant Nick May, au commandant Paul Betts, à Tony Case, responsable des locaux, au commandant William Warner, au commandant Richard Delacour, au lieutenant Darren Balkham, au capitaine Simon Bates, au capitaine Lorna Dennison-Wilkins et à l'unité spéciale de recherches, aux techniciens de scène de crime James Gartrell, Chris Gee, Lucy Steel et Becky Henderson, au capitaine Mehdi Fallahi, au lieutenant Laura Stanley, au lieutenant Jon Anstead, au capitaine Gemma Firth et au lieutenant Karl Brown.

Simon Muggleton (capitaine à la retraite), autrefois dans la brigade des antiquités du Sussex, m'a fourni de précieuses informations sur le milieu, plus ou moins fréquentable, des antiquaires de Brighton.

Merci à Giles Ellis, de la Schofield Watch Company, à Richard Robbins, Derek le-Warde, Michael Keehan, Chris Tapsell, David Wiltshire, Hal Mileham, Simon Schneider, Wayne et Vanessa Manley, Steve Reynolds, Danny Reardon, Norman Torrington, généalogiste, Louise Yeoell et Liberty Taylor.

À Haydn Kelly, podologue, expert judiciaire, Lucy Sibun, anthropologue médicolégale et Alan Settering-ton, directeur adjoint de la prison de Lewes.

Merci à Michael Beard, rédacteur en chef de l'*Argus*. À Tara Lester et Nicky Mitchell, pour leurs recherches minutieuses, au Dr Russell Emerson, à Sarah London, Sherree Fagge, infirmière en chef à l'hôpital royal du Sussex, à Rob Kempson, Peter Wingate-Saul, Hans Jürgen Stockerl, Peter Hale, Tim Parker, Felix Francis, Graham Sones, Phil Homan, Jeannie Civil, Giles Powell et Bill Shay.

À Tony Parker, directeur technique du port de Shoreham, David Miller, officier de port adjoint, Chris Jones, Dave Smith et Keith Laker.

Un grand merci à Alan Prior, du groupe Pinnacle Publishing, qui m'a généreusement fait découvrir le monde des téléconseillers !

Comme à chaque fois, un grand merci à Chris Webb, magicien chez MacService, qui a réussi à ressusciter mon ordinateur alors que je l'avais fait tomber et que d'importants fichiers avaient disparu.

Un merci particulier à Anna-Lisa Lindeblad, ma fabuleuse « éditrice non officielle », inépuisable, quand il s'agit de me conseiller, et ce depuis le début des aventures de Roy Grace, à Sue Ansell, qui relit chacun de mes livres, à Martin et Jane Diplock.

J'ai la chance d'avoir Carole Blake comme agent et comme amie, une *dream team* d'attachés de presse – j'ai cité Tony Mulliken, Sophie Ransom, Claire Richman et Becky Short, chez Midas PR. Il n'y a pas assez de place, ici, pour féliciter la « Team James » chez Macmillan, mais je tiens tout de même à remercier ma formidable éditrice Wayne Brookes, mon incroyable correctrice Susan Opie, et sa patience inouïe, ainsi que ma fabuleuse équipe américaine : Andy Martin et mon éditeur Marc Resnick, mes attachés de presse Hector DeJean et Tony Fusco, et toute la « Team James » aux États-Unis !

De très grands mercis aussi à ma remarquable assistante personnelle, la très méritante Linda Buckley.

Comme toujours, Helen a fait preuve d'un soutien inébranlable, malgré mes longues nuits de travail dans ma tanière. Et merci à nos trois chiens, Phoebe, Oscar et Coco, qui m'attendent toute la journée, et me rappellent qu'il y a une vie – et tant d'os à déterrer ! – dès lors que je daigne me lever de mon bureau.

J'ai réservé mes plus fervents remerciements à vous, mes lecteurs. Vos mails, tweets, commentaires sur Facebook et sur mon blog sont un encouragement permanent. Continuez à m'écrire et je continuerai la saga Roy Grace, je vous le promets !

Peter James
Sussex, Angleterre
scary@pavilion.co.uk
www.peterjames.com
www.facebook.com/peterjames.roygrace
www.twitter.com/peterjamesuk

La traductrice souhaiterait remercier David Nichols, traducteur, Jérôme Bonet, chef du service d'information et de communication de la police nationale et Reynald Pochciol, horloger.

Composition et mise en pages
Nord Compo Villeneuve-d'Ascq

Imprimé en France par CPI
en mai 2015
N° d'impression : 3008380

Fleuve Éditions
12, avenue d'Italie
75627 Paris Cedex 13

Dépôt légal : juin 2015
R09891/01